संगीत कक्ष

संगीत कक्ष

नमिता देवीदयाल

अनुवाद

नीलाभ

पेंगुइन बुक्स
पेंगुइन रैंडम हाउस इम्प्रिंट

पेंगुइन बुक्स

यूएसए। कनाडा। यूके। आयरलैंड। ऑस्ट्रेलिया। सिंगापुर
न्यू ज़ीलैंड। भारत। दक्षिण अफ्रीका। चीन

पेंगुइन बुक्स, पेंगुइन रैंडम हाउस ग्रुप ऑफ़ कम्पनीज़
का हिस्सा है जिसका पता global.penguinrandomhouse.com पर मिलेगा

पेंगुइन रैंडम हाउस इंडिया प्रा. लि.,
चौथी मंजिल, कैपिटल टावर -1, एम जी रोड,
गुड़गांव-122002, हरियाणा, भारत

पेंगुइन
रैंडम हाउस
इंडिया

प्रथम हिंदी संस्करण रैण्डम हाउस इण्डिया द्वारा प्रकाशित 2009
यह संस्करण 2019 में प्रकाशित

10 9 8 7 6 5 4 3 2

इस पुस्तक में व्यक्त विचार लेखक के अपने हैं, जिनका यथासंभव तथ्यात्मक सत्यापन किया गया है और इस संबंध में प्रकाशक एवं सहयोगी प्रकाशक किसी भी रूप में उत्तरदायी नहीं हैं।

ISBN 9788184000719

टाइपसेट: रूद्राक्ष राज एण्टरप्राइज़
मुद्रक: रेप्रो इंडिया लिमिटेड

www.penguin.co.in

FSC www.fsc.org
MIX
Paper from responsible sources
FSC® C047271

This is a legitimate digitally printed version of the book and therefore might not have certain extra finishing on the cover.

बाई जी के लिए, प्यार के साथ

अनुक्रम

पूर्व रंग

भैरवी

राग की अदायगी ऐसे होनी चाहिए कि कुछ ही मिनटों में संगीतकार और सुनने वाले उसे अपने सामने खड़ा देख सकें...

उस्ताद विलायत ख़ाँ

पाँच से कुछ पहले का समय था। खिड़की से बह कर आती बयार में ढोंढूताई ने झुरझुरी ली। वे कुछ पल होंटों ही में एक मौन प्रार्थना उच्चरित करती हुईं, बिस्तर में लेटी रहीं और उन्होंने अपनी दुखती हुई टाँग को मोड़ा और फिर सीधा किया। उन्होंने दोबारा नींद में सरक जाने की कोशिश की, ताकि वे नदी के किनारे बने देवी मन्दिर के पास झूला झूलने का अपना पसन्दीदा सपना दोबारा देख सकें। जब मुर्ग़े ने दूसरी बार बाँग दी, तो वे उठीं और पैर घसीटती हुई बाथरूम की ओर चल दीं।

ढोंढूताई संगीत कक्ष में दाख़िल हुईं और तानपुरा उठा कर उसके सुर मिलाने के लिए बैठते हुए अपनी टाँग के दर्द से थोड़ा चिहुँकीं। उन्होंने उसके तने हुए तारों पर अपनी उँगलियाँ फिरायीं और दूसरे सिरे पर, जहाँ बाजे का पतला-सा तना ग़ुब्बारे की तरह फूल कर एक चमकते हुए कोंहड़े जैसा हो गया था, हाथी दाँत के मनकों को सही किया। जब सुर बिलकुल सध गया, तो उन्होंने एक नियमित गति से तारों पर उँगलियाँ फिरानी शुरू कीं। सुर उनके इर्द-गिर्द हवा में लहराने लगे और वे अपनी पीड़ा, कमरे की ठण्ड, और दूधवाले को, जो हमेशा देर से आता था, भूल गयीं और एक कालातीत गुंजन में लीन हो गयीं।

उन्होंने निचले सुरों से शुरू किया, उन्हें एक-एक करके कण्ठ से किसी प्रार्थना की तरह अलापते हुए। फिर धीरे-धीरे, जैसे ही सुबह की

रोशनी की एक फाँक पुराने फीके पड़ गये ऊनी कालीन पर एक चौकोर चकत्ते को आलोकित करती हुई, कमरे में दाख़िल हुई, उन्होंने ऊपर के सुरों की ओर सरकना शुरू किया। वे भैरवी गा रही थीं, करुण आधे सुरों वाला भोर का राग।

भैरवी जगत के नर्तक–विनाशकर्ता शिव की संगिनी है। इस पौराणिक देवी की तरह राग भी अस्थिर–मना है। कभी वह वियोगिनी प्रेमिका होती है, कभी पुजारिन, कभी मनमोहिनी और हमेशा ही वह रहस्यमय नारी शक्ति, जो बुराई को पराजित करती है।

ढोंढूताई अपनी आँखें बन्द किये गा रही थीं, बड़ी कोमलता से हर सुर को स्पर्श करती हुईं, मानो वे ख़ुद को सुरों के एक विशाल कोये में लपेट रही हों। तभी प्रकाश के एक अलौकिक स्रोत की अनुभूति होने पर उन्होंने आँखें खोल दीं, लेकिन उन्होंने गाना जारी रखा, जबकि उनकी निगाहें आलोक के स्रोत का पीछा करती हुई कमरे के कोने तक गयीं। जैसे ही वे राग के सबसे ऊँचे और उदात्त सुर पर पहुँचीं, उन्हें आह्लाद का एक निःश्वास सुनायी दिया और देवी मुस्कराती हुई उनके सामने प्रकट हुई। चकित ढोंढूताई ने आँखें मूँद लीं और फिर जब उन्होंने दोबारा पलकें खोलीं, दृश्य विलीन हो चुका था।

उन्होंने तानपुरा रख दिया और दरवाज़े से दूध की बोतल लाने के लिए चल दीं। उनका दिन ठीक ढंग से शुरू हुआ था।

पहला भाग

केनेडी ब्रिज

१

मैं एक हिचकिचाती हुई, अनिच्छुक दस वर्षीया लड़की थी जब मुझे संगीत के संसार में घसीट कर ले आया गया था। गर्मियों की एक शाम जब मेरी मित्र-मण्डली विलिंग्डन क्लब में तैरने के लिए चल दी थी, तो मेरी माँ ने मुझे कार में ठूँसा और कहा कि हम एक संगीत शिक्षिका से मिलने जा रहे थे।

संगीत शिक्षिका केनेडी ब्रिज के नीचे एक पुरानी इमारत में रहती थीं जो कम्बाला हिल की, जहाँ हम रहते थे, पेड़ों के क़तार वाली सड़कों से दस मिनट की दूरी पर थी। केनेडी ब्रिज ऐसा मुहल्ला था जो संगीतकारों के लिए नहीं, बल्कि तवायफ़ों और भद्रजनों के क्लबों के लिए जाना जाता था। इससे पहले मैंने सिर्फ़ एक ही बार केनेडी ब्रिज का नाम सुना था जब मेरे माता-पिता ने कई साल पहले वहाँ एक मुजरे में गुज़ारी गयी दुस्साहस-भरी शाम को ले कर हँसी-मज़ाक किया था। उन्हें वह रात साफ़-साफ़ याद थी - गले में लाल रूमाल बाँधे दलाल जिसने पुल के नीचे पटरी पर उनसे भाव-ताव किया; पेशाब से गँधाती एक इमारत की दूसरी मंज़िल पर कमरा नम्बर ८८ तक चढ़ कर जाना; हरे रंग की खिड़कियाँ जो इमारत के रहने वालों को कुछ ही फ़ुट के फ़ासले पर पुल से आने-जाने वालों की रेल-पेल में से किसी ताक-झाँक करने वाले की नज़रों से बचाती थीं; और चाँदनी के नाम से पुकारी जाने वाली एक औरत जो सलमे-जड़ी नायलॉन की साड़ी लपेटे, नक़ली फ़ानूसों के नीचे चकफेरियाँ लेती थी और मेरे पिता की नाक के नीचे इतना आगे को झुक जाती थी कि हर बार जब मेरे पिता उस क्षण के बारे में बताते हैं, वे खिलखिला कर हँसी में फूट पड़ते हैं।

लेकिन बम्बई के ज़्यादातर मुहल्लों की तरह दिन की रोशनी उस सब

पर पर्दा डाल देती जो शाम ढलने के बाद वहाँ होता रहता। दिन के वक़्त केनेडी ब्रिज के नीचे का इलाक़ा किसी भी दूसरी भीड़-भरी सड़क-सरीखा होता, अपना सामान बेचते फेरीवालों या दूसरे आने-जाने वालों की हबड़-दबड़ से धड़कता हुआ। तवायफ़ों के मकानों के सामने सड़क के पार पत्थर का बना एक पुराना कॉनवेंट था – क्वीन मेरी स्कूल। उसकी बग़ल में मोटर के पुर्ज़े बेचने वाली दुकानों की एक क़तार थी। और, सड़क के छोर पर, काँग्रेस हाउस कही जाने वाली एक रिहाइशी कॉलोनी में अन्दर को, एक महान संगीतकार रहती थी।

शाम के पाँच बजे थे जब मेरी माँ और मैं वहाँ पहुँचे। हमने पटरी के किनारे कार खड़ी की और मोटरों के पुर्ज़ों की नुमाइश करती दुकानों के सामने से गुज़र कर उस उदास-सी सलेटी इमारत तक पहुँचे। लिफ़्ट का कोई इन्तज़ाम नहीं था, लिहाज़ा हम सीढ़ियों पर पैर घसीटते हुए तीसरी मंज़िल के एक छोटे-से फ़्लैट पर पहुँचे। रसोई-घर की एक तरफ़ तीन लोगों का एक परिवार रहता था और संगीत शिक्षिका पेइंग गेस्ट के रूप में दूसरी तरफ़ एक कमरे में जिसकी दीवारें फीकी, पिस्ते के रंग की-सी थीं। कमरे में उनके साथ सिर्फ़ उनकी माँ रहती थीं, जिन्हें वे 'आई' कह कर बुलाती थीं।

❑

मेरी होने वाली शिक्षिका, होंटों पर देवशिशुओं-सरीखी मुस्कान लिये, हमारा इन्तज़ार कर रही थीं। उनका क़द लगभग पाँच फ़ुट था और उन्होंने कड़क कलफ़दार सफ़ेद साड़ी पहनी हुई थी। उनके काले बालों में ख़ूब तेल लगा हुआ था। मुझे यह देख कर ख़ुशी हुई कि उनका नन्हा-सा जूड़ा दरअसल छद्मवेश में एक पोनी टेल थी। वे पचास वर्ष के हिसाब से बहुत जवान नज़र आती थीं, जिसका श्रेय वे दृढ़ता से, जैसा कि मुझे बाद में पता चला, इस बात को देती थीं कि उन्होंने कभी शादी नहीं की थी।

अपने छोटे-से फ़्लैट के एकान्तवास में, दीवार के साथ टिके अपने दो तानपुरों के साथ, वे उन पुरुषों से अनभिज्ञ जान पड़ती थीं जो चकलों की बग़ल में उनकी खिड़की के नीचे, उन इमारतों की गन्दी दीवारों पर पान की पीक थूकते, चहलक़दमी करते रहते जिनमें उनकी वासनाओं की बस्तियाँ

थीं। यह किसी गन्दे तालाब को हेल कर उसके बीचों-बीच उगे सुन्दर कमल तक पहुँचने-सरीखा था।

तीन चित्रों के सिवा, उनके कमरे की दीवारें ख़ाली थीं। इनमें गणेश की एक रंग-बिरंगी तस्वीर थी, दवाइयाँ बनाने वाली किसी कम्पनी के कैलेण्डर से फाड़ी हुई। उसकी बग़ल में उनकी शिक्षिका, प्रख्यात केसर बाई केरकर का चित्र था; सिर सफ़ेद साड़ी के पल्लू से ढँका, बालों की माँग किनारे से काढ़ी हुई और गले में मोतियों की माला। इसके साथ की दीवार पर ढोंढूताई के माता-पिता की तस्वीर थी, उनकी शादी के कुछ ही दिन बाद ली गयी, जो बदरंग हो कर पीली पड़ चुकी थी। उनके पिता, धोती और कोट पहने अकड़ू ब्राह्मण, घुटने फैलाये तने बैठे, और उनकी माँ, पतली-दुबली, ख़ूबसूरत, नौगज़ी साड़ी को कस कर अपने कन्धों के गिर्द लपेटे, पैर सिकोड़े बैठी, बुरी तरह झेंपी हुईं, पैरों के पंजों का रुख़ एक-दूसरे की तरफ़ किये।

मेरा ध्यान गुड़ियों के घर जैसे एक मन्दिर की तरफ़ गया जो कमरे के एक कोने में दुबका हुआ था। अन्दर हिन्दू देवी-देवताओं की पूरी मण्डली मौजूद थी - नन्हीं-नन्हीं चाँदी और पीतल की मूर्तियाँ - बालकृष्ण, गणेश, सरस्वती, लक्ष्मी, दो चाँदी के सिक्के और ध्यान लगाये बैठे एक लगभग नंगे साधू की तस्वीर। देवी-देवताओं को माँज कर चमकाया और कुमकुम के टीके से सजाया गया था। हरेक के आगे बेले के ताज़ा फूल रखे गये थे जिनकी हल्की-हल्की महक हवा में फैली हुई थी। मन्दिर के ऊपर एक नारंगी बल्ब लुपलुपा रहा था, जो सचमुच की लौ की नक़ल था। उसे देख कर मुझे फ़ौरन मज़ा आ गया।

जैसा कि मुझे बाद में मालूम हुआ, यह कमरा एक और कमरे का प्रतिरूप था - कोल्हापुर में उनके पुश्तैनी बँगले का - जो शहर वे पीछे छोड़ आयी थीं, जहाँ मन्दिरों की घण्टियों का स्वर साँझ को चलने वाले हवा के झोंकों पर तैरता हुआ आता और बेले के फूल बहुतायत में उगते। इसी तरह का समझौता करने के लिए बम्बई अपने पास आने वाले लोगों को विवश करती है - वह क़ीमत जो बम्बई के मज़ों के लिए उन्हें चुकानी पड़ती है।

❑

'इन्हें नमस्ते करो,' मेरी माँ ने मुझे ठहोका दिया।

'यह मुझे बाई जी बुला सकती है,' ढोंढूताई खिल कर बोलीं।

'बाप रे, यह तो अपनी उमर के हिसाब से बहुत लम्बी है,' ढोंढूताई ने मेरी ठोड़ी पकड़ कर स्नेह से मेरे चेहरे की तरफ़ देखते हुए, बात जारी रखी।

'हाँ, हम दोनों लम्बे हैं। उम्मीद है, कला भी इसी तरह इसे विरासत में मिलेगी,' मेरी माँ ने, हमेशा की तरह सीधे मतलब की बात पर आते हुए, मज़ाक किया।

'यह अभी तक काफ़ी छोटी है। हम हफ़्ते में दो बार से शुरू करते हैं – मंगल और बृहस्पत को ? पाँच से छै तक ? इससे इसे स्कूल से घर आने के बाद ताज़ा होने का समय मिल जायेगा। इसके बाद, इसकी प्रगति को देख कर हम दिन तय कर लेंगे।'

इधर मेरी क़िस्मत का फ़ैसला हो रहा था, और उधर एक बूढ़ी गंजी महिला मेरे कौतूहल का केन्द्र थीं जिनके खिचड़ी बालों की गिनी-चुनी लटें खींच कर एक नन्हें-से जूड़े में बाँधी गयी थीं और जो कमरे के एक कोने से मेहमानों की तरफ़ होंट बिदोर रही थीं। वे ढोंढूताई की माँ थीं – आई – फ़ोटो में दिखने वाली महिला का एक सूखा-मुरझाया अवशेष! वे कम-से-कम अस्सी की ज़रूर रही होंगी। मैंने उनकी ओर देख कर खीसें काढ़ दीं और बदले में एक प्यारी, दाँत-रहित मुस्कान से रू-ब-रू हुई।

कमरे से बाहर आते समय, मेरी आँखें एक बार फिर भटक कर उस लुपलुपाती लौ वाले मन्दिर की ओर चली गयीं। मेरी दृष्टि का अनुसरण करके, ढोंढूताई हँसीं और उन्होंने मुझे नज़दीक से आ कर देखने के लिए इशारे से बुलाया। मैं देव प्रतिमाओं के सामने अटपटे ढंग से बैठ गयी, इस बात से आगाह कि वे मेरे पीछे बैठी थीं, मेरी माँ दरवाज़े पर बेसब्री से मँडरा रही थीं, आई शून्य में तक रही थीं और यह अजनबी-सा नया कमरा मेरी ज़िन्दगी की एक ऐसी जगह बनने वाला था जहाँ मैं बार-बार आने वाली थी। मैं जाने के लिए मुड़ी और मुझे लगा उन्होंने मेरे कान में कुछ फुसफुसा कर कहा। मुझे कुछ इस तरह सुनायी दिया, 'तुम मेरी नन्हीं देवी बनोगी... मेरी भैरवी।'

❑

संगीत से जुड़ी मेरी स्मृतियाँ ढोंढूताई से पहले से शुरू हुई थीं, सीता बहन नाम की एक औरत के साथ जो मेरी माँ को हलके-फुलके राग और सुरीले भजन सिखाने के लिए घर आया करती थी जब मैं बहुत छोटी थी। मुझे यह भी याद था कि एक आदमी घर आ कर मेरे पिता को तबला बजाना सिखाता था, जब तक कि व्यापार की चिन्ताएँ उन पर हावी नहीं हो गयीं और उनके जीवन की लयकारी ही बदल गयी।

मेरे माता-पिता, दोनों की पृष्ठभूमि व्यापारिक थी। बेटों को ख़ानदानी कारोबार सँभालने के लिए प्रशिक्षित किया जाता था और बेटियों को पति पाने की शिक्षा दी जाती थी। लड़कियों को संगीत या नृत्य सिखाया जाता था, ताकि उनकी शादी की सम्भावनाएँ बेहतर हो जायँ। लिहाज़ा, जब मेरी माँ की पुरानी संगीत शिक्षिका सीता बहन ने मेरे लिए एक संगीत सिखाने वाले स्कूल की सिफ़ारिश की, तो मुझे फ़ौरन वहाँ भेज दिया गया।

मैंने 'संगीत विद्यालय' में कई तकलीफ़देह महीने काटे। वह बम्बई के एक सबसे पुराने मुहल्ले - गामदेवी - के बीचों-बीच था, ऐसे बूढ़-पुरनियों से भरा हुआ जिनमें हमारे जैसे लोगों के प्रति एक अजीब किस्म का दुचित्तापन था - थोड़ा-सा तिरस्कार और थोड़ी-सी ईर्ष्या, क्योंकि हम बम्बई के भूरे साहब थे, स्थानीय भाषा में लिखे गये एक शाहकार की बजाय नील साइमन की नक़ल को देखने में ज़्यादा सुविधा महसूस करने वाले। मैं एक अंग्रेज़ी स्कूल में पढ़ती थी, जहाँ हम अंग्रेज़ों जैसी क्वीन्स अंग्रेज़ी बोलना सीखते थे और टूटी-फूटी हिन्दी भी, एक बनावटी लहजे में, झेंप महसूस करते हुए। मराठी हमें तीसरी भाषा के तौर पर सिखायी जाती थी। हम उसे एक अनगढ़, दिलचस्प भाषा मानते थे जिसे सीखना इसलिए ज़रूरी था, ताकि झाड़ू-पोंछे वाली बाई से बातचीत की जा सके और नुक्कड़ के पुलिस वाले को चालान न करने के लिए मनाया जा सके।

गामदेवी के संगीत विद्यालय का शिक्षक समुदाय कुल मिला कर रानाडे बहनों की उद्यमी तिकड़ी से बना था, जिन्होंने कई दशक प्रेरणा से रहित गायिकाओं की खेप-दर-खेप तैयार करने में बिताये थे। इनमें से हर बहन एक कमरे में बैठती थी जिसका दरवाज़ा एक छज्जे में खुलता था जिसके नीचे शोर-ग़ुल से भरी सड़क पर आवाजाही जारी रहती थी। पहला

कमरा नौसिखियों के लिए था, आम तौर पर खी-खी करती लड़कियों का एक झुण्ड जिन्हें (भाग १, २ और ३ वाली) पाठ्य-पुस्तकों के समूह से राग संगीत के बुनियादी उसूल सिखाये जाते थे। दूसरा कमरा उन लोगों के लिए था जो पहले कमरे से उत्तीर्ण होने में सफल हो जाते थे। तीसरा कमरा एकदम छोर पर था जिसमें मैं बिरले ही दाख़िल होती थी। वहाँ सब से बड़ी मिस रानाडे सीनियर छात्राओं के चुने हुए समूह को सिखाती थीं।

पहले दिन मैं लड़कियों के एक झुण्ड के साथ पहले कमरे में रानाडे बहनों में से एक और उनके चरमराते हारमोनियम के सामने बैठी। उन्होंने हममें से हरेक को अपना नाम और पसन्दीदा राग बताने के लिए कहा। लड़कियों में से दो के नाम उनके माता-पिता ने रागों पर रखे हुए थे। पहली लड़की, जिसने फूलों वाला सूती लिबास पहन रखा था और जिसके गालों पर गड्ढे पड़ते थे, शर्माते हुए मराठी में कहा, 'मेरा नाम बागेश्री है और मेरा पसन्दीदा राग बागेश्री है।' सब लोग खुल कर हँसे और उन्होंने तालियाँ बजायीं। इसके बाद हम पूर्वी से मिले। संयोग से उसका पसन्दीदा राग मालकौंस था। मैं इस बात को ले कर उत्तरोत्तर नर्वस होती जा रही थी कि मैं क्या जवाब दूँगी और जैसे-जैसे हम चक्कर काट कर मेरी बारी के नज़दीक आते जा रहे थे, मुझे नाश्ते के टुकड़े अपने पेट में बेतहाशा उड़ते-फिरते महसूस हो रहे थे । जब सारी आँखें उम्मीद से मेरे चेहरे पर आ टिकीं, तो मैं अपना नाम बताना भूल गयी और फूट पड़ी, 'राग यमन का मतलब है, राग भैरवी।'

मैं कहना चाहती थी, 'राग यमन और राग भैरवी,' लेकिन मराठी बोलने की मेरी उत्साह-भरी कोशिश इस अबूझ प्रतिक्रिया में व्यक्त हुई, जिससे खिलखिलाहट की एक झड़ी लग गयी। यहाँ तक कि शिक्षिका भी हँसी।

इससे पहले मैंने ख़ुद को कभी इतने नुमायाँ ढंग से बेठिकाने नहीं महसूस किया था; मैं इस परम्परागत मराठी-भाषी संगीत-संसार में एक परदेसी थी, और मैं अपने नक़ली अंग्रेज़ी जगत में थोड़ा सनकी क़िस्म की लड़की थी, जहाँ लड़कियों का ध्यान शहर के सबसे बदनाम मुहल्लों में

दुबके पड़े रहस्यमय संगीत स्थलों से ज़्यादा अपने बैडमिंटन की पोशाकों की लम्बाई में केन्द्रित रहता।

❑

संगीत की क्लास में जाते समय मेरी जान निकलती थी और मैं वहाँ न जाने के लिए नियमित रूप से एक से एक नायाब बहाने बनाया करती। लेकिन पेट के दर्द और होमवर्क का कोई असर मेरी माँ पर नहीं पड़ता था। मैं सिर्फ़ एक बार सफल हुई थी, जब मैं ख़ुद को बाथरूम में बन्द करने में कामयाब हो गयी थी; जब तक ताले वाले को दरवाज़ा खोलने के लिए बुलवाया गया, क्लास का समय ख़त्म हो चुका था। इस झेंप और शर्मिन्दगी से भरी और दिल उदास करने वाली दुनिया में मुझे धकेलने के लिए मैं अपनी माँ से नफ़रत करने लगी थी। क्लासों के अलावा, मुझे नियमित रूप से और भी उकताने वाले संगीत सम्मेलनों में घसीट कर ले जाया जाता, जहाँ मैं आम तौर पर ऊँघ जाती और तभी जागती जब गायक-गायिका द्रुत, ऊर्ध्वगामी अंशों को प्रस्तुत कर रहे होते जिसका मतलब था कि सभा का अन्त नज़दीक था।

तो भी, अधिकतर अनमने और अनिच्छुक शिष्यों की तरह मैंने न चाहते हुए भी कुछ संगीत सीख ही लिया। गामदेवी संगीत विद्यालय में मुझे रागों का बुनियादी परिचय मिला। हमें हर राग का व्याकरण सिखाया गया - सुरों का आरोह और अवरोह - और उसके बाद एक सीधी-सरल, कटी-छँटी धुन। हम हर दो हफ़्ते पर एक राग सीखते और फिर जल्दी से अगले राग पर चले जाते। पाठ्यक्रम सूक्ष्म अर्थों से निर्लज्जतापूर्वक रहित था। इरादा यह था कि रागों का एक भण्डार बना लिया जाय जिसका अन्त एक परीक्षा और प्रमाण-पत्र में होगा। यह एक सौ एक फ़ीसदी भारतीय शास्त्रीय संगीत था।

मेरी माँ को धीरे-धीरे यह समझ में आने लगा कि यह जगह मेरे लिए नहीं थी। वह चाहती थी कि मैं एक ऐसी शिक्षिका से संगीत सीखूँ जो अपना समय पूरी तरह सिर्फ़ मुझे दे, मुझे स्वर संस्कार के बुनियादी तत्व सिखाये, सुरों को धीरे-धीरे खींच कर बाहर लाये और हर बोल को गहराई प्रदान करे।

किसी ने ढोंढूताई कुलकर्णी का ज़िक्र किया जो हाल ही में बम्बई आ बसी थीं। ढोंढूताई जयपुर घराने की गायिका थीं, जो संगीत का एक अद्भुत बौद्धिक घराना था, और वे मशहूर गायिका केसरबाई केरकर की एकमात्र शिष्या थीं।

मेरी माँ ढोंढूताई को गाते हुए सुनने के लिए भूला भाई संस्थान में गयी जो समुद्र की तरफ़ रुख़ वाली एक इमारत की पहली मंज़िल में दुबका हुआ एक अन्तरंग-सा सभागार था। ढोंढूताई ने, दो टूक ढंग से सही समय पर, बिना किसी लाग-लपेट के ललिता-गौरी से शुरू किया जो एक मिश्रित राग है जिसमें दो राग - ललित और गौरी - आपस में गुँथे हुए हैं। उनका गायन बहुत जटिल था। वहाँ सिद्धि थी, लेकिन जैसा कि एक जाने-माने संगीत पारखी ने टिप्पणी की थी, 'पर्याप्त पीड़ा नहीं थी।' 'कभी-कभी आप संगीत को आनन्द के लिए नहीं सुनते; आप उस वेदना का अनुभव करना चाहते हैं जो आत्मा को झंकृत करती है।' शायद मेरी माँ को ढोंढूताई की पूरे गले के गायन की सीधी जटिलता-रहित शैली पसन्द आयी थी। उन्होंने संगीत सम्मेलन के मध्य तक पहुँचते-पहुँचते तय किया कि उन्हें ही वे मेरी संगीत शिक्षिका बनाना चाहेंगी।

उन दिनों एक अद्‍भुत गायिका थीं - दुर्गा ताई - जिन पर मेरे माता-पिता फ़िदा थे। लेकिन उन्होंने महसूस किया कि सम्भव है वे हिन्दुस्तान की मारिया कलास हों, लेकिन उनकी बेचैन बेटी के लिए वे सही शिक्षिका नहीं होंगी। उनकी शोहरत किसी क़दर भड़क उठने वाली शिक्षिका की थी। क़िस्सों में यह भी बताया जाता था कि कैसे उन्होंने एक के बाद एक तीन बार ग़लत सुर लगाने वाले एक शिष्य पर तबला फेंक मारा था। वे शानदार गायिका थीं, पर भयंकर गुरु थीं। ढोंढूताई हालाँकि उतनी मशहूर नहीं थीं, पर वे मुलायमियत का बरताव करेंगी और पूरा ध्यान देंगी।

हमारी दुनियाओं का एक-दूसरे से टकराना बदा था। और इसी तरह मैं अपनी गुरु के छोटे-से घर में, कसमसाती हुई, बेचैन मगर उत्सुकता से भरी हुई, बैठी थी। आगे जो आने वाला था, वह आजीवन चलने वाली शिक्षा थी - और केवल संगीत ही की नहीं।

२

अगले हफ़्ते मैं फिर वापस केनेडी ब्रिज गयी। पहले सबक़ में ढोंढूताई ने मुझसे कहा कि मैं आँखें बन्द करके गायक के वफ़ादार संगतकार यानी तानपुरे को सुनूँ। मुझे यह बाजा बहुत दिलचस्प और रहस्यमय लगा जो सितार सरीखा दिखता है, लेकिन जिससे बार-बार सिर्फ़ चार सुर निकलते हैं। उन्होंने तारों पर अपनी उँगलियाँ फिरायीं और एक मन्त्र-मुग्ध कर देने वाली, लय-भरी झंकार कमरे में भरने लगी। उसने शान्ति और निरुद्विग्नता की एक अनवरत गुनगुनाहट पैदा कर दी। जल्दी ही इर्द-गिर्द की दूसरी सभी आवाज़ों ने - पंखे की घर-घर, मेज़ पर रखी घड़ी की टिक-टिक, बाहर से बच्चों या फेरीवालों की यदा-कदा आने वाली पुकारों, आई के हलके ख़र्राटों, रसोई में प्रेशर कुकर की सिसकार - इन सब ने पृष्ठभूमि के इस गुंजन में अपना ठौर ढूँढ लिया। उस क्षण के बाद जो भाषा हम बोलते-सुनते, वह संगीत की थी।

मैंने पहले सुर - *सा* - से शुरू किया। उस पहले दिन, मुझे चकित-विस्मित करते हुए, ढोंढूताई ने मुझसे सिर्फ़ वही खरज का सुर गवाया - भारतीय संगीत की सरगम-रूपी इमारत का वह बुनियादी स्तम्भ जो अपरिवर्तित, स्थायी, भरोसे-योग्य और दूसरे सुरों की सनकों और उच्छृंखल उड़ानों के प्रति साधक की तरह निस्पृह और बेपरवाह बना रहता है। वह आधार है, पहला और अन्तिम सुर, वह बिन्दु जहाँ से दायरा शुरू होता है और फिर जहाँ पहुँच कर ख़त्म हो जाता है। सा की सरहदों के दरमियान हम जीवन के सारे नाटक खेल सकते हैं, सारी मनःस्थितियों का प्रदर्शन कर सकते हैं। लेकिन हर बार जब हम उस तक वापस पहुँचते हैं एक समापन का-सा भाव होता है - एक लम्बी और उत्तेजना-भरी यात्रा के बाद घर लौटने सरीखा।

'अपने सा को तानपुरे के सा से इस तरह मिला दो कि दोनों एक हो जायें और तुम उनमें अन्तर न कर सको,' ढोंढूताई ने कहा। 'सा में सारे सुर शामिल हैं, जैसे विशुद्ध सफ़ेद रोशनी में इन्द्रधनुष के सभी रंग।'

मेरी उमर और बेचैन स्वभाव का ख़याल रखते हुए, हमने अपना सबक़ आधे घण्टे में पूरा कर लिया । ढोंढूताई ने तानपुरे को वापस दीवार के साथ उसके विश्राम-स्थल पर रख दिया और पैर घसीटती हुई रसोई-घर की तरफ़ चल दीं। उत्सुकता से भर कर, मैं उनके पीछे-पीछे वहाँ गयी। रसोई-घर एक अँधेरी जगह थी जिसमें बिल्डिंग के बीचों-बीच एक अहाते में खुलने वाली छोटी-सी, अकेली खिड़की थी। ढोंढूताई के रसोई के सारे उपकरण कोने में रखी लकड़ी की सुघड़ अलमारी में समाये हुए थे। उन्होंने पीतल का एक पुरानी चाल का पतीला निकाला और उसे धोया।

फ़्लैट के दूसरे शयन-कक्ष से एक भारी-भरकम औरत निकली जिसके चटक सफ़ेद बाल छोटे-छोटे कटे हुए थे और साँवले चेहरे पर तकलीफ़ों से उकेरी गयी धारियाँ थीं। यह मकान-मालकिन थी जिससे मेरी शिक्षिका ने अपना कमरा किराये पर लिया था - रसोई-घर और बाथरूम को इस्तेमाल करने के अधिकार के साथ। ढोंढूताई ने मुझे मौसी से मिलवाया, स्नेह से मेरा परिचय 'अपनी नन्हीं शिष्या' के रूप में देते हुए। मौसी मुस्करायी और उसने ढीलेपन से अपना हाथ मेरी तरफ़ बढ़ा दिया जिसे मैंने पकड़ कर हिलाया - हम दोनों ही ने अभिवादन के इस पश्चिमी तरीक़े को ले कर कुछ अटपटा-सा महसूस किया। मेरा ध्यान उनकी पंख-सरीखी हलकी-हलकी मूँछों पर गया जिन्हें उन्होंने अनगढ़ तरीके से तराशा हुआ था जिससे सफ़ेद खूँटियों के छोटे-छोटे टुकड़े छूट गये थे।

ढोंढूताई ने पूछा कि क्या मैं चाय पीना चाहती हूँ। मैंने मना कर दिया। चाय बनाते हुए उन्होंने बातें जारी रखीं और मैं उनकी बग़ल में रसोई-घर के थड़े से टेक लगाये खड़ी सुनती रही।

'चाय बनाना ज़िन्दगी का एक सबक़ है,' उन्होंने कहा। 'तुम सोचते कि तुमने चाय बनाते समय केतली को चूल्हे पर रखा है और उसमें चाय की पत्ती डाल दी है। लेकिन ज़रा और गहराई से देखो कि क्या कुछ हो रहा है। सच तो यह है कि किसी ने चाय की पत्तियाँ उगायी हैं, किसी ने उन्हें छाँटा है, किसी

बेचारे ने उन्हें थैलियों में डाला है। किसी ने गाय को दुहा है और दूसरे किसी ने गन्ना पेरा है ताकि तुम्हें चीनी मिल सके। और भला हो आग का कि तुम पानी उबाल सकते हो। तो तुमने जो किया है, वह चाय बनाने के इस पूरे ताम-झाम में रत्ती बराबर है। कभी बेकार में घमण्ड मत करो, क्योंकि जो कुछ तुम हासिल किया बताते हो, उसमें बहुत-सी अदेखी-अजानी शक्तियों का योगदान है। क्या ख़याल है, मौसी ?'

'ठीक बोलती हो, ताई। सब कुछ परमात्मा के हाथ में है,' मौसी ने साँस छोड़ते हुए कहा और अपनी साड़ी के पल्लू से पसीने की उस परत को थपथपाया जो चाय की भाप से पैदा हो गयी थी। ढोंढूताई हँसी और उन्होंने चीनी मिट्टी के दो कहीं-कहीं से चिटके कपों में गरम चाय ढाली और उन्हें अपने और अपनी माँ के लिए अपने कमरे में ले आयीं। आई ने एक काँपते हुए हाथ से प्याला उठाया और चाय का अधिकांश फ़र्श पर गिरा दिया। फिर उन्होंने डरी-डरी नज़रें ऊपर उठा कर हमारी तरफ़ देखा।

'तुम थोड़ा और ध्यान क्यों नहीं दे सकतीं, आई ?' ढोंढूताई ने डाँटा। 'मैं तुम्हारे पीछे-पीछे सफ़ाई करते हुए कैसे चल सकती हूँ ? लाओ, कप मुझे दो।' उन्होंने सिर हिलाया और साँस छोड़ी। 'तुम जलीं तो नहीं, क्यों ?' उनका स्वर नरम हो गया और वे पोंछा लेने बाहर चली गयीं। मौसी रसोई-घर से चल कर अन्दर आयी और आई को देख कर चिन्ता-मत-करो के अन्दाज़ में मुस्कायी। आई फ़र्श की तरफ़ देख रही थी। वह धीरे से अपने बिस्तर पर लेट गयी और उसने मुँह दीवार की तरफ़ कर लिया।

दिल छू लेने वाला दृश्य था। इस छोटे-से फ़्लैट में तीन औरतें, तीनों अपने-अपने दुखड़ों और क़िस्सों के साथ, एक-दूसरी को सहानुभूति और सम्वेदना से सहारा देती हुईं। एक का चेहरा दुख का बयान था, एक पति जो उसके लिए एक अँधेरा, पपड़ियाता फ़्लैट छोड़ कर कर्ज़े में मरा होगा, जिसका आधा उसे भूख से बचने के लिए भाड़े पर उठाना पड़ता था। दूसरी अपने शरीर को धीरे-धीरे अपने दिमाग़ का साथ छोड़ते हुए देखने की शर्म से जूझ रही थी।

तीसरी इस एहसास के तनाव में जी रही थी कि वह दुनिया को सृजन का उपहार देने के लिए पैदा हुई थी – और उसके जीवन का उद्देश्य पूरा नहीं

हुआ था। क्योंकि हमेशा दवाइयाँ ख़रीदी जानी थीं, खाना पकाया जाना था। ज़िन्दगी रोज़मर्रा के काम-काज और उसकी अलौकिक कला के बीच एक अनवरत संघर्ष था।

❑

दो दिन बाद मैं फिर केनेडी ब्रिज के नीचे उस संगीत कक्ष में वापस गयी। मैं अपने खेल-कूद का समय खोने को ले कर सन्तप्त थी, लेकिन मेरा एक हिस्सा गुप्त रूप से आई और मौसी और उस गुड़ियाघर को फिर से देखने के लिए उत्सुक भी था।

मेरे अगले कुछ सबक़ उस बुनियादी सुर सा के गिर्द चक्कर काटने में बीते। एक अकेले सुर को बार-बार, मानो किसी मन्त्र की तरह लगाने से, ऐसा समझा जाता है कि गायिका को अपने सिर के अन्दर की सभी भटकाने वाली आवाज़ों को डुबोने में मदद मिलती है। वह शरीर, मन और आत्मा को एकाग्र कर देता है और उनमें सन्तुलन ले आता है। वह साँस को एक नियमित लय में खींचता-छोड़ता है। इस कारण से हम कभी दूसरे छै स्वरों तक नहीं पहुँच पाये। यह सब मुझे समझाने की बजाय ढोंढूताई ने बस यही कहा कि आगे बढ़ने से पहले मुझे इस स्वर में निवास करने वाली आत्मा को सन्तुष्ट करना होगा।

स्वर का शाब्दिक अर्थ 'नोट' होता है, लेकिन अपने पश्चिमी पर्याय की तुलना में उसका एक अपेक्षाकृत गहरा मूल्य है। वह कोई विशेष संगीतात्मक आवृत्ति नहीं है जो पियानो पर सही बटन दबाने या किसी तार को ख़ास तरह से छेड़ने पर मिल सकती है। वह कोई यान्त्रिक स्वर-साधना नहीं, बल्कि एक ऐसी अभिव्यक्ति है जो मनुष्य के शरीर के भीतर की गहराई से निकलती है।

पश्चिमी और भारतीय संगीत का बुनियादी व्याकरण उन्हीं सात सुरों पर निर्मित है - भारतीय संगीत के सा, रे, गा, मा, पा, धा और नी, तथा डो, रे, मी, फ़ा, सो, ला, टी के यूरोपीय सप्त स्वरीय मानक बराबर ठहरते हैं - लेकिन जैसे-जैसे हम इन स्वरों की जाँच-परख करना शुरू करते हैं और इनसे पैदा होने वाले संगीत के रेशे सुलझाते हैं, तो दोनों प्रणालियों में गहरे

अन्तर उभर कर सामने आते हैं। ये अन्तर उन परस्पर विरोधी विचार-प्रक्रियाओं को प्रतिबिम्बित करते हैं जो पश्चिम और पूरब को प्रचालित करती हैं।

संगीत के बारे में प्राचीन पश्चिमी धारणा यह थी कि वह क्रमबद्ध सुरीले अन्तरालों वाली ध्वनियों की बुनावट थी जो उन सरल अनुपातों को दर्शाती थे जिनके आधार पर दुनिया का गठन हुआ था और जो हमारी ज्ञानेन्द्रियों के लिए बोधगम्य थे। पश्चिमी सिद्धान्त, इस तरह, बोधगम्य, तार्किक विचारों के इर्द-गिर्द निर्मित किये गये हैं जिन्हें मनुष्य का मस्तिष्क देख और समझ सकता है और जिसका प्रमाण खोज सकता है।

हिन्दुस्तानी संगीत बुनियादी तौर पर एक अलग मान्यता पर टिका हुआ है - कि एक अनवरत, अनदेखी और निरन्तर बदलती वास्तविकता है जो सारे मानवीय कार्यों और बोध की पृष्ठभूमि है। वही हमारे कर्मों या नियति को गढ़ती है और यह समझने-समझाने में मददगार होती है कि हमारे साथ ऐसी घटनाएँ कैसे होती हैं जो ज़ाहिरा तौर पर अबूझ नज़र आती हैं । इस तरह हिन्दुस्तानी संगीत के स्वर अलग-अलग ख़ानों में बँटे, विच्छिन्न, अपने में बन्द अस्तित्व नहीं हैं, बल्कि स्वरों की सूक्ष्म, पकड़ में न आने वाली निरन्तरता से जुड़े होते हैं जिन्हें मनुष्य के कान मुश्किल ही से पहचान सकते हैं। वे आध्यात्मिक अर्थों में उस वास्तविकता का हिस्सा हैं जो बोध से परे है। बीच के इन सुरों को श्रुतियाँ कहते हैं और वे हिन्दुस्तानी संगीत का सार हैं।

बहुत शाब्दिक अर्थ में ये श्रुतियाँ दो स्वरों के बीच के अन्तराल को भरने वाले आधे या चौथाई स्वर हैं। लेकिन यह एक अत्यन्त अधूरा वर्णन होगा। श्रुति में और भी बहुत कुछ है, क्योंकि वह स्वरों की वास्तविकता को पूरी तरह बदल सकती है। मिसाल के लिए, आप किसी स्वर तक कैसे पहुँचते हैं, यह उतना ही महत्वपूर्ण है जितना कि स्वयं वह स्वर। उस तक नीचे से या ऊपर से पहुँचा जा सकता है, उस छिपे हुए सुर को सहलाते हुए जो उसकी बग़ल में विचरता-मँडराता रहता है, और इसकी तुलना में अगर संगीतकार उस स्वर को सीधे उठाता तो वह एक बिलकुल भिन्न अनुभूति जगाता ।

इसी से यह समझा जा सकता है कि हिन्दुस्तानी संगीत पाठ्य पुस्तकों

से क्यों नहीं सीखा जा सकता। उसे एक गुरु द्वारा ही सिखाया जा सकता है जो इन बारीक़ियों को समझा सकता है, शिष्य को सहारा देते हुए उससे सही स्वर निकलवा सकता है और उस स्वर को उपलब्ध करने में उसकी मदद कर सकता है। मुखर-से-मुखर लिखित पाठ भी इस बात को सफलता से कैसे समझा सकता है कि आपको धीरे-धीरे प्यार के साथ स्वर को रिझाते हुए उससे मुलाकात करनी होती है ?

प्राचीन धर्म ग्रन्थ मौखिक परम्परा में सँजोये जाते थे, जहाँ हर वाक्य और शब्द स्मृति-सहायकों के एक जटिल समूह के माध्यम से कण्ठस्थ किये जाते थे और फिर वाचन पर भारी बल देते हुए उनका पाठ किया जाता था ताकि भावी पीढ़ियाँ उन्हें सही-सही ग्रहण कर लें। योग भी एक प्राचीन और गोपनीय साधना पद्धति थी और उसे भी पाठ्य-पुस्तकों द्वारा नहीं, बल्कि गुरु द्वारा शिष्य को प्रदान किया जाता था। हिन्दुस्तानी शास्त्रीय संगीत की परम्परा भी ऐसी ही मौखिक परम्परा पर निर्भर है जहाँ गुरु प्रमुख पात्र होता है और अकसर उसी आदर-सम्मान से देखा जाता है जो हम किसी पुरोहित या साधु को देते।

लेकिन सीखने-सिखाने की भी एक सीमा है। अन्ततः स्वर के रहस्यों को सीखना शिष्य पर निर्भर है। गायक के पास स्वरों की शुद्धता हो सकती है, लेकिन यह सम्भव है कि वह अगले धरातल पर पहुँच पाये या न पहुँच पाये। जब शिष्य को स्वरों का सच्चा एहसास हो जाता है, तभी उसका संगीत सचमुच चमक उठता है ।

गायन को अकसर देवत्व से जोड़ा जाता है। इस्लामी पुराकथाओं के अनुसार अल्लाह ने अपने फ़रिश्तों से कहा कि वे चिकनी मिट्टी से एक सन्त हज़रत आदम अलेहोस्सलाम का बुत बनायें। उन्होंने बुत बना दिया, पर जब वे सन्त की रूह को उसके अन्दर प्रतिष्ठित करने लगे, तो वह बार-बार बाहर आ जाय - लिहाज़ा रहीमो-करीम अल्लाह ने उन्हें बुत के अन्दर बैठ कर गाने के लिए कहा। जैसे ही गाना शुरू हुआ, सन्त की रूह बुत में दाख़िल हो गयी। और फ़रिश्तों ने उसे अन्दर बन्द कर दिया। यही वजह है कि सभी इन्सान, परिन्दे और जानवर संगीत पसन्द करते हैं - क्योंकि वे उसी मिट्टी के बने हैं।

हिन्दू संगीतकारों के पास संगीत के उद्‌भव की अपनी व्याख्या है। उनका विश्वास है कि ब्रह्माण्ड में जीवन के अवतरित होने से पहले जो तत्व उभर कर सामने आया था, वह ओम का स्वर था, जो उस सार्वभौम सत्ता का साकार प्रतिरूप है जिसे कुछ लोग ईश्वर कहते हैं। शायद यही वजह है कि जब एक संगीतकार स्वरों का उच्चारण उनके शुद्धतम रूप में करता है तो गायक और पारखी दोनों को जो अनुभूति होती है, वह बहुत हद तक उस अनुभूति जैसी होती है जो हमें किसी शान्त मन्दिर, गिरजे या मक़बरे में बैठने पर, और उस आकस्मिक दिव्य आलोक का अनुभव करने पर होती है।

३

ज़्यादातर दिन ऐसे होते जब मुझे संगीत सीखने के लिए जाने के ख़याल से ही नफ़रत होती। स्कूल में एक थका देने वाला दिन गुज़ारने के बाद, मुझे अपनी बूढ़ी नेपाली आया – भक्तिमाया – को अपने साथ लिये-लिये केनेडी ब्रिज के लिए बस पकड़नी पड़ती – जबकि इसकी बजाय मैं किसी सहेली के घर सुस्ता सकती थी या बग़ीचे में रसोई बनाने का खेल खेल सकती थी; इस खेल में पत्तियों और कंकड़ों को पीस कर खाने की काल्पनिक चीज़ें बनाना और उन्हें बिल्डिंग के फ़र्माबरदार चौकीदार को परोसना शामिल था। सवाल महज़ एक घण्टे तक उसी सुर को बार-बार लगाने की उकताहट का ही नहीं था, बल्कि उस भय का भी था जो अपनी शिक्षिका के घर के आस-पास के इलाक़े को पार करते समय मुझे मन-ही-मन हर बार महसूस होता।

बस हमें पुल पर उतार दिया करती। इसके बाद हम टूटी-फूटी सीढ़ियों से नीचे उतर कर उस सड़क पर पहुँचते जहाँ ढोंढूताई रहती थीं। बम्बई के ज़ीने और सीढ़ियाँ सड़कों या प्लैटफ़ॉर्मों जैसी दो स्थिर-सुनिश्चित जगहों के बीच एक किस्म के अनिश्चित इलाके की तरह टँगी रहती हैं, और वे हाशिये पर धकेल दिये गये लोगों की शरण-स्थलियाँ बन गयी हैं : भिखारी अपनी पसन्दीदा सीढ़ियाँ चुन लेते हैं और वहाँ बरसों के लिए टिक जाते हैं, नशेड़ी अपनी सुइयाँ सीढ़ियों की दरारों में छिपाये रखते हैं, और सीढ़ियों के नीचे का ढलवाँ हिस्सा कभी-कभी किसी बेघर कुनबे के लिए छत का भी काम देता है। केनेडी ब्रिज की सीढ़ियाँ आम इन्सानी खर-पतवार का ही आसरा नहीं थीं, बल्कि वहाँ दो लिजलिजे भड़वे भी, किसी पहले-पहले गाहक को फाँसने के फ़िराक में, सिगरेट फूँकते हुए, मँडराया करते। जब मैं वहाँ पहुँचती तो एक चेचक-रू आदमी ख़ास तौर पर वहाँ मौजूद रहता और जब

मैं उसके पास से गुज़रती तो कोई-न-कोई गन्दा-सा जुमला मेरी तरफ़ फेंकने से ख़ुद को रोक न पाता।

'मेरे साथ चलेगी, छमिया ?' वह बिला-नाग़ा बोली मारता। एक बार वह मेरे ग्यारह-वर्षीय उरोजों से रगड़ता हुआ निकल गया था, और मेरे भीतर डर और शर्म से उबकाई आने को हुई थी। लेकिन मेरे पीछे-पीछे डगमगाती हुई आने वाली मेरी लगभग अन्धी आया, भक्तिमाया को शायद ही पता चला कि माजरा क्या था, क्योंकि उसके गाल में गहरे दबे तम्बाकू के गोले ने बहुत पहले ही से ज़िन्दगी की नागवार हकीकतों के प्रति उसकी संवेदना को सुन्न कर दिया था। मैं बिना पीछे देखे सरपट सीढ़ियों पर नीचे की तरफ़ भागती चली गयी और तभी रुकी थी जब मैं ढोंढूताई की बिल्डिंग में दाख़िल हो चुकी थी। कुछ मिनट बाद भक्तिमाया हाँफते-काँपते मुझ तक आ पहुँची और उसने मुझे इस तरह भाग आने के लिए फटकारा। उसे इस बात की इजाज़त थी। भक्ति माया मेरी माँ के दहेज के एक हिस्से के तौर पर हमारे परिवार में काम करने आयी थी और पच्चीस साल बाद अपने मरने के समय तक वह हमारे साथ बनी रही।

एक बार मैं ढोंढूताई के कमरे में दाख़िल होती, तो मुझे ऐसा महसूस होता कि मैं एक सुकून-भरे कोये के भीतर पहुँच गयी हूँ - और मुझे मालूम है कि भक्ति को भी ऐसा ही महसूस होता।

❑

मैंने अब शनिवार की सुबहों को भी सबक़ लेने शुरू कर दिये थे। पहली सुबह जब मैं वहाँ पहुँची मुझे आश्चर्य हुआ कि कैसे मुहल्ले का मिज़ाज शाम की तुलना में बदला-बदला-सा था। सड़क कहीं ज़्यादा शान्त थी और दलाल शायद सोये पड़े थे। जब मैं पहुँची तो ढोंढूताई अभी अपनी सुबह की पूजा कर रही थीं। उनके कमरे में एक दिव्य स्वर्गीय गन्ध थी जैसी भोर के समय मन्दिर में होती है। ढोंढूताई सद्यस्नाता, हल्की गुलाबी साड़ी पहने, वेदी के सामने बैठी थीं। उन्होंने मुझे अपनी बग़ल में बैठने का इशारा किया और एक लय-भरी गुनगुन में मन्त्र जपना जारी रखा। वे चन्दन की लकड़ी को एक चपटे गोल पत्थर पर गोल-गोल घुमाते हुए घिस रही थीं, बीच-बीच में

उस पर पानी के छींटे मारती हुईं जिससे लकड़ी घिस कर एक लेप का रूप ले रही थी। थोड़ी-थोड़ी देर बाद वे अपनी तर्जनी से लेप को काछ कर उसे एक छोटी-सी चाँदी की तश्तरी में रख रही थीं।

मैं इस विस्तृत कर्मकाण्ड से जितना मन्त्र-मुग्ध हुई उतना मैं ख़ास स्विट्ज़रलैण्ड में बने असली गुड़िया-घर के सामने बैठ कर न हुई होती। ढोंढूताई ने चाँदी के देवताओं को उठाया और एक बड़े-से कटोरे में रख दिया। फिर उन्हें पानी से नहलाया गया। उन्होंने हर देवता को उठा कर तौलिये से पोंछा और वापस वेदी पर रख दिया जहाँ वह हलके-हलके चमकता रहा। अब सुगन्धित चन्दन की बारी थी। अपनी बीच की उँगली से उन्होंने हर प्रतिमा पर उस पाण्डुर लेप का एक नन्हा-सा टीका लगा दिया। यही रस्म उन्होंने कुमकुम और हल्दी के साथ दुहरायी। फिर उन्होंने एक बड़े-से हरे पत्ते को खोला जिसे काग़ज़ की तरह लपेट कर धागे से बाँध दिया गया था। अन्दर फूलों का एक गुच्छा और पंखुड़ियाँ रखी थीं। उन्होंने एक-एक करके उन्हें उठाया और ताज़ा बैंगनी, गुलाबी और लाल भेंट को हर प्रतिमा के सामने रख दिया। अलंकरण सम्पन्न हो चुका था। प्रतिमाएँ दैदीप्यमान दिखायी दे रही थीं।

मैंने अपनी दादी को पूजा करते और इसी कर्मकाण्ड को अपने तरीक़े से करते देखा था। लेकिन इससे पहले कभी मैंने इतनी कोमलता के दर्शन नहीं किये थे। ढोंढूताई के लिए ये निष्प्राण मूर्तियाँ या सुदूर स्वर्गिक अस्तित्व नहीं थे, बल्कि नन्हें प्राणी थे जिन्हें ठीक उसी तरह नहलाना-धुलाना, कपड़े पहनाना, प्यार करना और याद रखना ज़रूरी था, जैसे हम बच्चे या बूढ़े माता-पिता के साथ करते। ये उनके रोज़मर्रा के साथी-संगाती थे।

अब आख़िरी रस्म निभाने का समय था। ऊँचे स्वर में प्रार्थना करने का। ढोंढूताई ने चाँदी के एक छोटे-से दीपक में तेल डाला जो अपनी खड़ी बत्ती के साथ धीरज धरे प्रतीक्षा कर रहा था। उन्होंने दीप जलाया और प्रार्थना करते हुए उसे वेदी के सामने गोल-गोल घुमाया। आधे घण्टे में हमने काम पूरा कर लिया था। पूजा की चटाई से धीरे-धीरे उठते और अपनी टाँग के दर्द से चिंहुकते हुए वे बोलीं, 'विश्वास ही सब कुछ है, समझीं...अगर तुम्हारे अन्दर विश्वास है तो कोई तुम्हारा बाल बाँका नहीं कर सकता।'

आहिस्ता से उन्होंने बात जारी रखी, 'तुम ख़ुशक़िस्मत हो, क्योंकि तुम्हें इन देवी-देवताओं के सामने गाने का मौक़ा मिलता है और उन्हें संगीत पसन्द है। तुम पर हमेशा उनकी कृपा रहेगी। इसी चीज़ ने इतने बरसों तक मेरी रक्षा की है।' उन्होंने मुझे सन्त-गायक हरिदास स्वामी के बारे में बताया, जो क़िस्सा वे आने वाले बरसों के दौरान कई बार मेरे सामने दोहराने वाली थीं, क्योंकि वह संगीत और महान संगीत के अन्तर के बारे में था।

सोलहवीं सदी में एक गायक हुए हैं मियाँ तानसेन। उन्हें हिन्दुस्तानी संगीत का जनक कहा जाता था और बहुत-से रागों का नाम उनके नाम पर पड़ा। कोई भी उनकी शैली या विस्तार की बराबरी नहीं कर सकता था। जब अकबर बादशाह ने उनको गाते सुना तो उन्होंने फ़ौरन उन्हें अपनी शाही दरबार में शामिल कर लिया और तानसेन को सल्तनत के नौ रत्नों में से एक की पदवी दी गयी।

एक दिन जब वे संगीत चर्चा करते हुए महल की गुलाब वाटिकाओं में टहल रहे थे, अकबर ने उनसे कहा, 'तानसेन, आप इतना अच्छा गाते हैं। आपको किसने ऐसा गाना सिखाया ? आपके गुरु तो आपसे भी अच्छे होंगे। कौन हैं वे ? हमने अभी उन्हें क्यों नहीं सुना ?'

तानसेन मुस्कराये और बोले, 'चलिए, मैं आपको दिखाता हूँ। लेकिन एक लम्बे सफ़र के लिए तैयार रहिए।'

अकबर ने अपने आदमियों से कहा कि उनका भेस बदलने का सामान ले आयें। अकसरहाँ, बादशाह आम आदमी का लिबास पहन कर अपनी सल्तनत में यह टोहने निकलते थे कि क्या कुछ चल रहा था। अब की बार उन्होंने एक लकड़हारे का भेस बनाया। तानसेन और अकबर, दोनों अपने-अपने घोड़ों पर सवार हुए और नगर के छोर तक जा पहुँचे। वहाँ उन्होंने एक सराय में अपने घोड़े छोड़े और घने जंगल की तरफ़ चल दिये। कई घण्टे चलने के बाद वे एक नदी के किनारे खुली जगह पर पहुँचे। अकबर ने सुझाया कि वे वहाँ कुछ देर बैठ जायें और आराम कर लें। पानी के किनारे वे लेट गये और उन्होंने अपने शरीरों को इर्द-गिर्द की कुदरती आवाज़ों में लीन हो जाने के लिए ढीला छोड़ दिया। बादशाह धीरे-धीरे एक मीठी नींद में सरकते चले गये।

वे अलसायी हुई नींद से ऐसे गायन की आवाज़ से जागे जैसा उन्होंने पहले कभी नहीं सुना था। राग मालकौंस के सुर हवा में भरे हुए थे और वे पानी की कलकल, पत्तियों की सरसर और कोयल की कुहुक से पूरी तरह एकमेक जान पड़ते थे। अकबर कुछ पलों तक विस्मित लेटे रहे और बुदबुदाये, 'सुब्हान अल्लाह! यह तो ख़ुदा से की जा रही गुफ़्तगू है।'

फिर वे उठ खड़े हुए और संगीत की दिशा में चलने लगे। उन्होंने तानसेन को मानो समाधि की दशा में एक विशाल वट वृक्ष के पास खड़े देखा। गायक ने बादशाह को अपने पीछे आने का इशारा किया। जैसे-जैसे वे गायन की ओर बढ़े, स्वर धीरे-धीरे और पास आते गये। फिर, जैसे ही अन्तिम सुर आहिस्ता से समाप्त हुआ, उन्हें एक झोंपड़ी नज़र आयी। ओसारे में एक आदमी आँखें बन्द किये बैठा हुआ था। उसने सिर्फ़ एक सीधी-साधी मलमल की धोती पहन रखी थी, और कुछ नहीं। उसने दोनों की तरफ़ देखा और कहा, 'आओ अकबर, तुम्हारा स्वागत है।'

'आपको कैसे पता चला कि मैं हूँ ?' अकबर ने जवाब दिया।

वह आदमी हरिदास स्वामी थे, वे सिर्फ़ मुस्कराये और उन्होंने अकबर और तानसेन को अन्दर आमन्त्रित किया।

वापसी पर ज़्यादातर रास्ता उन्होंने ख़ामोशी से काटा। फिर, अकबर ने तानसेन से पूछा, 'अगर वे इस तरह गा सकते हैं तो आप क्यों नहीं गा सकते ?'

तानसेन बोला, 'आसान-सी बात है, जहाँपनाह! मैं आपके लिए गाता हूँ, वे ईश्वर के लिए गाते हैं।

'तो समझीं तुम,' ढोंढूताई ने तानपुरे के सुर मिलाना शुरू करते हुए कहा, सावधानी से तने के छोर पर लगी घुण्डियों को मरोड़ते हुए। 'एक बार तुम अपने आपको और अपने चारों तरफ़ की दुनिया को भूल जाओ, एक बार तुम उन सभी इनामों और शोहरत को ठुकरा दो जो तुम्हें अपनी कला के लिए मिल सकते हैं और सिर्फ़ मनन करने की तरह गाओ तो तुम्हारा संगीत बेड़ियाँ तोड़ कर मुक्त हो जायेगा। तुम्हें वह चीज़ें भी पता लगनी शुरू हो जायेंगी जिन्हें दूसरे लोग नहीं जानते। सच्चाइयाँ तुम्हारे सामने उजागर हो जायेंगी। इसी तरह हरिदास स्वामी तत्काल अकबर के कपट वेष को भेद कर

उन्हें देख पाये। यह एकान्त में रहने और केवल संगीत में ध्यान लगाने का नतीजा है। मैंने भी इसे अनुभव किया है।'

मैंने उनकी ओर प्रश्न-भरी निगाहों से देखा, लेकिन तब तक मेरी आँखें भटक कर वेदी के सामने रखे प्रसाद के छोटे-से कटोरे की दिशा में मुड़ गयी थीं। हर रोज़ कटोरे में कोई-न-कोई नयी चीज़ होती - सेवैयाँ, खीर या हलवा। आज गाजर का हलवा था जिस पर कतरे हुए बादाम बुरके गये थे।

'कल जन्माष्टमी है। आओ, कुछ देर सा के रियाज़ से छुट्टी करें और मैं तुम्हें कृष्ण और राधा के होली खेलने के बारे में एक गीत सिखाऊँ। जो अबीर-गुलाल वे एक-दूसरे पर फेंकते हैं, वह प्रेम का रूपक है... शारीरिक प्रेम का नहीं, समझीं। यह सारे जगत का प्रेम है जो तुम बड़ी हो कर धीरे-धीरे समझ जाओगी।'

बरसों बाद मुझे इस बात का आभास हुआ कि ढोंढूताई एक समानान्तर दुनिया में रहती थीं जो उस दुनिया से थोड़ा अलग-सी थी, जिसमें हम विचरते थे, जहाँ हर चीज़ संगीत का एक रूपक बन जाती थी। अगर कृष्ण का जन्मदिन था तो हमें उनकी स्तुति करने वाला भजन सिखाया जाता। जब वर्षा ऋतु घूम कर आती तो राग मेघ या मल्हार गाने का समय होता जो वर्षा के आने की सूचना देते हैं। अगर परिवार में कोई शादी होती तो हमें वीर रस का राग शाहाना सीखना पड़ता और एक राग जो दुल्हे-दुल्हिन के सारे साज-सिंगार के साथ उनका वर्णन करता। ख़याल, हरकत और आवाज़ का यहाँ एक अद्भुत मेल था, जहाँ किसी अत्यन्त सांसारिक प्रथा को संगीत के मुहावरे में डाल दिया जाता। खाना बनाने के साथ-साथ वे धीमी लय में गुनगुनाती रहतीं। उन्होंने मुझे सिखाया था कि कैसे सब्ज़ी वाली की आवाज़ भी जो एक बिल्डिंग से दूसरी बिल्डिंग जाती थी और अपने आने की घोषणा एक लय-भरी पुकार में करती थी, पूरी तरह सुर में बँधी थी।

लेकिन उस वक़्त मेरे ख़याल ज़्यादा नज़दीक के थे। मैं पहले ही भाग कर किचन से उस हलवे के लिए तीन तश्तरियाँ ले आयी थी जो वेदी के सामने रखा हुआ चमक रहा था। मौसी प्रसाद चखने के लिए दूसरे कमरे से चली आयी और भक्ति को भी उसमें हिस्सेदारी के लिए बुला लिया गया।

प्रसाद ईश्वर का भोजन है, वह जात-पाँत नहीं मानता। मैंने आई को एक तश्तरी थमायी और हम दोनों बैठ कर उन मीठे नारंगी लच्छों को खाते रहे जो घी में यों शराबोर थे जैसे गंगा की धारा में गेंदे के ताज़ा फूलों का गुच्छा।

४

जब मैंने सा की लकीर को सौ-दो सौ बार पीट लिया और इस दौरान उतनी ही बार कसमसा कर आँखें सिकोड़ चुकी, तब कहीं जा कर हम दूसरों सुरों की ओर बढ़े - सारे-के-सारे सातों की तरफ़ नहीं, बल्कि पाँच सुरों की एक विशेष संरचना की तरफ़, जो राग भूप की स्वर-लिपि है।

'मैं जानती हूँ कि तुम उकता रही हो। मैं तुम्हें भूप सिखाने जा रही हूँ जो तुम्हें काफ़ी आनन्ददायक लगेगा,' ढोंढूताई ने मुझे एक शाम बताया। अगले दो वर्षों तक यह राग मेरी आत्मा का सहचर बनने वाला था।

संगीत के कोष में भूप सबसे लोकप्रिय रागों में से है। मुझे दीक्षित करने के लिए जिस कारण से ढोंढूताई ने इस राग को चुना, वह यह था कि यह राग अपनी संरचना और शैली में सरल है। भूप की ख़ूबसूरती इस बात में है कि महज़ पाँच सुरों से अनगिनत संरचनाएँ और बुनावटें रची जा सकती हैं। अनुपस्थित सुर भी उतने ही महत्वपूर्ण हैं जितने वे सुर, जो गाये जा रहे हैं।

ढोंढूताई ने इस बात को नज़रन्दाज़ कर दिया कि मैंने गामदेवी स्कूल में हैरान-हलाकान मिस रानाडे से सात या आठ राग सीखे थे, क्योंकि राग की सरगम को जानने का मतलब यह जानना नहीं था कि उसे कैसे गाया जाय। इसके अलावा, उनके अनुसार बहुत कम दूसरे लोग गाने के अधिकारी थे, सिखाने की तो बात ही छोड़िए। हमने शून्य से शुरू किया और इस तरह उस अद्‌भुत, प्राचीन व्यवस्था में मेरी दीक्षा हुई जिसे गुरु-शिष्य परम्परा कहते थे।

मिस रानाडे ने अपनी छोटी-छोटी पाठ्य पुस्तकों के सहारे हमें जिस तरह सिखाया था, वह निश्चय ही रागों को देखने का एक तरीक़ा था - उनका

ढंग ग़लत नहीं था, महज़ अधूरा था। वह हमें सागर में एक डुबकी लगा कर यह अनुभव तो कराता था कि उसमें तैरा जा सकता है, लेकिन इससे उसकी गहराई की कल्पना नहीं हो पाती थी।

जाने-पहचाने रागों की संख्या सैकड़ों में है, और इससे कहीं अधिक राग समय के साथ लोगों की चेतना से लुप्त हो गये हैं।

राग सात सुरों की सरगम से लिये गये - कम-से-कम पाँच - सुरों के एक सुनिश्चित समूह की लयात्मक संरचना होती है। उसका एक सुनिश्चित आरोही-अवरोही क्रम होता है। सम्भव है, एक या दो प्रमुख सुर हों जिन पर धुन बार-बार लौटती हो, या जिन्हें दुहराती हो। वे राग के प्रवक्ताओं की तरह होते हैं। कोई ख़ास बोल भी हो सकता है, राग को परिभाषित करने वाला बुनियादी लक्षण या अभिप्राय, जो तत्काल उस राग को साकार कर देता है। एक और विशेषता है कि वह सरगम के एक ख़ास दायरे में गाया जाता है। कुछ राग सरगम के निचले सुरों पर केन्द्रित होते हैं, कुछ उच्च सुरों पर। इस तरह हो सकता है दो रागों के एक-से स्वर समूह हों, लेकिन उनकी अदायगी के ढंग की वजह से वे सुनने में बिलकुल अलग-अलग रागों जैसे लगते हैं।

स्वरों और सुरों की यह संरचना राग की मोटी-मोटी चौहद्दी होती है। असली आकर्षण तो अनुशासन के भीतर स्वतन्त्रता खोजने का है। अलबत्ता, राग की सीमाओं का उल्लंघन नहीं करना चाहिए, वरना इस बात का ख़तरा रहता है कि पारखी फ़ौरन नापसन्दी ज़ाहिर करेंगे। मिसाल के लिए, राग मियाँ की तोड़ी में *पा* तक पहुँचने के लिए ऊपर के स्वर *धा* को छूना आवश्यक है, और राग में जहाँ-जहाँ *पा* आये, इस पाबन्दी को निभाना ज़रूरी होता है।

यह राग की शाब्दिक परिभाषा है। यह आपको विश्वविद्यालय की संगीत परीक्षा में उत्तीर्ण करा सकती है और शायद रेडियो की ऑडीशन में शामिल होने का अवसर भी उपलब्ध करा सकती है। राष्ट्रीय प्रसारण सेवाओं में बस इतनी अपेक्षा होती है कि आपको पन्द्रह या बीस राग आते हों और उनमें से हरेक में आप साफ़-सुथरे बोल कुशलता से गा सकें। हज़ारों गायक बस इतने से काम चलाते रहे हैं।

लेकिन राग का एक बिलकुल अलग पहलू भी है, ठीक वैसे ही जैसे कविता शब्दों के समूह से कहीं ज़्यादा होती है। *राग* शब्द की जड़ें *रंग* शब्द में खोजी जा सकती हैं। राग को एक रंग का एहसास कराना चाहिए, एक सम्वेदनात्मक प्रतिक्रिया पैदा करनी चाहिए।

राग और मनुष्य के भावों में एक गहरा सम्बन्ध है जिसका ब्योरा, प्रदर्शन कलाओं के एक प्राचीनतम ग्रन्थ – नाट्यशास्त्र – में दिया गया है। नाट्यशास्त्र उन आठ भावों का वर्णन करता है जिनसे हर प्रदर्शन जुड़ा होता है। ये भाव हैं : श्रृंगार, करुण, हास्य, क्रोध, वीर, रौद्र, वीभत्स और अद्भुत। ऐसा माना जाता है कि स्वरों का विशिष्ट मेल या बुनावट सुनने वाले के भीतर इनमें से किसी एक भाव को जगाती है। सबसे लोकप्रिय राग वे हैं जो श्रृंगार या करुण रस पैदा करते हैं – जैसे राग भैरवी जिसमें प्रेम और विरह की असंख्य रचनाएँ की गयी हैं।

'राग को उसके सच्चे रूप में समझना और अदा करना जीवन भर सुरों पर चिन्तन-मनन चाहता है – और अपने आप पर भी,' ढोंदूताई ने मुझसे कहा। 'सिर्फ़ सुरों को साध लेना काफ़ी नहीं है। तुम्हें मनुष्य की स्थिति पर – स्वयं जीवन पर – ध्यान लगाना चाहिए। हर बार जब मैं कोई राग गाती हूँ, वह नयी-नयी सच्चाइयाँ और राहें प्रकट करता हुआ, खुलता है और फैल जाता है। इसीलिए कहते हैं कि संगीतकार अपने जीवन के अन्त में ही संगीतकार बनता है। जब तुम सुरों के माध्यम से और भी बड़ी कथा कह पाते हो तभी तुम उस अथाह सागर में तैरते हो।'

वर्षों बाद, जब मैं स्वर और राग के अभिप्रायों को पकड़ने लगी, तभी मैं समझ पायी कि ढोंदूताई का क्या मतलब था जब वे कहती थीं, 'हर स्वर की कई श्रुतियाँ होती हैं जो स्वर के भीतर की सूक्ष्म छवियाँ हैं। मिसाल के लिए राग यमन में *मा* सबसे ऊँची श्रुति में होता है जो *पा* के सबसे निकट होती है। जब तुम राग की सही श्रुति को छूना शुरू करोगी तभी राग तुम्हारे सामने खुलेगा और कहेगा – "आह! अब तुम मुझमें प्रवेश कर सकते हो..." '

५

'हर सुर को जितनी देर तक साधे रह सको, उतनी देर तक गाओ। फिर उसे दो-दो स्वर करके बढ़ाओ, फिर तीन, चार...अब पाँचों। इस बार थोड़ा द्रुत। एक ही साँस में ऊपर से नीचे और नीचे से ऊपर जाओ। इस बार साँस लेने के लिए रुके बिना छै दफ़ा। वाह! बढ़िया! एक और चक्र की गुंजाइश बनाने की कोशिश करो। अगर तुम हर बार हल्के-से झटके से शुरू करोगी तो तुम आप-से-आप गति पकड़ लोगी और अपनी साँस पर अधिक नियन्त्रण भी... हाँ, यह ठीक है... शाबाश बेटा, बहुत अच्छे!'

उस समय मैं जो सीख रही थी उसकी पेचीदगी मुश्किल से ही समझ सकती थी। ढोंढूताई ने मुझे इस संगीत के व्याकरण पर आँखें बन्द किये महारत हासिल कराने के लिए छोटी-छोटी हिकमतों और क़िस्सों से काम लिया ताकि मेरी दिलचस्पी बनी रहे। उन्होंने खेल-खेल में मज़ेदार मुक़ाबले तैयार किये ताकि मैं अपनी सीमाओं को फैलाती रह सकूँ। मिसाल के लिए, हर बार जब मैं एक सुर लगाती, मैं एक लम्बी साँस लेती और शुरू करती और वे उन सेकेण्डों को गिनना शुरू कर देतीं जिन तक मैं उस सुर पर टिकी रह सकती थी। हर बार वे मुझे कुछ और आगे तक जाने के लिए उकसातीं। अगर मैं बीच रास्ते में लड़खड़ाती या थोड़ा-सा भी सुर से अलग हटती, वे मुझे रोक देतीं और फिर से शुरू करने के लिए कहतीं। जब द्रुत चक्रों की बारी आती, मैं अपने आप से छोटी-छोटी शर्तें बदती। अगर मैं बिना साँस लिये एक और चक्र पूरा कर सकी तो इसका मतलब था कि क्लास में नया लड़का मुझे पसन्द करता था!

राग में स्वरों की शुद्धता और अखण्डता को स्थापित करने के अलावा, ढोंढूताई मुझे स्वर-संस्कार और स्वर-साधना के उन रहस्यों में दीक्षित कर

रही थीं जो उन्होंने अपने गुरुओं से सीखे थे। मैं स्वर-प्रक्षेप यानी आवाज़ को फेंकना और श्वास-नियन्त्रण करना सीख रही थी - संगीत के जयपुर घराने के दो अनिवार्य और विशिष्ट लक्षण। मुझे यह बात बहुत दिलचस्पी लगी कि उन्होंने स्वर-साधना के इन आधारभूत सूत्रों को इस तरह मेरे सामने उद्घाटित किया मानो वे सरकारी रहस्य हों जिन्हें किसी ऐरे-ग़ैरे के सामने उजागर नहीं किया जा सकता।

'ज़्यादातर गायक यहाँ से गाते हैं,' ढोंढूताई ने, अपने गले की तरफ़ इशारा करते हुए कहा। 'लेकिन हमारी गायकी का भेद यह है कि तुम्हें अपनी नाभि से गाना है। अपनी आवाज़ को इस तरह साधो कि तुम्हें कभी माइक्रोफ़ोन की ज़रूरत न पड़े। हॉल की आख़िरी क़तार में बैठा हुआ व्यक्ति भी तुम्हारी तान के हरेक सुर को अलग-अलग पहचान सके।'

इस वजह से गायक का आसन महत्वपूर्ण होता है। मुझे बताया गया था कि मुझे पालथी मार कर पीठ सीधी रखे बैठना चाहिए ताकि सुरों का मेल शरीर के चक्रों से बैठ सके और वे बिना किसी अवरोध के निकल सकें। दरअसल, उन्होंने इस बात का प्रबन्ध किया कि हमारे सबक़ शीशे के सामने हों ताकि हर बार जब मैं ढीली हो कर लटकूँ तो अपना आसन सुधार सकूँ।

किसने कल्पना की थी कि यह सरल-सी कवायद - मेरा आसन सुनिश्चित करना - मेरी भोली-भाली गुरु के लिए कितना भारी साबित होगा। यह उन पहले-पहले मौक़ों में से था जब हमारे दो संसारों का मेल नहीं बैठ पाया था। ढोंढूताई के लिए फ़र्श पर पालथी मार कर बैठना आसान था। यही वह तरीक़ा था जिससे परम्परागत हिन्दू खाना खाते, पढ़ते या आराम करते हैं। दूसरी ओर मुझे खाने की मेज़ पर बैठ कर खाने की आदत थी। पालथी मार कर बैठने का ख़याल लुभावना तो था, लेकिन उसे आसानी से अपनाया नहीं जा सकता था, ख़ास तौर पर उन सुइयों की वजह से जो पाँच मिनट के भीतर मेरे तलवों में चुभने लगतीं।

इस तरह, बहुत-से शुरुआती सबक़ कसमसाने और हिलने-डुलने के लिए मुझे झिड़कने में गये; मैं पालथी मार कर बैठने के बाद आसन बदल कर घुटने एक ओर करके बैठने की मुद्रा में आ जाती और एक बार तो अपने सामने टाँगें फैला कर जल्दी से गुस्ताख़ी-सी करते हुए मैंने पैरों की उँगलियाँ

सिकोड़ी और सीधी भी की थीं। यह उन बिरले अवसरों में से था जब ढोंढूताई ने मुझे फटकारा था। 'ऐसा तुम्हें कभी नहीं करना चाहिए। कभी अपने पैर अपने गुरु की तरफ़ मत करो और इससे भी ज़्यादा ज़रूरी है, कभी तानपुरे के सामने नहीं। यह संगीत की देवी का सबसे बड़ा अपमान है।'

ऐसे मौक़ों पर आई, जो कमरे के कोने में ख़ामोश बैठी सारे कार्य-व्यापार को देख रही होती, तुरन्त मेरे बचाव में कूद पड़ती और कहती, 'तुम इस बेचारी लड़की को इतना क्यों तंग कर रही हो ? अभी वह बच्ची ही तो है। रहने दो।'

'बीच में टाँग मत अड़ाओ। इसे तुम सिखा रही हो या मैं ?' ढोंढूताई पलट कर जवाब देतीं।

आई तब जवाब में बुदबुदा कर कुछ कहतीं और ढोंढूताई उन्हें डाँटतीं, लेकिन हमेशा ही यह एक कमज़ोर-सी झिड़की होती। बूढ़ी अम्मा और मेरे बीच दृष्टियों की छिपी हुई चालाक अदला-बदली होती और मुझे पता चल जाता कि मैं जीत गयी थी।

❑

आई और मेरे बीच वह अनोखा बन्धन था जो सिर्फ़ एक बच्ची और बूढ़ी औरत के बीच हो सकता है, क्योंकि दोनों ही दो-आयामोंवाली कार्टून-श्रृंखला में ज़िन्दगी गुज़ारना पसन्द करते हैं जिसमें रोज़मर्रा की व्यावहारिक दुनिया के प्रति कोई सहिष्णुता नहीं होती। वह सिर्फ़ मराठी बोलती थी और मुझे सबसे ज़्यादा सुविधा अंग्रेज़ी में थी, लेकिन हम आपस में छोटे-छोटे भेदों में साझा करते रहते। हमारे बीच कुछ और भी समानताएँ थीं। हम दोनों ढोंढूताई के अनुशासनपरक तौर-तरीक़ों से थोड़ा भयभीत रहते थे।

'आई देखो मैं तुम्हारे लिए क्या लायी हूँ,' मैंने एक शाम अहिस्ता से उसे कहा जब ढोंढूताई रसोई में आँखों से ओझल थीं। जैसे ही मैंने उस बूढ़ी महिला के पास आ कर उसकी नाक के नीचे बादाम की मिठाई का एक डिब्बा खोला, उसके चेहरे पर उत्सुकता की हलकी-सी फड़कन दिखायी दी। आई ने दबी-दबी हँसी हँसते हुए एक चीनी लिपटा गुलाब उठा लिया। वह उसके सिरे कुतरती रही, फिर पूरी मिठाई उसने अपने मुँह में डाल ली।

मैंने हरे रंग का एक कन्दपुष्प चुना और उसकी तरफ़ ख़ुशी से देखते हुए उसकी पंखुड़ियों को चाटती रही।

'मैंने इन्हें स्कूल से लौटते समय पारसी डेयरी से लिया था। आज हम स्कूल में इतना-ा-ा बोर हो गये थे। उन्होंने हमारी खेल-कूद की क्लास आज रद्द कर दी, इसलिए हमें बैठ कर और गणित लगाना पड़ा...' मैं चटर-पटर बोलती रही और आई जवाब में सिर हिलाती रही। कुछ देर बाद, थकान के कारण बैठने में असमर्थ, वह लेट गयी और एक छोटे बच्चे की तरह सो गयी। मैं उसकी तरफ़ देखती रही और सोचती रही कि बूढ़े लोग आख़िर कैसे सपने देखते होंगे।

ज़्यादातर वक़्त आई या तो अपने पलँग पर बैठी बेध्यानी से कमरे में होने वाले कार्य-व्यापार को देखती रहती या करवट के बल लेटी एक हाथ मोड़ कर सिर के नीचे रखे, दीवार को घूरती रहती। वह घण्टों एक करवट लेटी उस फीके हरे शून्य का सामना करती रहती। कभी-कभी उसकी उँगली दीवार पर कोई नक्शा-सा बनाती और फिर जैसे ही उसे झपकी आ जाती, आहिस्ता से उसकी बग़ल में गिर जाती। वह शायद ही कभी घर से बाहर जाती थी, क्योंकि जाने के लिए कोई जगह नहीं थी। कुछ समय बाद उसके लिए बाथरूम तक जाना मुश्किल हो गया और उकड़ूँ बैठना तो निश्चय ही असम्भव हो गया। लिहाज़ा, ढोंढूताई एक लकड़ी की कुर्सी ख़रीद लायीं जिसमें शौच के लिए टीन का डिब्बा लगा हुआ था जो निकाला जा सकता था। यह शर्मिन्दगी पैदा करता हुआ कमरे के एक कोने में पड़ा रहता और आई को अपनी हेकड़ी दबा कर असहायता से अपनी बेटी को अपनी साफ़-सफ़ाई करते देखना पड़ता।

ढोंढूताई एक शाम सब्ज़ी ख़रीदने गयी हुई थीं जब मैं अपने सबक़ के लिए आ पहुँची। आई ने मुझे इशारे से पास आ बैठने के लिए बुलाया और मौसी भी मेरा साथ देने के लिए साड़ी के पल्लू से अपने माथे को थपकते चली आयी। उसके चेहरे पर हमेशा पसीने की एक परत होती। वे एक-दूसरे से मराठी में बतियातीं। इस बीच भक्ति माया जो अपनी तम्बाकूजनित पीनक में दाख़िल होने-होने को थी, दरवाज़े के पास अपनी तयशुदा जगह पर बैठी रहती, और उस वार्तालाप में ख़ुद अपनी सहानुभूतिपूर्व हूँ-हाँ और सिसकारियाँ

जोड़ती रहती, इस बात पर ख़ास दुखी हुए बग़ैर कि एक सबक़ मुझसे छूटा जा रहा था।

'क्या तुम्हें मालूम है, ढोंढूताई को अपना यह अजीब-सा नाम कैसे मिला ?' मौसी ने अचानक मुझसे हिन्दी में पूछा।

'नहीं।' मेरे भीतर दिलचस्पी सुगबुगायी। मैं यह जानने के लिए बेचैन रही थी कि मेरी शिक्षिका का ऐसा नाम क्यों था जो एक पालतू पिल्ले के सिलसिले में ज़्यादा माफ़िक बैठता। ढोंढूताई! मैंने आई की तरफ़ देखा और मुझे लगा कि उनकी आँखें बीते दिनों की याद में धुँधला गयी हैं।

'आई ने इतना उतार-चढ़ाव देखा है, तुम इसकी कल्पना भी नहीं कर सकतीं,' मौसी ने सिर हिलाते हुए कहा।

१९२० के आस-पास की बात है, बम्बई से दो-ढाई सौ मील दक्षिण, एक छोटे-से सुदूर क़स्बे कोल्हापुर में एक सुन्दर युवती ने, जो मुश्किल से अट्ठारह की थी और 'आई' बनने से पहले सोनताई कहलाती थी, अभी-अभी एक नन्हीं-सी बच्ची को जन्म दिया था। परिवार में ख़ुशियाँ छा गयीं और उन्होंने पास-पड़ोस के ब्राह्मणों को भोजन दे कर ख़ुशियाँ मनायीं।

उन दिनों, आई का भाई, जो दस साल का था, उनके साथ रहता था। वह हमेशा उस बच्ची को उठा कर उससे खेलना चाहता, पर उसे इसकी इजाज़त न दी जाती। एक शाम बच्ची अपने पालने में गहरी नींद सो रही थी; इस बीच आई ने भाग कर मन्दिर तक हो आने का फ़ैसला किया। उसने अपने भाई से कहा कि वह बच्ची पर नज़र रखे और उसे छेड़े नहीं। लड़का ख़ुशी से राज़ी हो गया। अपनी बहन के जाने के कुछ मिनट बाद उसने गैस बत्ती उठायी और दबे पाँव उस कमरे में गया जहाँ उसकी भांजी सो रही थी। जब वह पालने पर झुक कर मुग्ध भाव से उस नन्ही-सी जान को देख रहा था, उसी समय गैस बत्ती फिसल गयी और बिस्तर के एक हिस्से ने आग पकड़ ली। कुछ ही पलों में पालने से लपटें उठने लगीं। लड़का इतना सन्तप्त हुआ कि वह विजड़ित हो कर वहीं खड़ा पालने को धीरे-धीरे लपटों से घिरते हुए देखता रहा। जब पड़ोसियों ने खिड़की से काले धुँए के बादल निकलते देखे तो वे भागते हुए अन्दर आये। लेकिन तब तक बहुत देर हो चुकी थी।

आई का दूसरा बच्चा, एक लड़का, पैदा होने के लगभग फ़ौरन बाद न्यूमोनिया से जाता रहा। जब उसके यहाँ तीसरा बच्चा हुआ - एक लड़की - तो परिवार ने फ़ैसला किया कि उसे बचाने के लिए वे जो कुछ हो सकेगा, सो करेंगे। उसकी दादी ने आग्रह किया कि वे उसका नाम ढोंढूताई रखें, जिसका मतलब होता है पत्थर।

उन दिनों माँ-बाप अपने बेटों की पहचान छिपाने के लिए उनके कान छिदवा दिया करते थे ताकि शैतान उन्हें उठा न ले जाये, क्योंकि शैतान को लड़कियों की परवाह नहीं थी। चूँकि यह तो लड़की ही थी, इसलिए वे बस यही सोच सके कि उसे एक अजीब-सा, भद्दा-सा नाम दे दें जो बुरी आत्माओं को दूर रखे। इस तरह ढोंढूताई इस दुनिया में दाख़िल हुईं, अपने साथ कुछ बहुत असाधारण और विशिष्ट लिये हुए, एकदम सुर में रोतीं-चिल्लातीं ।

६

उस्तादी के बारे में ढोंढूताई की एक पसन्दीदा कहानी संगीत के जयपुर घराने के संस्थापक अल्लादिया ख़ाँ के बारे में थी जो उन्नीसवीं सदी के अन्त में पैदा हुए थे।

'ख़ाँ साहब अभी युवक थे, अपने चाचा जहाँगीर ख़ाँ की शागिर्दी में,' ढोंढूताई ने कहा। 'तुमने जहाँगीर ख़ाँ के बारे में नहीं सुना ? जब वे गाते थे तो लगता था, सुरों के विशालकाय खम्भे सुनने वाले के सामने खड़े हो गये हैं,' उन्होंने शीशे के सामने खड़े-खड़े बात जारी रखी और आँखें सिकोड़ते हुए एक बिलकुल गोल बिन्दी अपने माथे पर बनायी।

अपनी छोटी-सी प्रसाधन की डण्डी को अलमारी में उसकी तयशुदा जगह पर वापस रखते हुए उन्होंने क़िस्सा जारी रखा। युवा अल्लादिया ने अपना एक शुरुआती प्रदर्शन किया था और अपनी प्रतिभा से सबको चकित कर दिया था। वे, उनके उस्ताद और कुछ और संगीतकार, देर रात गये, सभा के बाद पैदल वापस आ रहे थे। अल्लादिया अपनी अदायगी के नशे में मदमत्त थे, बाक़ी लोग मदिरा के कुछ प्यालों के साथ संगीत में डुबकियाँ लगाने की वजह से। वे लगातार उनकी तारीफ़ें करते रहे और उन्हें 'नये ख़ाँ साहब कह कर पुकारते रहे। जहाँगीर ख़ाँ कुछ देर तक इस चर्चा को सुनते रहे, फिर वे अपने भतीजे की तरफ़ मुड़े, उसके गाल पर तमाचा जड़ा, और कहा, 'तुम इससे बेहतर गा सकते थे।'

'ऐसा नहीं था कि वे अल्लादिया के प्रदर्शन से नाख़ुश थे,' ढोंढूताई ने कहा, 'लेकिन उन दिनों बड़े-बुज़ुर्गों का विश्वास था कि कच्ची उम्र में बहुत ज़्यादा तारीफ़ तुम्हें बरबाद कर सकती है। समय सचमुच बदल गया है,' उन्होंने एक उसाँस के साथ आगे कहा। 'तुम लोगों के मज़े हैं। कोई अनुशासन

नहीं है, ज़रूरत से ज़्यादा आज़ादी है। जब मैं जवान थी...'

यह उनका रोज़ का जाप था। आम तौर पर मैं अपनी प्रतिक्रिया उकताहट का प्रदर्शन करके और ख़ुद अपने को सुना कर गुनगुनाते हुए, या उद्दण्डता से मुस्करा कर आँखें नचाते हुए या फिर कालीन की बुनावट को घूरते हुए न सुनने का नाटक करते हुए प्रकट करती थी...

'... और ये पारसी। तुम चाहे जो भी कहो, वे हमसे अलग हैं।'

मैंने चकित हो कर नज़रें उठायीं। ढोंढूताई की बक-झक इस बार मेरी ओर केन्द्रित नहीं थी, बल्कि एक और छात्रा की ओर, जो उनके संगीत विद्यालय से नयी-नयी जुड़ी थी। मैं उठ बैठी और थोड़ा और ध्यान लगा कर सुनने लगी जब मेरी शिक्षिका उस नये शिकार को भला-बुरा कहने लगी। उसका नाम डेल्ना था और वह गुलाबी मुँहासों से छिटके फीके चेहरे वाली पारसी लड़की थी जिससे मछली और टैलकम पाउडर की हल्की-हल्की मिली-जुली महक आती थी। उसके पिता डॉ. रुस्तम डॉक्टर संगीत के निष्ठावान पुजारी थे।

पारसी घरों में आम तौर पर आदमक़द घड़ियाँ, बड़े पियानो और, लगभग हमेशा, इंग्लैण्ड की महारानी का विवाह के समय खींचा गया चित्र नज़र आता था। लेकिन अधिकांश पारसियों के विपरीत जिनकी वफ़ादारियाँ बाख़ और ज़ुबिन मेहता के साथ थीं, डॉ. रुस्तम फ़िरोज़ दस्तूर के प्रशंसक थे जो पारसी थे, लेकिन पाला बदल कर हिन्दुस्तानी शास्त्रीय गायक बन गये थे।

डॉ. रुस्तम दाँतों के डॉक्टर थे और कई वर्षों से पैसे बचा रहे थे, ताकि उनकी बेटी हिन्दुस्तानी शास्त्रीय संगीत सीख सके। यह फ़िज़ूलख़र्ची करने के क़ाबिल होने के लिए उन्होंने शनिवार-इतवार की बन्दी के दौरान बच्चों के लिए एक ख़ास दवाख़ाना क़ायम कर दिया था और स्थानीय स्कूलों में जा-जा कर दाँतों-मसूढ़ों और मुँह के स्वास्थ्य पर लेक्चर देना शुरू किया था, ताकि माताओं-पिताओं को प्रभावित कर सकें और उन्हें अपने बच्चों को उनके पास भेजने के लिए राज़ी कर सकें। मैं उनकी मरीज़ों में से एक थी। जब उन्हें पता चला कि मैं संगीत सीख रही थी, उन्होंने फ़ौरन मुझसे पूछा कि वे मेरी शिक्षिका से कैसे मिल सकते हैं। उनसे यह वादा

कराने के बाद कि वे मेरे दाँतों की खोड़ों को ले कर मुझे फिर कभी परेशान नहीं करेंगे, मैंने उन्हें ढोंढूताई का अता-पता बता दिया।

डॉ. रुस्तम डेल्ना को ढोंढूताई के पास ले गये। वह लगन से सीखने वाली शिष्या थी, लेकिन राग भूप की बुनियादी जानकारी के आगे नहीं बढ़ पायी। डॉ. रुस्तम का हार्दिक उत्साह ढोंढूताई के मर्म को छू लेता था और उन्हें डॉ. रुस्तम को यह बताने का साहस नहीं होता था कि उनकी बेटी में सुर-ताल की समझदारी और बोध का गहरा अभाव है।

'ये अपुन का सपना रहा है,' डॉ. रुस्तम ने अपने दिल की बात ढोंढूताई के सामने अपनी पारसी-ज़दा हिन्दी में अटक-अटक कर उजागर की।

'वह बहुत मेहनती है, लेकिन डॉक्टर...।'

'कोई दिन, जब हम बूढ़ा और रिटायर हो जायेंगा, हम अपना आँखी बन्द करके बस यही चाहेंगा कि हमारा बेटी हमारे को गाना सुनावे।'

'हाँ-हाँ, बिलकुल, लेकिन...' और फिर डॉक्टर रुस्तम का दिल तोड़ने का साहस न जुटा पाने के कारण उन्होंने ख़ुद को रोक लिया।

डॉ. रुस्तम उन दिनों को याद करते जब उनके पिता उन्हें फ़िरोज़ दस्तूर के ग्राण्ट रोड वाले घर ले जाया करते थे। ग्राण्ट रोड का इलाक़ा, जो अब एक ऐसे दाँत की तरह सड़ चुका है जिस पर तवज्जो नहीं दी गयी, उन दिनों एक जीवन्त मुहल्ला था, जहाँ बहुत-से पुराने पारसी परिवार रहा करते थे। अपनी किशोरावस्था में डॉ. रुस्तम ने इतवार की बहुत-सी दुपहरियाँ फ़िरोज़ दस्तूर के फ़्लैट की जीर्ण-जर्जर सीढ़ियाँ चढ़ कर वहाँ बितायी थीं, जहाँ वे महान गायक उस्ताद अब्दुल करीम ख़ाँ के चित्र के नीचे एक खड़खड़िया ग्रामोफ़ोन पर पुराने उस्तादों को सुना करते थे।

डॉक्टर बहुत रहमदिल आदमी थे और वे ज़ोर दे कर आई को उनके नाप के नक़ली दाँतों का सेट बनवाने के लिए अपनी क्लिनिक ले गये थे। लेकिन एक हृदय-विदारक वर्ष तक उनकी प्यारी डेल्ना को *गा* में घुसे बग़ैर *रे* का सुर निकालना सिखाने में विफल होने के बाद ढोंढूताई ने हाथ खड़े कर दिये।

'जब वह सुर की हत्या कर देती है तो मेरे बदन की एक-एक हड्डी में सुइयाँ चुभती हैं,' ढोंढूताई ने उस सुबह झुरझुरी लेते और हाथ अपने कान पर

रखे हुए मुझसे कहा। 'डॉक्टर ने मुझसे कहा कि वे मुझे दुगना पैसा देंगे, या जो भी बन सकेगा करेंगे ताकि वह सीखती रहे, लेकिन मुझे दिलचस्पी नहीं है। मैं अपना समय क्यों बरबाद करूँ, और उसका भी, अगर वह कभी गाने क़ाबिल बन ही नहीं पायेगी ?'

मैंने अतिरिक्त सहानुभूति दिखाते हुए सिर हिलाया, एक साथी शिष्या के उखाड़े जाने पर मन-ही-मन ख़ुश होते हुए।

जो पाँच सौ अतिरिक्त रुपये ढोंढूताई को हर महीने खोड़ें भरने से पैदा किये गये पैसों में से हाथ लगते थे, उनका ढोंढूताई के लिए कोई मतलब नहीं था। वे क्या ख़रीदतीं उससे ? नयी मेज़-कुर्सियाँ-सोफ़े ? उन्हें पुराने सामान पर ढेर लगा कर रखना पड़ता। साड़ियाँ, जो कमरे की एकमात्र अलमारी में भीड़ लगा देतीं ? सोने के ज़ेवर उन बच्चों के लिए जो उन्होंने कभी पैदा ही नहीं किये थे ? बेकार था सब। आप ढोंढूताई को अच्छा गाने के वचन के सिवा और किसी रिश्वत से नहीं मना सकते थे। लिहाज़ा, उन्होंने डेल्ना को सिखाना बन्द कर दिया और ग्राण्ट रोड पर मिस शर्ली कावसजी के पास फिर से वायलिन सीखने के लिए रवाना कर दिया।

महीना भर बाद जब मैं एक खोड़ भरवाने दाँतों की क्लिनिक पर गयी तो डेल्ना से मेरी मुलाक़ात हुई। उसने अफ़सोस के साथ शिकायत की कि अगर वह ठीक सुर नहीं लगा पाती थी तो कैसे मिस शर्ली उसे चुटकी काटती थी। उसे ढोंढूताई की कमी बहुत महसूस होती थी।

लेकिन ढोंढूताई अडिग थीं। ये सबक़, जो दोनों के लिए निरानन्द श्रम के सिवा और कुछ नहीं थे, उनकी बरदाश्त के बाहर थे। अब वे बिलकुल नहीं चाहती थीं कि अक्षम शिष्य उनकी मानसिक शान्ति भंग करें और वे ख़ुशी से अपने पुराने शिष्यों के साथ अपने एकाकी जीवन में लौट गयीं – मैं, एक सुन्दर युवती जिसका नाम रानी था और एक कहीं ज़्यादा उमरदार औरत, मंजुताई!

❑

दो दिन तक लगातार बारिश होती रही थी, लेकिन मेरे संगीत के सबक़ रद्द नहीं हुए थे। ऐसे मामलों में ढोंढूताई का नज़रिया तपस्वियों सरीखा था और

यही मेरी माँ का भी रवैया था। कीचड़ के भूरे, लसलसे डबरों को पार करके कॉन्ग्रेस हाउस में भाग कर दाख़िल होते हुए, मैं ख़ुद को एक असहाय तितली जैसा महसूस करती जो इन दो ताक़तवर औरतों के बीच पिस गयी हो। मैं कार से भाग कर आने के बावजूद हलकी-सी भीगी हुई हालत में मन-मन भर के क़दम रखती हुई सीढ़ियाँ चढ़ती। ढोंढूताई ने दरवाज़े के पीछे लगी खूँटी से टँगा हुआ एक पतला, चारख़ाने का तौलिया निकाल कर मुझे दिया। 'लो, इससे पहले कि तुम्हें ज़ुकाम हो जाये और तुम उसे मेरी तरफ़ ठेल दो, अपने को पोंछ लो,' उन्होंने हँस कर कहा। आई इस मज़ाक पर मुस्करायी।

तौलिये से युकलिप्टस के तेल की गन्ध आ रही थी, जिसे वे इस्तेमाल करती थीं और जल्दी से अपने को पोंछते हुए मुझे अन्दर-ही-अन्दर एक झुरझुरी-सी आयी। ढोंढूताई ने मुझे एक टाइप किया हुआ पत्र थमाया। 'पढ़ो, इसमें क्या लिखा है। तुम्हें पता है मेरी अंग्रेज़ी बहुत अच्छी नहीं है।'

वह उन्हें माटुंगा में एक छोटे-से सभागार में गाने का आमन्त्रण था। 'अगले महीने,' उन्होंने पत्र को वापस लेते और उसे कमरे के बीचों बीच रखी छोटी-सी नीली मेज़ पर रखते हुए ऐलान किया। 'और मैं चाहती हूँ, इस बार तानपुरा तुम बजाओ और स्टेज पर मेरी संगत करो। तुम अब मंच पर पहली बार आने के लिए तैयार हो। ज़रा वो लोग भी देखें मेरी नन्हीं केसर बाई को।' वे हँसीं और अपनी माँ की तरफ़ मुड़ीं। 'अब देखें वो संगीत समीक्षक क्या कहते हैं। जब वे इसको सुनेंगे तो धक् से रह जायेंगे। इसको बस दो-तीन तान गानी है और यह उन्हें आह-ऊह करता छोड़ जायेगी।'

घबराहट की एक लहर इतनी तेज़ी से मेरे अन्दर लपकी कि मुझे मुश्किल ही से उसका एहसास हुआ। मैं अभी-अभी तेरह बरस की हुई थी और मुझे राग भूप को सीखते दो साल से कुछ ऊपर हो गये थे। मेरी शिक्षिका मुझे, अपनी नन्हीं-सी अद्‌भुत शिष्या को उन लोगों से पुराना हिसाब चुकाने के लिए इस्तेमाल कर रही थी जिन्होंने अख़बारों के संस्कृति वाले पन्नों में उनकी प्रतिभा को ख़ारिज करने की हिमाक़त की थी।

हमने वह नया राग सीखना शुरू कर दिया था जिसे वे उस अवसर पर गाने वाली थीं। तिलक कामोद - एक मस्ती-भरा, लगभग खिलन्दड़ा-सा

राग। मुझे वह मिस रानाडे के स्कूल से याद था और उसके सुर मेरे साथ गूँजते थे। ढोंढूताई ने इतनी सावधानी बरती कि मुझे बुनियादी सरगम सिखा दें और फिर दो-तीन तानें जो भीड़ की वाह-वाही हासिल करने के लिए बनायी गयी थीं। वे उस दिन भूप भी गाने वाली थीं, महज़ इसलिए कि मैं उनकी संगत कर सकूँ। मेरा रियाज़ ठीक-ठाक हुआ और हर बीतते दिन के साथ ढोंढूताई की उत्कण्ठा बढ़ती गयी। मेरी माँ ने मुझे ख़ास तौर पर उस मौक़े के लिए एक नयी सलवार-कमीज़ ख़रीद दी। वह नींबू के-से पीले रंग का एक सेल्फ़-डिज़ाइन वाला लिबास था, काले दुपट्टे के साथ।

हो सकता है इसी ने बण्टाढार कर दिया था।

जैसे ही ढोंढूताई ने मुझे संगीत के कार्यक्रम की शाम को प्रसाधन कक्ष में दाख़िल होते देखा, उन्होंने कहा, 'यह क्या किया है तुमने ? काला पहन कर आयी हो ?'

मैंने भय और विस्मय से उनकी तरफ़ देखा और चिन्ता की उस बड़ी वजह को दबा दिया जो मुझे मथ रही थी। उस सुबह जागते ही मैंने नमी का एक गन्दा-सा धब्बा देखा था, मेरी पहली माहवारी। उन्होंने मेरे चेहरे पर झलकते डर को ज़रूर देखा होगा, क्योंकि उनका स्वर अचानक नरम हो गया और उन्होंने मुझे बैठने के लिए कहा जिस बीच वे अपनी तैयारी की सरगम दुहराती रहीं। उस समय मुझे कैसे यह एहसास होता कि वे भी शायद घबराहट महसूस कर रही थीं और उसे निकाल बाहर करने के लिए मेरे सिवा उनके पास वहाँ और था कौन ?

'फ़िकर मत करो,' मंजुताई ढाढ़स बँधाते हुए फुसफुसायी। हालाँकि वह ढोंढूताई की शिष्या थी, मंजुताई उम्र में उनसे काफ़ी बड़ी थी और वह अपनी शिक्षिका की सनकों को बड़ों की-सी निरपेक्षता से देखती थीं।

एक घण्टे बाद, जब मैं मंच पर अपनी शिक्षिका के पीछे तानपुरा छेड़ते हुए बैठी थी, तो मेरे लिबास के बेमेल रंगों, मेरी हाल की वयसन्धि और एक भीषण ऐंठन जो मेरे पैर से ऊपर को रेंगते हुए बढ़ने लगी थी - इन सबने मिल कर मुझे बेहद बेआरामी का एहसास कराना शुरू कर दिया था। जब ढोंढूताई ने मुड़ कर मुझे गाने का इशारा किया मैंने उस तान को गाया जिसका मैंने पिछले तीन हफ़्तों से रियाज़ किया था। वह एकदम ठीक-ठाक

अदा हुई। ढोंढूताई ने प्रोत्साहन देते हुए सिर हिलाया और सामने की पंक्ति में बैठे एक आदमी को सम्बोधित करते हुए कहा, 'देखा ?'

लेकिन अगली बार जब वे मेरी तरफ़ मुड़ीं, मेरा पैर दर्द के भनभना रहा था और जिस क्षण मैंने मुँह खोला मुझे पता चल गया कि मैं बेसुरी हो गयी हूँ। मैं क्षण-क्षण ख़ुद को और भी ख़राब गाते सुनते हुए श्रुतियों से जूझती रही। इससे पहले कि मैं वह टुकड़ा ख़त्म करती, ढोंढूताई ने मुझे बीच ही में रोक कर ख़ुद गाना शुरू कर दिया। उसके बाद उन्होंने मुझे गाने का मौक़ा नहीं दिया और समय-समय पर, जब उन्हें साँस दुरुस्त करने या चाय का घूँट भरने की ज़रूरत महसूस होती, सहारे के लिए अपनी दूसरी संगतकार, मंजुताई की तरफ़ देखती रहीं। मैं बाक़ी की सारी शाम, तकलीफ़ और दर्द की धुन्ध से घिरी हुई, बस यही मनाती रही कि किसी तरह संगीत सभा ख़त्म हो।

दो दिन बाद जब ढोंढूताई ने घर में अपने छोटे-से श्रोता समुदाय - मौसी और आई - के सामने माटुंगा वाली संगीत सभा का विश्लेषण किया तो मुझे इस बात पर काफ़ी अचरज हुआ कि उन्होंने क्या याद रखा था और क्या नहीं। वे मेरे पहले विनाशकारी प्रदर्शन पर अपनी नाराज़गी और निराशा को भूल गयी लगती थीं। मेरे लिए ख़ुशक़िस्मती की बात थी कि एक संगीत समीक्षक ने उनके पास आ कर कहा था कि वह उनकी गायकी से बहुत प्रभावित हुआ था। उसने मेरी आवाज़ के बारे में भी कुछ अच्छे शब्द कहे थे। चाहे वे दुनिया से जितना भी अलग-थलग रहती थीं, इन चीज़ों का महत्व तो था ही।

'नन्ही नमिता ने उतना अच्छा नहीं गाया जितना वह गा सकती है, लेकिन आख़िर यह उसका पहला मौक़ा था,' ढोंढूताई ने रसोई-घर से चाय के दो प्याले ले कर आते हुए कहा। 'इससे वह सीखेगी और अगली बार वह बेहतर गायेगी,' उन्होंने मेरी तरफ़ देख कर मुस्कराते हुए कहा। 'मुझे भी याद है जब मुझको माहवारी होती थी। मैं एक सुर ऊँचा गाती थी और वह धड़ाम से नीचे गिर पड़ता था।' ढोंढूताई पिर्च से चाय सुड़कते हुए दबी हँसी हँसीं।

मौसी ने अपनी पिर्च-प्याली नीचे रख दी। उसने मेरी तरफ़ देखा और मुस्कराते हुए सिर हिलाया। 'ऐसी सिखाने वाली तुम को किधर मिलेगी,

बिटिया ? यह तुम से इतना प्यार करती है जितना दादी भी नहीं करती होवेगी। तुम इसके लिए क़िस्मत का सितारा हो।'

'लेकिन अगली बार, मेहरबानी करके मुझसे पूछ लेना कि संगीत सभा में कौन-सा रंग पहन कर जाना है,' ढोंदूताई ने नक़ली कठोरता से बीच में टोका। 'यह बहुत ज़रूरी है। हमें बुरी आत्माओं की ज़रूरत नहीं। बुरे लोग ही क्या कम हैं ? पहले ही मँडरा रहे हैं, चारों तरफ़।

उन्होंने आ कर मुझे बाँह से अपने साथ सटा लिया और मेरा दिल किया मैं शर्म से पिघल जाऊँ।

मैं अपनी शिक्षिका को बेहद चाहने लगी थी, हालाँकि मैं अपनी असली भावना को अचरज या लापरवाही की नक़ाब के पीछे छिपाये रखती। मैं अब भी उनके पैर नहीं छूती थी, जैसे कि बाक़ी ज़्यादातर लोग करते थे, क्योंकि यह मुझे अटपटा और अपनी हैसियत के नीचे का लगता। किन्हीं कारणों से वे मुझसे इसकी अपेक्षा भी नहीं रखती थीं।

लेकिन उन्हें मालूम था कि मैं उनकी परवाह करती थी। गाहे-बगाहे, मैं उनके लिए कोई ऐसी चीज़ ले आती जिससे उन्हें मेरी असली भावनाओं का पता चल जाता - जैसे गणेश की वह नन्हीं-सी पकी मिट्टी की मूर्ति जो मैंने अपनी कुम्हारी की कक्षा में उनके लिए बनायी थी और संगीत कक्ष में तानपुरा बजाते हुए मेरी एक तस्वीर। अगर मेरी माँ उन्हें कोई साड़ी या तकियों की जोड़ी उनके जन्मदिन पर देतीं तो मैं ख़ुद प्रेस करके तैयार किये गये फूलों से उपहार लपेटने के काग़ज़ को सजाती थी। जब वे इन छोटे-छोटे सामानों को खोलतीं तो वे बहुत मुदित हो कर हँसती थीं। ये चीज़ें उनके कमरे में सबसे अच्छी जगहों पर सजायी जातीं। और मैं उनकी ख़ुशी में ख़ुशी मनाती।

❑

आई लगातार और भी कमज़ोर होती जा रही थी और अब मुश्किल से ही बिस्तर से बाहर आ पाती। अकसर उसमें इतनी भी ताक़त नहीं होती थी कि उठ कर पलँग के बग़ल में रखी शौच की कुर्सी को इस्तेमाल कर सके। ढोंदूताई और मैं हैरानी से देखते जब एक गीला धब्बा बिस्तर पर बेआवाज़

फैलता जाता। मैं अकसर चादरें बदलने में उनकी मदद करती।

एक सुबह जब ढोंढूताई नहा कर बाहर आयीं तो उन्होंने अपनी माँ को शौच वाली कुर्सी के हत्थे पर आँखें बन्द किये ढुलके पाया। वे घबरा गयीं। मौसी अपनी बेटी से मिलने उसके गाँव बाहर गयी हुई थीं। ढोंढूताई दौड़ कर पड़ोसियों के यहाँ उनका फ़ोन इस्तेमाल करने गयीं। उन्हें एहसास हो गया था कि इस बार उनके नन्हें-नन्हें देवी-देवता भी उनकी कोई मदद नहीं कर पायेंगे। उन्हें डॉक्टर को बुलाना ही पड़ेगा।

जब मैं उस दोपहर वहाँ पहुँची तो मुझे अन्दाज़ा हो गया था कि कुछ गड़बड़ है। वे वेदी के सामने ऊँचे स्वर में प्रार्थना कर रही थीं और नक़ली लौ वाला लैम्प आम तौर से ज़्यादा ऊर्जा के साथ फड़फड़ाता लग रहा था। उन्होंने मुझे बैठने का इशारा किया ताकि वे अपनी प्रार्थना पूरी कर लें उसके बाद वे धीरे-धीरे उठीं और आई के पास बैठ कर उनका सिर दबाने लगीं।

डॉक्टर ने जिन दवाइयों का नुस्ख़ा लिखा था, वे मँहगी थीं। ढोंढूताई ने अपने बैंक की पासबुक को बेमन से जाँचा था, लेकिन उन्हें अच्छी तरह मालूम था कि उनके पास बचत के कुछ हज़ार रुपयों से ज़्यादा नहीं होंगे। कई महीनों से उन्हें संगीत के किसी कार्यक्रम में बुलाया नहीं गया था और कौन जानता था कि उन्हें फिर कब न्योता मिलेगा। उनकी क़िस्मत संगीत समारोहों के आयोजकों के हाथों में थी और ढोंढूताई को पक्का विश्वास था कि वे सब-के-सब उन्हें चमकने से रोकने की साज़िश कर रहे हैं। वे मेरी तरफ़ मुड़ीं।

'बेटा, अगर तुम्हें ऐसे लोगों के बारे में मालूम हो जो मुझसे संगीत सीखना चाहें, तो उन्हें यहाँ बुलाना।'

'बाईजी, अगर आपको पैसों की ज़रूरत है तो आप किसी भी समय अपने तानपुरे बेच सकती हैं,' मैंने बिना सोचे कहा। मेरी शिक्षिका का चेहरा सफ़ेद पड़ गया।

'ऐसी बात फिर कभी मत बोलना,' उन्होंने धीमे स्वर में कहा 'तुम्हें क्या पता, यही मेरा सब कुछ है ? तुम्हें कोई अन्दाज़ा है ? इस दुनिया में यही मेरी दौलत है।'

यह पहली बार था जब मैंने अपनी शिक्षिका को टूटते-बिखरते देखा

था। उसी क्षण मैंने तय किया कि उनकी मदद करने के लिए जो कुछ भी मुझसे बन पड़ेगा, मैं करूँगी। 'मैं ज़रूर लोगों से पूछूँगी, बाई जी, आप फ़िकर मत करिए। सब ठीक हो जायेगा।'

ढोंढूताई ने अपनी आँखों पर साड़ी के पल्लू को दबाते हुए ख़ामोशी से सिर हिलाया। वे अपनी माँ की बग़ल में बैठी रहीं। और अपना हाथ उठा कर उन्होंने रियाज़ शुरू करने का इशारा किया। 'सा! चलो, अब सीधे तन कर बैठ जाओ।'

आई की बीमारी के कारण ही पहले-पहल मन्दाकिनी और जेन और कुन्तासाई उनकी जिन्दगी में दाख़िल हुईं। ढोंढूताई ने पहली बार, आदर्श शिष्य और सिखाने की पवित्रता के सिद्धान्तों को अपने भीतर गहराई में दफ़्न करके, अपनी मान्यताओं से समझौता किया। वे उस सीधी-सादी ज़रूरत से परिचालित शिक्षिका बन गयीं जो उनके बहुत-से समकालीनों को भी प्रेरित करती थी-पैसा।

मन्दाकिनी पोलिएस्टर के वस्त्र बनाने वाले एक उद्योगपति की हट्टी-कट्टी, हंगामेबाज़ बेटी थी। वे हमारे दूर के रिश्तेदार भी थे। सोलह साल की सलोनी मन्दाकिनी को - या मैण्डी, जैसा कि उसे बुलाया जाता था - आदर्श पत्नी बनने के लिए तैयार किया जा रहा था। इसका मतलब था नृत्य की क्लास, खाना पकाने की क्लास और बोनसाई। जब मैं कुछ हफ़्ते बाद मैण्डी की माँ से एक शादी के मौक़े पर मिली तो उम्दा काजू की आइसक्रीम की कटोरी थामे हुए मैंने उन्हें क़ायल कर दिया कि अगर वे अपनी बेटी के गुणों की फ़ेहरिस्त में गाना भी जोड़ देंगी तो सामने केले के मण्डप में शादी रचाते सुन्दर दूल्हे से भी ज़्यादा शानदार वर को फँसाने में कामयाब हो जायेंगी। मैण्डी को तुरन्त ढोंढूताई से संगीत सीखने के लिए भेज दिया गया।

'बुरी आवाज़ नहीं है,' ढोंढूताई ने पहले सबक़ के दौरान उम्मीद के साथ कहा। उत्साहित हो कर लड़की ने गाना जारी रखा और सिर्फ़ अपनी आवाज़ की विशेषता ही नहीं प्रदर्शित की, बल्कि अपना भरपूर दम भी, जो देसी घी पर पला था।

'बाई जी, मैं सचमुच प्रेम के बारे में गाने सीखना चाहती हूँ,' मैण्डी ने तत्परता से आग्रह किया। उसके लिए संगीत महज़ उन शौक़ीन चाचियों या

मौसियों को ख़ुश करने की चीज़ था जो रात के खाने की पार्टी के बाद बैठक में एक छोटी-सी महफ़िल में गाने की फ़रमाइश करती थीं।

ढोंदूताई ने अपनी नयी शागिर्द की इस गुस्ताख़ फ़रमाइश पर त्योरियाँ चढ़ायीं। उसने अभी शुरू ही किया था और सुर उसके कण्ठ में अभी जम कर बैठ भी नहीं पाये थे। लेकिन उन्होंने समझौते का रास्ता अपनाया और कहा कि वे उसे एक प्रेम गीत सिखा देंगी – हालाँकि ठीक-ठीक वैसा नहीं जैसा मैण्डी के ख़यालों में था। वह राग यमन में था, नये-नये सीखने वालों के लिए भूप की तरह का एक और राग, और बन्दिश अतृप्त प्रेम पर आधारित थी।

'शब्दों में थोड़ा और आवेग और मीठा दर्द भरो,' ढोंदूताई ने उसे उकसाया। लड़की को रत्ती भर अन्दाज़ा नहीं था कि वे किस बारे में बात कर रही थीं।

लेकिन मन्दाकिनी की आवाज़ कुदरती तौर पर सुरीली और मधुर थी और वह संगीत सीखने पर कटिबद्ध थी। ढोंदूताई ने तो उसे एक महान गायिका बनाने के सपने भी पालने शुरू कर दिये थे, ऐसे सपने जो हर बार चूर-चूर हो जाते जब मैण्डी की माँ अपनी बेटी की प्रगति के बारे में जानने के लिए चली आती और ढोंदूताई को याद दिला दिया जाता कि उनकी शागिर्द सिर्फ़ क़साईख़ाने के लिए तैयार की जा रही थी। इस बीच मैंने अपनी गुरु की दूती बने रहने का सिलसिला जारी रखा और जिसे मैंने एक मरती हुई कला कहना शुरू कर दिया था, उसमें जो भी हलकी-सी दिलचस्पी दिखाता उसे लुभाने की कोशिश करती। मैं ऐसे चित्र-विचित्र क़िस्म के सीखने वालों को खींच लायी जिन्होंने ढोंदूताई की थिर शान्त दुनिया में हिलोरें पैदा कर दीं। इधर उनका संगीत विद्यालय बड़ा होता गया, उधर आई धीरे-धीरे स्वस्थ होने लगीं।

सबसे असम्भव उम्मीदवार जेन थी, इंग्लैण्ड से आयी एक शास्त्रीय वायलिन वादक जो आध्यात्मिक आनन्द की खोज में थी और यह तलाश उसे कुल्लू-मनाली की भाँग-आच्छादित पहाड़ियों और बनारस की गलियों में ले गयी थी और आख़िरकार बम्बई के इस कज्जल काले दिल में उसका अप्रत्याशित समापन हुआ था।

ढोंढूताई से उसका परिचय मेरी माँ ने कराया था जो उससे लन्दन में आपसी मित्रों के माध्यम से मिली थीं। जेन के पति एक जाने-माने चित्रकार थे जो हाल ही में लाल बालों वाली प्रेमिका से नत्थी हो गये थे।

जेन एक सुबह जल्दी ही वहाँ आ पहुँची थी - गली में हलचल पैदा करती हुई, जो अभी पिछली रात की ख़रमस्तियों के ख़ुमार में थी। छोटे-छोटे लड़के कंचों का खेल रोक कर उस छै फ़ुटी गोरी औरत को देखने लगे थे जिसने अपने नाप से बड़ा खादी का कुर्ता पहन रखा था और जिसके होंटों पर ऐसी सौम्य मुस्कान थी जिसका पता-ठिकाना वे नहीं लगा पा रहे थे। कोढ़ियों जैसी चित्तीदार दीवारों और सड़ते हुए कचरे से भरे डिब्बों की तरफ़ ध्यान दिये बिना, जेन सीढ़ियाँ चढ़ कर ऊपर पहुँची थी। ढोंढूताई ने दरवाज़े पर आ कर उसे अपने साथ अन्दर ले जाते हुए बच्चों की उस फ़ौज को हँका दिया था जो जेन के पीछे-पीछे नाचती और उसकी चाल की नक़ल उतारती सीढ़ियाँ चढ़ आयी थी। जेन और ढोंढूताई ने हाथ जोड़ कर एक-दूसरे का अभिवादन किया था।

'नमस-ते,' जेन ने शुरुआत की थी, हर अक्षर का उच्चारण सावधानी से करते हुए।

'प्लीज़... अन्दर आ जाइए,' ढोंढूताई ने अंग्रेज़ी में रुक-रुक कर कहा था।

जेन न तो हिन्दी बोल सकती थी, न मराठी। ढोंढूताई मुश्किल से अंग्रेज़ी समझ पातीं, लेकिन अगले दो-ढाई महीनों के दौरान उन्होंने एक अनोखी भाषा विकसित कर ली थी जो संगीत के सुरों और बन्दिशों के इर्द-गिर्द रची गयी थी। सा - बुनियादी स्वर, रे - तनाव, थोड़ा-सा दर्द, गा - वापस सम पर।

'क्या ज़िन्दगी यही है ?' जेन ने आँखें ऊपर नचाते और लम्बी साँस भरते हुए प्रेरणा के एक क्षण में सवाल किया था।

सांस्कृतिक दूरियों और अड़चनों के बावजूद जेन में सीखने की जो लगन थी, उसके प्रति ढोंढूताई में सराहना का भाव था। जेन की तारीफ़ करते हुए उन्होंने बाद में मुझसे कहा, 'यही है जो हमें पश्चिम से लेना चाहिए- उनका काम करने का ढंग और सारी कठिनाइयों के बावजूद सफल होने की

इच्छा। इसकी बजाय हम उनसे उनकी सबसे ख़राब चीज़ें लेते हैं, जैसे उनका कपड़े पहनने का तरीक़ा और उनका ख़राब संगीत।' मैं कसमसायी थी और हँस दी थी। संयोग से मैंने अपनी पसन्दीदा स्टोन-वॉश्ड डेनिम की चुस्त निक्कर पहन रखी थी और अपने वॉकमैन पर ऐबा का टेप सुन रही थी।

दो-एक ऊबी हुई गृहणियाँ भी संगीत सीखने के इरादे से उनके फ़्लैट पर आ टपकी थीं, लेकिन यह साफ़ था कि उन्होंने पेशवर गायिकाएँ बनने के भ्रम नहीं पाल रखे थे। संगीत के कुछ घण्टे अपने कटु और गंजे होते पतियों और बेरस, बेमज़ा ज़िन्दगियों से उनका एकमात्र छुटकारा थे। वे अपने संगीत के सबक़ उसी जगह से शुरू और ख़त्म करतीं, हफ़्ते-दर-हफ़्ते, बिना कहीं पहुँचे। यही उनका इलाज-उपचार था।

ढोंढूताई को मालूम था कि उनसे कोई उम्मीद रखना बेकार था, संगीत में उनका कोई भविष्य नहीं था। लेकिन संगीत में रोग हरने और शान्त करने की जो ताक़त होती है उससे वे परिचित थीं और कभी-कभार जब कोई उसकी ज़रूरत महसूस करता तो वे इस ताक़त को आज़माती भी थीं। 'संगीत कुछ करता है, सिर्फ़ हमारा संगीत ही नहीं, बल्कि किसी भी तरह की गायकी,' उन्होंने एक बार मुझे समझाया था। 'रहस्य यह है कि चूँकि उसमें ज़्यादा खुले तौर पर लय के साथ साँस लेने की ज़रूरत पड़ती है, इसलिए वह कुदरती तौर पर मस्त कर देता है। वह कुछ-कुछ समाधि लगाने की तरह है,' उन्होंने कहा।

अनजाने ही वे मनो-ध्वन्यात्मकता के नये विज्ञान के आधार को शब्द दे रही थीं, जो नसों को शान्त करने, यहाँ तक कि कुछ बीमारियों का इलाज करने के लिए संगीत का इस्तेमाल करता है। पुराने दिनों में वैद-हकीम बीमारियों का इलाज करने के लिए रागों को सुनने की सलाह दिया करते थे। सुरों का सम्बन्ध शरीर के अलग-अलग हिस्सों से होता था। अगर किसी को जिगर में तकलीफ़ होती तो उसे राग श्री सुनने के लिए कहा जाता, क्योंकि ऐसा माना जाता था कि उसका मुख्य स्वर, रे, जिगर को आराम पहुँचाता था। संगीत का यूनानी देवता, ऑर्फ़िउस संगीत के बल पर जंगली जानवरों को शान्त कर सकता था, पेड़ों को नाचने और नदियों को थिर होने पर मजबूर

कर सकता था। ढोंढूताई को मालूम था कि उनमें लोगों ज़िन्दगियों को बदलने की ताक़त है।

ढोंढूताई ने अपनी आम तौर पर अकेली ज़िन्दगी के बाहर वाले इस मेल-जोल का मज़ा लेना शुरू कर दिया था, और उनके नये शागिर्दों के अपने फ़ायदे थे। एक औरत, कुन्ताताई, अपने इंश्योरेंस एजेंट पति, डायन-सास और निखट्टू बेटे से इतनी तंग थी जो सब-के-सब बम्बई के बाहरी इलाके के एक घटिया-से उपनगर, मीरा रोड में माचिस की डिब्बी जैसे फ़्लैट में एक साथ रहते थे – कि उसने कल्पना से अपनी निजी समानान्तर दुनिया रचने का रास्ता अपना लिया था; वह आत्म-प्रचारित भविष्य-द्रष्टा बन गयी थी। एक बार जब मौसी की सोने की ज़ंजीर गुम हो गयी जो उसने सावधानी से अपने पेटीकोट की तहों के बीच अपनी अलमारी में रखी हुई थी तो ढोंढूताई ने उसे सलाह दी कि वह जल्दी से पड़ोसियों के घर जाये और कुन्ताताई को फ़ोन करे।

'हेलो, हेलो, कुन्ताताई बोल रही हो ?' मौसी ने उत्तेजना में फ़ोन के रिसीवर को दोनों हाथों से पकड़ा हुआ था।

'तुम्हारी कोई चीज़ खो गयी है...' दूसरी तरफ़ से आती आवाज़ ने झिड़की दी। कुन्ताताई सपाट स्वर में बोल रही थी, मानो समाधि में हो। 'वह नीचे है... नीचे देखो।' फ़ोन कट गया। मौसी फ़ोन की मशीन को घूरती रह गयी। फिर उसने चकराया-सा महसूस करते हुए फ़ोन रख दिया। बाद में उसे सोने की वह ज़ंजीर अलमारी के नीचे धूल-मिट्टी के गोले में लिपटी हुई मिली।

गुरु पूर्णिमा का दिन उन थोड़े-से मौक़ों में एक था जब सारे शागिर्द इकट्ठा होते थे–जुलाई में पूर्णमासी के बाद का दिन जब सारे देश में शिष्य फूलों और उपहारों से अपने गुरुओं का सत्कार करते हैं। उस साल ढोंढूताई का नवनिर्मित दल सुबह के समय उपहार और मिठाइयाँ लिये, बदले में आशीर्वाद पाने की आशा में उनके फ़्लैट पर इकट्ठा हुआ। जेन इत्र की शीशी और मधुमेह के रोगियों के लिए ख़ास तौर पर बनाये गये चॉकलेटों का एक डिब्बा लायी जो उसने हाल ही में घर की यात्रा के दौरान ख़रीदा था। मैण्डी ने उन्हें एक भड़कीली रेशमी साड़ी भेंट की। कुन्ताताई पूजा की वेदी के लिए

चाँदी का लैम्प लायी। दूसरे शिष्य मिठाई और सगुन के ग्यारह रुपये ले कर आये। मैंने उन्हें एक कढ़ाईदार शाल दी जो मेरी माँ ने ख़ुद चुनी थी।

ढोंढूताई ने इस मौक़े पर नयी साड़ी पहनी थी। हम सब, आई से गप-शप करते हुए, ढोंढूताई का ध्यान आकर्षित करने की कोशिश करते हुए, उस मौसम के आलुओं के भाव की चर्चा करते हुए, कमरे में फैल कर बैठ गये। जेन, बाक़ी सब को मुदित भाव से देख कर मुस्कराती हुई, एक कोने में बैठी थी – कमरे में हो रही चटर-पटर को न समझ पाने पर भी सन्तुष्ट।

'आई, तुम एकदम ठीक-ठाक लग रही हो,' कुन्तताई ने कहा। 'मैं जानती हूँ तुम दस बरस और जिओगी।' आई उसकी तरफ़ देख कर मुस्करायी, उसके सिर को हल्के से चपतियाते हुए, मानो कह रही हो, अरे बाबा, उतने दिन कौन जीना चाहता है।

'बाई जी, यह बहुत स्वाद है,' मैण्डी ने तश्तरी में रखी आख़िरी मिठाई उठाते हुए कहा।

'मंच का बड़ा कलाकार हर जगह बड़ा कलाकार रहेगा, रसोई-घर में भी,' कुन्तताई ने गम्भीरता से समझाया। फिर वह जेन की तरफ़ मुड़ी और हिचकिचाते हुए अंग्रेज़ी में कहा, 'ये जीनीयस हैं, नहीं ?'

'इनका मतलब है, ढोंढूताई जीनियस हैं,' मैंने टप से कहा।

'हाँ, बेशक,' जेन ने आहिस्ता से कहा। 'ये शानदार हैं। सबसे बड़ी गुरु हैं ये।'

औरतों ने सिर हिलाये।

ढोंढूताई ने ऐसा दिखावा किया कि उन्हें उपहारों की कोई परवाह नहीं थी, लेकिन जब सब लोग चले गये, तो वे और मैं चॉकलेट चबाते हुए हर उपहार को ले कर हँसी-मज़ाक करते रहे। उन्होंने यह पक्का करते हुए कि मैं उपहारों पर लिपटे काग़ज़ फाड़ न दूँ मुझे उनको खोलने की इजाज़त दी ताकि वे उन सुन्दर काग़ज़ों को सँजो कर रख सकें।

'मैण्डी क्या सोचती है कि मैं कोई नवेली दुल्हन हूँ ?' वे उस चमकती रेशमी साड़ी को खोलते हुए हँसीं। 'मैं इसे तुम्हारे लिए अलग रख छोड़ूँगी, जब तुम्हारी शादी होगी तब के लिए। और ये चॉकलेट ? मेरा ख़याल है मुझे तो हमारे देसी अमूल पसन्द हैं, ये लन्दन वाले नहीं, क्यों ?' हम दोनों हँसे।

'बहुत हँसी-मज़ाक हुआ। तुम्हें आज कुछ नया सीखना चाहिए। यह एक शुभ दिन है।'

❑

मैं मुश्किल से यह समझना शुरू कर पायी थी कि मेरी ज़िन्दगी में 'गुरु' का महत्व क्या है। स्कूल के मेरे अधिकतर टीचर ऐसी शिक्षा-व्यवस्था के कम पैसे पाने वाले असन्तुष्ट खिलाड़ी थे जो मौलिक सोच-विचार से ज़्यादा ज़ोर किताबी ज्ञान को देते थी। ज़्यादातर टीचर धीरे-धीरे पाठ्य-पुस्तकों, परीक्षा के ढंग और उदासीन छात्रों की वजह से सम्वेदना खो बैठे थे जो अकसर पास होने के लिए सन्दिग्ध उपायों से काम लेते–जिसमें क्लर्क को रिश्वत दे कर परीक्षा-पत्र हासिल करना भी शामिल था। कुछ याद रखने लायक अध्यापक-अध्यापिकाएँ थीं जो अपनी भूमिका को गम्भीरता से निभाती थीं, लेकिन ज़्यादातर टीचर ऐसी ऊँची आकांक्षाओं से प्रेरित नहीं होते थे।

हमें सिखाया गया था कि जब कोई अध्यापक कक्षा में दाख़िल हो तो हम खड़े हो कर उसका अभिवादन करें, लेकिन आदर के इस प्रदर्शन का कोई सम्बन्ध इस बात से नहीं था कि हम सचमुच क्या महसूस करते थे। अध्यापक भी छात्रों को ऐसे लाइलाज छोकरे समझते थे जिन्हें मालूम था कि उन्हें ज़िन्दगी गुज़ारने में इससे कोई फ़र्क नहीं पड़ने वाला था कि उन्हें बायरन की कविता की ख़ूबियों की जानकारी है या नहीं। और हम अपने गुरुओं को बूढ़े ऊबाऊ बकबकिया मानते थे जिनके बोलने में अजीब क्षेत्रीय लहजे झलकते थे।

कबीर ने अपने एक दोहे में गुरु की महिमा गायी है : गुरु गोविन्द दोऊ खड़े, काके लागूँ पाय, बलिहारी गुरु आपने गोविन्द दियो दिखाय। अगर मेरे गुरु और ईश्वर, दोनों साथ-साथ मेरे सामने खड़े हों तो मैं पहले किसके चरण छुऊँ ? प्रकट उत्तर होगा - ईश्वर के। मगर कबीर ने सुझाया कि पहले गुरु के पाँव छूने चाहिएँ, क्योंकि उसी ने वह राह दिखायी जो ईश्वर की ओर जाती थी... और ज्ञान की ओर भी। हिन्दुस्तानी परम्परा के मुताबिक गुरु ईश्वर का अवतार माना जाता था। उर्दू के शब्द तालीम का अगर शब्दशः अनुवाद किया जाय, जो व्यापक रूप से शिक्षा की प्रक्रिया के लिए इस्तेमाल

होता है, तो इसका अर्थ होता है 'ब्रह्माण्ड की एक झाँकी।'

लेकिन बीच रास्ते में ही कहीं उस आदरणीय गुरु की जगह डिकेन्स के उपन्यासों में वर्णित हेडमास्टर ने ले ली थी। परम्परागत कलाओं का क्षेत्र ही वह अकेली जगह थी जहाँ गुरु को अब भी बिना शर्त इज़्ज़त दी जाती थी।

गुरु से सर्वोत्कृष्ट प्राप्त करने के लिए छात्र को सबसे पहले अपनी निष्ठा और श्रद्धा साबित करनी पड़ती थी। कुछ लोग सीखने के लिए घर से भाग कर आते थे, दूसरे अपनी भक्ति का प्रदर्शन अपने गुरु के छोटे-छोटे काम पूरे करके करते थे–उसके पैर दबा कर, उसका हुक़्क़ा भर के, उसका खाना बना कर, उसकी सनकें बरदाश्त करके। एक क़िस्सा उस हिन्दू गायक के बारे में सुनाया जाता है जो विशुद्ध शाकाहारी था, लेकिन जब उसके मुस्लिम उस्ताद ने उससे कहा कि वह उनका पसन्दीदा खाना बनाये, तो उस गायक ने अपनी ज़िन्दगी भर की घिन को दबा कर गोश्त का एक लज़ीज़ सालन तैयार किया।

दूसरी ओर, गुरु हमेशा देवता-सरीखे नहीं होते थे। सच तो यह है कि बहुत-से गुरु अकसर सनकी, मनमौजी, यहाँ तक कि शोषण करने वाले भी होते थे। बाँसुरी वादक हरिप्रसाद चौरसिया ने बताया है कि कैसे उन्होंने बरसों तक अन्नपूर्णा देवी से अनुरोध किया था कि वे उन्हें शिष्य के रूप में स्वीकार कर लें। आख़िरकार, दो साल बाद, वे राज़ी हो गयीं, मगर इस शर्त पर कि हरिप्रसाद अब तक सीखे गये को भुला देने और नये सिरे से सीखने के लिए तैयार रहें। ऐसा करने के लिए उन्हें बाँसुरी बजाने की अपनी मुद्रा को पूरी तरह बदल कर दायीं तरफ़ से बाँयी तरफ़ ले जाना पड़ा।

गुरु तभी अपने ज्ञान के रहस्य अपने शिष्य के सामने उजागर करता था जब उसे शिष्य की निष्ठा में विश्वास हो जाता था। यही कारण है कि शिष्यों को एक अर्से तक अपने गुरुओं के साथ रहने के लिए प्रोत्साहित किया जाता था ताकि वे अपने गुरुओं की ज़िन्दगी और कला को पूरी तरह ग्रहण कर लें। संगीत सिखाने के बीच के अन्तराल उतने ही महत्वपूर्ण होते थे जितना संगीत सिखाना।

गुरु हमेशा पैसे या दूसरी किसी चीज़ के मुआवज़े की अपेक्षा नहीं रखता था। लेकिन एक अनलिखा नियम था कि शिष्य अपने गुरु के साथ

कभी विश्वासघात नहीं करेगा, ख़ास तौर पर संगीत के मामले में। क्योंकि अब शिष्य के दामन पर उसके गुरु का नाम अंकित था; आगे की पीढ़ियों के लिए वह अपने गुरु का सँदेसिया था और गुरु की शैली, उसकी शिक्षा और उसके घराने का प्रतिनिधित्व करता था।

आज, इस सवाल पर काफ़ी बहस होती रहती है कि हिन्दुस्तानी संगीत सिखाने के ढंग को पश्चिमी-शैली के संगीत-विद्यालय की-सी पद्धति में क्यों नहीं ढाला जा सकता जो किसी एक गुरु की मनमर्ज़ी पर निर्भर न हो। दरअसल, कई विश्वविद्यालयों ने संगीत की छात्रवृत्तियों में कक्षाओं और पाठ्यक्रमों की प्रणाली को समाहित करने की कोशिश की है। लेकिन अधिकांश विश्वविद्यालय प्रतिभाशाली संगीतकार पैदा करने में विफल रहे हैं। संगीत का संसार अब भी रहस्य में डूबी परम्परा और तर्कातीत सनक में बँधा हुआ है।

❑

ढोंढूताई मुझ से चापलूसी या अति विनम्रता की उम्मीद नहीं रखती थीं। बिना जाने हुए वे बहुत प्रगतिशील थीं। इसके बावजूद, उनका विश्वास था कि बहुत-से भटकावों के इस युग में, संगीत सीखने का सबसे अच्छा तरीक़ा गुरुकुल वाला ही था, जहाँ शिष्य अपने गुरु के साथ रहते थे—इसलिए नहीं कि वे गुरु के पैर दबाने या सुबह की चाय बनाने के लिए उपलब्ध रहेंगे, बल्कि इसलिए कि इस संगीत को सीखने के लिए उन्हें खाने, पीने और साँस लेने के दौरान हर वक़्त उसके सम्पर्क में रहने की ज़रूरत थी। यही एकमात्र रास्ता था। जब एक शिष्य को सिखाया जा रहा होता, दूसरे पास बैठ कर सुनते, ग़लतियाँ और उन्हें सुधारने के तरीक़े समझते, बन्दिश और राग को याद करते। तो भी, गुरु को हर शिष्य से अलग-अलग निजी तालमेल बैठाना पड़ता ताकि उसके विशेष गुण को बाहर ला सके।

ढोंढूताई का सपना धन-दौलत या शोहरत का नहीं था, बल्कि एक चमकती हुई सफ़ेद कुटिया का जो मरकत-सरीखी हरियाली के बीच बनी होगी, जहाँ वे प्रेम के साथ जयपुर घराने के संगीत के मोती ऐसे सभी योग्य और उत्सुक शिष्यों के बीच बाँटेंगी। यहाँ, संगीत फिर वापस वही बन सकता था—देवताओं तक पहुँचने का माध्यम। शायद कोल्हापुर में, जहाँ यह संगीत

कभी अपने उत्कर्ष पर पहुँचा था। या बम्बई के बाहरी इलाक़ों में कहीं, ट्रेन के स्टेशन से बहुत दूर नहीं, ताकि लोग आसानी से आ-जा सकें। वे मन-ही-मन अलग-अलग सूरतों पर बहस करतीं। मगर उनकी योजना सपना ही बनी रही।

७

मशहूर गायक अल्लादिया ख़ाँ के बारे में एक क़िस्सा हिन्दुस्तान में संगीत की दुनिया में अकसर सुनाया जाता है।

जब तक वे साँस लेते रहे, वे गाते रहे। पौ फटते ही ख़ाँ साहब सरगम के षडज से शुरू करते और सुर मन्त्रों के किसी जाप की तरह निकलने लगते। जैसे-जैसे सूरज कोल्हापुर के निंदासे शहर के ऊपर उठता जाता, वे धीरे-धीरे ऊँचे सुरों की ओर बढ़ते चले जाते। संगीत उनके घर की हरे काँच वाली खिड़कियों से बहता हुआ बाहर आता। जब दिन की ध्वनियों से उनकी आवाज़ का मेल हो जाता तो वे कुछ घण्टों तक सुबह का कोई राग गाते, जब तक कि उनके शिष्य एक-एक करके आने नहीं लगते।

दोपहर को एक झपकी लेने के बाद अल्लादिया ख़ाँ वहाँ की झील के गिर्द शाम की सैर पर जाते। ढीला-ढाला पाजामा, कलफ़दार अचकन पहने और हल्की गुलाबी पगड़ी बाँधे और चश्मा लगाये एक लम्बा आदमी छड़ी घुमाता और धीरे-धीरे गुनगुनाता हुआ अगर किसी शाम वहाँ प्रकट न होता तो पूरे शहर में चिन्ता की लहर दौड़ जाती। आख़िरकार, रात के खाने के बाद उस्ताद फिर अपना तानपुरा उठा लेते और रात के किसी राग का रियाज़ करते। अगर उनके नाती-पोते उनके आस-पास होते और उस्ताद का मन खेल-खिलवाड़ करने का होता तो वे एक हल्की बन्दिश गाते।

एक शाम, एक युवा लेखक रात भर चलने वाली संगीत-सभा सुनने के लिए रात के खाने के बाद उस्ताद के घर से हो कर गुज़रा और उसने उन्हें एक ख़ास तौर पर मुश्किल और पेचीदा तान का रियाज़ करते सुना-एक टुकड़ा जो सारे-का-सारा एक साँस में तेज़ी से ऊपर जाता, कई चकित कर देने वाले पलटे लेता और फिर नाचता हुआ नीचे आता । वे उसे बार-बार

दोहराते, लेकिन एक सुर नहीं लग पा रहा था। लेखक उनकी खिड़की के नीचे खड़ा हो कर लौंग के सिगरेट के कश लगाता हुआ कुछ देर तक सुनता रहा और फिर अपने रास्ते चला गया। सुबह के चार बजने वाले थे जब वह लेखक संगीत और उनींदेपन के नशे में लड़खड़ाता हुआ लौटा। जब वह महान गायक की खिड़की के पास से गुज़रा तो उसने उन्हें उसी तान का रियाज़ करते सुना। अब वह पूरी तरह शुद्ध थी।

❑

जिस रोज़ ढोंढूताई ने मुझे यह कहानी सुनायी, मैं च्यूइंग गम चबा रही थी। जैसे-जैसे उन्होंने तानपुरे पर उँगलियाँ फिराते हुए इस क़िस्से को आहिस्ता-आहिस्ता, परत-दर-परत खोला, मैंने आदर से चबाने की रफ़्तार कम कर दी। हो सकता है कि मेरे तेरह-वर्षीय दिमाग़ ने क़िस्से की गम्भीरता को न समझा हो, लेकिन मैं इतनी समझदार तो हो चुकी थी कि उसकी अहमियत का अन्दाज़ा लगा सकूँ, यह समझ सकूँ कि वह उत्कृष्टता की तलाश के बारे में है। लेकिन निश्चय ही, उनके सामने यह मानने से पहले मैं मर जाना पसन्द करती।

'ऐसा लगता है कि वे एक ऊबे हुए बूढ़े आदमी थे, बाई जी,' मैंने अपने कहे एक भी शब्द पर विश्वास किये बिना, गुस्ताख़ी से कहा।

'तुम्हें पता है, तुम एक बेवकूफ़ बच्ची हो। तुम अनुशासन का मतलब रत्ती भर नहीं समझतीं। इसीलिए दुनिया भर के साधनों और भगवान की दी हुई इस आवाज़ के होते हुए भी, तुम बिलकुल बेकार हो। गाना तो भूल ही जाओ, तुम किसी भी चीज़ में सफल नहीं हो पाओगी...'

वर्षों बाद मैं उस क्षण के लिए तरसती रही। यह चाहती रही कि वे मेरे साथ और भी कड़ाई से पेश आयी होतीं। उन्होंने ख़ाँ साहब, उनके संगीत और ख़ुद ढोंढूताई के प्रति अनादर का व्यवहार करने के लिए शायद मुझसे अपने घर से बाहर निकल जाने को कहा होता। मुझे हर चीज़ के सिलसिले में लापरवाही बरतने पर अफ़सोस हुआ था—अचानक वह सब कुछ ग़ायब हो गया था और कुल मिला कर मेरे पास बस कुछ पुरानी तस्वीरें और आधे भूले राग बचे रह गये थे।

इसकी बजाय, वे और नरम हो गयी थीं और बोली थीं, 'मेरे ग़ुस्सा होने का कारण सिर्फ़ इतना है कि मैं बस चाहती हूँ कि तुम सीखो। तुम्हें पता है, सिर्फ़ दो तरह के लोग अपने आप को बिना शर्त इस कला के आगे सचमुच समर्पित कर सकते हैं : अमीर या फ़क़ीर–वह आदमी जो इतना अमीर हो कि उसे रोज़ी–रोटी कमाने की कोई फ़िकर न हो या कोई ऐसा जो इतना ग़रीब हो कि इसकी परवाह ही न करे।'

मैं उनकी एकमात्र आशा थी। संगीत के शास्त्र कहते हैं कि पाँच क़िस्म के संगीतकार होते हैं–मनोरंजन करने वाले, किताबी ढंग से गाने वाले, नक़लची और भावुक गायक। पाँचवाँ गुरु होता है। ढोंदूताई जानती थीं कि अगर वे कभी ख़ुद एक बड़ा नाम नहीं भी बन पायीं तो वे सम्राट–निर्माता तो बन सकती थीं। वे चाहती थीं कि मैं उनकी नन्हीं भैरवी बनूँ, जो इस संगीत को आगे बढ़ायेगी। इस संगीत को उनके साथ मरना नहीं चाहिए।

८

कभी-कभी मेरी माँ मेरे साथ ढोंढूताई के यहाँ चली आतीं, गन्दे पानी के डबरों को लाँघतीं और उन दलालों को नज़रन्दाज़ करती हुईं जो सड़क पर अपने अण्डकोष खुजलाते और गन्दी-गन्दी बातें फुसफुसाते। 'ओ मेम साहब, ज़रा देख के चलो', एक भड़वे ने उनसे दबे स्वर में कहा था जब वे कॉन्ग्रेस हाउस में दाख़िल हुईं। मैं ऐसी बहुत कम माँओं को जानती थी जिन्होंने अपनी जवान लड़कियों को ऐसे सन्दिग्ध इलाके में क़दम रखने दिया होता, लेकिन हम दोनों माँ-बेटी एक दुस्साहसी जोड़ी थे।

जिस दिन वे आतीं, ढोंढूताई और मैं मिल कर अपनी कारगुज़ारी दो लाड़ लड़ाने वाली माँओं की दर्शक दीर्घा के सामने पेश करते-उनकी माँ दीवार की तरफ़ घूरती रहतीं और मेरी माँ शास्त्रीय संगीत में मेरी बढ़ती हुई कुशलता से प्रभावित नज़र आतीं।

मैंने जो समय अपनी गुरु की हिदायतों पर आँख मूँद कर चलते हुए, अन्तहीन सरगमें दोहराते और बिजली की-सी तेज़ी से सुरों के आरोह-अवरोह के चक्कर लगाते हुए, बिताया था, वह अब फल दे रहा था। मुझे ख़ुद अपने आप को ऐसी चीज़ें करते सुनना अच्छा महसूस होने लगा था जिन्हें ग़ैर-मामूली समझा जाता था। मैं अब दो या तीन अलग-अलग राग गा सकती थी-सिर्फ़ सरगम नहीं, बल्कि जिस तरह वे गाये जाते हैं। इसका मतलब है, बन्दिश के साथ शुरू करना, धीरे-धीरे आलाप में जाना जो विलम्बित से द्रुत की तरफ़ बढ़ता है और फिर मेरा पसन्दीदा हिस्सा, अत्यन्त द्रुत तानें जहाँ मैं सचमुच अपने कौशल का प्रदर्शन कर सकती थी। ढोंढूताई ने मुझे सिखाया था कि कैसे अच्छी शुरूआत के लिए गहरी साँस खींचूँ और फिर एक फुर्तीली तान लूँ जो रूसी नट की तरह ऊपर-नीचे कलाबाज़ी खाये।

सबक़ के बीचों-बीच, ख़ास तौर पर जब मेरी माँ वहाँ मौजूद होतीं, ढोंढूताई कभी-कभी सिखाना छोड़ कर ख़ुद गाना शुरू कर देतीं। ऐसा बिना किसी झोल या सिलवट के होता जहाँ वे सिखाने से अदायगी में प्रवेश कर जातीं। यह भी प्रशिक्षण का हिस्सा था, क्योंकि हम सुन कर भी बहुत कुछ सीखते हैं। मैं तानपुरा बजाती रहती जिस बीच वे मेरी माँ की तारीफ़-भरी आहों से प्रेरित हो कर चालू रहतीं।

संगीतकार के तौर पर ये उनके कुछ बेहद ख़ूबसूरत पहलू थे। वे खुल कर बेरोक-टोक गातीं। वे मंच पर नहीं थीं, किसी अर्द्ध-शिक्षित संगीत समीक्षक या प्रतिद्वन्द्वी को दिखाने के लिए कोई नुक़्ता साबित करने की कोशिश करती हुईं, जो सभा में होता या न भी होता । वे छोटी-छोटी छलाँगें और जोखिम उठातीं जिन्हें तभी लिया जा सकता है जब आदमी ख़ुद को बेलगाम छोड़ दे, जब उस पल के जादू के सिवा दाँव पर और कोई चीज़ न लगी हो।

'यह तो बहुत सुन्दर था, बाई जी,' मेरी माँ ने एक बार कहा जब उन्होंने राग तिलक कामोद का एक लम्बा टुकड़ा ख़त्म किया। 'मुझे यह गायकी उस समय से ज़्यादा अच्छी लगी जब आपने माटुंगा के संगीत सम्मेलन में इसे गाया था। मैं बता नहीं सकती कि क्या था। ज़्यादा हल्का और खुला महसूस हुआ।'

ढोंढूताई ने ख़ुशमिज़ाजी से हँस कर मेरी माँ की टिप्पणी को किनारे कर दिया और वे फिर वापस मुझे सिखाने की तरफ़ मुड़ गयीं । उस दिन का सबक़ बहुत सफल रहा और जब हम वहाँ से चले तो सबके मन खिले हुए थे।

❑

एक दोपहर मेरी माँ मुझे लेने आयीं, लेकिन थोड़ा पहले पहुँच गयीं। जब वे पलँग पर उस जगह बैठीं जहाँ वे आम तौर पर बैठती थीं तो वे कुछ चिन्तित-सी नज़र आ रही थीं। अपने सिर को हाथों पर टेके, वे आगे को झुक कर उस शर्मिन्दा करने वाली नज़र से मुझे एकटक देखने लगीं जो आपके सिर में छेद कर सकती थी और जो कहती थी तुम-दुनिया-की-

सबसे-अच्छी-बच्ची-हो। मैंने–हाँ, वही–राग भूप गाना शुरू किया। लेकिन एक शानदार तान के ठीक बीचों-बीच, जो तीन-तीन सुर करके ऊपर को चढ़ती थी, मैं अचानक बेतहाशा खाँसने लगी।

कई हफ़्तों से मैं बार-बार लौटने वाली खाँसी का शिकार थी। वह हल्की-सी हरारत के साथ आती और फिर चली भी जाती। हमारे पारिवारिक चिकित्सक, डॉक्टर भट्ट उसका निदान नहीं कर पाये थे और उसका दोष सर्दियों में बम्बई के प्रदूषण के मत्थे मढ़ते जब कोहरा उतर आता और साफ़ न होता। लेकिन ज़ाहिरा तौर पर उस खाँसी ने मेरे माता-पिता को चिन्ता में डाल दिया था जो समझ में आने वाली बात थी। यहाँ तक कि ढोंढूताई भी फ़िक्र करने लगी थीं, क्योंकि उससे मेरे संगीत सीखने में बाधा पड़ती थी।

ढोंढूताई ने धीरज के साथ मेरी खाँसी के रुकने का इन्तज़ार किया और अपने बटुए को उस छोटी-सी शीशी के लिए टटोला जिसमें कुछ आयुर्वैदिक गोलियाँ रहती थीं। अचानक मैंने अपनी माँ को सिर हाथों में दिये सिसकते देखा।

'बाई जी... मुझे समझ नहीं आता क्या करूँ। यह खाँसी तो दूर होती नहीं लगती और डॉक्टर इसके कारण का पता नहीं लगा पा रहे। आपको बताऊँ, अभी-अभी तपेदिक़ की हल्की-सी शिकायत के लिए हमारी खाना पकाने वाली का इलाज हुआ है। अगर इसे भी...' ढोंढूताई उठ कर मेरी माँ की बग़ल में बैठीं तो मेरी माँ ने ख़ुद को सँभाला और अपने गालों को साड़ी के पल्लू से आहिस्ता-आहिस्ता थपक कर आँसू सुखाये।

'फ़िकर मत करो। मैं ख़ुद कुछ समय से इसके बारे में तुमसे बात करना चाहती थी,' ढोंढूताई ने दिलासा देते हुए कहा। 'मैं इसे ठीक कर दूँगी, लेकिन तुम्हें बिना सवाल किये जो मैं कहूँ वह मानना होगा। बात यह है कि किसी ने तुम्हारी बेटी को नज़र लगा दी है। और मेरा शक है कि यह माटुंगा वाले संगीत सम्मेलन के बाद हुआ होगा।'

मेरी माँ ने ख़ामोशी से सिर हिलाया और अपनी आँखें पोंछीं। ढोंढूताई ने बात जारी रखी, 'लेकिन इन चीज़ों को फेरा जा सकता है। अब सुनो, मुझे किन चीज़ों की ज़रूरत होगी...' उन्होंने फ़र-फ़र चीज़ों की एक सूची बता दी - एक नारियल, गेंदे के फूलों की माला, दो अगरबत्तियाँ और तीन गज़ मौली।

अगले सबक़ के दौरान मुझे सोफ़े पर गेंदे की माला गले में डाले किसी भयंकर देवकन्या की तरह बैठाया गया, जिस बीच मेरी गुरु ने किसी मन्त्र का जाप करते हुए, तीन बार एक रेशेदार भूरे नारियल को मेरे सिर के गिर्द घुमाया। मुझे बड़ी झेंप महसूस हुई। भक्ति माया ने आँखें बन्द कर ली थीं और श्रद्धा से हाथ जोड़ लिये थे। मेरी माँ ने भी अपनी आँखें मूँद लीं, प्रकट ही प्रार्थना में अपनी ओर से भी योग देते हुए। उन्हें हिदायत दी गयी कि फूल और फल ले जा कर समुद्र में फेंक दें, क्योंकि वे अपने साथ उस बुरी आत्मा को लिये जा रहे थे जो ढोंढूताई से संगीत सीखने से मुझे रोकने के लिए मेरे अन्दर आ बैठी थी।

उसके बाद सात दिन तक ढोंढूताई अपने सामने पानी का गिलास रख कर देवी से प्रार्थना करती रहीं। जिस-जिस दिन मैं उनके पास जाती वे मुझे वह पानी पिलातीं। जिस दिन मुझे वहाँ न जाना होता, वे उस पानी को अपनी रसोई की खिड़की के नीचे उगे छोटे-से तुलसी के पौधे में डाल देतीं।

मैं नहीं जानती कि वह नारियल की रस्म थी या तुलसी का पौधा या विटामिनों की भारी ख़ूराक, लेकिन मेरी खाँसी ग़ायब हो गयी।

❑

ढोंढूताई का संसार अन्धविश्वास और वहमों से भरा हुआ था जो प्रदर्शन कलाओं से जुड़े लोगों में एक आम बात है। वे ऐसी आत्माओं में विश्वास करती थीं जो मनुष्य के अनुभव जगत के परे विद्यमान रहती थीं और उनका यक़ीन था कि हर वक़्त काम करती रहती थीं, या तो रक्षा करती हुईं या फिर नुकसान पहुँचाती हुईं जो इस पर निर्भर था कि वे कहाँ से आयी थीं या किसकी थीं। ढोंढूताई अपनी दायीं कलाई पर एक अकेला काला कंगन पहने रखती थीं जो उनके अनुसार उनकी तरफ़ भेजी गयी किसी भी बुरी तरंग को सोख लेता था और दूसरी तरफ़ मोड़ देता था। जब वे संगीत सभा में जाती थीं तो फ़्लास्क में अपनी चाय बना कर ले जाती थीं क्योंकि –कौन कह सकता है ?–वहाँ कोई ईर्ष्यालु गायिका या आयोजक हो सकता था जो उनकी चाय में कुछ मिला दे। जोखिम क्यों उठाया जाय जब ऐसी चीज़ों से बचा जा सकता है ? वे नक्षत्रों और उनके लक्षणों पर गहरा विश्वास रखती थीं

और रंगों को सप्ताह के अलग-अलग दिनों से जोड़ती थीं जो फिर उन्हें भिन्न-भिन्न नक्षत्रों और ग्रहों से सम्बद्ध करते थे। वे इसी आधार पर अपनी साड़ी का रंग चुनती थीं–अगर शनिवार होता तो वह नीले रंग की होती–और यह पक्का कर लेतीं कि वे कोई 'शत्रु' रंग न पहनें, जैसा कि मैंने एक बार किया था।

मैं हमेशा उनके विश्वासों को तिरस्कार से हँस कर उड़ा देती, क्योंकि मेरे आधुनिक तर्कसम्मत चौखटे में उनकी कोई जगह नहीं थी। मुझे यह समझने में बहुत समय लगा कि हम आस्था पर सवाल नहीं कर सकते–हमें नहीं करने चाहिएँ। हम में से हरेक के पास ज़िन्दगी से समझौता करने का अपना एक तरीक़ा होता है।

ढोंदूताई ने मुझे एक मन्त्र दिया था, एक पंक्ति, जिसे उन्होंने कहा मुझे जब समय मिले दोहराना चाहिए, दिन में जितनी बार सम्भव हो, उतनी बार। उन्होंने कहा कि देवी हमेशा मेरी रक्षा करेंगी।

वर्षों बाद ढोंदूताई ने मुझे वह क़िस्सा सुनाया कि कैसे वे एक दिन सुबह-सवेरे रियाज़ कर रही थीं और राग भैरवी गाते समय उन्होंने देवी के दर्शन किये थे। 'तुम चाहो तो मुझ पर हँस सकती हो, लेकिन ऐसा हुआ था। और यह पहली बार नहीं था। यह अल्लादिया ख़ाँ और दूसरे बहुत-से संगीतकारों के साथ हो चुका है जिन पर देवताओं की कृपा हुई है।'

मैं हँसी नहीं थी। मुझे यह बोध होने लगा था, बहुत हल्के-हल्के ढंग से, कि इस संगीत की जड़ें आकाश में थीं और यह कि जो लोग उसके दायरे में दाख़िल होते और उसकी सुरा का पान करते, वे आम तौर पर इस मर्त्यलोक से कुछ इंच ऊपर तैरते रहते।

दूसरा भाग

शिवाजी पार्क

१

मैं चौदह की थी जब आई का देहान्त हुआ।

भक्ति माया ने मुझे यह ख़बर दी थी, आँसू उसके गालों पर बह रहे थे। मैं घर पर नहीं थी जब ढोंढूताई ने सबक़ रद्द करने के लिए फ़ोन किया था। उन्होंने भक्ति माया से बात की थी और उसे बताया था कि उन्हें उसी वक़्त जल्दी से जबलपुर जाना है, अपनी बहन के यहाँ। आई अपनी छोटी बेटी शकुन्तला से मिलने के लिए गयी हुई थी जब वह नींद में ही गुज़र गयी। सोने के लिए लेट कर आँखें बन्द करते समय उसने ढोंढूताई का नाम बुदबुदाया था।

ढोंढूताई अभी जबलपुर में सोग मना रहीं थी जब उन्हें ख़बर मिली कि मौसी को दिल का भारी दौरा पड़ा था। वह कुशल नर्स जिसने इतने सारे दूसरे लोगों के दिलों में प्राण फूँके थे अपने लिए कुछ भी नहीं कर पायी जब उसका शरीर ज़िन्दगी भर की मुसीबतों के आगे एक थके हुए निःश्वास के साथ ढह गया। जब यह हुआ तो वह फ़्लैट में अकेली थी। जब सफ़ाई करने वाली ने उनका दरवाज़ा खटखटाने के बाद कहा कि मौसी उसकी घण्टी का जवाब नहीं दे रही थी तो पड़ोसी उसके फ़्लैट का दरवाज़ा तोड़ कर अन्दर घुसे थे। मौसी के बच्चों ने फ़्लैट को बेचने का फ़ैसला किया जिससे वे जानते थे उन्हें अच्छी-ख़ासी रकम मिलने वाली थी। आस-पास का इलाक़ा धीरे-धीरे सम्भ्रान्त बनाया जा रहा था। परम्परागत कोठों के ख़रीदार कम थे। ज़्यादातर तवायफ़ें वहाँ से जा चुकी थीं और उन्होंने अपनी लड़कियों को उपनगरों के ज़्यादा मुनाफ़ेदार, चकाचौंध-भरे महिला-बारों में नाचना सिखा दिया था। इसके अलावा, केनेडी ब्रिज शहर के बीचों-बीच था जहाँ ज़मीन सोने के बराबर थी।

ढोंढूताई जबलपुर से लौट आयीं, अपनी ज़िन्दगी में पहली बार अकेली। वे बहुत जल्दी बेघर भी हो जाने वाली थीं। वे दिल्ली में अपने भाई-भाभी के पास जा कर नहीं रहना चाहती थीं। वे उन्हें बेहद प्यार करती थीं, लेकिन उस शहर की प्रदूषित हवा यक़ीनन उनकी आवाज़ को नष्ट कर देगी - या कम-से-कम, यही वह बहाना था जो उन्होंने अपने परिवार से किया। सच्चाई यह है कि उनके लिए अपनी आज़ादी बहुत क़ीमती थी। वे सागर-तट पर बसे इस शहर को प्यार करती थीं। बम्बई उनके जैसे हाशिये पर रहने वाले अकेले लोगों को गले लगा लेता था और उन्हें किसी तरह की कसौटी पर कसे बिना बरदाश्त करता था।

मुझे एक सँदेसा मिला कि जब मैं अपने परिवार के साथ पहाड़ों में छुट्टियाँ मना रही थी तो ढोंढूताई ने फ़ोन किया था। मुझे रत्ती भर अन्दाज़ा नहीं था कि वे कौन्ग्रेस हाउस के उस छोटे-से फ़्लैट में दुहरी जुदाई के दुख को सहते हुए कैसे हालात से गुज़र रही थीं। उन्होंने फ़ौरन संगीत सिखाना शुरू कर दिया था। उस समय के बाद, जो भी मानवीय संग-साथ उन्हें मिलने वाला था, उसका स्रोत सिर्फ़ उनके अपने शिष्य ही बनने वाले थे।

❑

उनकी पुरानी शिष्या, मंजुताई ने, जिसे उन्होंने बरसों अन्तराल दे-दे कर सिखाया था, उन्हें शिवाजी पार्क के अपने बड़े-से घर में आ कर तब तक रहने का न्योता दिया, जब तक उन्हें कोई नया घर नहीं मिल जाता। ढोंढूताई को कभी किसी का एहसान लेना पसन्द नहीं था, लेकिन मंजुताई और उनके भले स्वभाव वाले पति - दादा - ने उन पर ज़ोर दिया। उन्होंने ढोंढूताई को एक दिन दोपहर के भोजन पर बुलाया और इसका ज़िक्र छेड़ा।

'ताई, इसके बारे में दो बार भी मत सोचो।' मंजुताई ने कहा। 'आख़िर हमारे पास इतना बड़ा घर है और अब जबकि मधु की शादी हो गयी है, बस हम दोनों ही बचे हैं।' फिर उसने जल्दी से जोड़ा, 'और इसमें मेरा अपना स्वार्थ भी है। इससे मैं और भी नियमित रूप से बैठ कर संगीत सीख सकूँगी और हमें फ़ायदा भी होगा कि घर हमेशा संगीत से गूँजता रहेगा।'

एक बार यह हिसाब-किताब तय हो गया तो ढोंढूताई ने अपने लिए

अधिक सुविधा महसूस की। अगर वे मंजुताई को रोज़ संगीत सिखायेंगी तो इस एहसान का बोझ उन्हें उतना भारी नहीं लगेगा। यह एक तरह उनकी ओर से चुकताई होगी। वे यह भी जानती थीं कि इस परिस्थिति में उनके सामने बहुत विकल्प भी नहीं थे।

'मेरे शिष्यों का क्या होगा ?'

'आप पूरी आज़ादी से औरों को भी संगीत सिखाती रह सकती हैं,' मंजुताई ने आश्वासन दिया।

'और खाना ?'

'आप हमारे साथ ही खायेंगी, ताई, यह पक्का है। वैसे आप रसोई-घर इस्तेमाल करने के लिए आज़ाद हैं, लेकिन आपको अच्छी तरह पता है कि रामू और रतन ख़ुशी से आपके लिए खाना बनायेंगे ठीक वैसे ही जैसे हमारे लिए बनाते हैं।'

दादा ने नरमी से आगे कहा, 'ताई, मेरा विश्वास कीजिए, आप यहाँ रह कर हम पर एहसान ही करेंगी। अगर आप यहाँ होंगी तो मंजू और मैं ज़्यादा लम्बे समय तक विदेश जा सकेंगे और हमें यह खटका नहीं लगा रहेगा कि हममें से किसी एक को भाग कर घर की देख-भाल के लिए वापस आना है।'

ढोंढूताई को अपने सिर से एक बोझ उतरता महसूस हुआ। उन्हें सब्ज़ी काटने और साफ़-सफ़ाई करने के रोज़मर्रा काम नापसन्द थे, जो संगीत को दिये जाने वाले समय में घुसपैठ करते थे। यह नयी व्यवस्था इस सब से छुटकारा दिला देगी।

'मंजुताई, तुम्हारी मदद के लिए धन्यवाद। मैं सचमुच आभारी हूँ। मुझे इस बारे में सोच लेने दो।'

लेकिन यह बन्दोबस्त अस्थायी होना चाहिए, उन्होंने ख़ुद से कहा। उन्हें अपनी एक निजी जगह खोजने के लिए कुछ करना होगा। उन्होंने फ़ैसला किया कि अब अपने एकान्त से बाहर आने और उन निकम्मे सरकारी अफ़सरों में से किसी एक से कुछ मदद लेने का वक़्त आ गया था।

राज्य सरकार का संस्कृति विभाग नियमित रूप से कुछ ख़ास-ख़ास वर्गों को लागत मूल्य पर मकान अलॉट करता था - जैसे पत्रकारों, विद्वानों,

कलाकारों और वैज्ञानिकों को। अनुमोदन का इन्तज़ार कर रहे आवेदकों की एक लम्बी फ़ेहरिस्त थी, जिनमें से बहुत-से अयोग्य लोग भी थे। लेकिन भ्रष्टाचार आम था और किसी आवेदन को आगे बढ़ाने में बहुत सोच-विचार की ज़रूरत नहीं पड़ती थी। एक लम्बे अर्से के दौरान ढेरों कमतर संगीतकारों ने इस सुविधा का फ़ायदा उठाया था और उन्हें शहर में जगह-जगह शुरू की गयी आवास योजनाओं में फ़्लैट दिये गये थे। इनमें से बहुत-से संगीतकारों ने उन्हें मुनाफ़े पर बेच दिया था और वापस तबलों और तानपुरों, भांजों और भतीजियों से ठसाठस भरे अपने पुराने घरों में लौट आये थे। ढोंढूताई ने 'प्रदर्शन कला' के कोटे में एक फ़्लैट के लिए अर्ज़ी दाख़िल करने का फ़ैसला किया। मगर उन्हें पता था कि इसे आगे बढ़ाने के लिए उन्हें किसी को ढूँढना पड़ेगा।

उन्होंने उस व्यक्ति से मुलाक़ात की जो उनकी जानकारी में कुछ रुसूख़ वाला आदमी था - उनकी शिक्षिका, केसरबाई का भतीजा। संयोग से वह एक सफल अधिकारी था। अपनी चाची से सम्बन्धित किसी भी व्यक्ति के लिए वह कुछ भी करने को तैयार था। मिस्टर केरकर ने फ़ौरन सम्बद्ध सरकारी अफ़सर को फ़ोन मिलाया और जैसे जादू के बल पर ढोंढूताई की अर्ज़ी ढेर में सबसे ऊपर पहुँच गयी।

मौसी की बेटी ने ढोंढूताई को नरमी से सूचित किया कि जब तक उन्हें कोई दूसरी जगह नहीं मिल जाती, वे फ़्लैट में रह सकती हैं, लेकिन उन लोगों को मकान का एक ख़रीदार मिल गया था जो अच्छा दाम दे रहा था और जल्दी से सौदा निपटाना चाहता था। ढोंढूताई को अगर कोई चीज़ प्यारी थी तो वह था अपना आत्म-सम्मान। वे किसी के लिए बोझ बनने को तैयार नहीं थीं। उन्होंने फ़ैसला किया कि महीने के आख़िर में केनेडी ब्रिज और उसकी टिमटिमाती परियों-सरीखी रोशनियों को हमेशा के लिए छोड़ देंगी। उन्होंने अपने जाने की योजना बनानी शुरू कर दी।

❑

कुछ हफ़्ते बाद, एक दोपहर को वे सड़क पर कुछ आगे अपने परिचित ठेलेवाले से सब्ज़ी ख़रीदने के बाद कबाड़ी की दुकान पर गयीं। उसकी

छोटी-सी दुकान ऐसी चीज़ों से भरी थी जिनकी कभी एक अपनी जगह रही होगी, लेकिन जिन्हें नये बन्दोबस्त की ख़ातिर बुढ़ाती प्रेमिकाओं की तरह त्याग दिया गया था। वे रोज़मर्रा की ज़िन्दगी का मलबा थीं – जैसे वह बड़ी-सी पीतल की केतली जो खदबदाती हुई, कभी पूरे गाँव के लिए गर्मागर्म चाय के गिलास तैयार करती थी, लेकिन शहर के छोटे-से रसोई-घर में बेकार हो गयी थी; या फिर नैशनल जियोग्रैफ़िक पत्रिका के बीस बरस पुराने अंकों के फफूँदी-लगे ढेर जिन्हें बड़ी एहतियात से तब तक सँभाल कर रखा गया था जब तक उनका ग्राहक मर नहीं गया और उसके नाती-पोतों के पास मसाई वीरों और कूकती ह्वेल मछलियों के लिए कोई जगह न रही। ख़ाली स्कॉच ह्विस्की की बोतलों की क़तारें जिनके लेबल जस-के-तस थे और जो फिर से भरे जाने, मुहरबन्द होने और किसी भोले पियक्कड़ को टिका दिये जाने का इन्तज़ार कर रही थीं।

ढोंढूताई ने दुकानदार को तीसरे माले के अपने फ़्लैट पर आने के लिए कहा। उसने एक घण्टे में अपने आदमी को भेजने का वादा किया। ढोंढूताई ने धीरे-धीरे कांग्रेस हाउस की सीढ़ियाँ चढ़ीं, चाभी लगा कर दरवाज़ा खोला और सीधी अपने कमरे में गयीं। कुछ पल के लिए वे अनमने भाव से दीवार के साथ लगे ख़ाली पलंग को निहारती रहीं। लेकिन इससे पहले कि उनकी आँखें धुँधला जातीं, उन्होंने जल्दी से ख़ुद को काबू में किया और अपनी चीज़ों को तरतीब देनी शुरू की। उसी दिन कुछ देर बाद कबाड़ी आया और पलंग और लकड़ी की वह कुर्सी ले गया जिसे कमोड की तरह इस्तेमाल किया जाता था। दो सौ रुपयों की एवज़ में बेची गयी ज़िन्दगी की यादगारें!

अपने को तसल्ली देने का एक ही रास्ता था। उन्होंने तानपुरा उठाया और राग सुखिया बिलावल शुरू किया, क्योंकि वह दोपहर का राग था और उसे गाने का वक़्त हो चला था। 'ओ देवी दुर्गेश्वरी, सन्तों की रखवारी, राखो अरज हमारी।' तभी दरवाज़े की घण्टी बजी। उन्होंने तानपुरा रख दिया और उठीं। डाकिया था।

'नमस्कार ताई। आपकी रजिस्टर्ड चिट्ठी आयी है।' उसने ढोंढूताई को देख कर बत्तीसी फैला दी। 'क्या एक गिलास पानी मिलेगा ?'

'ज़रूर। लेकिन इसके बदले में तुम्हें मेरे लिए ख़ुशख़बरी लानी होगी,'

वे हँसीं। वे अन्दर गयीं और उन्होंने लिफ़ाफ़े को देखा। वह सरकारी कला और संस्कृति विभाग से आया था।

उन्होंने दरवाज़ा बन्द किया, चिटखनी लगायी और धीरे-धीरे चल कर रसोई-घर तक गयीं जहाँ उन्होंने चाकू से चीर कर लिफ़ाफ़ा खोला। अन्दर एक पत्र था जिसमें उन्हें सूचित किया गया था कि उन्हें बोरीवली में दो बेडरूम फ़्लैट अलॉट किया गया है, मगर उन्हें दो महीने के भीतर पचास हज़ार रुपये जमा करने होंगे।

ढोंढूताई अपने पलँग पर बैठ गयीं। उनका सिर चकरा रहा था। इतना पैसा वे कहाँ से जुटायेंगी ? इसकी आधी रकम तो कोई समस्या नहीं थी। उनके भाई ने बताया था कि वह इतने का प्रबन्ध कर देगा। लेकिन बाक़ी ? उनके पास सिर्फ़ पन्द्रह हज़ार थे। जब उन्हें यह सूझा कि इसके लिए उन्हें क्या करना पड़ सकता है तो उनका दिल डूब गया। उन्होंने अपनी अलमारी का सबसे अन्दर का ख़ाना खोला और सोने के दो कंगन निकाले। ये कंगन कोल्हापुर की महारानी ने उनकी माँ को दिये थे जब ढोंढूताई एक नन्हीं-सी लड़की थीं। सुन्दर नक़्क़ाशीदार कंगन उन्हें खोये हुए बचपन की याद दिलाते हुए, उनके हाथों में चमक रहे थे - उस सफलता की खिल्ली उड़ाते हुए जो वे बड़े होने पर अर्जित नहीं कर पायी थीं। वे इन्हें बेचना कैसे बर्दाश्त कर सकती थीं ? उन्होंने कंगनों को अपनी उँगलियों में फिराया। उन पर बने बेल-बूटे उन फूलों की याद दिलाते थे जो कोल्हापुर की झील के किनारे उगते थे। एक बार फिर उनकी आँखें भर आने को हुईं। बस करो, उन्होंने अपने आप से कहा। तुम्हें भावुक नहीं, व्यावहारिक होना पड़ेगा। उन्होंने कंगन वापस रख दिये और तय किया कि वे उन्हें सुनार के पास ले जायेंगी। जब उनके पास पैसे आ जायेंगे तो शायद वे उन्हें वापस ख़रीद सकेंगी।

जिस रोज़ मैं बम्बई लौटी मैं सीधे कॉन्ग्रेस हाउस गयी। मैंने आई की टॉयलेट वाली कुर्सी को नदारद पाया तो मेरे कलेजे में एक अजीब-सी कचोट लगी और मेरी आँखें भर आयीं। मुझे उस भावना से अजीब-सी उलझन हुई और मैंने उसे दूसरी तरफ़ फेरने की कोशिश की, लेकिन वह छोटा-सा कमरा एक तकलीफ़देह ग़ैर-मौजूदगी से भरा हुआ था।

सबक़ के बाद मेरी माँ मुझे वापस ले जाने और आई के गुज़र जाने पर

अफ़सोस करने के लिए आयीं। उन्हें इसका कोई अन्दाज़ा नहीं था कि ढोंढूताई भी जल्दी ही दूसरी जगह जाने वाली हैं। ढोंढूताई ने उनको उस सरकारी फ़्लैट के बारे में बताया जो उन्हें मिल रहा था।

'मुझे लगभग पन्द्रह हज़ार रुपयों की कमी है और इस रक़म को पूरा करने के लिए मैं अपने कंगन बेचने की सोच रही थी। हो सके तो आप ही इन्हें ख़रीदने के बारे में सोचिए, कंगन इतने सुन्दर हैं। अगर ये अच्छे परिवार में गये तो मुझे ख़ुशी होगी। आख़िरकार, नमिता को उन्हें पहनने का मौक़ा मिलेगा।' उन्होंने कंगन निकाले और मेरी माँ को दिखाये।

'इन्हें बेचने की बात सोचिएगा भी नहीं,' मेरी माँ ने विरोध किया। 'आपको सोने का दाम तो मिल जायेगा, लेकिन यह शानदार कारीगरी। इसकी क़ीमत आपको कोई नहीं देनेवाला। आपको पैसों के बारे में चिन्ता करने की ज़रूरत नहीं। हम आपको उधार दे देंगे। जब आप लौटा सकेंगी, हमें लौटा दीजिएगा।'

'आपने ठीक से सोच लिया है, मीरा जी ? पहले आप नमिता के पिता से नहीं पूछेंगी ?'

'कोई समस्या नहीं होगी। आपको इन्हें क़तई नहीं बेचना है।'

कंगन ढोंढूताई के पास ही रहे। जैसे ही उन्हें अगले संगीत सम्मेलन में गाने का मौक़ा मिला, उन्होंने मेरी माँ को पैसे लौटा दिये।

❑

महीने के आख़िरी दिन वे मंजुताई के बड़े-से आरामदेह घर में चली आयीं। शिवाजी पार्क पेड़ों की क़तारों वाला मुहल्ला था जो एक हरे-भरे पार्क के इर्द-गिर्द बस गया था, जिसके बीचों-बीच प्रसिद्ध मराठा वीर शिवाजी की मूर्ति लगी हुई थी। पार्क के आस-पास के इलाक़े में मंजुताई और दादा जैसे पुराने सज्जन लोग रहते थे जो अब भी सुबह की सैर और शाम को संगीत में विश्वास करते थे। उस शहर में जहाँ जायदाद एक लम्बे समय से अपना असली मतलब खो चुकी थी - यानी रहने का साधन होना - और इसके बदले में पारिवारिक झगड़ों, भ्रष्टाचार, यहाँ तक कि हत्या का भी सबसे बड़ा कारण बन गयी थी, उन्होंने बिना किसी स्वार्थ के अपना घर एक अन्य

व्यक्ति के लिए खोल दिया था। उनका मानना था कि ढोंढूताई जैसी पाये की कलाकार आराम से रहने के योग्य थीं, बस। और वे ख़ुश थे कि वे मदद करने के क़ाबिल थे।

घर अच्छे-ख़ासे रक़बे में फैला हुआ था। वर्षों पहले परिवार ने नीचे की मंज़िल सरकारी स्कूल को भाड़े पर दे दी थी। इस अर्से के दौरान किरायेदारी के पुराने क़ानूनों ने यह सुनिश्चित कर दिया था कि स्कूल वहीं रहे और मंजुताई के परिवार ने अपने अहाते में आते-जाते बच्चों की किलकारियों के साथ जीना सीख लिया था। अजाने ही उनकी ज़िन्दगियाँ स्कूल के वक़्त से संचालित होने लगी थीं। सुबह की घण्टी का मतलब था कि चाय और अख़बार का समय हो गया है। स्कूल बन्द होने की घण्टी अमूमन दोपहर के भोजन के ख़त्म होने और जल्दी से एक छोटी-सी झपकी लेने का संकेत होती।

ढोंढूताई दूसरी मंज़िल पर एक लम्बे खुले गलियारे के सिरे पर बने कमरों में आ गयीं, जहाँ उन्हें एकान्त उपलब्ध था। वहाँ शायद ही कोई कभी जाता। मंजुताई का डोबरमैन, टीटू भी नहीं, जो हर वक़्त ध्यान खींचने की कोशिश करता था और जिसे घर के हर कमरे में दौड़ लगाने की आदत थी। उनका कमरा एक बड़ी-सी बाल्कनी में खुलता था जहाँ से उनको पार्क की एक फाँक दिखायी देती थी। वहाँ पहुँच कर उन्होंने जो पहला काम किया, वह था तुलसी का एक पौधा वहाँ लगाना।

तानपुरे सबसे पहले आये और उन्हें कमरे की दो दीवारों के साथ आमने-सामने खड़ी सागवान की लकड़ी की दो सुन्दर अलमारियों से टिका कर सम्मान की जगह दी गयी। उनके बाक़ी असबाब ने भी, जो कॉन्ग्रेस हाउस में उनके कमरे में रखा था, यहाँ कमरे के अलग-अलग कोनों में जगह ढूँढ ली – उनकी पूजा की वेदी, रंग-बिरंगे छापे वाले ऊनी कालीन, लोहे की नीली अलमारी और हाँ, दीवारों पर लगी तीनों तस्वीरें। अब जबकि ये चीज़ें उस सँकरे, मामूली कमरे से निकाल ली गयी थीं, जहाँ वे इतने वर्षों से रखी हुई थीं तो वे जगमगाने लगी थीं। लेकिन ढोंढूताई ने दोनों घरों की तुलना में एक शब्द नहीं कहा। आख़िर वह उनका घर रहा था।

❑

जहाँ मैं रहती थी वहाँ से शिवाजी पार्क काफ़ी आगे को था। अब जब मैं चौदह साल की हो गयी थी, मैं बिना अपनी आया या माँ को अपने साथ बाँधे, अकेले ही बस या लोकल ट्रेन पकड़ कर आ-जा सकती थी। लोकल ट्रेन मेरे लिए एक और साहसी कारनामा बन गयी और उसने एक और रोमांचक, डरावनी दुनिया मेरे सामने खोल दी जो उस कोये से बिलकुल भिन्न थी जिसके भीतर अमूमन मैं रहा करती थी।

लोकल ट्रेनें बम्बई की नसें हैं। हर रोज़ वे लाखों लोगों को इधर-से-उधर ढोती हैं। अगर किसी कारणवश यह बहाव बन्द हो जाय तो शहर बेहोशी में डूब जायेगा। ट्रेनें चलते-फिरते घरों जैसी थीं जिनके अपने अनोखे नियम और क़ायदे थे जिनका पालन करना ज़रूरी था, वरना आप बाहर फेंक दिये जाते - सशरीर। शिवाजी पार्क के लिए पहली बार लोकल पकड़ने से पहले मुझे इसी साँप-सरीखे जानवर के बारे में दो बातें बतायी गयी थीं। पहली यह कि औरतों के लिए अलग डिब्बे थे और दूसरी यह कि मुझे दादर पर उतरना था। लेकिन यह जानकारी कहीं से भी पूरी नहीं थी, जैसा कि मुझे जल्दी ही पता चलने वाला था। वह किसी पराये मुल्क में सैलानियों वाली पुरानी प्रचार सामग्री के साथ पहुँचने जैसा था।

पहली बार जब मैंने ट्रेन पकड़ी तो मैंने टिकट ख़रीदा और प्लैटफ़ार्म पर खड़ी हो कर समय और गन्तव्यों को सूचित करने वाली टिमटिमाती बत्तियों को बूझने की कोशिश करती रही। फिर मैंने बम्बई की लोकल के सफ़र की सबसे बड़ी भूल की। मैं दोपहर बाद के साढ़े चार बजे सवार हुई, या अगर और सही ढंग से कहूँ तो सवार होने की कोशिश की। वह मेरी ज़िन्दगी का सबसे डरावना अनुभव था, उस मौक़े के बाद वाला जब मैं कलाबाज़ी लगाने वाले 'घोड़े' से गिर पड़ी थी और हॉल में भरी ठी-ठी करती लड़कियों को मेरा जाँघिया दिखायी दे गया था। लोकल का पहला नियम यह है कि अगर भीड़ वाले समय कहीं सफ़र करना हो तो सबसे पहले स्टॉप पर सवार होना चाहिए। यह नीचे के बहाव वाला क़ायदा है। दफ़्तरों वाले इलाक़े से, जहाँ से लोकल शुरू होती है, आप जितना दूर होंगे, मनुष्यों की नदी का बहाव उतना ही प्रबल होगा। भीड़ पहले स्टॉप पर ठसाठस भर जाती है और दूसरे स्टॉप तक डिब्बा पसीने में नहायी हुई,

चिड़चिड़ी मानवीय मछलियों के कनस्तर-सरीखा बन जाता है। मुझे ज़रा भी अन्दाज़ा नहीं था कि ग्राण्ट रोड स्टेशन, जहाँ से मैं सवार हो रही थी, शहर से कई स्टॉप दूर था और मेरी तमाम कोशिशों को भारी-भरकम सब्ज़ीवालों का एक झुण्ड नाकाम कर देगा जो सुबह के पाँच बजे से जगे हुए थे और घर लौटने के लिए कमर कसे थे।

कुछ मिनट बाद मैं अपने घर लौट कर ढोंढूताई को फ़ोन मिला रही थी।

'बाई जी, मैं लोकल में चढ़ नहीं पायी...'

'अरे बेटा, मुझे तुमको होशियार कर देना चाहिए था कि थोड़ा पहले चलो। चिन्ता मत करो। कल आ जाना। और याद रखना हद-से-हद चार तक चल देना, वरना तुम भीड़ में फँस जाओगी।' वे मेरी हिफ़ाज़त का बहुत ख़याल रखती थीं और इस बात से काफ़ी द्रवित थीं कि महज़ उन तक पहुँचने के लिए मैंने उस भयानक अजगर का सामना की कोशिश की थी जो आग उगलता हुआ शहर में तेज़ी से चक्कर काटता रहता था।

अगले एक महीने के दौरान मैंने नियम-क़ायदे सीखने शुरू कर दिये। भीड़ वाले समय को बचा कर चलो। सवार होने से पहले, लोगों के उतरने का बहुत इन्तज़ार मत करो। सामने वाले आदमी से अपने शरीर का मेल ऐसे बैठा लो कि तुम आप-से-आप धक्के से सवार हो जाओ। अगर बैठने की जगह न मिले तो बैठे हुए लोगों से यह पूछना शुरू कर दो कि वे कहाँ उतर रहे हैं और इस तरह अपनी जगह छेंक लो।

जल्दी ही मैंने महारत हासिल कर ली। अपने नवें दर्जे में शायद मैं उन लड़कियों में से अकेली थी जिसे बस या लोकल से आने-जाने की इजाज़त थी, वह भी अकेले। हालाँकि मैं बस ले सकती थी, लेकिन मुझे लोकल ट्रेन दो कारणों से पसन्द थी। वह कहीं ज़्यादा तेज़ थी और मैं उस दुनिया पर मुग्ध थी, जो उसमें उजागर होती थी। सेकेण्ड क्लास ज़नाने डिब्बे में सफ़र करना, दोपहर में महिलाओं वाले किसी कार्यक्रम में शामिल होने के बराबर था जिनसे मैं वैसे कभी नहीं मिलने वाली थी, और मुझे कान लगा कर औरतों की उन बातों को सुनना बहुत भाता था जो दुष्ट सासों, थकेले पतियों, कमीने अफ़सरों और चावल की क़ीमत के बारे में होतीं। कुछ औरतें हर रोज़

लगभग चार घण्टे लोकल में सफ़र करते हुए गुज़ारतीं - अपने बच्चों के साथ बिताये गये समय से भी ज़्यादा। दिन-दर-दिन वे उसी डिब्बे में सवार होतीं। यही वह जगह थी जहाँ वे अपने ऊपर थोपे गये रिश्तों से अलग रिश्ते क़ायम करतीं। यही वह जगह थी जहाँ वे घरेलू नुस्ख़े और खाना बनाने के तरीक़े आपस में बाँटतीं। वे एक-दूसरे पर दुख भी मनातीं, लेकिन अपने बच्चों की पढ़ाई के नतीजों के बारे में सुखद कहानियाँ भी सुनातीं। ये मुसाफ़िर औरतें समझती थीं कि क्यों उनकी बग़ल में खड़ी औरत की बाँह पर नील पड़ा हुआ है और वे अपने ख़ामोश समर्थन को सीट पर कुछ और दब कर ज़ाहिर करतीं ताकि उस औरत को थोड़ी और जगह मिल सके। गुमनामी उन्हें ताक़त देती थी।

❑

वह शुक्रवार की चिलचिलाती हुई गर्म दोपहरी थी जब मैं लोकल से गिरते-पड़ते उतरी और भीड़ से अपना रास्ता बनाती हुई उस सड़क पर पहुँची जो मुझे मंजुताई के घर ले जाती थी। सड़क उन सारे नाटकों के लिए एक मंच थी जो शहर में होते रहते थे - उस युद्ध का एक स्थायी मैदान जो नगर पालिका और सड़क किनारे के दुकानदारों के बीच ठना रहता था जिनकी दुकानें जोड़-गाँठ कर तैयार की गयी मेज़ें या चौकियाँ होतीं जो लाइसेंस की या इस बात की कोई परवाह नहीं करती थीं कि वे किसी बड़ी दुकान के सामने लगायी गयी हैं। इस तरह के बेबाक दुकानदार एक किस्म की खुली मॉल की शक्ल अख़्तियार करते जहाँ औरतों की अँगियाँ और चड्ढियाँ बेशर्मी से कढ़ाईदार झण्डियों की तरह, स्टेनलेस स्टील के कटोरों की एक तरफ़ को झुकी मीनार के ठीक बग़ल में लटकी रहती थीं; चमकती हुई सब्ज़ियों के क़रीने से सजे ढेर दूसरी तरफ़ रखे होते - सारा बन्दोबस्त बड़े योजनाबद्ध ढंग से किया गया होता ताकि औरतें काम से घर लौटते समय तेज़ी से चक्कर लगा कर ज़रूरत का सारा सामान एक ही बार में ख़रीद सकें। सैकड़ों ख़ोंचे-ठेले वालों ने, स्टेशन से हर रोज़ आने-जाने वाले मुसाफ़िरों के साथ ज़ोर-शोर से धन्धा करते हुए, सड़क पर अपनी जगह बना रखी थी। वहाँ का वातावरण कुछ-कुछ मध्यकालीन बाज़ारों जैसा था।

सड़क की अपनी एक व्यवस्था थी और वह अनलिखे नियम-क़ायदों के अनुसार चलती थी। और आगे बढ़ कर, अगले स्टॉप पर जब मुस्लिम आबादी शुक्रवार को मस्जिद पर इकट्ठा होती तो सड़क नमाज़ियों की उन क़तारों के लिए ख़ाली हो जाती जो लाउडस्पीकर से तिरती आती मुअज़्ज़िन की आवाज़ पर एक साथ घुटनों के बल झुकते और उठते।

मैं एक औरत के साथ बेले के फूलों की एक वेणी के लिए भाव-ताव कर रही थी जो मैं अपनी शिक्षिका के लिए ले जाना चाहती थी। वह दाम पर टस-से-मस नहीं हो रही थी और मुझे 'एक बार सूँघने' का न्योता दे रही थी। फिर उसने अपने सोते हुए बच्चे को बाँहों में सँभाले-सँभाले, वेणी को एक हरे पत्ते में होशियारी से लपेट कर मुझे एक खिली हुई शोख़ मुस्कान के साथ थमा दिया।

मैं आराम से टहलते हुए बाज़ार से निकली और मैंने एक बदसूरत-सी इमारत की बग़ल से गुज़रते हुए सड़क पार की, जिस पर सामने की तरफ़ बाघ की तस्वीर बनी थी। यह दक्षिणपन्थी हिन्दू पार्टी, शिव सेना का मुख्यालय था, सोच-समझ कर ठीक जगह क़ायम किया गया, क्योंकि यह स्पष्ट रूप से हिन्दू मध्यवर्गीय लोगों का मुहल्ला था। दो मकान आगे, कबूतरों की बीट से ढँकी एक प्रतिमा के सामने की सड़क के उस पार मंजुताई का घर था।

घर के फाटक पर मुझे स्कूली बच्चों का एक झुण्ड मिला जो दो-दो की क़तार बाँध कर पार्क में शाम की कसरत के लिए जा रहे थे। सीटी की तीखी आवाज़ ने टीटो को भड़का दिया था और मैंने उसे अन्दर भौंकते सुना। रसोइए रतन ने, कुत्ते को चुप कराने की कोशिश करते हुए, आँखें मलते-मलते दरवाज़ा खोला। जब टीटो ने मुझे सूँघ लिया तो उसका भौंकना स्वागत की ग़ुराहट में बदल गया।

घर में अब भी एक उनींदेपन की परत चढ़ी हुई थी, लेकिन रसोई-घर में चाय की चढ़ी हुई केतली जल्दी ही उसे शाम की हलचल के लिए तैयार कर देने वाली थी। ढोंढूताई रसोई में थीं - दो कप चाय तैयार करती हुईं। मैंने उन्हें फूल थमाये। उन्होंने मेरा शुक्रिया अदा किया और उन्हें बालों में सजाने के ख़याल पर हँसीं, लेकिन फिर उन्होंने वेणी को अपनी छोटी-सी चुटिया में खोंस लिया।

'वाह! चाय तो बढ़िया है, बाई जी,' मैंने कहा और बदले में मुझे तोष-भरी वह मुस्कान मिली जिसकी मैंने उम्मीद लगा रखी थी।

'अरे, तुम्हें पता है जब मैं तुम्हारी उमर की थी तो हम छुप कर चाय पीते थे। हमारे पिता कभी चाय नहीं छूते थे, क्योंकि ऐसा माना जाता था कि उसमें नशा होता है। वे सुबह और शाम सिर्फ़ एक गिलास गर्म दूध पीते थे और उन्हें उम्मीद थी कि उनका परिवार भी ऐसा ही करेगा। लेकिन मेरी दादी को तो चाय पसन्द थी और इसी से हम सब को भी इसकी आदत पड़ गयी। घर के दूसरे सौदे-सुलुफ़ के साथ चाय इस बहाने से लायी जाती कि वह यदा-कदा आने वाले मेहमान की ख़ातिर लायी गयी है। बड़ा मज़ेदार था। अगर हमारे पिता घर होते तो केतली को रस्सी में बाँध कर छत में बनी खिड़की से दूसरी मंज़िल पर खींच लिया जाता जहाँ हम बच्चे अपने-अपने गिलासों के साथ इन्तज़ार कर रहे होते।'

'यह सोचना कितना दिलचस्प लगता है, बाई जी, कि चाय आपके ज़माने में नशे की चीज़ थी...।'

'हम सभी लोग बहुत पाबन्दी में रहते थे। मेरे पिता तो इस बात पर भी ज़ोर देते थे कि मेरे उस्ताद भुर्जी ख़ाँ जब मुझे सिखाने आयें तो सिर्फ़ दूध ही पियें। जिन दिनों मेरे पिता बाहर गये होते वे रसोई-घर में झाँकते और शर्माते हुए आई से कहते, "सोनाताई, क्या आज मुझे एक कप चाय मिल सकती है ?" '

हम चाय की चुस्कियाँ लेते हुए यह सोच कर हँसे कि वह शेर जैसा आदमी दब-छुप कर चाय पीता था। गप-शप के दौरान मैंने एक सुन्दर जवान औरत को रसोई-घर और अन्दर के छोटे कमरे के बीच दरवाज़े से आधा-छुपे खड़े देखा। उसने गहरे मूँगिया रंग की परम्परागत मराठी नौगज़ी साड़ी पहन रखी थी और उसकी कलाइयाँ और भी गहरे हरे रंग की चूड़ियों से ढँकी थीं। वह मुझे देख कर शर्माते हुए मुस्करायी। मैंने सवालिया अन्दाज़ में अपनी शिक्षिका की ओर भँवें चढ़ायीं तो उन्होंने बताया कि वह लड़की रतन की बहू थी जो अभी-अभी गाँव से आयी थी। वह अभी कुछ महीने वहीं रहेगी जिसके बाद वह उसे वापस ले जायेगा। मंजू ताई का घर ऐसा ही था - सबके लिए खुला।

हम उस लम्बे गलियारे से चल कर उसके दूसरे सिरे पर ढोंढूताई के कमरे तक पहुँचने के लिए चले। जब वे अपनी चप्पलें फटफटाते हुए मौसम की शिकायत करतीं आगे बढ़ीं तो मैं उनके क़दम-से-क़दम मिलते साथ-साथ चली और इस बीच टीटो, ढोंढूताई की जान-बूझ कर धीमी चाल से तालमेल बैठाने में नाकाम हो कर, छलाँगें लगाता रहा – तेज़ी से आगे दौड़ता और फिर पलट कर हमारे पास आता हुआ। रहने के लिए इस्तेमाल होने वाले कमरों के सामने से गुज़रते हुए मैंने एक कमरे में नज़र डाली और मंजुताई को देख कर हाथ हिलाया जो रसोइए रामू के साथ रात के खाने में बनने वाली चीज़ों की चर्चा करते हुए, चाय की चुस्कियाँ ले रही थीं। उन्होंने अपने चश्मे के ऊपर से मुझे निहारा और पलट कर हाथ हिलाया।

ढोंढूताई का कमरा घर के और कमरों की बनिस्बत ठण्डा था, क्योंकि उस पर दो शानदार गुलमोहर के पेड़ों की छाया पड़ती थी जिनकी सुर्ख़ गुच्छेदार पंखुड़ियाँ समय-समय पर हवा में उड़ती हुईं घर के भीतर चली आतीं। ढोंढूताई ने तानपुरे की तरफ़ हाथ बढ़ाया तो उनकी बग़ल में आस्तीन के नीचे पसीने का धब्बा दिखायी दे गया। तानपुरे को उन्होंने ऊपर की गाँठ खोलते और फिर कपड़े को खींच कर उतारते हुए, उसके ख़ोल से – जिसका गुलाबी और सुनहरा रंग हल्का पड़ गया था – उसी परिचित अन्दाज़ में निकाला। उस पर उँगलियाँ फेरते हुए वे कसमसायीं। वह बुरी तरह सुर के बाहर था। गर्मी और उमस की वजह से लकड़ी फूल गयी थी और उसके चारों कसे हुए तार अपनी जगह से हट गये थे। ढोंढूताई ने उसकी चाभियाँ हौले-हौले उमेठनी शुरू कीं जो पलट कर किसी अक्खड़, हठी बालक की तरह चरमरायीं।

तानपुरे को सुर में लाते हुए ढोंढूताई ने अधबीच हाथ रोक दिया और कहा, 'मेरा ख़याल है अब तुम्हें यह काम अपने हाथों से करना सीख लेना चाहिए। यह सारी ज़िन्दगी तुम्हारा साथ देगा, इसलिए अच्छा यही है कि तुम इस काम को ख़ुद करो।' उन्होंने साज़ को मुझे थमाया मानो किसी नन्हें बच्चे को थमा रही हों।

बहुत बरस गुज़र जाने पर, मेरे बेटे के जन्म के बाद, वे मुझसे कहा करतीं, 'याद रखो, तानपुरे का वैसा ही ख़याल रखो जैसे तुम अपने बेटे

चैतन्य का रखती हो।'

'तानपुरा कोई बेजान चीज़ नहीं है, समझीं। उसमें प्राण हैं। वह मनुष्य के कान की तरह स्वर से स्पन्दित होता है। तुम्हें इस पर विश्वास नहीं आयेगा, लेकिन मैंने ख़ुद अपनी आँखों से अनुभव किया है। मैं तो यक़ीन भी नहीं कर सकती थी कि...'ढोंढूताई मगन हो कर उस कहानी को सुनाने लगीं जब एक बार उन्होंने मंच पर केसरबाई की संगत की थी।

उन्होंने केसरबाई से सीखना शुरू ही किया था और सार्वजनिक प्रदर्शन के समय अपनी शिक्षिका के मिज़ाज की कहानियाँ सुन रखी थीं और उनके पीछे बैठ कर संगत करने पर उन्हें घबराहट हो रही थी। संगीत-सभा शाम को छै बजे शुरू होनी थी। साज़िन्दे अपने-अपने साज़ों के साथ आये और मंच पर बैठ गये - पहले अपने तानपुरे के साथ ढोंढूताई, फिर तबला वादक और सारंगी बजाने वाला। अन्त में केसरबाई, जिनका बड़ी देर से इन्तज़ार था, हस्बमामूल अपनी सफ़ेद रेशमी साड़ी पहने, आ पहुँचीं। संगतकारों ने अपने-अपने साज़ों के सुर मिलाने शुरू किये - सारंगी वादक ने कमान उठायी और उसे प्यार से तारों पर फेरा - धीमे से सा बजाते हुए, ताकि तानपुरे का सुर मिल जाये। तबलची भी अपने तबले को सुर में लाने के लिए ठोंक-पीट कर रहा था। घबराहट में ढोंढूताई से सुर ठीक से सध नहीं रहा था। कुछ मिनट बाद केसरबाई ने अपनी कलाई में बँधी घड़ी पर नज़र डाली, त्योरियाँ चढ़ायीं और इस बात की परवाह न करते हुए कि वे माइक्रोफ़ोन में बोल रही हैं, अपने संगतकारों की तरफ़ मुड़ीं, 'तुम लोगों के साथ क्या गड़बड़ है जी, इतना आसान काम तुम नहीं कर पा रहे । मैं कल तक रुकी नहीं रह सकती।' और जब वे वहाँ भय से सुन्न बैठे हुए थे, केसरबाई ने एक हाथ कान पर रखा और एक अद्‌भुत सा निकाला।

'एकदम चमत्कार था,' ढोंढूताई ने कहा। 'जिस क्षण उन्होंने सुर लगाया, तानपुरा और तबला, दोनों आप-से-आप सुर में आ गये। मानो उनके शुद्ध स्वर की ताक़त साज़ों के दिल तक पहुँच गयी और उन्होंने भी जवाब दिया।' मैंने अविश्वास से ढोंढूताई की तरफ़ देखा। लेकिन मैंने बहुत पहले ही उन बातों पर बहस न करना सीख लिया था जो मेरी कल्पना के दायरे से बाहर थीं। मैंने जवाब में आहिस्ता से बस 'वाह' कहा।

संगीतकार के साज़ उनके जीवन-साथी होते हैं। जैसा ढोंदूताई ने कहा, 'संगी मर जाते हैं। बच्चे बड़े हो कर आगे बढ़ जाते हैं। यहाँ तक कि तुम्हारी अपनी शक्तियाँ उमर के साथ जवाब देने लगती हैं। लेकिन अगर तुम इनकी देख-भाल करो तो ये हमेशा तुम्हारे साथ रहते हैं।'

उसी दिन उन्होंने तय किया कि अब मेरे लिए अपना तानपुरा लेने का वक़्त आ गया था। वे मिरज में अब्बा को लिखेंगी। वह शहर साज़ों के पुश्तैनी कारीगरों के लिए मशहूर था। अब्बा के परिवार में पीढ़ियों से संगीत के साज़ों को बनाने का काम होता आया था। साल भर तक लकड़ी सिझायी जाती, उसे रगड़-चमका कर कड़ी मेहनत से उसकी कोरों में हाथी दाँत के टुकड़े बैठाये जाते। उनका काम लगाव की मेहनत का था और वे यह काम इसलिए करते थे, क्योंकि यही काम वे जानते थे। लेकिन अब इससे परिवार का खाना-खर्चा चलना मुश्किल था, क्योंकि नये संगीतकार अधिक सुविधाजनक और लाये-ले-जाये जाने में आसान इलेक्ट्रॉनिक तानपुरों और तबलों की तरफ़ आकर्षित होते जा रहे थे।

❑

जब हम दूसरे दर्जे के ज़नाना डिब्बे में सवार हुए तो ढोंदूताई ने अपने बटुए को मज़बूती से पकड़ रखा था। लोगों के अन्दर-बाहर जाने के बेतहाशा बहाव के बावजूद उन्होंने ख़ुद चढ़ने से पहले मेरे सवार होने का इन्तज़ार किया। लोकल में रास्ते भर उन्होंने अपने बटुए को नाक से लगाये रखा ताकि उन ताज़ा मछलियों की गन्ध से बच सकें जिन्हें तीन मछुआरिनें टोकरों में ले जा रही थीं। उन ज़बर्दस्त दिखने वाली औरतों से किसी को कुछ कहने की हिम्मत नहीं थी, वरना इस बात का ख़तरा था कि एक फटी-फटी आँखों वाली पॉम्फ्रेट मछली उसकी नाक से सटा दी जाती।

हम संगीत के साज़ बेचने वाली दुकान पर जा रहे थे। ढोंदूताई ने अब्बा को यह बताते हुए चिट्ठी लिख दी थी कि वे मेरे लिए कैसा तानपुरा चाहती थीं। वह ठीक उस जोड़ी जैसा बनना चाहिए था जैसा अब्बा ने उनके लिए बनाया था। वे उनके दो उस्तादों के साज़ों पर बने डिज़ाइनों का मिश्रण थे। बारीक नक़्क़ाशीदार बेल-बूटे केसरबाई के तानपुरे से लिये गये थे और

घूँघरदार कोर भुर्जी ख़ाँ के तानपुरे से। उन्होंने अपने तानपुरे दोनों गुरुओं के प्रति श्रद्धा व्यक्त करने के लिए ख़ुद बनवाये थे।

लेकिन अब्बा को तानपुरा बना कर देने में अभी देर लगने वाली थी। ढोंढूताई जानती थीं कि मिरज से तानपुरा आने में साल भर का समय लग सकता है, इसलिए हम बीच के समय में काम चलाने के लिए साज़ बेचने वाली दुकान पर बिजली की सुर-पेटी लेने जा रहे थे, जो असली तानपुरे की झनकार की नक़ल करने वाला एक छोटा-सा सुघड़ डिब्बा होता है।

मुझे घर पर रियाज़ करने के लिए इसकी ज़रूरत थी, क्योंकि मुझे जल्द ही अपने स्कूल की वार्षिक संगीत-प्रतिभा प्रतियोगिता में अपना पहला एकल प्रदर्शन करना था।

ढोंढूताई ने मुझे राग मल्हार सिखाने का फ़ैसला किया था, क्योंकि साल का वह मौसम क़रीब आ रहा था जब झुलसाने वाली गर्मी के बाद जम कर बारिश होने वाली थी। मल्हार वर्षा का राग है। उसके ऊर्ध्वगामी बोल और सुर, फिर से परिपूर्ण होने के, पुनर्जन्म के गिर्द बुने जाते हैं। मल्हार से मेरा पहला परिचय अमर चित्र कथा की एक कहानी से हुआ था। कहानी तानसेन के बारे में थी। उस महान संगीतकार के एक प्रतिद्वन्द्वी ने उन्हें मारने की साज़िश रची। उसने संगीत को ही हथियार बनाया। बादशाह पर ज़ोर दिया कि तानसेन को राग दीपक गाने को कहें, जिसके सुर ऐसा माना जाता है कि गर्मी पैदा करते हैं। तानसेन के गाने के दौरान महल की मशालें चमत्कारी ढंग से जल उठीं।

तानसेन गाने में इतना डूब गये कि उन्हें ताप चढ़ गया और उनका शरीर जलने लगा। उसी वक़्त उनकी बेटी ने तानपुरा उठाया और ताप उतारने के लिए राग मल्हार गाया। तानसेन बचा लिये गये।

भाऊजी की दुकान, जहाँ संगीत के साज़ मिलते थे, कॉन्ग्रेस हाउस में ढोंढूताई के पुराने घर के पास, लेमिंग्टन रोड की एक छोटी-सी गली में थी। हम एक पल के लिए दुकान की शीशेदार खिड़की के सामने खड़े हुए। वहाँ एक सितार, तबलों की जोड़ी, दो गिटार और एक की-बोर्ड नुमाइश के लिए रखा हुआ था, जो ऐलान कर रहा था कि दुकान अब आधुनिक पश्चिमी संगीत के युग में दाख़िल हो गयी है। अन्दर घुसते ही लकड़ी और रोग़न की

गन्ध ने हमें घेर लिया। क़तार-दर-क़तार तबले और उनकी ताल देनेवाली बहनें - यानी ढोलकें - एक ख़ाने में रखी हुई थीं; हारमोनियमों का एक दल एक-दूसरे के ऊपर सजा था। चमकते तूँबों वाले हर आकार-प्रकार के तानपुरे और सितार दीवारों से टँगे हुए थे - कुछ बेल-बूटेदार, कुछ नंग-धड़ंग। बेशुमार दूसरे साज़ इधर-उधर बिखरे पड़े थे।

काउण्टर के पीछे से चेचक के दाग़ों वाले एक आदमी ने अपनी चाय का गिलास नीचे रखा और बिना ज़्यादा उत्साह दिखाये हमारी तरफ़ देखा। मैंने काउण्टर से टेक लगायी और जैसे ही मेरी बाँह उस चिपचिपे दायरे से छू गयी, जहाँ वह गिलास पहले रखा गया होगा, तो मैं फ़ौरन चिंहुकी।

'नमस्कार। मैं ढोंदूताई कुलकर्णी हूँ। क्या भाऊजी हैं ?' ढोंदूताई अपनी बातचीत में हमेशा अजीब ढंग से औपचारिक और पुरानी चाल की बनी रहती थीं।

आदमी उन्हें घूरता रहा, लगभग उनके आर-पार देखता हुआ-सा। फिर उसने आवाज़ करते हुए चाय सुड़की और कहा कि यह दुकान दो साल पहले बचूभाई नाम के आदमी को बेच दी गयी थी। उसे कुछ पता नहीं था कि हम भाऊ जी को कहाँ खोज सकते थे। 'आप क्या ढूँढ रही हैं ?'

'हमें एक सुर-पेटी दिखाइए।'

सेल्समैन ने दो नमूने दिखाये। ढोंदूताई ने एक चुन लिया, मैंने पैसे चुकाये और हम चले आये।

घर वापस आते समय ढोंदूताई बड़ी चुप-चुप थीं। मैंने उनसे पूछा नहीं, लेकिन सहज ज्ञान से मैं जान गयी थी कि वे ख़ामोश क्यों हैं। मैं यह समझने लगी थी कि वे कभी-कभार ही क्यों बाहर जाती थीं। यह सही था कि उन्हें बेकार के मिलने-मिलाने में कोई दिलचस्पी नहीं थी, लेकिन उनके भीतर का एक हिस्सा ऐसा भी था जो गुमनामी की तकलीफ़देह हक़ीक़त का सामना नहीं करना चाहता था। भले ही वे एक गम्भीर संगीतकार रही हों, अब तक की एक महानतम गायिका की एकमात्र शिष्या, दुर्लभ रागों और बन्दिशों के ईर्ष्या-योग्य संग्रह का भण्डार, लेकिन दुनिया को इसकी कोई परवाह नहीं थी। उसके सुर एक अलग ही सुर से मिले थे। यह उन मुलाक़ातों में से एक थी जो उन्हें याद दिलाती थी कि वे अकेली थीं, एक ऐसे संसार में

ख़ुद को अभिव्यक्त करने की कोशिश में जिसने उन व्यक्तियों पर उत्तरोत्तर कम ध्यान दिया था जो महान कला और लोकप्रसिद्धि के बीच के बिरले सन्तुलन को पूरी तरह साध नहीं पाये थे।

❑

मैंने स्कूल की संगीत प्रतियोगिता के लिए तैयारी शुरू कर दी। जिस दिन से मैंने संगीत सीखना शुरू किया था, मैं दो संसारों में जीती आयी थी। जब मैं स्कूल में होती, मैं इस बात को छिपाये रखती कि मैं संगीत सीखने के लिए अकसर भीड़-भरी लोकल ट्रेनों या लरज़ती-डोलती बसों में शिवाजी पार्क नाम की जगह जाती थी। जब मैं ढोंढूताई के साथ होती तो मैं उन्हें यह न बताती कि मेरी उमर की लड़कियों की दोस्ती लड़कों से थी या यह कि मैंने सिगरेट का पहला-पहला सुट्टा मारा था। इन दोनों दुनियाओं को आपस में मिलाना असम्भव था। लेकिन जब मैंने संगीत प्रतियोगिता में हिस्सा लिया तो वह उन गिने-चुने अवसरों में से एक था जब ये संसार एक-दूसरे से आ मिले थे।

मेरा स्कूल अंग्रेज़ी पब्लिक स्कूल तन्त्र पर टिका हुआ था। उसमें भीषण प्रतियोगता और कड़ी वर्गीय ऊँच-नीच थी। पढ़ाई के अलावा स्कूली ज़िन्दगी चार 'घरानों' में बँटी हुई थी - लाल, नीला, हरा और पीला - जिनके नाम अर्सा पहले दिवंगत, अतीत की धुन्ध में खोये, अंग्रेज़ हेडमास्टरों की याद में रखे गये थे। मैं उस घराने में थी जिसका नाम सैवेज घराना था - यानी हरा। सैवेज का अर्थ वैसे तो 'जंगली' होता है, लेकिन चूँकि 'सैवेज' एक नाम भी है, इसलिए मुझे यह एक विकृत कल्पना ही लगती थी कि किसी मनुष्य का नाम 'जंगली' हो और ऊपर से वह एक घराने के नामकरण के लिए भी इस्तेमाल किया जाय। हर घराने में कप्तानों और मॉनीटरों की एक जटिल सीढ़ीदार संरचना थी, जिनका लक्ष्य था कि उनका घराना वर्ष के अन्त तक सबसे अधिक अंक बटोर ले। लिहाज़ा, हमारी स्कूली ज़िन्दगी बुनियादी तौर पर घरानों की आपसी होड़ की श्रृंखला में बँटी हुई थी। मुक्केबाज़ी के अखाड़े में अगर लाल का मुक़ाबला हरे से होता तो जंगलियों की वाक्पटु मण्डलियाँ 'क्या संयुक्त परिवार एकल परिवारों से ज़्यादा फ़ायदेमन्द

होते हैं' या 'प्रेम विवाह बनाम तयशुदा शादियाँ' जैसे विषयों पर उतने ही प्रशिक्षित 'शास्त्रज्ञों' के विरुद्ध वाद-विवाद में हिस्सा लेतीं। जब घरानों की आपसी संगीत प्रतियोगिता का नम्बर आया, मैंने अपनी विनम्र सेवाएँ अर्पित कीं और कहा कि मैं 'हिन्दुस्तानी गायन' वाली कोटि में हिस्सा लूँगी।

❑

जब इस उदासीन मंच पर अपने पहले छोटे-से प्रदर्शन के लिए मुझे तैयार किया जा रहा था, तब पहली बार मेरा परिचय संगीत में लय और ताल से हुआ। ढोंदूताई के ब्रह्माण्ड में जो आदमी इसका बन्दोबस्त करता था, उसका नाम प्रभाकर पाध्ये था। अप्राकृतिक ढंग से गहरे काले बालों वाला विचारशील आदमी जो पोलिएस्टर के सफ़ेद कुर्ते पहनता था, गाल में तम्बाकू की खिल्ली दबाये रखता था और आँखें बन्द करके तबला बजाता था। वह एक उनींदे कछुए सरीखा नज़र आता था, सिवा तब, जब वह अपनी ताल पर सम में आने की कोशिश में चेहरा तरह-तरह से सिकोड़ता और कुहनियों को झटकता।

मंगलवार एकमात्र दिन था जब ढोंदूताई नहीं सिखाती थीं। इसकी बजाय वे प्रभाकर पाध्ये की संगत में कुछ घण्टे रियाज़ करते हुए बितातीं। संगीत का कार्यक्रम शुरू करने से पहले दोनों लोग ग्रहों-नक्षत्रों की स्थिति पर विचार विमर्श करते और पाध्ये मास्टर उन्हें बताते कि आने वाले हफ़्ते में उनके भाग्य में क्या बदा है। तबले के बाद ज्योतिष उनका दूसरा प्यार था। वे कुण्डलियाँ बाँचने और उन अदृश्य शक्तियों से बचने - या उन्हें साधने - में जुटे रहते जो मनुष्य की नियति का नियन्त्रण करती थीं। वे बेहद गुरु-गम्भीर बने रहते और हाल के दिनों में उन्होंने अपनी दिलचस्पी का दायरा अंक ज्योतिष तक फैला दिया था - लोगों के नामों की चीर-फाड़ करके उन्हें यह बताने के लिए कि क्या उन्हें आर्थिक परेशानियाँ होंगी, कितनी जल्दी उनके यहाँ सन्तान होगी या कब कोई बीमारी दूर हो जायेगी। उनकी सेवाएँ निःशुल्क थीं।

मेरी संगीत प्रतियोगिता से कुछ महीने पहले, ढोंदूताई ने पाध्ये मास्टर से हफ़्ते में एक बार शाम को आने का अनुरोध किया, ताकि वे मेरी संगत

कर सकें और मेरे सुर का तालमेल उन अत्यन्त सूक्ष्म गणितीय बुनावटों से बैठाने में मदद कर सकें जो मंच पर लय की साझेदारी करती हैं। वे मुझे लय वाले हिस्से के लिए तैयार करती आ रही थीं और उन्होंने मुझे दायें हाथ से तानपुरा बजाते समय बाँयें हाथ से ताल गिनना सिखा दिया था। सबसे आम स्वरानुक्रम सोलह मात्राओं वाला है जिसे तीन ताल या त्रिताल कहते हैं। धा-धिन-धिन-धा। धा-धिन-धिन-धा। ता-तिन-तिन-ता। ता-धिन-धिन-धा...सोलह मात्राएँ क़रीने से चार गुना चार में विभाजित। सोलह मात्राओं वाली ताल शुरू होती है और ख़त्म होती है, फिर शुरू होती है और ख़त्म होती है, एक क्रमबद्ध दुहराव की सृष्टि करती हुई; लय को इसी ढाँचे के भीतर जगह बनानी होती है; उसे ताल की चौहद्दियों की थाह लेनी होती है ताकि स्वतन्त्रता और ज़िम्मेदारी, अधिकार और कर्तव्य, उल्लास और संयम के बीच एक सुखद सन्तुलन खोज सके। इसमें सोच-समझ कर जोखिम उठाने, छूट लेने, की गुंजाइश होती है, बशर्ते आप समय पर नियन्त्रण सीमा तक यानी सम पर लौट आयें जहाँ तबले की थाप एक चक्र के पूरा होने और दूसरे चक्र के शुरू होने का संकेत देती है; आने और विदा होने का बिन्दु। यह जीवन का एक रूपक है जैसे उसे जिया जाना चाहिए। जो सचमुच महान संगीतकार होते हैं, वे अनदेखी अमानचित्रित गलियों में विचर सकते हैं, लेकिन इसके बावजूद वे अपने गन्तव्य पर पहुँच जाते हैं। ठीक सम और समय पर।

जब पाध्ये मास्टर मेरी दाहिनी तरफ़ बैठे, जहाँ तबलची हमेशा बैठता है, तो पहली बात जो उन्होंने बहुत धैर्य और संयम से और अंग्रेज़ी में मुझसे कही, वह यह थी कि 'नोट्स प्लस रिद्म ईक्वल्स म्यूज़िक। सुर धन ताल बराबर संगीत।' फिर, बिना ताम-झाम के उन्होंने आँखें बन्द कीं और बजाना शुरू कर दिया। उस दिन उन्होंने वही एक वाक्य कहा।

ढोंढूताई ने लय और ताल में पाध्ये मास्टर की रहनुमाई की। हमारे शुरू करने से पहले उन्होंने कहा, 'हमारे शास्त्रों का कहना है – श्रुति माता, लय पिता...' फिर उन्होंने हँस कर जोड़ा, 'अब मैं यह तो नहीं जानती कि कौन मरद है, कौन औरत, लेकिन मेरे ख़याल से पुराने गुरु हमें यह बताने की कोशिश कर रहे थे कि भारतीय संगीत के इस लौकिक कालबद्ध ढाँचे में

प्रकृति की बड़ी सुन्दर अनुगूँज है, प्रकृति के साथ उसका बहुत सुन्दर ताल-मेल है।' उन्होंने समझाया कि कैसे जीवन में हर चीज़-हमारे भीतर भी और बाहरी जगत में भी - बार-बार दुहराये जाने वाले एक चक्राकार क्रम में बँधी है। 'हमारी साँसें, हमारी दिनचर्या, मौसम, संसार की गति - सब इसी ढाँचे में ढले हैं। इन सारे चक्करों के बीच से जो चीज़ रास्ता बनाती चलती है, वही जीवन है, और संगीत भी ठीक-ठीक यही चीज़ है। इन साँचों और चौहद्दियों के बीच ज़िन्दगी जीने की क्षमता। इसका सन्तुलन बैठाना मुश्किल है, लेकिन यही तो संगीतकार के कौशल का कमाल है। और हमारा घराना तो सुर और ताल के इस शानदार सन्तुलन के लिए जाना जाता है, जहाँ दोनों एक-दूसरे के साथ खेलते हैं जिससे एक जटिल, जगमगाती कहानी बुनी जा सके।'

इस दार्शनिक अन्तराल के दौरान पाध्ये की आँखें मुँदी रहीं। अचानक उनके शरीर में ऐंठन पैदा हुई, उनके कन्धे हिले, उन्होंने अपनी आँखें सिकोड़ीं और उन्होंने अपने साज़ पर हाथ जमाने शुरू किये। उन्होंने दो मिनट तक अपने हुनर की नुमाइश की और जब वे सम पर पहुँचे तो उन्होंने हमारी तारीफ़ का मुलाहिज़ा करने के लिए ठीक वक़्त पर अपनी आँखें खोल दीं।

ढोंढूताई ने 'वाह' कह कर विधिवत प्रतिक्रिया व्यक्त की। संगीत बहुत हद तक प्रदर्शन से सम्बन्धित है। हिन्दुस्तान के सबसे बेहतरीन तबलावादकों में से एक, बेहद ख़ूबसूरत ज़ाकिर हुसैन किसी रॉक स्टार की तरह अपनी कला का प्रदर्शन करते हैं। वे भाव-भरी मुद्राओं और ड्रामाई अन्दाज़ में लोगों का ध्यान अपनी तरफ़ खींचते हैं। उनके श्रोता और दर्शक उन पर फ़िदा रहते हैं।

मेरे लिए तो महज़ सम पर पहुँचना ही एक चुनौती थी। यहीं आप राग में ऊर्जा-भरे क्षण तक पहुँचते हैं और टेक को दोहराते हैं। मुझे एक ख़ास थाप को पहचानना सिखाया गया, ताल के चक्र में तेरहवीं, जो मुझे यह संकेत देती कि अब गति को पूरा करके सम की तैयारी करनी है। लेकिन मज़ा तब है जब आप धूम-धड़ाके से सम पर पहुँच कर श्रोता को चकित कर दें, ताकि हर बार जब आप ठीक समय पर सम पर पहुँच जायें तो श्रोता रोमांचित हो उठें।

'हर बार जब तुम सम पर पहुँचो तो श्रोताओं की ओर से उस टुकड़े

के लिए प्रतिक्रिया आनी चाहिए जिसे तुमने अभी सफलता से पूरा किया है,' ढोंढूताई ने कहा। 'केसरबाई की यही विशेषता थी। वे सिर्फ़ सम पर नहीं पहुँचती थीं, बल्कि पूरी धूम-धाम से अपने श्रोताओं को अपने साथ लिये-लिये उस पर आ धमकती थीं।'

जो संगीत मुझे सिखाया था उसमें अब एक और पहलू जुड़ गया। जैसे-जैसे मैंने उन गणित-सरीखे ढाँचों के भीतर काम करना सीखा जो हर ताल मेरे सामने प्रस्तुत करती थी, संगीत और कठिन बन गया और ज़्यादा दिलचस्प भी। मुझे एकाग्र होना पड़ा, क्योंकि अगर सम मुझ से छुट जाता तो मुझे एक पूरा चक्कर फिर से लगाना पड़ता ताकि मैं सही-सलामत उस बिन्दु पर पहुँच जाऊँ जहाँ एक चक्र ख़त्म होता था और दूसरा शुरू।

शुरुआत में, ढोंढूताई ने मुझे सहारा देते हुए ऐसे टुकड़े सिखाये जो चक्र में सही-सही बैठते थे। जिससे मेरे सामने नया रचने या ग़लतियाँ करने की कोई गुंजाइश न रहे। मैं छै विलम्बित और छै द्रुत अन्तराएँ सीखती। हर अन्तरा राग और उसके स्वरों के नये पहलू उजागर करती। जो आप पेश करें, उसमें विविधता होनी चाहिए - श्रोता ऊबने न पायें। चार या पाँच सबक़ के बाद मैं एक साफ़-सुथरा दस मिनट लम्बा राग प्रस्तुत करने लगी थी। तीन मिनट बन्दिश में लगते, तीन मिनट धीमे आलाप में और दो-तीन मिनट द्रुत तानों में।

स्वाभाविक रूप से मैं जीत गयी। स्कूल में कोई और वैसे कड़े प्रशिक्षण से नहीं गुज़रा था जिससे मैं पिछले कुछ वर्षों के दौरान गुज़र कर आयी थी। अगले दो वर्षों के लिए, इसके बावजूद कि मुझसे बड़े छात्र, दूर-पार से भी मेरे संगीत को नहीं समझ पाते थे, तो भी मैं ऐसा विजय प्रतीक बन गयी जो घराने के लिए अंक अर्जित कर सकता था। मुझे इस चमक-दमक विहीन कोटि में डाल दिया गया और मुझसे कुछ कर दिखाने की उम्मीद रखी जाती।

लेकिन पहला इनाम जीतने से स्कूल के सितारों की दुनिया में मेरी हैसियत पर कोई असर नहीं पड़ा। सच तो यह है कि इसका उलट ही देखने में आया, क्योंकि इससे मैं ऐसी लड़की के तौर पर चिह्नित हो गयी जो अजीब ढंग से देसी और भिन्न थी। जब मैं अपना छोटा-सा प्रदर्शन कर चुकी तो मेरी

क्लास के दो लड़के मेरे पास आये और बोले, 'हि-हि। कहीं तुम शब्द तो नहीं भूल गयी थीं ?' मैं अपनी आहत भावनाओं का पता दिये बिना, उनके साथ हँसती रही और मेरी ज़िन्दगी मेरी ही उम्र के अन्य किशोरों के जीवन की प्रतिछाया बनी रही। लेकिन स्कूल में मेरी सफलता के बाद ढोंढूताई ने मुझे और भी स्नेह करना शुरू कर दिया था।

२

मुझे रियाज़ करते हुए घण्टे भर से ऊपर हो गया था, लेकिन मुझे राग तिलक कामोद के साथ दिक़्क़त हो रही थी। सुर बार-बार फिसल कर राग देश में चले जा रहे थे, क्योंकि दोनों राग नज़दीकी भाई हैं और उनके अनेक लक्षण समान हैं। मैं शुरू तो ठीक से करती, लेकिन फिर अचानक पाती कि मैं एक टुकड़ा देश का गा रही हूँ। खीझ कर मैंने ढोंढूताई से पूछा, 'राग! घराना! अगर सुनने में अच्छा लगता है तो इस सब से क्या फ़र्क पड़ता है।'

ढोंढूताई ने गाना बन्द कर दिया और आहिस्ता से, नरमी से कहा, 'इसलिए कि यह स्वामी हरिदास का पवित्र संगीत है। तुम उसके साथ छेड़-छाड़ नहीं कर सकतीं। मैं तुम्हें एक छोटा-सा किस्सा सुनाती हूँ...' उन्होंने अपना तानपुरा रख दिया और तबलची को इशारा किया कि वह बजाना बन्द कर दे। 'अल्लादिया ख़ाँ दरअसल एक हिन्दू ब्राह्मण थे।'

मैंने उनकी तरफ़ आश्चर्य से देखा। जयपुर घराने के संस्थापक के इतिहास को इस तरह फिर से लिखना कुफ्र था, लेकिन ढोंढूताई दून की उड़ाती नहीं लग रही थीं। उन्होंने मुझे पूरा किस्सा बताया।

अल्लादिया ख़ाँ महान गायक और सन्त और तानसेन के गुरु हरिदास स्वामी के वंशज नाथ विश्वम्भर के परिवार में पैदा हुए थे।

नाथ विश्वम्भर के परिवार के लोग राजदरबार के पुरोहित थे। ख़ाँ साहब के एक पूर्वज दिल्ली के पास अनूप शहर नाम के एक छोटे रजवाड़े के राज-संगीतज्ञ और पुरोहित थे। राज्यों पर कब्ज़ा करने की एक मुहिम के दौरान दिल्ली के बादशाह ने अनूप शहर के राजा को पकड़ लिया।

राजा के पकड़े जाने के थोड़े समय बाद ही अनूप शहर का राज संगीतज्ञ बिना किसी को यह बतलाये कि वह कहाँ जा रहा है ग़ायब हो गया। वह घूमते-घुमाते दिल्ली के बाहरी इलाक़े में पहुँचा, एक सराय में जा ठहरा

और वहाँ उसने गाना शुरू किया। धीरे-धीरे उसे सुनने के लिए बहुत-से लोग इकट्ठा होने लगे। यहाँ तक कि उसके संगीत-कौशल की ख़बरें बादशाह तक जा पहुँचीं। बादशाह ने उसे दरबार में बुलवाया और गाने के लिए कहा। उसके संगीत से प्रभावित हो कर उसने कहा, 'जो भी चाहो माँग लो, वह तुम्हें मिलेगा।'

'जो भी चाहूँ, सरकार ? पक्का है ?' उसने मुस्कराते हुए पूछा।

बादशाह ने गहनों और ज़मीन-जायदाद की आम फ़रमाइश की उम्मीद में लापरवाही से सिर हिला कर हामी भरी।

चतुर संगीतकार ने तब अपने राजा के मुक्त किये जाने की माँग की।

चकित हो कर बादशाह ने कुछ देर सोचा, फिर कहा, 'हम उसे छोड़ देंगे, लेकिन सिर्फ़ ऐसा तभी अगर तुम इस्लाम क़ुबूल कर लो।' बादशाह ने सोचा कि इस शर्त को संगीतकार कभी पूरा नहीं करेगा, क्योंकि आदमी के लिए उसका धर्म सबसे महत्वपूर्ण होता है। लेकिन उन दिनों राजा के प्रति निष्ठा हर चीज़ से ऊपर समझी जाती थी, क्योंकि राजा को ईश्वर का अवतार माना जाता था। बिना हिचकिचाये संगीतकार ने यह शर्त मान ली।

और इस तरह अल्लादिया ख़ाँ के पूर्वज मुसलमान बने।

सदियों बाद, जब अल्लादिया ख़ाँ ने अपने जीवनीकार गोविन्दराव तेम्बे को यह किस्सा बताया तो गोविन्द राव ने उनसे पूछा, 'अब आपका परिवार फिर से धर्म-परिवर्तन क्यों नहीं कर लेता ?'

'क्या यह ज़रूरी है ?' ख़ाँ साहब ने आहिस्ता से पूछा। 'इसके अलावा, अगर हम धर्म-परिवर्तन कर भी लें तो क्या आप हमारे साथ रोटी-बेटी का रिश्ता रखेंगे ?' तेम्बे और उनके गिर्द बैठे ब्राह्मण विद्वानों की सभा शान्त रही। 'अगर मैं फिर से हिन्दू बन जाऊँ तो मैं न उधर का रहूँगा, न इधर का। बेहतर है, मैं ऐसे ही रहूँ,' उन्होंने हँसते हुए जोड़ा।

'लेकिन आज भी जब उनके परिवार में कोई बुरी तरह बीमार पड़ता है, वे सत्यनारायण की पूजा करते हैं,' ढोंढूताई ने कहा, '... बेशक, अपने घर में नहीं, मगर किसी पड़ोसी के घर पर,' उन्होंने भेद-भरी मुस्कान के साथ आगे कहा।

❑

बाद में मुझे पता चला कि अनेक मुस्लिम गायकों के बीच यह आम रिवाज़ है कि वे ख़ुद को हिन्दू गायक-सन्त हरिदास स्वामी का वंशज बताते हैं। इस संशोधनवाद की कोई ज़रूरत नहीं होनी चाहिए, क्योंकि भारतीय शास्त्रीय संगीत हिन्दू और इस्लामी विश्वासों और परम्पराओं का एक अद्‌भुत संगम स्थल रहा है।

सच तो यह है कि हिन्दुस्तानी शास्त्रीय संगीत की वंशावली को सही-सही खोज पाना भी लगभग असम्भव है। कोई लिखित इतिहास नहीं है जिसका सहारा लिया जा सके, सिर्फ़ मूर्ति शिल्प, चित्र और भुरभुरी पाण्डुलिपियाँ हैं। एक विद्वान, जिन्होंने पिछले बीस वर्ष भारतीय संगीत का एक विश्वकोष तैयार करने में बिताये हैं, तथ्यों पर आधारित सूचनाओं के अभाव से चकित-विस्मित हैं। सितार की ईजाद फ़ारसी के कवि अमीर ख़ुसरो ने की थी या उसकी जड़ें स्थानीय मिट्टी में हैं ? इस शब्द 'आलाप' का उद्‌गम क्या है जिसका अर्थ मन्द आरोह-अवरोह तथा राग की स्थापना है ? कुछ मुस्लिम जानकारों का कहना है कि वह 'अल्लाह आप' से आया है। और इस बात को मद्देनज़र रखते हुए कि वही सुरों की वही संरचना हिन्दुस्तान और फ़ारस में दो अलग-अलग नामों से जानी जा सकती थी। क्या कोई राग विशेष फ़ारस से आया था या वह हमेशा से हिन्दुस्तानी ही था ?

सच्ची बात यह है कि ठीक-ठीक कोई नहीं जानता। एक विशाल हरहराती नदी की तरह इस संगीत ने अपने बहाव के दौरान विभिन्न प्रभाव ग्रहण किये हैं और उन्हें अपने प्रवाह में मिला लिया है। ज़्यादातर संगीत-शास्त्री इससे सहमत हैं कि बुनियादी सरगम भरत मुनि से आयी है जिनका समय ५०० ईसा पूर्व से ५०० ईस्वी के बीच बताया जाता है। प्राचीन वैदिक मन्त्रों में तीन सुर मिलते हैं, बाद में पाँच हुए, फिर सात। मन्त्रोच्चार सुरों के अलग-अलग समूहों में विकसित हुआ जो अन्ततः राग बन गये। पश्चिम ही की तरह संगीत दिव्यता और देवत्व की स्तुति करने के साधन के रूप में उभर कर सामने आया। हिन्दुस्तान में व्यवस्थाबद्ध संगीत मूलतः मन्दिरों में गाया जाता था। रचनाएँ ईश्वर की स्तुति करती थीं, सुनने वाले लोगों में उपासक और श्रद्धालु शामिल रहते। धीरे-धीरे, बारहवीं और चौदहवीं सदी के दरमियान संगीत राज दरबारों में चला आया और उसने ध्रुपद के नाम से

एक गम्भीर राजसी शैली अपना ली। रचनाओं के शब्द और बोल भी बदलने लगे। मिसाल के लिए, मन्दिरों में गाया जाने वाला संगीत देवी-देवताओं के बारे में था, जबकि राजा के सामने जो गाया जाता उसमें राजा की तारीफ़ होती।

हिन्दुस्तानी संगीत तेरहवीं और चौदहवीं शताब्दियों के आस-पास बड़े नाटकीय ढंग से बदला जब उत्तर भारत में एक के बाद एक अनेक मुस्लिम राजवंशों का शासन स्थापित हुआ, जिसकी पराकाष्ठा मुग़लों में हुई। सांस्कृतिक परिदृश्य बदलने लगा। इस्लामी तत्वों ने वास्तु-शिल्प, पहरावे, खान-पान - और निश्चय ही संगीत को भी - प्रेरित और रूपान्तरित करना शुरू किया जिससे उसकी अदायगी भी स्थायी रूप से बदल गयी। कवि-संगीतकार अमीर ख़ुसरो ने, जिनके पूर्वज तुर्की से आये थे, पर अब हिन्दुस्तान में बस गये थे, स्थानीय संगीत में इस्लामी तत्वों का समावेश करना शुरू कर दिया। उन्होंने फ़ारसी धुनों से तत्व ले कर अनेक नये रागों की रचना को प्रेरित किया। हिन्दुस्तानी रागों और बोलों की जगह फ़ारसी के छन्दों और शेरों को इस्तेमाल करते हुए उन्होंने ध्रुपद शैली के भीतर बहुत-सी नयी शैलियों की रचना की। हिन्दू और मुसलमान दोनों उन्हें सन्त-संगीतकार मानते हैं।

हालाँकि उत्तर भारत में शासक वर्ग का प्रमुख धर्म इस्लाम था, लोग धार्मिक आधार पर अपनी पहचान नहीं कराते थे। इसकी बजाय वर्ग और जाति जो दोनों-के-दोनों गहरे धँसी हुई सामन्ती व्यवस्था से उपजे थे धर्म की तुलना में अधिक विभाजक थे। बहुत-से ग़रीब हिन्दुओं ने धर्म-परिवर्तन करके इस्लाम अपना लिया था, क्योंकि वह उन्हें सामाजिक रूप से ऊपर उठने का मौक़ा देता था। कुछ दूसरों ने सरपरस्ती हासिल करने के लिए धर्म-परिवर्तन किया था। इस कारण धर्म-परिवर्तन करने वालों में बहुत-से पेशेवर संगीतकार भी थे जैसे अल्लादिया ख़ाँ के पूर्वज।

संगीत एक अद्‌भुत समन्वयकारी क्षेत्र के रूप में विकसित हुआ। हिन्दू संगीतकारों ने इस्लाम भले ही अपना लिया, लेकिन वे मन्दिरों में गाते-बजाते। मुस्लिम शासक उत्साही संरक्षक बने, लेकिन उन्हें इसकी परवाह नहीं थी कि उनके दरबारों में गायी जाने वाली रचनाएँ हिन्दू देवी-देवताओं

की स्तुति में रची गयी थीं। यहाँ तक कि मुग़ल बादशाह अकबर ने तो फ़ारसी की बजाय देसी हिन्दी बोलियों की रचनाओं को प्रोत्साहित किया। उन्नीसवीं सदी के मध्य में अवध के विलासी नवाब वाजिद अली शाह ने जो कवि और संगीतकार भी थे और अपनी धार्मिक उदारता के लिए जाने जाते थे, लिखा था :

हम इश्क़े के बन्दे हैं / मज़हब से नहीं वास्ता

उन्नीसवीं सदी के अन्त तक अधिकांश संगीतकार धर्म परिवर्तन करके मुसलमान बन चुके थे; बुनियादी तौर पर इसलिए कि उन्हें मुस्लिम बादशाहों और अमीरों से संरक्षण मिलता था - कम-से-कम उत्तर भारत में। मशहूर गायक तानसेन हिन्दू परिवार में पैदा हुए थे, लेकिन जब अकबर ने उन्हें अपने दरबार में शामिल कर लिया तो उन्होंने धर्म परिवर्तन कर लिया। राम तनु मिश्र के रूप में पैदा हो कर वे मियाँ तानसेन बन गये और उनके रागों के बोल हिन्दू देवी-देवताओं की आराधना से मुस्लिम सन्तों के तारीफ़ में बदल गये। लेकिन अपने उदार संरक्षक अकबर की तरह उनकी दोनों हिन्दू और मुस्लिम बीवियाँ थीं और बच्चे जो दोनों धर्मों के अनुयायी थे। सबसे बढ़ कर यह था कि उनका संगीत उदात्त बना रहा।

तो फिर, क्या यह संगीत हिन्दू था या मुस्लिम ? यह सवाल ही अप्रासंगिक है। अट्ठारहवीं शताब्दी में, नियामत ख़ाँ नामक एक संगीतकार ने जो ख़ुद को सदारंग कहते थे, ख़याल की अनेक बन्दिशें ईजाद कीं जो बहुत हद तक उस हिन्दुस्तानी शास्त्रीय संगीत के नज़दीक हैं जैसा कि हम आज उसे जानते हैं। ख़याल का शाब्दिक अर्थ विचार या कल्पना होता है और वे लोग जो संगीत की वंश परम्परा को धार्मिक आधारों पर रेखांकित-परिभाषित करते हैं, यह मानते हैं कि ख़याल में सजावटी तत्वों का शामिल किया जाना संगीत में अकेला सबसे महत्वपूर्ण मुस्लिम योगदान है।

बहरहाल, सोलहवीं सदी के बाद से उत्तर भारत में धीरे-धीरे संगीत का एक समन्वयीकरण हुआ। अल्लादिया ख़ाँ भले ही मुसलमान रहे हों, लेकिन वे, या उनके परिवार का कोई सदस्य, राजा और जनता के प्रति अपने कर्तव्यों के तौर पर हर रोज़, कोल्हापुर के महालक्ष्मी मन्दिर में गाता था। ध्रुपद गायकों का एक और मशहूर मुस्लिम परिवार - डागर बन्धु - राजस्थान

में एक प्रसिद्ध मन्दिर के भीतरी कक्ष में बैठ कर नियमित रूप से गाता था, जहाँ ऊँची जात के हिन्दुओं का भी प्रवेश वर्जित था। देवताओं के लिए उनकी भेंट उनका धर्म नहीं, बल्कि उनका संगीत था।

शाही सरपरस्तों के बढ़ते हुए लगाव के साथ संगीत प्रार्थना के माध्यम से हट कर ऊँची कला का एक रूप बन गया था। इस तब्दीली ने दो भिन्न शैलियों, हिन्दुस्तानी (उत्तरी) और कर्नाटकी (दक्षिणी), को जन्म देते हुए उत्तरी और दक्षिणी भारत के बीच एक स्थायी विभाजन रेखा भी खींच दी - जो आज भी मौजूद है। जहाँ उत्तर भारत में संगीत ने धीरे-धीरे अपने कलात्मक उद्देश्य और बोध को धीरे-धीरे बदल दिया, दक्षिण में शास्त्रीय संगीत ने, जो मुस्लिम प्रभावों से काफ़ी दूर था, धार्मिक भूमिका निभाना जारी रखा और अपनी बहुत-सी पुरानी बन्दिशें और राग-रागिनियाँ बनाये रखीं। आज भी कर्नाटकी संगीत मन्दिरों के उस संगीत से मिलता-जुलता है जो सदियों पहले गाया जाता था।

यह सिर्फ़ बीसवीं सदी के आरम्भ में हुआ कि 'हिन्दू' संगीत या 'हमारे' संगीत का ख़याल सामने आया। अंग्रेज़ों ने, जो बाँटो और राज करो की कूटनीति के माहिर थे, इस ख़याल को हवा दी। 'मूल निवासियों' के इतिहास का वृत्तान्त तैयार करने के प्रबल आग्रह के वशीभूत हो कर अंग्रेज़ नृतत्वशास्त्रियों ने हिन्दुस्तान के सांस्कृतिक इतिहास को दर्ज करना शुरू किया। उन्होंने हर चीज़ को 'हिन्दू' और 'मुस्लिम' के ख़ानों में बाँट दिया, उन अस्पष्ट मिलवाँ लक्षणों को नज़रन्दाज़ करते हुए जो हर जगह व्यक्त हो रहे थे - वास्तुकला, संगीत और पहरावे में, यहाँ तक कि एक नयी भाषा में। निर्णायक क्षण तब आया जब अंग्रेज़ों ने देश की एक व्यापक जनगणना की और अपने सर्वेक्षण में एक नया ख़ाना जोड़ा - धर्म।

उन्होंने हिन्दुस्तान के इतिहास को इस रूप में व्यवस्थित और संशोधित किया। हिन्दुस्तान का नया राजनैतिक उच्च वर्ग इस जाल में फँस गया और अपनी शिनाख़्त हिन्दू या मुसलमान के रूप में करने लगा। हिन्दू होने का ख़याल अचानक सर्वोपरि हो गया और एक नये सांस्कृतिक राष्ट्रवाद का हिस्सा बन गया। सार्वजनिक क्षेत्र में बचे रहने के लिए सम्भव है कलाकारों को धार्मिक आधार पर भी फिर से अपनी पहचान कराने के लिए मजबूर होना पड़ा हो।

अठराहवीं शताब्दी के उत्तराद्ध में सर विलियम जोन्स ने 'म्यूज़िकल मोड्स ऑफ द हिन्दूज़' का प्रकाशन किया। उनका तर्क यह था कि 'मुसलमान चिन्तन के नालों की कीचड़' में ग्रहण करने लायक कुछ भी नहीं था और भारतीय संगीत या इतिहास हिन्दुओं द्वारा संचित और सुरक्षित रखा गया था; सांस्कृतिक अभिव्यक्ति के माध्यम के रूप में संगीत को उसके 'पवित्र' वैदिक उद्गमों को लौटा दिया गया। उस समय के अधिकतर संगीतकार मुसलमान एक रणनीतिक युक्ति के तहत सार्वजनिक क्षेत्र में बने रहने के लिए हिन्दू पहचानों में शरण लेने का मज़बूर होना पड़ा हो।

उन्नीसवीं और बीसवीं सदी के मोड़ पर संगीत के दो जाने-माने विद्वान - विष्णु दिगम्बर पलुसकर और विष्णु नारायण भातखण्डे - संगीत को एक राष्ट्रवादी कार्यक्रम से जोड़ने लगे। पलुसकर की अन्तः-प्रेरणा संगीत को अनपढ़ और आचारहीन संगीतकारों के चंगुलों से मुक्त कराने के अभियान से उपजी थी 'जो निठल्ले राजा-नवाबों के ऐयाशी-भरे मनोरंजन के लिए उसका प्रदर्शन करते थे' - जैसा कि एक दक्षिणपन्थी मराठी अख़बार का ख़याल था। उस समय ज़्यादातर संगीतकार मुसलमान थे।

इन दोनों विद्वानों के उद्देश्य और कार्य उस युग के व्यापक राजनैतिक प्रसंगों के साथ मेल खाते थे। राष्ट्रीयतावादी संघर्ष ने एक हिंसक देश-विभाजन के साथ जुड़ कर एक लम्बे समय से साथ-साथ जीते - और गाते-बजाते - चले आने वाले इन दो समुदायों के आपसी सम्बन्धों पर हमेशा के लिए गहरी खरोंचे डाल दीं। अजाने ही बहुत-से हिन्दू मुसलमानों पर सन्देह करने लगे - भले ही वे उनके प्यारे गुरु और उस्ताद क्यों न रहे हों। इस मामले में सबसे अच्छी रणनीति उन्हें 'हिन्दू-कृत मुसलमानों' के रूप में अपना लेने की थी जो हमारा ख़याल है कि अल्लादिया ख़ाँ के परिवार के साथ हुआ होगा।

'अल्लादिया ख़ाँ ब्राह्मणों का जनेऊ पहना करते थे,' ढोंढूताई अकसर बतातीं। 'वे इतने हिन्दू थे कि चाय भी कभी-कभार ही पीते, दूसरी बुराइयों को छूने की तो बात ही छोड़ दो।'

ढोंढूताई और बहुत-से दूसरे गायक आम तौर पर 'हिन्दुस्तानी शास्त्रीय संगीत' के बारे में बात करते हुए उसे 'हमारा' पवित्र संगीत कहते हैं। और

अपने मुस्लिम गुरुओं के 'हिन्दूपने' को बल दे कर रेखांकित करते हैं। यहाँ तक कि एक अत्यन्त शिक्षित सितार वादक ने इस कला रूप में मुस्लिम योगदान को परोक्ष रूप से स्वीकार करते हुए मुझसे कहा था : 'यह हमारा संगीत चाहे हो, लेकिन ज़िन्दा उन्हीं लोगों ने रखा है।'

❑

'तुम ये सारी बातें समझने के लिए अभी बहुत छोटी हो। क्या तुम्हें ज़रा भी ख़याल है कि उनकी वजह से हमारे साथ क्या हुआ ?' ढोंढूताई ने एक दिन ग़ुस्से में फूट पड़ते हुए कहा, उन लाखों हिन्दुओं की भावना को व्यक्त करते हुए जिनके लिए नफ़रत की ख़ाम ख़याली असलियत से कहीं ज़्यादा बड़ी बन गयी थी। अपनी किशोरावस्था में मुझे अपनी ज़िन्दगी में मौजूद सत्ता और अधिकार के प्रतिनिधियों से बहसा-बहसी करने में बहुत मज़ा आता था और ढोंढूताई एक प्रमुख निशाना थीं। लेकिन जब मैंने उनकी मुद्रा देखी तो मैं ख़ामोश रही। 'हमारा घर मिट्टी में मिला दिया गया होता अगर ऊपर वाले की कृपा न होती।'

तब उन्होंने मुझे यह क़िस्सा सुनाया कि कैसे एक ग़ुस्साई हुई भीड़ ने कोल्हापुर में उनका मकान लगभग जला ही डाला था। वे उस समय तकरीबन तेईस बरस की थीं।

१९४८ का साल था। महात्मा गाँधी को गोली मार कर उनकी हत्या कर दी गयी थी। हत्यारा नाथूराम गोड्से एक दक्षिणपन्थी अतिवादी था जिसका विश्वास था कि गाँधी जी ने हिन्दुस्तान की हिन्दू आबादी के साथ नाइन्साफ़ी की थी।

कोल्हापुर के शासक वर्गों में हिन्दुओं के दो प्रमुख समुदाय शामिल हैं – मराठे जो क्षत्रिय राजाओं के वंशज हैं और ब्राह्मण पुरोहित। युगों से उनके बीच श्रम का विभाजन स्पष्ट रूप से अंकित था। राजा राज करते थे, पुरोहित पूजा-प्रार्थना करते थे। आपस में आदर-सम्मान था और दोनों को एक-दूसरे की ज़रूरत थी। लेकिन बीच में ही किसी वक़्त पुरोहितों के एक चतुर गिरोह, पेशवाओं, ने ताक़त हासिल कर ली और वे पर्दे के पीछे से राज-काज में दाख़िल देने लगे।

मराठा योद्धाओं के मन में पेशवा ब्राह्मणों की इस उभरती हुई शक्ति के प्रति ईर्ष्या और कड़वाहट भरी थी। छोटा-सा बहाना भी उनके बीच समस्याओं का श्रीगणेश कर देता था - विशेष रूप से कोल्हापुर जैसी जगहों में जहाँ मराठा आबादी ज़्यादा थी। लिहाज़ा, जब एक ब्राह्मण ने महात्मा गाँधी की हत्या कर दी तो मराठों ने तलवारें सूत लीं।

ढोंदूताई अपनी दादी और बहन के साथ घर पर थीं जब उनकी माँ चीखती-चिल्लाती भागी आयीं, 'वे सड़क पर आगे को ब्राह्मणों के घर जला रहे हैं। अब हम क्या करेंगे ? वे हमें मार देंगे।' घर के मर्द बाहर गये हुए थे। औरतें हताश हो कर इस शशोपंज में कि उन्हें बाहर भाग जाना चाहिए या घर के भीतर ज़िन्दा जला दिये जाने का जोखिम उठाना चाहिए रसोई-घर में दुबकी बैठी थीं।

'भण्डार में जो इतना सारा अनाज रखा है, उसका हम क्या करें ?' आई चीख़ीं, 'बच्चों की शादी का सोना ऊपर बक्से में रखा है। जाओ, उसे ले आओ।' अपने माल-मते के अलावा परिवार के पास आई के भाई का सोना और ज़रूरी काग़ज़ात रखे हुए थे जो वह उनकी हिफ़ाज़त में छोड़ गया था जब वह दवाइयों का कारोबार शुरू करने के लिए हैदराबाद जा कर बस गया था। उनके अपने माल के साथ एक और परिवार की सम्पत्ति के नष्ट हो जाने का ख़तरा था।

घर के बाहर एक छोटा-सा भण्डार था। जिसे शादी-ब्याह के लिए बनाया गया था क्योंकि गनपतराव अपने मैदान को शादियों के लिए किराये पर दिया करते थे। 'अगर भण्डार में आग लगी तो वह फ़ौरन भड़क उठेगा। वह सूखे फूस का बना है,' ढोंदूताई ने कहा। 'अच्छा होगा अगर हम जल्दी यहाँ से निकल चलें।'

औरतों ने जो हाथ में आया, उसे पकड़ा और बाहर सड़क में निकल आयीं। दूर, उन्हें उन घरों से धुआँ उठता नज़र आ रहा था जिन पर पगलायी हुई भीड़ ने मिट्टी के तेल के अनगढ़ बम फेंक दिये थे। पास-पड़ोस के घरों से भी लोग सड़कों पर निकल आये थे, लेकिन वे चिन्तित नहीं थे। उनमें से लगभग सभी मराठा थे। पड़ोसी ढोंदूताई के डरे हुए परिवार के इर्द-गिर्द इकट्ठा हो गये और उन्होंने आश्वासन दिया कि उन्हें कुछ नहीं होगा। उनमें

बहुत मेल-जोल रहा था। उन्होंने मिल कर एक-दूसरे के यहाँ बच्चों के पैदा होने की ख़ुशियाँ मनायी थीं और किसी के मर जाने पर मातम में हिस्सा लिया था।

फिर एक चमत्कार घटित हुआ। एक आदमी सड़क पर दौड़ता हुआ आया और उनके घर के सामने आ कर रूक गया। वह ढोंढूताई के पास आया। 'चिन्ता मत करो ताई,' वह हाँफते हुए बोला। 'मैं इन लोगों को जानता हूँ। मैं पक्का देखूँगा कि तुम्हारे घर को कुछ नहीं होता।' ढोंढूताई ने हताश हो कर उसकी तरफ़ देखा। 'दया करके देखो भैया, तुम क्या कुछ कर सकते हो।'

वह आदमी एक मराठा बग्घी वाला था। पिछले दस साल से जब-जब ढोंढूताई और उनके पिता किसी संगीत सम्मेलन के सिलसिले में शहर से बाहर जाते वह उन्हें स्टेशन से लाता-ले जाता रहा था। संयोग से वह संगीत प्रेमी भी था।

उसने परिवार को धकेल कर घर के भीतर किया और ख़ुद बाहर खड़ा हो गया। जब तक भीड़ इस सड़क तक पहुँची उनका जोश वैसे भी ठण्डा हो चुका था। बग्घी वाले ने भीड़ की अगुआई करने वाले गुण्डों से कहा, 'ये मेरे लोग हैं। सब ठीक है। आगे बढ़ो।' भीड़ आगे बढ़ गयी और इस तरह परिवार बच गया।

लेकिन पूरे महाराष्ट्र में भड़के दंगों ने लोगों को अपने-अपने साम्प्रदायिक दड़बों में घुस कर बैठने के लिए मजबूर कर दिया जहाँ वे नफ़रत और डर के बल पर सुरक्षित महसूस करते। अचानक ही एक-दूसरे से प्यार और भरोसा करने वाले पड़ोसी सन्देह और भय का शिकार हो गये। कुछ ब्राह्मण परिवारों ने सब कुछ गँवा दिया और उन्हें अपने जीवन शून्य से शुरू करने पड़े। ऐसे पुरुष, जो किसी समय थोड़े-से खेतों के बल पर अध्यापकों या छोटे-मोटे पुरोहितों के रूप में गुज़र-बसर करते थे, रातों-रात ग़रीब हो गये और उन्हें बड़े शहरों में जा कर दफ़्तरों में घटिया नौकरियाँ करने पर मजबूर होना पड़ा जहाँ किसी को उनके अतीत में कोई दिलचस्पी नहीं थी।

हालात फिर पहले जैसे नहीं होने वाले थे। लोग सिर्फ़ अपने धर्म के प्रति ही नहीं, बल्कि अपनी जाति के प्रति भी ज़्यादा सचेत हो गये। इसके

कुछ ही समय बाद कुलकर्णी परिवार ने भी बोरिया-बिस्तरा बाँध कर हैदराबाद जा बसने का फ़ैसला किया जहाँ आई के भाई ने उन के सामने प्रस्ताव रखा कि वे उसके आयुर्वैदिक दवाइयों के सफल कारोबार में दवाइयाँ तैयार करवाने और देख-रेख करने का काम करें। ढोंढूताई और उनकी बहन तो उसके लिए विशेष रूप से काम की थीं, क्योंकि दवाइयें को अकसर दुर्लभ रत्नों और कम मँहगे नगीनों की ज़रूरत पड़ती और आई के भाई को ऐसे भरोसे-योग्य लोगों की आवश्यकता थी जो यह पक्का कर सकें कि चोरी या हेरा-फेरी न हो।

❑

'लेकिन बाई जी यह सब तो आपके अपने हिन्दू मराठियों ने आपके साथ किया, मुसलमानों ने नहीं,' मैंने अपनी पूरी उदारतावादी ताक़त के साथ विरोध किया। 'फिर भला मुसलमानों पर दोष क्यों मढ़ा जाये ? मैं अब तक बहसा-बहसी करने वाली षोडशी बन चुकी थी और हमारे सबक़ इन दिनों अकसर आधुनिकता, साम्प्रदायिकता और राजनीति पर लम्बी-लम्बी बहसों से भरे होते।

'हाँ, मगर वह हुआ तो मुसलमानों की वजह से था न। उन्हीं की वजह से गाँधी जी कमज़ोर पड़ गये थे और यही कारण है कि उनकी हत्या कर दी गयी थी,' ढोंढूताई ने तीखे स्वर में कहा। 'और उनकी मौत की वजह ही से दंगा-फ़साद हुआ। तुम्हें कोई अन्दाज़ा नहीं है कि हम हिन्दुओं पर क्या गुज़री है।'

सब कुछ कितना आसान था। जब हालात बुरे हो जायें तो आप एक मनघड़न्त दुश्मन बना लें, ख़ास तौर पर जब पहले ही से सब तरफ़ हाँ-हाँ का हल्ला हो। कल्पना वास्तविकता की तुलना में कहीं बड़ा रूप अख़्तियार कर लेती है। सारे इन्सान ऐसा करते हैं – व्यक्तिगत रूप से भी और राजनैतिक तौर पर भी। लेकिन मैं ढोंढूताई को अपना नज़रिया बदलने के लिए मनाने में जुटी रही।

'आपके भीतर ऐसे तीखे विचार कैसे हो सकते हैं, जब आपका सारा संगीत एक मुस्लिम घराने की देन है ?'

'वे असल में मुसलमान नहीं थे,' उन्होंने कहा और हम फिर उसी थके-थकाये क़िस्से पर वापस आ गये थे कि कैसे अल्लादिया ख़ाँ ब्राह्मणों का पवित्र जनेऊ धारण करते थे।

३

आख़िरकार उनके अर्ज़ी देने के दो साल बाद ढोंढूताई का फ़्लैट उन्हें मिल गया। मकान बम्बई के उत्तर में एक तेज़ी से फलते-फूलते उपनगर, बोरीवली में, प्रेम नगर नाम की एक बड़ी-सी आवास योजना में था। संयोग से जब संस्कृति विभाग ने यह ख़बर देने के लिए ढोंढूताई को फ़ोन किया तो फ़ोन ढोंढूताई ने ही उठाया। जब उन्होंने अफ़सर को कहते सुना कि चाभियाँ उन्हें उसी शुक्रवार की दोपहर दे दी जायेंगी तो उनका दिल उछल पड़ा। फ़्लैट रेलवे स्टेशन से पैदल पहुँचने के फ़ासले पर है, उसने बताया। वह जानता था कि देखने में मामूली जान पड़ने वाला यह ब्योरा बम्बई में मकानों की ख़रीद-बिक्री के सौदों को बना या बिगाड़ सकता था।

ढोंढूताई ने शुक्रवार का सबक़ रद्द कर दिया और दोपहर के भोजन के फ़ौरन बाद जाने का फ़ैसला किया। उन्होंने काले पट्टे वाली अपनी घड़ी बाँधी जिसे वे तभी पहनती थीं जब वे बाहर जाती थीं। उन्होंने बटुए में एक ताज़ा रूमाल डाला और उसकी ज़िप को धीरे-धीरे बन्द किया। मंजुताई और दादा ने अपनी शुभकामना उन्हें देते हुए मज़ाक़ किया, 'अब ध्यान से जल्दी ही अपने दूसरे घर वापस आ जाना।

ढोंढूताई हँसीं और धीरे-धीरे लकड़ी की सीढ़ियाँ उतरीं। लोकल में बैठे-बैठे वे मन-ही-मन यह हिसाब लगाने लगीं कि उन्हें मंजुताई के मकान से अपने नये घर तक पहुँचने में कितना समय लगेगा।

वे बोरीवली स्टेशन पर उतरीं, धीरे-धीरे सीढ़ियाँ चढ़ीं, पैदल यात्रियों के पुल को पार करके फिर नीचे उतरीं। जब वे स्टेशन के बाहर आयीं, उन्होंने अपने इर्द-गिर्द देखा और अपने नये परिवेश में ताल-मेल बैठाने की कोशिश की। वे अपनी सब्ज़ियाँ और फल यहीं ख़रीद सकती थीं, उन्होंने

सोचा। चीज़ें स्टेशन के पास आम तौर पर सस्ती होती हैं। उन निर्देशों के अनुसार जो उन्हें दिये गये थे उन्होंने बस के डिपो और गोल चक्कर से होते हुए पश्चिम की ओर चलना शुरू किया। उन्होंने किसी से प्रेम नगर का रास्ता पूछा, महज़ फिर से पक्का करने के लिए, और अन्ततः उस छोटी-सी कॉलोनी में दाख़िल हुईं जो जल्द ही उनका स्थायी पता बनने वाली थी। उन्होंने अपनी घड़ी देखी। उन्हें शिवाजी पार्क से चलने के बाद एक घण्टा लगा था। अफ़सर उनके लिए डी ब्लॉक के सामने इन्तज़ार कर रहा था।

'कुलकर्णी मैडम ?'

'हाँ, मैं ही हूँ।'

'स्वागत है। यही है। डी ब्लॉक। आप तीसरे माले पर हैं।' उसने ऊपर एक छोटी-सी बालकनी की तरफ़ इशारा किया जिसमें मुश्किल से एक आदमी समा सकता था। 'इमारत सिर्फ़ एक साल पुरानी है। ज़्यादातर लोग जो यहाँ रहते हैं सुनार हैं और गुजरात से आये व्यापारी हैं। आइए, मैं आपको ऊपर ले चलूँ। पैर बचा कर रखिएगा, यहाँ एक पटरी है।' वह उन्हें एक लिफ़्ट में ले गया जिसने दरवाज़ा खुलते ही एक तीखी जिंगल बेल धुन बजायी - यह एक आम विशेषता थी जो लिफ़्टों के साथ इसलिए जोड़ दी गयी थी, ताकि लोग अपने पीछे लिफ़्ट का दरवाज़ा बन्द करना न भूल जायें।

फ़्लैट में तीन कमरे और एक रसोई-घर था। उसकी बनावट में ख़ास तौर पर कल्पनाशीलता का अभाव नज़र आता था, क्योंकि सारे कमरे गलियारे की एक तरफ़ बने हुए थे। रोशनी और हवा स्पष्ट रूप से वास्तुकार की चिन्ता का विषय नहीं रही थी। लेकिन जिन लोगों को बेघर होने का तजरुबा है, उनमें ऐसी चीज़ों का अभाव परेशानी नहीं पैदा करता। जब अफ़सर ने चाभियाँ उन्हें सौंपीं और उनसे एक दस्तावेज़ पर हस्ताक्षर करने के लिए कहा तो ढोंढूताई की भावनाएँ उमड़ पड़ीं। उन्होंने क़लम हाथ में पकड़ कर आँखें बन्द कीं और रुक कर मन-ही-मन प्रार्थना की। बरसों तक एक अस्थायी घर से दूसरे अस्थायी घर में डेरा डालते हुए, अब उनके पास ऐसी जगह थी जिसे वे अपनी कह सकती थीं। समस्या सिर्फ़ यही थी कि बोरीवली उस ज़िन्दगी और उन लोगों से दूर थी जिन्हें वे जानती थीं, पर वे इसका भी एक रास्ता निकाल लेने वाली थीं।

वे फ़ौरन वहाँ नहीं गयीं। इसकी बजाय, वे हर दूसरे हफ़्ते फ़्लैट पर जातीं और बड़े लगाव से उसकी खिड़कियों और रसोई के ताक-पटरे झाड़तीं-बुहारतीं। हर बार जब वे वहाँ जातीं, वे रसोई-घर में रखने के लिए कोई-न-कोई नयी चीज़ ले जातीं। उन्हें एक-एक बार में एक-एक बर्तन करके रसोई-घर को पूरी तरह सजाने और तैयार करने में, कई महीने लगे। बहुत-सा घरेलू सामान उन्हें शागिर्दों ने उपहार में दिया था। मेरी माँ ने उन्हें दीवार घड़ी दी। मंजुताई ने चाय का सेट दिया। एक और छात्रा, मंजुला, पर्दों के लिए फूलदार कपड़ा ले आयी। फिर जब ढोंढूताई ने अपने लिए एक मन्दिर की वेदी ख़रीदी, इस बार उस वेदी से बड़ी और ज़्यादा ताम-झाम वाली जो उनके पास केनेडी-ब्रिज में थी और उसे रसोई-घर में स्थापित कर दिया, तभी उन्होंने वहाँ रात बिताने की सोची। कोई भी मकान जिसकी रक्षा के लिए देवी-देवता न हों, कभी घर नहीं कहा जा सकता था। उन्होंने अपने पुरोहित को बुलवाया ताकि एक छोटी-सी पूजा की जाय, अपने सारे देवी-देवता स्थापित किये और फ़्लैट में जा कर रहने के लिए तैयार हो गयीं।

इसके बाद वे हर शनिवार-इतवार बोरीवली में बिताने लगीं। सोमवार की सुबह की भीड़ के छँटने के बाद जब स्टेशनों में आना-जाना आसान हो जाता और वे ख़रीदारी पर निकलीं बातूनी गृहणियों से भर जाते, तब ढोंढूताई धीरे-धीरे शिवाजी पार्क लौटतीं जहाँ वे हफ़्ता भर अपने छात्रों को संगीत सिखातीं।

❑

जब मैं पहली बार उनके फ़्लैट पर आयी मुझे ऐसा लगा कि मैं हलके रंगों में रँगे और बहुत थोड़े सामान से सजे किसी खिलौना-घर में आ गयी हूँ। आसमानी रंग के रसोई-घर में दो छोटे-छोटे टाँड़, एक छोटी-सी अलमारी और दीवार पर तीन खूँटियों वाला रैक था। मन्दिर वहीं स्थापित था, पत्थर के घड़े के पास एक नुमायाँ कोने में। हलका गुलाबी सोने का कमरा ख़ाली था। सिवा पलँग के और उस तिपाई के जो शहर में उनके दो घरों में हाज़िरी बजाती हुई इस मामूली उपनगर में आ पहुँची थी।

अगली बार जब मैं वहाँ गयी तो मेरा सामना उन्हीं चिर-परिचित

चेहरों से हुआ जो मेरे सबक़ के दौरान पिछले छै बरसों से मेरा मार्गदर्शन करते आ रहे थे। अपने पड़ोसियों की मदद से ढोंढूताई ने एक बढ़ई खोज निकाला था जो उस रिहाइशी कॉलोनी में छोटे-मोटे काम करता था। उसे उन्होंने बैठक में तीन कील ठोंकने के लिए कहा। एक तरफ़ उन्होंने अपने माता-पिता की पीली पड़ गयी फ़ोटो लगा दी। उसकी बग़ल में चमकते मोतियों वाला केसरबाई का विशाल चित्र। दूसरी तरफ़ उन्होंने ख़ाँ साहबों के मूँछों वाले, उमर खाये चेहरों की चित्रावली सजा दी। अल्लादिया ख़ाँ के ख़ानदान की तीन पीढ़ियों चित्र थे, हर सदस्य दूसरे से ज़्यादा प्रभावशाली, अपनी ऐंठी हुई मूँछों और ऊँची पगड़ी के साथ। यह उनकी वंशावली थी। यही वे लोग थे जिन्होंने उन्हें सिखाया था, प्रेरित किया था, और वे हमेशा उनकी देख-भाल करने वाले थे क्योंकि मृत्यु महज़ एक शारीरिक विदाई है। जब-जब ढोंढूताई उदास-निराश होतीं, वे अपने पिता की ओर मुड़तीं और उन्हें अपने पिता के शब्द सुनायी देते, उन्हें ढाढ़स बँधाते हुए कि देवी उनकी देख-भाल करेंगी। या वे भुर्जी ख़ाँ की तरफ़ आर्शीवाद के लिए देखतीं और फिर एक तान निकालने में कामयाब हो जातीं जो उनके गले में अटकी हुई थी। कभी-कभी वे उनकी नींद में उनसे बातें करते। कभी-कभी वे महज़ दीवार पर टँगे-टँगे उनकी तरफ़ मुस्कराते। ढोंढूताई कभी अकेला नहीं महसूस करती थीं।

४

मैं हर बुधवार को शिवाजी पार्क और हर दूसरे शनिवार–इतवार को बोरीवली जाया करती थी। मेरे सबक़ बहुत नियमित नहीं थे, क्योंकि बारहवीं क्लास का शेक्सपियर और पहले–पहले चुम्बन के दिवास्वप्न रागों और तालों को पीछे धकेलने लगे थे। बहरहाल जाने कैसे मैंने कभी ढोंढूताई के यहाँ जाना बन्द नहीं किया। वे मेरी तीसरी दादी–नानी की तरह थीं।

एक दोपहर अपने सबक़ के लिए मंजुताई के घर की तरफ़ जाते हुए मैंने देखा कि शिवाजी पार्क का एक हिस्सा रस्सों द्वारा अलग–अलग किया जा रहा था। एक तरफ़ पुलिस की गाड़ी खड़ी थी और दो अफ़सर खड़े–खड़े मूँगफली टूँग रहे थे। मैंने सड़क पार की और एक मूँगफली वाले के पास गयी यह जानने के लिए कि हो क्या रहा था।

'क्या मालूम ? कोई कार्यक्रम है,' मूँगफली वाले ने उदासीनता का भाव दर्शाते हुए कहा।

'इस का बाबरी मस्जिद से कुछ सम्बन्ध है,' उसके पास खड़े एक आदमी ने कहा और फिर हो–हो कर हँसते हुए जोड़ा, 'साम्प्रदायिक सद्‌भाव के लिए कोई संगीत सभा है। वे 'हिन्दू मुस्लिम भाई भाई' करके एक गाना गाने वाले हैं।' उसने अपने दोस्त की पीठ पर हाथ मारा जो पास ही खड़ा था और दोनों ने कर्कश ठहाका लगाया।

बम्बई अचानक धार्मिक आधार पर बस्तियों में बँट गया था। शिवसेना का मुख्यालय होने के नाते शिवाजी पार्क स्पष्ट रूप से 'हिन्दू' था।

'मुझे उम्मीद है, तुम ज़रूर उसे सुनने जाओगे,' मैंने उस आदमी को औचक में पकड़ते हुए पलट कर जवाब दिया। वह ज़ाहिरा तौर पर उद्दण्ड युवतियों का आदी नहीं था। उसने बुदबुदा कर अपने दोस्त से कुछ कहा और

दोनों परे खिसकने लगे। उसके दोस्त ने जवाब में मुड़ कर अपने होंटों पर ज़बान फेरी और मुझे दिखा कर चूमने की मुद्रा बनायी। मैंने उसे घूर कर देखा और मुड़ कर चल दी – अपने चारों तरफ़ होने वाली हर चीज़ के प्रति नफ़रत से भरी हुई – आक्रामक कामुकता के इस चेहरे से और धार्मिक आक्रामकता से, दोनों के बीच का फ़ासला कई बार बहुत दूर का नहीं जान पड़ता था।

संगीत सभा सक्रिय कार्यकर्ताओं के एक दल द्वारा आयोजित की गयी थी जो उस घटना-क्रम को ले कर उद्विग्न थे जिसकी वजह से हिन्दुस्तान के लोगों के व्यवहार में तब्दीलियाँ आ रही थीं। दक्षिण पन्थी दल भाजपा ने हाल ही में यह फ़ैसला किया था कि अयोध्या में एक जीर्ण-शीर्ण मस्जिद जिस ज़मीन पर खड़ी थी, वह राम जन्म भूमि थी। फिर दल ने हमेशा उपलब्ध बीसेक वर्षीय बेरोज़गार युवकों की फ़ौज को मस्जिद पर हल्ला बोलने और उसके गुम्बद को फावड़ों-कुदालों से तोड़ गिराने के लिए एकजुट किया था। नतीजे के तौर पर पूरे देश में भयंकर दंगे फूट पड़े थे, बम्बई में भी जो अपने को हमेशा मिलवाँ संस्कृति का वाहक घोषित करता था।

इस घिनौनी हिंसा के ख़िलाफ़ विरोध के स्वर आश्चर्यजनक रूप से दबे-दबे और अधिकतर बुद्धिजीवियों तक ही सीमित थे। रंगकर्मियों के एक दल ने अपने विरोध को दर्शाने के लिए संगीतकारों, चित्रकारों और नर्तकों को रात भर चलने वाले एक कार्यक्रम में हिस्सा लेने और कला के माध्यम से अपना समर्थन व्यक्त करने के लिए आमन्त्रित किया था। इसके लिए जो स्थान चुना गया था वह शिवाजी पार्क था, बम्बई के बीचों-बीच एक सार्वजनिक उद्यान जिसका नाम उस योद्धा सम्राट के नाम पर रखा गया था जिसे शिव सेना ने अपने प्रतीक के रूप में अपना लिया था। रतजगे का आयोजन करने वाले कार्यकर्ता इस कार्यक्रम को 'साम्प्रदायिकता विरोधी कलाकार' के बैनर-तले कर रहे थे।

उस शाम कुछ समय बाद मैं अपने माता-पिता के साथ लौटी। संगीत सभा डागर बन्धुओं के गायन से शुरू हुई जिन्होंने पुरानी ध्रुपद शैली को ज़िन्दा रखा है। जैसे-उनकी धीमी, भारी स्वर-लहरी हवा में घुलती चली गयी, वैसे-वैसे शिवाजी अपने ढले हुए लोहे के घोड़े पर सवार शाम के

झुटपुट में विलीन होते चले गये। उन्हें ग़ायब होना ही था; मुस्लिम संगीतकारों का एक परिवार उस शैली में गा रहा था जो कभी हिन्दू मन्दिरों की एक कला थी और यों साम्प्रदायिकता के पाखण्ड को उजागर कर रहा था।

पूरे चाँद की रात थी। लोगों ने घास पर दरियाँ बिछायी हुई थीं और ज़मीन पर पालथी मार कर बैठे या तकियों से टेक लगाये अधलेटे, संगीत सुन रहे थे। संगीतकारों ने रात भर गाना जारी रखा – अलग-अलग धर्मों और आस्थाओं के लोग अपने दिलों और सुरों को एक-दूसरे से मिलाते हुए। थोड़ी-थोड़ी देर के बाद सफ़ेद कबूतरों का एक झुण्ड, जिसकी नींद संगीत की वजह से भंग हो रही थी, मंच के पीछे खड़े विशाल भुतहे बरगद के पेड़ की डालों से शोर के साथ पंख फड़फड़ाता हुआ उड़ता। वे आकाश में फैल जाते और मंच के ऊपर चक्कर काट कर फिर अपनी जगह लौट आते। राह चलते लोग आते-जाते रहते। कुछ रुक जाते, दूसरों को घर के लिए आख़िरी गाड़ी पकड़नी होती।

पार्क में अपनी टाँगों को सीधा करने के लिए टहलते हुए मैं अपने दोस्त वेस्ट से टकरा गयी। वेस्ट अमरीकी था जिसने भारत को अपना लिया था और गिटार पर हिन्दुस्तानी शास्त्रीय संगीत सीख रहा था। हम साथ-साथ टहलने लगे और हमने साइकिल पर फेरी लगाने वाले से गर्मागर्म चाय के गिलास लिये।

नारायण नाम के एक और परिचित से हमारी मुलाक़ात हुई जो संगीत की दुनिया के साथ नज़दीक से जुड़ा था। तभी नृत्य का एक कार्यक्रम शुरू हुआ जिसमें हमारी ख़ास दिलचस्पी नहीं थी और हम पास के गाड़ियाँ खड़ी करने के अहाते में चले गये जहाँ वेस्ट ने अभ्यस्त हाथों से गाँजे का सिगरेट बनाना शुरू किया।

'यह देखना कितना अद्‌भुत है कि कलाकार कैसे उन दरारों के ऊपर उठ जाते हैं जो आम लोगों को बाँटती हैं,' मैंने पहली बार गाँजे के सिगरेट का तजरुबा करने के लिए तैयार होते हुए आँखें चौड़ी किये, अपने समूचे सत्रह वर्षीय ज्ञान के बल पर कहा।

'ऐसा इसलिए होता है, क्योंकि यह संगीत एक अलग धरातल पर घूमता है, जहाँ आत्मा एक और भी बड़ी शक्ति के आगे समर्पित होने के लिए

मजबूर हो जाती है। क्या तुमने भास्कर बुआ बाखले और नाथन ख़ाँ का क़िस्सा सुना है ?' नारायण ने सुट्टा मारते हुए कहा।

उसका इशारा उन दो महान संगीतकारों की तरफ़ था जिनका संगीत उन्हीं के साथ गुज़र गया था क्योंकि वे रिकॉर्डिंग से पहले के ज़माने के थे।

नाथन ख़ाँ बीसवीं सदी के आरम्भ में एक अत्यन्त लोकप्रिय गायक थे और उन्हें देश भर के राजदरबारों में गाने के लिए बुलाया जाता था। भास्कर बुआ उनसे सीखने के लिए बेताब थे, मगर उन्हें कुछ समय के लिए ही पकड़ पाते जब वे धारवाड़ में भास्कर बुआ के गाँव से गुज़रते। उन दिनों भास्कर बुआ अपने चाचा के घर में रह रहे थे। उनके चाचा एक सुकड़ू-से ब्राह्मण थे, बुरी तरह दक़ियानूसी, और अपने ज़्यादातर दिन प्रार्थना करते और मन्दिरों का चक्कर लगाते हुए बिताया करते। अगर वे सड़क पर चल रहे होते और किसी अछूत की छाया भी रास्ता काट जाती तो वे भाग कर पास की नदी तक जाते और नहाते। वे अपने साथ हर समय एक बर्तन में पानी लिये रहते थे और जहाँ भी उन्हें शक होता कि किसी नीची जाति के आदमी ने या मुसलमान ने क़दम रखे हैं, वहाँ छिड़क देते।

एक बार नाथन ख़ाँ अपने शागिर्द भास्कर बुआ से मिलने के लिए आये। वे शाम के समय पहुँचे। दोनों गाना गाने बैठे। कुछ समय बाद नाथन ख़ाँ ने खाने की फ़रमाइश की और गोश्त के उम्दा मसालेदार सालन पर ज़ोर दिया। उन्हें शराब और अपना हुक़्क़ा भी चाहिए था। भास्कर बुआ भारी परेशानी में पड़ गये। वे जानते थे कि ऐसी चीज़ें उनके चाचा के घर में अपवित्र थीं, लेकिन उन्हें अपने गुरु की इच्छाओं का पालन करना था। नाथन ख़ाँ रात भर गाने और सिखाने के दौरान शराब और हुक़्क़ा पीते रहे। दोनों वहीं फ़र्श पर गिरी राख और ख़ाली बोतलों की गन्दगी के बीच सो गये।

वे कुछ ही घण्टे सोये होंगे कि भास्कर बुआ चौंक कर उठे। उन्हें याद आया कि उनके चाचा पौ फटते ही नदी में स्नान करके घर से हो कर गुज़रेंगे। निश्चय ही, जब उन्होंने खिड़की से झाँक कर देखा तो दूर उस परिचित आकृति को अपना पीतल का लोटा थामे और शायद प्रार्थना के शब्द बुदबुदाते हुए घर की तरफ़ आते देखा। भास्कर बुआ घबरा गये। उन्होंने अपने उस्ताद को हिला कर उठाया और कहा, 'कृपा कीजिए ख़ाँ साहब।

आपको अभी जाना होगा और मैं यह सब गन्दगी साफ़ करने की कोशिश करूँगा, वरना मुझे इस गाँव में फिर कभी आने नहीं दिया जायेगा।'

'क्या बात है, बच्चे ?' नाथन ख़ाँ ने आँखें मलते हुए नरमी से पूछा।

'मेरे चाचा आ रहे हैं। वे मुझे मार डालेंगे।'

नाथन ख़ाँ ने जमहाई ली और अपने अण्डकोष खुजाये। 'लाओ, तानपुरा दो।'

भास्कर बुआ ने धोती में उलझते हुए दौड़ कर कमरा पार किया, तानपुरा उठाया और अपने गुरु के पास लाये। कुछ ही पलों में नाथन ख़ाँ ने राग भैरवी में शिव का भजन गाना शुरू किया। भास्कर बुआ अपने गुरु का गायन सुन कर वहीं खड़े-के-खड़े रह गये। कनखी से उन्होंने दरवाज़े को खुलते और भोर के उजास में अपने चाचा की छाया को देखा। आकृति वहीं खड़ी रही। लगभग पन्द्रह मिनट बाद नाथन ख़ाँ ने तानपुरा रख दिया और नज़रें ऊपर को कीं। बूढ़े पुजारी अन्दर आये और उन्होंने उस महान गायक के पैर छुए।

'मैं पिछले साठ साल से शिव की पूजा करता आ रहा हूँ,' उन्होंने कहा। 'आज मुझे ऐसा लगा कि मैंने उन्हें सचमुच देख लिया है। धन्यवाद, ख़ाँ साहब।'

ख़ामोशी में लिपटे हुए हम संगीत सभा की तरफ़ वापस चल दिये। श्रोताओं में अब पहले से कम लोग थे और हम मंच के नज़दीक जा बैठे। मंच पर बैठा संगीतकार सबके प्रति प्रेम का, मन में बस जाने वाला, सूफ़ी गीत गा रहा था। गीत में लोगों से अनुरोध था कि वे उस क्षण की राजनीति के नहीं, अपने दिल के बताये रास्ते पर चलें।

सुबह के पाँच बजे तक पार्क लगभग ख़ाली हो चुका था। मेरे माता-पिता कुछ समय पहले वापस चले गये थे और मैंने उनसे अनुरोध किया था कि वे मुझे वेस्ट और उसके दोस्तों के साथ छोड़ दें। सिर्फ़ गिने-चुने संगीत-प्रेमी और आयोजक बचे थे। लगभग उस समय जब पहले-पहले कौओं ने काँ-काँ शुरू की और आकाश गहरे नीले रंग में रँग उठा एक मशहूर गायक मंच पर आये और संस्कृत का एक भजन गाने लगे। फिर वे एक सुन्दर ख़याल की तरफ़ बढ़ गये और उन्होंने समापन करते हुए ऊपर की शक्तियों

से एक छोटा-सा निवेदन किया कि वे उनके देशवासियों के विवेक को जगायें। वे मुसलमान थे। या शायद नहीं थे। मुझे याद नहीं।

५

मैंने प्रेमनगर, बोरीवली में ढोंढूताई के फ़्लैट की घण्टी बजायी। कुछ मिनट बीत गये। कोई उत्तर नहीं। एक और अविश्वसनीय रूप से लम्बा मिनट और मेरे मन में बुरे ख़याल आने लगे। दरवाज़े पर बाहर ताला नहीं लटक रहा था, जिसका मतलब था कि वे निश्चित रूप से भीतर थीं। क्या पता वे फिसल कर गिर न गयी हों और सुन्न हालत में फ़र्श पर पड़ी हुई हों। वे अपने नये फ़्लैट में अकेली थीं। फ़र्ज़ करो कोई अजनबी दरवाज़ा धकेल कर फ़्लैट में घुस गया हो और कुछ भयानक कर बैठा हो। डरावने बिम्बों का एक झुण्ड मेरे दिमाग़ से हो कर गुज़र गया, तभी मैंने अन्दर के दरवाज़े की चिटखनी की आवाज़ सुनी। वह धीरे से खुला और मुझे जाली के उधर उनका छोटा-सा आकार नज़र आया। उनकी बाँयी बाँह गलपट्टी में टिकी हुई थी। मैं दरवाज़े को अपने पीछे बन्द करती हुई अन्दर दाख़िल हुई और बोली, 'अरे बाई जी! यह कैसे हुआ ?'

'पूछो मत! अन्दर आओ,' उन्होंने हँसते हुए कहा।

वे तकलीफ़ से चिहुँकती हुई बैठीं तो मैंने उनके पैर छुए। 'मैं दो दिन पहले गिर गयी थी। बाथरूम के गीले फ़र्श पर फिसली और धड़ाम से गिरी। मेरी बाँयी बाँह में हल्का-सा फ्रैक्चर है।'

'क्या आप डॉक्टर के पास गयी थीं ?'

'डॉक्टर ? धुत्! मैं गयी थी, लेकिन इससे मैं ख़ुद निपट लूँगी। मैं इन डॉक्टरों से ज़्यादा जानती हूँ। वे बस पैसे ले लेते हैं और फिर आपको दोबारा आने के लिए कहते हैं ताकि कुछ और झटक सकें। मैं ठीक-ठाक काम चला सकती हूँ, सिवा एक बात के,' वे मुस्करायीं। 'मेरे लिए अपनी बाँह पर ज़ोर डाले बिना ब्लाउज़ पहनना असम्भव है।'

तब मेरा ध्यान गया कि ढोंढूताई ने ब्लाउज़ नहीं पहन रखा था और साड़ी को अपने खुले कन्धों के गिर्द कस कर लपेटा हुआ था। उनके गोरे नंगेपन को देखना बड़ा अजीब लग रहा था। उन्होंने मेरे चेहरे के भाव को देखा और हँसीं।' 'मेरी कामवाली मेरी मदद कर सकती है, पर मुझे परवा ही नहीं है। मैं एकदम पहले की तरह ज़िन्दगी, काम-काज और संगीत में जुटी हुई हूँ। जितना ज़्यादा तुम बुझे-बुझे और बीमार महसूस करते हो, उतना ही ज़्यादा बीमारी कहती है, 'आ हा! लो, यहाँ एक बन्दा है जो अपने घर में मेरा स्वागत-सत्कार करेगा, सो मैं कुछ देर ज़्यादा रुकूँगी!' आदमी को मज़बूत रह कर आगे बढ़ते रहना चाहिए।'

मैंने उनकी तरफ़ हैरत से घूरा। मेरे सामने ताज़ा धुली नीली साड़ी में, पाँच फ़ुट कुछ लम्बी, साठ वर्षीया वीरांगना थीं। जब वे तख़्त पर बैठतीं तो उनके पैर फ़र्श तक नहीं पहुँचते थे। लेकिन उन्होंने अकेलेपन और दृढ़ स्वाधीनता का जिरह-बख़्तर पहन रखा था। उन्होंने आधुनिक चिकित्सा पद्धति के ख़िलाफ़ अपनी बक-झक जारी रखी।

'इसके अलावा, मैं अपनी दवा-दारू ख़ुद करने के काबिल हूँ। तुम्हें तो मेरी चिकित्सा वाली पृष्ठभूमि के बारे में मालूम ही है, है न ? एक समय था जब मैंने हैदराबाद में अपने चाचा के लिए आयुर्वेद का दवाख़ाना चलाया था – कम नहीं, पूरे सात बरस। हाँ! यह मेरे ख़ून में है। और इलाज का सम्बन्ध बहुत कुछ सूझ-बूझ और अनुभव से है, उससे नहीं जो तुम कॉलेजों में रटते हो। चलो, बेटा। काफ़ी गप-शप हो गयी। अब बैठ जाओ गाने के लिए।'

जिस बीच मैंने खोल से तानपुरा निकाला उन्होंने बात करना जारी रखा। 'मेरी दादी अनपढ़ औरत थी, लेकिन उसने अपने बल पर प्राकृतिक चिकित्सा सीखी थी, और इलाज उपचार करने में उनका बड़ा नाम था। वह चली जाती थी अगर अछूतों की बस्ती में कोई बीमार होता तो और उनकी मदद करती थी। वापस आते समय वह अपने को शुद्ध करने के लिए पंचगंगा नदी में डुबकी लगा लेती थी। तो देखा तुमने, इलाज करना हमारे ख़ून में है। और मेरा पक्का विश्वास है कि संगीत और चिकित्सा में एक सम्बन्ध है।

'लेकिन बाईजी...'

'वह सब छोड़ो,' उन्होंने मेरी बात काट दी। 'ज़्यादा ज़रूरी बात है कि अख़बार में पिछले हफ़्ते के संगीत सम्मेलन के बारे में क्या कहा गया है। सब में तारीफ़ें हैं, सिर्फ़ मेरी नहीं, बल्कि तुम्हारी भी। पढ़ लो। इसके बाद तुम्हें पता चलेगा कि मैं तुमसे क्यों कहती हूँ कि अपनी यह मूर्खतापूर्ण पढ़ाई छोड़ दो और उस चीज़ में पूरा ध्यान लगाओ जो सिर्फ़ तुम्हें भेंट में मिली है। कोई भी जा कर बी.ए. कर सकता है। लेकिन यह सिर्फ़ तुम्हीं कर सकती हो। और अपनी प्रतिभा को नष्ट करना ईश्वर का अपमान है। चलो। ऊँचे-ऊँचे पढ़ कर सुनाओ।' उनका चेहरा गर्व से दमक उठा।

उन्होंने तीन अख़बारों की कतरनें अपनी मेज़ पर सजा रखी थीं - एक अंग्रेज़ी में टाइम्स ऑफ़ इण्डिया से और बाक़ी मराठी में। मैंने अंग्रेज़ी वाला उठाया और प्रतिष्ठित दादर-माटुंगा सांस्कृतिक केन्द्र में केसरबाई स्मृति संगीत सम्मेलन में ढोंढूताई के गायन पर संगीत समीक्षक की टिप्पणी पढ़ने लगी। उसमें उनकी भरपूर तारीफ़ की गयी थी। हालाँकि वे छिट-पुट शब्द ही समझ पाती थीं, मसलन 'बिजली की तरह तेज़ तानें' और ' मिश्रित रागों,' पर मेरे पढ़ने के दौरान वे खिली रहीं। अन्तिम अंश में समीक्षक का निष्कर्ष था : 'ढोंढूताई की संगत उनकी योग्य शिष्याएँ नमिता और मंजिरी कर रही थीं। मंजिरी ने राग बागेश्री में अच्छी संगत की। नमिता (१७ बरस) जिसमें बड़ी सम्भावनाएँ दिखती हैं, राग हिंडोल-बहार और ख़ास तौर पर भूप में चमकी। उसकी गूँजती हुई भारी आवाज़ और जटिल तानें महान केसरबाई केरकर की याद दिलाती थीं जो उचित भी था क्योंकि सम्मेलन उनकी स्मृति में आयोजित किया गया था।'

'अब सब जाएँ, जा कर जी जलायें' - और उन्होंने दबी-दबी हँसी हँसते हुए अपने पसन्दीदा प्रतिद्वन्द्वियों का नाम लिया। 'देखें उनके शिष्य क्या करके दिखाते हैं। तुम्हारी उमर वाले ऐसे बहुत-से लोग नहीं हैं जो तुम्हारी तरह कर सकें। और दस साल लगाओ। अगर तुम लगन से वह सब सीखती रहीं जो मैं तुम्हें सिखाती हूँ, तो तुम जाने कहाँ पहुँच जाओगी।'

वे संगीत सम्मेलन के बारे में बात करती रहीं और मेरे ख़याल पीछे उस प्रफुल्लित करने वाली शाम की तरफ़ चले गये। मैंने लाल किनारे वाली

सफ़ेद बंगाली साड़ी पहन रखी थी और आँखों पर अपने मोटे चश्मे की जगह कॉण्टैक्ट लेंस लगाये हुए थे। जब मेरी माँ और मैं घर से बाहर निकल रहे थे, मेरे पिता हमारी तरफ़ मुड़े और उन्होंने कहा, 'क्या ख़याल है तुम्हारा, हमारी बेटी बड़ी हो कर कितनी सुन्दर निकल आयी है!' मुझे सचमुच लगा कि मैं बड़ी हो गयी हूँ।

हम दादर-माटुंगा सांस्कृतिक केन्द्र में दाख़िल हुए। मुझे बेला और बालों में लगाये गये तेल की जानी-पहचानी महक मिली। बहुत-से लोग तब तक आ चुके थे और मंच के सामने बिछायी गयी दरियों पर धीरज के साथ बैठे थे। मंजुताई के पति दादा एक तरफ़ बैठे हुए थे। जब मैं अपनी साड़ी की चुन्नटों पर हल्के से लड़खड़ाती हुई अन्दर आयी तो उन्होंने मेरी तरफ़ हाथ हिलाया। 'ध्यान रखो,' उन्होंने मुस्कराते हुए पुकार कर कहा।

मैंने ढोंढूताई को नमस्कार किया तो वे मुस्करायीं और बोलीं, 'अच्छी लग रही हो! ध्यान रखना कि हमारे शुरू करने से पहले बाथरूम हो आना।' मुझे उन्होंने अपना बटुआ पकड़ाया और निपटने चली गयीं। वापस आने पर उन्होंने मुझे भी उसी काम के लिए भेजा।

जब हम उनके पीछे एक-एक करके मंच पर चढ़े तो मैंने सावधानी से तानपुरे को थाम रखा था। ढोंढूताई ने मुझे अपनी दाहिनी तरफ़ बैठने के लिए कहा और मंजूताई को बायीं तरफ़। उसी समय से, जब आयोजकों ने मेरा नाम पुकारा और किसी ने मुझे मुरझाते हुए गुलाबों का एक छोटा-सा गुलदस्ता थमाया, मैंने बहुत सचेत हो कर कुछ दर्शक-गणों पर निगाहें टिका रखी थीं, बिना उन पर नज़रें केन्द्रित किये।

मंच के एकदम दायीं तरफ़ केसरबाई का एक विशाल चित्र लगा था - वैसा ही जैसा ढोंढूताई के घर की दीवार पर टँगा था। ताज़ा सफ़ेद फूलों की एक माला उसके गिर्द डाली हुई थी, जो ढोंढूताई द्वारा चुने गये थे जिन्हें और किसी की बनिस्बत अपनी शिक्षिका की पसन्द के बारे में ज़्यादा पता था।

जब उन्होंने हल्के से हाथ हिला कर मुझे इशारा किया मैंने कुछ छोटे-छोटे टुकड़े गाये। उन्होंने मुझे दुगुन पर थोड़ा नीचे की तरफ़ गवाया ताकि मेरी खरजदार आवाज़ के सुर निखर कर सामने आ सकें। बाद में जब तानों

की बारी आयी तो मुझे मालूम था कि मैंने अच्छा गाया क्योंकि दो बार उन्होंने मुड़ कर कहा, 'वाह! अच्छा किया बेटा।'

❑

ढोंढूताई की साड़ी उनके कन्धे से क्षण भर को फिसल गयी और मेरी नज़र उनकी नंगी नाज़ुक बाँह पर पड़ी। मैंने अख़बार की कतरन वापस मेज़ पर रख दी और तानपुरे को छेड़ना शुरू कर दिया। मैंने हिंडोल-बहार के आरम्भिक सुर गाये, वही राग जिसने समीक्षकों से मुझे मेरी पहली प्रशंसा दिलायी थी। उस समय मैं अपनी शिक्षिका को यह बताने का साहस नहीं कर पायी थी कि मुझे अभी-अभी अमरीका के प्रिंसटन विश्वविद्यालय के अण्डर ग्रैजुएट कार्यक्रम में दाख़िला मिल गया था और मैं पाँच महीने से भी कम अर्से में देश छोड़ने वाली थी।

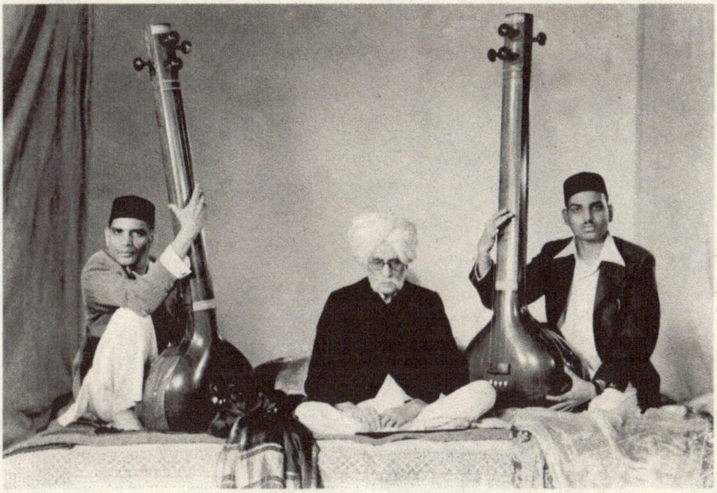

तीसरा भाग

ख़ाँ साहब

१

शाम के छै बजे थे जब मैं शुरू दिसम्बर की एक शाम बोरीवली में ढोंदूताई के फ़्लैट पर पहुँची। कौए उनकी खिड़की के बाहर अपना बेसुरा राग अलाप रहे थे और पास-पड़ोस की बाल्कनियों से गुजराती खाने की जानी-पहचानी, मीठी और मसालेदार गन्ध हवा में बह-बह कर आ रही थी। ढोंदूताई अपने फ़्लैट की लम्बाई में बँधी नायलॉन की डोरी पर अपने कपड़े सूखने के लिए फैला रही थीं। मैं एक दिन पहले हवाई जहाज़ पर न्यूयॉर्क से बम्बई पहुँची थी और उनसे लगभग दो साल के बाद मिल रही थी।

जब-जब मैं ढोंदूताई के पास लौटती, मुझे महसूस होता कि मैं ऐसी जगह दाख़िल हो रही हूँ जो समय से परे थी। कुछ भी नहीं बदलता था। वही धूल की हल्की-सी परत वाला ब्लैक-ऐण्ड-वाइट टेलिविज़न; वही प्लास्टिक की दूध की बोतल जिसमें नक़ली फूलों का गुच्छा खोंसा हुआ था जो मैंने बरसों पहले उन्हें ला कर दिये थे; दीवार पर केसरबाई, ढोंदूताई के माता-पिता, गणेश और ख़ाँ साहबों की वही तस्वीरें; और उनके दूसरे सदा-सर्वदा के साथी-तानपुरों की जोड़ी। आधुनिक जीवन के प्रति श्रद्धा के रूप में उन्होंने किसी समय एक फ्रिज भी हासिल कर लिया था, मगर वह भी बहुत करके ख़ाली ही रहता था।

सब कुछ बेहद तसल्लीबख़्श था – जैसे बरसों बाद अपने बचपन के कमरे में जाना और पाना कि तुम्हारा खिलौना भालू ढीली हो कर बाहर को लटकी अपनी बायीं आँख के साथ ठीक वहीं टिका है जहाँ तुमने उसे छोड़ा था। मेरे लिए ढोंदूताई उस खिलौने जैसी ही थीं, बिना शर्त प्यार लुटाती हुईं और हमेशा मौजूद। मैं लौट कर उनके पास जाती और सुकून महसूस करती। हम तानपुरे के सुर मिलाते और वहीं से चालू हो जाते जहाँ हमने छोड़ा था।

वे वैसी ही लगती थीं। उनके बाल अब भी काले थे। फ़र्क, बस इतना था कि अब उनके दाँतों में एक छोटी-सी जगह ख़ाली थी – उमर के असर से न बच पाने का एकमात्र संकेत। मैं वह काम करने से ज़रा भी नहीं हिचकी जिसे शुरू-शुरू में करना मुझे असुविधाजनक लगता था – मैंने उनके पैर छुए। अचानक मेरे लिए वे उन नोबल पुरस्कार प्राप्त लोगों से ज़्यादा क़ीमती बन गयी थीं, जो आइवी की लताओं से ढँके और गौथिक शैली में बने प्रिन्सटन के लेक्चर-कक्षों में मुझे अपनी प्रतिभा से चकाचौंध करते रहते थे। यहाँ मैं एक गुरू के चरणों में बैठी थी।

मैंने तानपुरे के चिर-परिचित तारों पर उँगलियाँ फेरते सुरों की बहती हुई लहरों में घुल जाने के आनन्द को महसूस करते हुए उन्हें छेड़ना शुरू किया। प्रिन्सटन विश्वविद्यालय में जब भी मोहलत मिलती, मैं रियाज़ करती और परिसर के अन्तर्राष्ट्रीय केन्द्र में गाती। मेरे तानपुरे को देख कर, जो मेरे हॉस्टल के कमरे में एक कोने में रखा रहता, मेरे कुछ गोरे अमरीकी मित्र फूहड़ फ़िकरे भी कसते – 'लिंगपूजा का प्रतीक' और 'जादू टोने की चीज़'। मैं उनकी फब्तियों को नज़रन्दाज़ कर देती और अजूबा समझे जाने के ख़िलाफ़ जद्दो-जेहद जारी रखती।

ढोंदूताई ने मुझसे मेरे माता-पिता का हाल-चाल और मेरी बहनों के बारे में पूछा। हममें से किसी की भी दिलचस्पी इन हल्की-फुलकी मीठी-मधुर बातों में नहीं थी और हम जल्दी ही आगे बढ़ गये। ढोंदूताई ने कहा कि वे मुझे राग मुलतानी सिखायेंगीं, क्योंकि यही उसको गाने का समय था – सुरों का यह ख़ास मेल उन परछाइयों के साथ मिल कर गूँजता है जो उस वक़्त प्रकट होती हैं जब बाद दोपहर की घड़ियाँ साँझ में घुलने लगती हैं। इस राग से मैं परिचित नहीं थी। उन्होंने समझाया कि यह तोड़ी परिवार का राग है।

'ध्यान से देखो कि मुल्तानी के सुर लगभग वैसे ही हैं जैसे तोड़ी के जो तुम पहले ही सीख चुकी हो,' उन्होंने कहा।

'फिर उनमें फ़र्क क्या है ?'

'अरे, यही तो हमारे संगीत की ख़ूबसूरती है,' वे मुस्करायीं। 'ज़रा कल्पना तो करो, बेटा। सुर सिर्फ़ सात हैं और राग हज़ारों। दो रागों के बीच

कभी-कभी इतना बारीक़ फ़र्क होता है - महज़ किसी सुर पर थोड़ा-सा अधिक बल या दो सुरों के बीच का फ़ासला - और इसके बावजूद दोनों राग अलग-अलग भाव जगायेंगे, अलग-अलग क़िस्से सुनायेंगे। अब तोड़ी और मुलतानी के बीच सबसे बड़ा अन्तर सिर्फ़ एक सुर पा को इस्तेमाल करने का ढंग का है। और तोड़ी अधिकतर निचले सप्तक पर गाया जाता है, जिसकी वजह से यह सुबह का राग है, जबकि मुलतानी ऊँचे सुरों के गिर्द चक्कर लगाता है, इसलिए उसे शाम के इस समय के आस-पास गाते हैं।

'यह सब,' उन्होंने बात जारी रखी, 'हमारे दिमाग़ के भीतर है। हमने कभी कुछ लिखा नहीं है।'

'वाह,' मैंने उस व्यक्ति की तरह विस्मित हो कर साँस छोड़ी जो स्मृति से अपना नाता सिर्फ़ कम्प्यूटर की गीगाबाइट्स के सन्दर्भ में ही कायम कर सकता था।

'हमें सब कुछ याद रखना होता था, समानताएँ, अन्तर, ऐसी जगहों का ख़याल रखना जहाँ एक राग आसानी से सरक कर दूसरे राग में जा सकता था। राज़ यही है कि जब तुम कोई राग गा रहे हो तो तुम्हें अपने दिमाग़ को यो साधना पड़ता है कि तुम्हें बस यही एक राग आता है।'

मैंने उन्हें एक मशहूर सितारवादक के बारे में बताया जिससे मैं कुछ महीने पहले उस समय मिली थी जब वह प्रिन्सटन में बजाने के लिए आया था। वह सितारवादन की ऐसी तकनीक के साथ तजरुबा कर रहा था, जिसमें वह चेतन मन को अचेतन मन से अलग करने की कोशिश कर रहा था, जिससे चेतन मन नये आविष्कार करेगा जब कि अचेतन मन बिना प्रयास किये, सुर बजायेगा। इसके लिए हमने सुझाया था कि संगीतकार को टेलिविज़न देखते समय या कोई और काम करते हुए बजाना चाहिए जिसमें दिमाग़ न लग रहा हो उसका बजाना लगभग स्वचालित ढंग से होने लगेगा। इससे उसे उस हुनर में महारत मिलेगी जिससे जब मंच पर बजाने का समय आयेगा, उसका चेतन मन मुक्त हो कर रचना प्रक्रिया पर केन्द्रित हो सकेगा और अचेतन मन को हिदायतों का पालन करने के लिए निर्देशित कर सकेगा।

ढोंढूताई ने सिर हिलाया और मुस्करायीं। 'ख़ैर, मैं इससे पूरी तरह सहमत नहीं हूँ। हमारा संगीत इस तरह के प्रयोग के लिए बहुत मुश्किल और

जटिल है। तुम्हें अपनी सारी ताक़त इसमें लगानी पड़ती है, वरना सम्भव है तुम बुरी तरह ग़लती कर बैठो।'

उन्हें यह बात पसन्द थी कि हर चीज़ के बारे में मेरी अपनी राय थी। इससे उन्हें चुनौती का एहसास होता था। उन्हें लगता था कि वे ऐसी किसी छात्रा के साथ काम कर रही हैं जो तोता नहीं है, जैसे कि उनके बहुत-से विद्यार्थी थे, बल्कि जो हर चीज़ के पीछे के कारणों को सचमुच समझती और सराहती थी - जब तक कि वह संगीत की दुनिया से सम्बन्धित हो। इसके बावजूद, ढोंदूताई चाहती यही थीं कि आख़िरी बात उन्हीं की रहे।

❑

मुल्तानी की जो बन्दिश उन्होंने मुझे सिखानी शुरू की थी, वह सचमुच सुन्दर थी - हाये रे मन, काहे को सोच करे रे ? सोच करे कछु बन नहीं आवे, धीरज क्यों न धरे रे ?

बन्दिश के शब्दों में उन हलचल-भरे अनुभवों की गूँज थी जिनसे मैं बालिग होने के क्रम में गुज़र रही थी - पहला प्यार और पहली चोट, अपने माता-पिता के दायरे से बाहर आना, रफ़्ता-रफ़्ता अपने को खोजने और पाने की वह प्रक्रिया जो तब शुरू होती है जब हम घर छोड़ते हैं और पुराने नियमों को भूलते हैं, नये नियम सीखते हैं। मैं उस सब को अमल में लाने की कोशिश कर रही थी जो हज़ारों बरस पहले लिखा गया था : भरपूर कोशिश करो और बाक़ी स्वीकार कर लो। मैंने विश्वास करना और ऐसा स्वीकार करते हुए शर्मिन्दा न होना सीख लिया था।

मैं महान संगीत और भारतीय दर्शन के बीच इस अन्तरंग रिश्ते से बहुत प्रभावित थी। परम्परा में ऐसा बहुत कुछ है, जिसे महज़ बदलने की ख़ातिर बदलने की ज़रूरत नहीं।

'यह बन्दिश बहुत ख़ास है। यह पहली बन्दिश थी जो भुर्जी ख़ाँ ने मुझे सिखायी थी।' अल्लादिया ख़ाँ के बेटे, भुर्जी ख़ाँ उनके पहले उस्ताद थे। मैं इस बात से उत्तेजित थी कि मेरा परिचय उस राग से कराया जा रहा था जो मेरी शिक्षिका की दीक्षा का राग था। 'बाई जी! मुझे और भी बताइए! जब आपने इस परिवार से सीखना शुरू किया तब आप कितनी बड़ी थीं ? उस्ताद

के तौर पर वे कैसे थे ? क्या आप उतनी ही चुलबुली और चंचल थीं जितनी मैं हुआ करती थी ? आपने उन्हें और इस घराने को क्यों चुना ?'

वे हँसीं और बोलीं, 'सुनो तब...मैंने उनसे जब सीखना शुरू किया, मैं तेरह बरस की थी।' वे पल भर के लिए रुकीं, मानो ठहर कर यादों की डोर को फिर से लपेट रही हों। 'लेकिन उनसे पहले मैंने अल्लादिया ख़ाँ के भतीजे नाथन ख़ाँ से कुछ दिन सीखा था। और फिर बाबा तो थे ही...'

और इस तरह मैंने ढोंढूताई की ज़बान से उस्ताद अल्लादिया ख़ाँ और उनके परिवार की कहानी सुनी। मैंने वह क़िस्सा सुना कि कैसे उन्होंने जयपुर घराने की बुनियाद रखी। मैं मुग्ध हो कर सुनती रही कि कैसे एक छोटी-सी ब्राह्मण लड़की को एक मुस्लिम परिवार ने गोद ली हुई बेटी की तरह अपने दिल में जगह दी और उसे अपने भेदों और ख़ज़ानों का वारिस बनाया। ढोंढूताई ने एक विडम्बना-भरी मुस्कान के साथ मुझे बताया कि उन्हें इस घराने के संगीत का ख़ज़ाना पाने के लिए उस परिवार के बाहर ही पैदा होना था। अगर वे सगी बेटी रही होतीं तो उन्हें कुछ भी न मिल पाता। क्योंकि वे कन्या थीं।

❑

अल्लादिया ख़ाँ का जन्म १८५५ में हुआ था। उनका असली नाम ग़ुलाम अहमद था लेकिन वे अल्लादिया - अल्लाह का दिया हुआ - के नाम से मशहूर हुए। उनसे पहले उनके माता-पिता के कई बच्चे जाते रहे थे और वे यह मन्नत मानने एक पीर-फ़क़ीर के पास गये थे कि इस बार बच्चा ज़िन्दा रहे। वह बच गया और उनका यक़ीन था कि वह अल्लाह की मेहरबानी से आया है। सदी के ख़त्म होते-होते वे एक जीवित किंवदन्ती बन चुके थे।

अल्लादिया ख़ाँ की ज़िन्दगी राजनैतिक उथल-पुथल के दौर में बीती। अंग्रेज़ बड़े आराम से हिन्दुस्तान पर राज कर रहे थे जो उनके ताज में जड़े नगीने-सरीखा था। फ़िरंगी हुकूमत के नीचे राजों-रजवाड़ों का एक घना जाल-सा फैला था और ये राजा-नवाब कमोबेश औपनिवेशिक सरकार के साथ मेल-मिलाप बनाये रखते थे। जब तक वे अपनी आमदनी का एक तयशुदा हिस्सा अंग्रेज़ों को देते रहते, उन्हें प्रतीक-स्वरूप कुछ स्वाधीनता दी

जाती। इन राज़-नवाबों को राजसी भोग-विलास की ज़िन्दगी जीने के लिए उत्साहित किया जाता जिसमें दरबारी संगीतकारों की बाक़ायदा सरपरस्ती और मेज़बानी भी शामिल थी।

इस तरह ये रजवाड़े संगीतकारों और मनोरंजन करने वाले अन्य कलाकारों; नक़्क़ालों, चित्रकारों, नर्तकों और पहलवानों की आजीविका का प्रमुख साधन बन गये। कुछ राजे सचमुच कला की परवाह करते थे, लेकिन ज़्यादातर राजा-नवाब घमण्ड से और अपने दरबारों में सबसे अच्छे कलाकारों की नुमाइश करने की होड़ से परिचालित होते थे। उनकी तड़क-भड़क भरी उदारता के प्रसंग बढ़ा-चढ़ा कर देश भर में मुँह-दर-मुँह सुनाये जाते और आम क़िस्से-कहानियों का हिस्सा बन जाते। क्या तुम्हें पता है, फ़लाँ-फ़लाँ राजा साहब एक बाँसुरी-वादक से इतने ख़ुश हुए कि उन्होंने उसे एक हाथी के साथ उसके वज़न बराबर रुपये दिये ? और एक महाराजा साहब तो एक प्रदर्शन से इतने प्रभावित हुए कि उन्होंने उसी वक़्त संगीतकारों को वह सारी रकम दे दी जो उन्होंने अपनी फ़ौज के लिए अलग रख छोड़ी थी, और वह भी युद्ध में जाने से ठीक पहले।

रजवाड़ों की सरपरस्ती के इस युग को हिन्दुस्तानी संगीत का सुनहरा युग कह कर उसका रूमानीकरण किया गया है, लेकिन संगीतकारों के दिन हमेशा अच्छे नहीं बीतते थे। इससे पहले कि संगीतकारों को ऐसा राजा-नवाब मिल जाय जो सचमुच उनकी कला का पारखी हो, उनका समय एक दरबार से दूसरे दरबार का चक्कर लगाते बीतता था। कभी-कभी, जब वे किसी दरबार में रोज़गार पा भी जाते, उन्हें अपने वज़ीफ़े में कुछ और जोड़ने के लिए यात्राएँ करनी पड़तीं। अगर कोई राजा चल बसता और उसके वारिस को संगीत का शौक न होता या फिर वह दिल-बहलाव के साधन के रूप में मुर्ग़ों की लड़ाई का मुरीद होता तो संगीतकारों की रोज़ी छिन जाती। सरपरस्ती अकसर मनमानी और अनियमित होती। कई बार राजा-नवाब गायिकाओं को पसन्द करते जो उनके या उनके मन्त्रियों के लिए रखैलों की भूमिका भी निभातीं।

इसके अलावा, सरपरस्ती की अपनी सनकें थीं और हर राजा-नवाब के अपने मिज़ाज पर निर्भर करतीं। मिसाल के लिए, एक जाने-माने राजा,

बड़ौदा के सयाजीराव गायकवाड़ ने दरबारी कलाकारों के लिए 'कलावन्त खत्याचे नियम' (शाब्दिक रूप से 'कलाकारों के भण्डार के नियम') के नाम से एक नियम-पुस्तिका तैयार की। कलाकारों को अलग-अलग कोटियों में बाँटा गया था जो उनकी तनख़्वाहों के अलावा यह भी तय करती थीं कि वे क्या पहन सकते थे, कब छुट्टी पर जा सकते थे और क्या गा-बजा सकते थे। सयाजीराव ने, ज़िन पर अंग्रेज़ों के तौर-तरीक़ों का बड़ा प्रभाव था, हिन्दुस्तानी संगीत में स्वर-लिपि के विचार की भी दाग-बेल डाली, जो तब तक कभी सुनी नहीं गयी थी। सच तो यह है कि अल्लादिया खाँ बड़ौदा के दरबार में भी गये थे और दरबारी गायक के तौर पर वहाँ बने रहते, लेकिन जब आयोजकों की देख-रेख करने वाले मन्त्री ने उनके सामने स्वर-लिपि का विचार पेश किया तो वे भाग खड़े हुए।

उस काल के बहुत-से संगीतकारों की तरह, अल्लादिया ख़ाँ और उनके छोटे भाई हैदर ख़ाँ नियमित रूप से दरबारों के चक्कर लगाने वालों में शामिल थे, एक रियासत से दूसरी रियासत घूमते हुए, जब भी उन्हें 'सवारी' मिल जाती। रास्ते के हिसाब से वे घोड़ों पर सफ़र करते या ऊँटों पर। हैदर ख़ाँ को तो तलवार चलाना भी सीखना पड़ा कि कहीं सफ़र के दौरान लुटेरे या जंगली जानवर उन पर हमला न कर दें - जो एक बार राजस्थान के रेगिस्तान में हुआ भी। एक बार वे किसी प्रदर्शन के बाद घर लौट रहे थे जब लुटेरों के एक गिरोह ने उन्हें घेर लिया और उनसे उनकी रक़म की फरमाइश की। ख़ाँ साहब ने आहिस्ता से अपने भाई को कहा कि उन्हें बात मान लेनी चाहिए और उन्होंने अपना बटुआ दे दिया। जाने से पहले लुटेरों ने संयोग से उन भाइयों से पूछा कि उन्हें यह रक़म कहाँ से मिली थी। जब लुटेरों को पता चला कि वे गायक थे तो उन्होंने उनसे गाने के लिए कहा। पहले तो दोनों को घबराहट हुई, लेकिन जैसे-जैसे वे रंग में आने लगे, वे भूल गये कि वे कहाँ थे या उनके सुनने वाले कौन थे और उन्होंने एक शानदार राग गाया। लुटेरों पर संगीत का इतना असर हुआ कि उन्होंने न सिर्फ़ ख़ाँ साहब का बटुआ लौटा दिया, बल्कि जो पैसे-गहने उन्होंने लूटे हुए थे, वे भी उन्हें दे दिये।

सरपरस्ती का केन्द्र तो दिल्ली और उसके इर्द-गिर्द के दरबारों में था, लेकिन संगीत के नक़्शे पर अन्य जानी-मानी रियासतें थीं - ग्वालियर,

बड़ौदा, जयपुर, पटियाला, मैसूर और कोल्हापुर। बीसवीं सदी के आरम्भ में कोल्हापुर की बागडोर छत्रपति शाहू महाराज नामक एक युवा राजा के हाथ में थी। वे मुश्किल से बीस साल के थे जब वे गद्दी पर बैठे और उनका देहान्त पचास का होने से पहले ही हो गया। लेकिन अपनी छोटी-सी ज़िन्दगी में उन्होंने बड़े-बड़े काम कर दिखाये - उन्होंने शिक्षा और नीची जातियों के उत्थान को बढ़ावा और कलाओं को समर्थन दिया। कोल्हापुर में वह समय बड़ी ख़ुशहाली का था, क्योंकि जैसी कहावत है, अगर राजा संगीत से प्रेम करता है तो राज में अमन-चैन रहेगा। कोल्हापुर का नाम ही 'कलापुर' पड़ गया था। शाहू महाराज में कलात्मक प्रतिभा को पहचान लेने की विस्मयकारी योग्यता थी। चित्रकार, संगीतकार, यहाँ तक कि पहलवान भी, उनके राज में फलते-फूलते थे।

शाहू महाराज के छोटे भाई की एक प्रेमिका थी - कृष्णा बाई कोल्हापुरकारिन नाम की एक तवायफ़। उसने ठान रखी थी कि उसकी बेटी तानीबाई महान संगीतकार उस्ताद अल्लादिया ख़ाँ से सीखे, जो तब तक एक मशहूर गायक बन चुके थे। लेकिन ख़ाँ साहब सुदूर बम्बई शहर में रहते थे। युवा राजकुमार अपनी पसन्दीदा रखैल को ख़ुश करने के बड़े इच्छुक थे। मगर वे महान अल्लादिया ख़ाँ को कोल्हापुर कैसे ले आयें ? एकमात्र उपाय यही था कि वे अपने भाई महाराजा शाहू महाराज से कहें कि वे अल्लादिया ख़ाँ को राज्य की ओर से दरबारी गायक के तौर पर नियुक्त कर दें।

एक बार वे और उनके भाई संयोग से बम्बई में थे और उन्होंने सुना कि अल्लादिया ख़ाँ कहीं गाने जा रहे हैं। उन्होंने तुरन्त मौक़े का फ़ायदा उठाया और महाराजा साहब को संगीत सभा में ले गये। अचरज की बात नहीं कि शाहू महाराज ख़ाँ साहब की गायकी पर रीझ गये। उन्हें लगा कि ख़ाँ साहब उनकी रियासत के लिए रत्न साबित होंगे और उन्होंने ख़ाँ साहब को अपना दरबारी संगीतकार बनने का न्योता दिया।

लिहाज़ा अल्लादिया ख़ाँ १८९५ के आस-पास अपने परिवार के साथ कोल्हापुर आ बसे। राजा ने उन्हें एक घर दे दिया और उनके भाई और दूसरे परिजनों की भी देख-भाल करना मंज़ूर कर लिया। सरकारी तौर पर अल्लादिया ख़ाँ के काम में पुराने महल के मन्दिर में गाना और महाराजा शाहू महाराज

के सामने अपनी कला का प्रदर्शन करना शामिल था। निजी न्योते राजा की इजाज़त से ही स्वीकार किये जा सकते थे। उनके भाई हैदर ख़ाँ को भी राजकीय गायक नियुक्त कर दिया गया और उनके भतीजे नाथन ख़ाँ को नदी के किनारे बने प्राचीन मन्दिर में हर सुबह गाने का ज़िम्मा सौंप दिया गया।

अगले पच्चीस बरसों के दौरान अल्लादिया ख़ाँ की वजह से हिन्दुस्तान के संगीत के नक़्शे पर कोल्हापुर का दर्जा बहुत ऊँचा उठ गया। संगीतकार महज़ उनके पास रहने के लिए वहाँ आ बसते। ऐसे ही एक गायक राजाबली ख़ाँ अल्लादिया ख़ाँ के घर के ठीक बग़ल वाले घर में आ बसे ताकि वे गुपचुप ख़ाँ साहब को रियाज़ करते सुन सकें और उनकी शैली की नक़ल करने की कोशिश करें। वर्षों तक वे ऐसा करते रहे यहाँ तक कि उनकी गायकी सचमुच अल्लादिया ख़ाँ की गायकी जैसी जान पड़ने लगी और वे एक प्रतिष्ठित गायक भी बन गये। आख़िरकार, अल्लादिया ख़ाँ ने महाराज से अनुरोध किया कि वे उस नक़्क़ाल को दूर भेज दें। शाहू महाराज ने देवास के महाराज से अनुरोध किया कि वे राजाबली ख़ाँ को दरबारी गायक के रूप में नियुक्त कर दें, और इससे सभी प्रसन्न हुए।

महाराज अल्लादिया ख़ाँ और उनके परिवार को बहुत प्यार करने लगे और उन्हें हमेशा अपने इर्द-गिर्द बनाये रखना चाहते। ख़ाँ साहब के तीन बेटे नासिरुद्दीन, बदरुद्दीन और शम्सुद्दीन, जिन्हें बड़े जी, मंजी और भुर्जी के तौर पर जाना जाता (यानी बड़े, मँझले और घुँघराले बालों वाले), अपना अधिकतर समय शाही महलों में गुज़ारते। भले ही वे आम लोगों में से थे लेकिन वे राजकुमारों के साथ खेलते और उन्हीं के साथ खाते। उनके साथ रियाया सरीखा नहीं, बल्कि राजकुमारों के साथियों सरीखा बरताव होता और राजा साहब उनसे बहुत प्रेम करते थे। महाराज ने अपने बच्चों के गुरु को आदेश दिया था कि वे तीनों लड़कों को संस्कृत के शास्त्र भी सिखायें, ख़ास तौर पर जिनका सम्बन्ध संगीत से था। ब्राह्मण शिक्षक उनके मुँह के सामने तो 'जी सरकार' कह देता। लेकिन वह ख़ुद को ऐसा पाप करने के लिए तैयार न कर पाता कि मुस्लिम विद्यार्थियों को पवित्र हिन्दू शास्त्र सिखाये - और वह उन्हें न पढ़ाने का कोई-न-कोई बहाना खोज लेता।'

एक दिन महल के आँगन में अल्लादिया ख़ाँ के एक विशेष रूप से

प्रभावशाली प्रदर्शन के बाद प्रधानमन्त्री ने महाराज को एक ओर खींचा और कहा, 'श्रीमन्त, मुझे आपसे एक ज़रूरी बात करनी है। यह तो बड़ी अच्छी बात है कि आप इन लड़कों को इस तरह पाल-पोस रहे हैं मानो वे आपके अपने हों। लेकिन क्या आप सोचते हैं कि इस तरह वे अपने पिता से कुछ भी संगीत सीख पायेंगे ? अगर ये लड़के भोग-विलास में लिप्त राजकुमारों जैसे प्राणी बन गये ता फिर ज़रा सोचिए इस परम्परा को जारी कौन रखेगा ?'

महाराज को स्तम्भित हो कर चुप रह जाना पड़ा। वे अजाने ही संगीत की एक विरासत ख़त्म किये दे रहे थे। अगर ये लड़के छुटपन ही से सिखाये-पढ़ाये नहीं गये तो यह संगीत उनके पिता के साथ सिधार जायेगा, क्योंकि अल्लादिया ख़ाँ जैसे महान संगीतकार अपने संगीत के सर्वोत्कृष्ट रहस्य ख़ुद अपने सगे लोगों को ही सौंपते थे। संगीत की इस वंश-परम्परा को तो बचाये ही रखना था।

'लेकिन मैं उन्हें जाने के लिए कैसे कह सकता हूँ ? मुझे नहीं लगता कि मैं उनसे यह कह पाऊँगा,' महाराज ने परेशान नज़र आते हुए कहा।

'सिर्फ़ एक तरीक़ा है,' प्रधानमन्त्री ने सुझाव दिया। 'आप तो जानते ही हैं कि ये लड़के कितने अभिमानी हैं। आपको उन्हें अपमानित करना होगा, ताकि वे क्रोध के आवेग में ख़ुद ही चले जायें।'

'हुँ-ऊँ-ऊँ! अच्छा विचार है। देखा! इसीलिए मुझे सलाह के लिए आप जैसा मन्त्री चाहिए,' महाराज मुस्कराये।

कुछ दिन बाद पास की किसी रियासत से कोई छोटा-मोटा राजकुमार कोल्हापुर आया। उस शाम शाहू महाराज ने ख़ाँ साहब के तीन लड़कों को सन्देश भेजा कि वे शाही मेहमान के साथ भोजन नहीं कर सकते थे। ऐसा उनसे पहले कभी नहीं कहा गया था। वे भड़क उठे, ख़ास तौर पर नन्हें मंजी ख़ाँ जिनका ग़ुस्सा मशहूर था। वे महाराज के पास गये और उन्होंने ताव में कहा, 'हमें आपके साथ खाने की ज़रूरत नहीं। अपने संगीत से हम आप जैसे छप्पन महाराज ख़रीद सकते हैं।' वे तूफ़ान की तरह बाहर निकल गये और फिर कभी नहीं लौटे।

महाराज के दरबारी लड़कों की गुस्ताख़ी से आतंकित हो गये। महाराज से कोई इस तरह नहीं बोलता था। लेकिन शाहू महाराज सिर्फ़ मुस्कराये। जो

वे चाहते थे वह उन्होंने हासिल कर लिया था। और यही हुआ, तीनों लड़के आगे चल कर बड़े संगीतकार बने।

❑

'...ख़ास तौर पर मंजी ख़ाँ और भुर्जी ख़ाँ,' ढोंढूताई ने अपनी कहानी ख़त्म करते हुए कहा। वे उठीं और अपने माता-पिता और केसरबाई के चित्रों के बग़ल में अल्लादिया ख़ाँ और उनके परिवार के चित्रों के पास जा खड़ी हुईं। उन्होंने अपना पल्लू हाथ में लिया, पंजों पर उचकीं और काँच-जड़े चौखटे को पोंछा। 'बेचारे बड़े जी उस तरह कभी सफल नहीं हो पाये। उन्होंने तस्वीर में एक सौम्य, बड़ी उमर वाले चेहरे की तरफ़ इशारा करते हुए कहा – मैं तुम्हें कैसे बताऊँ कि उनके साथ क्या हुआ। इतनी दुखद बात है...'

'क्या हुआ था, बाई जी ?' मैंने उत्सुकता से पूछा।

बड़े जी धीरे-धीरे कुशल संगीतकार बनते जा रहे थे, क्योंकि सबसे बड़े होने की वजह से उन्हें अपने पिता से सबसे अच्छी शिक्षा मिली थी। गर्मियों की एक दोपहर बड़े जी क्रिकेट खेल रहे थे कि गेंद आ कर सीधे उनके सीने पर लगी। उन्हें उल्टी में थोड़ा-सा ख़ून आया। कुछ प्रतिद्वन्द्वी संगीतकारों ने, जो गायक के रूप में उनकी बढ़ती हुई क्षमता से चिन्तित थे, जा कर स्थानीय डॉक्टर को रिश्वत दे कर उससे बड़े जी के बारे में ग़लत निदान करने को कहा, ताकि वे फिर गा न सकें। डॉक्टर ने अल्लादिया ख़ाँ से कहा कि उनके बड़े बेटे का दिल कमज़ोर है और गाना जारी रखने पर वे बच न सकेंगे। उस वक़्त से उन्हें गाने की मनाही हो गयी और इसकी बजाय उन्हें परिवार के मूल स्थान जयपुर के पास उनियारा भेज दिया गया, ताकि वे उनकी ज़मीन-जायदाद की देख-भाल कर सकें।

ढोंढूताई ने फुफकार कर आँखें सिकोड़ी। 'कैसा मज़ाक़ था। उनका दिल बिलकुल दुरुस्त था और वे लगभग नब्बे साल की उमर तक जिये।'

मँझले वाले – मंजी ख़ाँ मनमौजी और अल्हड़ थे। वे बहुत बड़े गायक बने और अपने समय के अकेले संगीतकार थे जो सूट पहनते थे और अपनी कार में बम्बई में घूमते-फिरते थे। दुर्भाग्य से, वे पचास वर्ष से ज़्यादा जीवित नहीं रहे। जब उनका निधन हुआ, अल्लादिया ख़ाँ अभी ज़िन्दा थे और वे

दुख से ध्वस्त हो गये। उन्होंने कहा, 'ख़ुदा, तुमने आज मुझसे सिर्फ़ मेरा बेटा ही नहीं छीन लिया, बल्कि उसके साथ संगीत का एक नायाब ख़ज़ाना भी। देवी ने बस एक क़दम घराने के बाहर रख दिया है।' उनका यह कहना भविष्य सूचक था। उनके बाद धीरे-धीरे ख़ानदान ओझल हो गया।

यह भारतीय इतिहास के उस सबक़ से ज़्यादा दिलचस्प था जो मैं प्रिन्सटन में सीख रही थी। मैंने बाहर नज़र दौड़ायी और मुझे लगा कि ढोंदूताई की बालकनी में लगा तुलसी का पौधा पेरीविंकल के उस पौधे जैसा दिखने लगा था जो मेरे छात्रावास के कमरे के बाहर बाग़ में लगा था।

उन्होंने कहा, 'मेरे हिसाब से इस परिवार में तीन लोगों ने घराने को ज़िन्दा रखने के लिए सचमुच योगदान दिया - हैदर ख़ाँ, भुर्जी ख़ाँ और बाबा - और इसके लिए उन्होंने परिवार के बाहर जितने ज़्यादा-से-ज़्यादा लोगों को वे सिखा सकते थे, सिखाया।

ढोंदूताई की आँखें छलकने लगी थीं। मैंने यह महसूस करते हुए धीरे-धीरे तानपुरे को छेड़ना शुरू किया कि अब उन्हें यादों के भारी बोझ से बाहर निकालने का वक़्त आ गया था।

२

मैं बाबा से पहली बार बरसों पहले मिली थी जब मैं एक छोटी-सी लड़की थी और ढोंढूताई अभी केनेडी ब्रिज के नीचे वाले फ़्लैट में रहती थीं। वे मोटे शीशों वाला चश्मा पहने, आहिस्ता बोलने वाले आदमी थे और ढीला-ढाला सफ़ेद पजामा पहनते थे, जो उनके टख़नों के गिर्द फड़फड़ाता रहता था।

जब मैं दाख़िल हुई तो वे अपनी सूती बनियान और पाजामा पहने, ढोंढूताई के दीवान पर बैठे, तश्तरी से गर्म-गर्म चाय सुड़क रहे थे। थोड़ी-थोड़ी देर बाद वे अपना चश्मा उतारते और उस पर से धुन्ध की परत साफ़ करते। मैंने ग़ौर किया कि दीवान के सामने रखी मेज़ के नीचे एक पुराना नीला अटैची रखा हुआ है।

'इनके पैर छुओ,' ढोंढूताई ने फुसफुसा कर मुझसे कहा।

मैं अभिवादन की उन रस्मों के ज़बरदस्ती मनवाये जाने को ले कर हमेशा झिझक-सी महसूस करती रही थी, जिनका पालन संगीत की दुनिया के सदस्य इतनी सरलता से कर लेते थे, लेकिन अनिच्छा से मैंने आज्ञा का पालन किया और ऐसा करते हुए फ़र्श को देख कर भवें सिकोड़ीं। बाबा ने गर्मजोशी से मेरा कन्धा थपथपाया और एक चौड़ी मुस्कान मेरी तरफ़ फेंकी, जिससे उनके चश्मे को मोटे काँच झिलमिला उठे और वे तत्काल दुश्मन से दोस्त में बदल गये। ढोंढूताई बग़ल में खड़ी मुस्कराती रहीं, बाँहों को सीने पर एक-दूसरे से बाँधे, जैसे वे हमेशा खड़ी हुआ करती थीं। 'अब आप देखिए, यह कैसा गाती है। यह मेरी नन्हीं केसरबाई है...' उन्होंने कहा।

मैंने बाबा को राग भूप गा कर सुनाया और ख़ुशी के साथ देखा कि मेरे पूरे-कण्ठ से गाने पर उन्होंने उत्साह-भरी प्रतिक्रिया व्यक्त की। पन्द्रह मिनट का एक टुकड़ा गाने के बाद मैंने तानपुरा रख दिया और प्रसन्न मन से दोनों

की भरपूर तारीफ़ का इन्तज़ार करने लगी।

'इसमें सचमुच बड़ी सम्भावना है,' उन्होंने कहा और मेरी ओर देखा। 'मुझे उम्मीद है तुम इस वरदान को संजीदगी से लोगी।'

'बिलकुल, यह ऐसा ही करेगी। कम-से-कम कोई तो इस घराने को आगे ले जायेगा, उन सभी मूर्खों की तरह नहीं, जिन्हें आप सिखाते रहे हैं, जिन्होंने आपके दादा के संगीत का बण्टाढार कर दिया है।'

बाबा अल्लादिया के पोते थे। वे संगीत के ऐसे चमकते सितारों के बीच पैदा हुए थे जिनमें पिता, चाचा और यक़ीनन उनके दादा भी शामिल थे, लेकिन उन लोगों के विपरीत वे गवैये नहीं बने। हर बार जब वे थोड़े-से आवेग के साथ गाते, उनका ब्लड प्रेशर बढ़ जाता था। इसलिए उन्होंने सीटी बजाना शुरू कर दिया था और सीटी बजा कर वे बेहद जटिल रागों और धुनों को पेश कर सकते थे।

वे अब भी कोल्हापुर में रहते थे - उसी पुश्तैनी घर में जो अर्सा पहले महाराज ने उनके दादा को दिया था। लेकिन वे घराने की विरासत को ज़िन्दा रखने में समर्थ नहीं हुए। वह बँगला जो कभी अलौकिक संगीत से गूँजता रहता था, परिवार के बेगिनती सदस्यों और कर्कश लड़ती-झगड़ती आवाज़ों से ठँसा हुआ, खण्ड-खण्ड हो रहा था। ऐसी दुनिया में संगीत की कोई जगह नहीं थी जहाँ रजवाड़ों का संरक्षण अर्सा पहले ही ख़त्म हो चुका था और लोगों को रोज़ी-रोटी कमाने के लिए कारख़ानों और दफ़्तरों में काम करना पड़ता था। तानपुरे और तबले पुराने कपड़े में लपेट कर पीछे के कमरे में रख दिये गये थे। कभी-कभार जयपुर घराने का कोई गायक बाबा के पास उन दुर्लभ रागों में से किसी एक को सीखने की ख़ातिर आता तो उन्होंने अपने दादा से सीखे थे और बाबा उदारता से अपनी जानकारी उसके साथ बाँटते। जब भी उन्हें अपनी आत्मा के लिए सुकून और ताज़गी की ज़रूरत होती, वे ट्रेन में बैठ कर ढोंढूताई के पास बम्बई आ जाते। इन्हीं यात्राओं के दौरान मैं उनसे मिलती रही थी, साल-दर-साल। हर बार जब हम मिलते, मुझे ले कर उनकी उम्मीदें हमेशा की तरह उत्साह से भरी होतीं। और हम तीनों इस ख़याल को पोसते रहते कि एक दिन मैं एक महान गायिका बनने वाली हूँ।

'तो अमरीका में तुम्हें कैसा लग रहा है ?' जब हम बरसों बाद फिर

मिले थे तो उन्होंने आँखों में शरारत की चमक लिये, मुझसे पूछा था।

'बहुत मज़ेदार! मैं हर तरह के होशियार और मशहूर लोगों से मिल रही हूँ। लेकिन मैं अपने संगीत के लिए तरसती हूँ,' मैंने उन्हें और अपनी उस्ताद को ख़ुश करने के लिए झूठ का सहारा लिया।

'हाँ-हाँ। इसका मुकाबला कुछ नहीं कर सकता। मुझे उम्मीद है जब तक तुम वहाँ हो अपना रियाज़ जारी रखोगी,' उन्होंने अपने मोटे चश्मे से मेरी तरफ़ देखते और खुल कर मुस्कराते हुए कहा।

'करती हूँ, जब भी मैं कर सकती हूँ,' मैंने कहा लेकिन जब उस शाम मैंने गाया तो यह काफ़ी हद तक साफ़ था कि मैं कभी-कभार ही ऐसा करती थी।

❑

बाबा लगभग ढोंढूताई की उमर के थे, शायद कुछ साल बड़े रहे हों। उनके बीच एक सुकोमल घनिष्ठता थी। ऐसी, जो तब आती है जब दो व्यक्ति एक-दूसरे को निर्मल अबोधता के समय से जानते-पहचानते रहे हों, इससे पहले कि वे अलग-अलग दुनियाओं में दाख़िल हो जायें जहाँ उनका साबका काँव-काँव करते बच्चों, पेशेवराना नाउम्मीदियों, महीने के ख़र्च के हिसाब-किताब और ख़ुद ज़िन्दगी से हो। मैं हमेशा उनके बीच एक जिस्मानी तनाव के बारे में अटकलें लगाती रही थी। क्या कभी ऐसी अन्तर्धाराएँ रही थीं जो दोस्ती की सरहदों को लाँघ गयी हों ? बाबा के बच्चे ढोंढूताई को अत्या कह कर बुलाते थे जिसका मतलब है बुआ और उनका रिश्ता इस एक नाम द्वारा परिभाषित होता था, लेकिन क्या कभी किसी कमज़ोर क्षण की सम्भावना नहीं रही हो सकती थी ? शायद किसी रात जब आई सो रही थीं और वे कॉन्ग्रेस हाउस के अँधेरे गलियारे में एक-दूसरे से टकरा गये थे ? मैं अपनी कल्पना को उसकी मंज़िल तक बेलगाम भागने देना चाहती थी, पर मैं जानती थी कि जहाँ तक ढोंढूताई का सवाल था, यह एक बेकार की कोशिश थी। वे एकदम तलवार की धार पर चलती थीं। वहाँ कोई बीच का रास्ता नहीं था।

बाबा लेट गये और उन्होंने अख़बार पढ़ना शुरू कर दिया जबकि

ढोंढूताई खाना बनाने के लिए रसोई-घर में ग़ायब हो गयीं। कुछ पल बाद वे अपने हाथ में बेलन लिये और माथे पर त्योरी चढ़ाये वापस आयीं।

'बाबा, बताओ मुझे! क्या तुम अब भी उस गधी कुन्ती से मिलने को जाते हो? उस खेल के बावजूद जो वह तुम्हारे साथ खेलती रही है और जो झूठ वह बोलती रही है कि उसने किससे सीखा है? तुम अच्छी तरह जानते हो कि मैं किसके बारे में बात कर रही हूँ।'

'हाँ, ढोंढूताई,' उन्होंने झेंप कर मुस्कराते हुए कहा, क्योंकि वे जानते थे कि वे जोखिम-भरे रास्ते पर चल रहे थे। 'मैं कल उसके यहाँ जाऊँगा। वह चाहती है मैं उसे कुछ चीज़ें सिखा दूँ। मैं उसे कैसे मना कर सकता हूँ? वह हमारे घराने की है।'

'कम-से-कम इस संगीत को कुछ इज़्ज़त तो दो। यह नालायक़ लोगों में बाँटने के लिए नहीं है। तुम्हें पता है बाबा, कभी-कभी मुझे लगता है, तुम सचमुच बुद्धू हो। हर आदमी तुम्हारी भलमनसाहत का फ़ायदा उठाता है,' ढोंढूताई ने इस बात का ख़याल भूल कर बाबा को झिड़का कि मैं वहाँ मौजूद थी, या कि वे उनके पहले उस्ताद के बेटे थे और इस नाते ढोंढूताई की संगीत की दुनिया में आप-से-आप उनका एक सम्मानित स्थान था।

बाबा ने जवाब नहीं दिया, क्योंकि वे जानते थे कि वे सही थीं। उनकी ऐनक के मोटे शीशों के पीछे उनकी बड़ी-बड़ी भूरी आँखें उस क़िस्म के मोहभंग से भर गयीं जो आदमी के अस्तित्व में हानिरहित गिल्टी की तरह जम जाता है।

❑

इसके बावजूद कि उनके बीच किसी-न-किसी छोटे-मोटे झगड़े को ले कर बातचीत बन्द होने के लम्बे-लम्बे दौर आये थे, लेकिन इस तमाम अर्से में कठिन और संकट-भरी घड़ियों में वे हमेशा एक-दूसरे के लिए मौजूद रहे थे। जब ढोंढूताई अपनी माँ के साथ बम्बई आ बसी थीं तो बाबा ने ही एक पुराने डॉक्टर दोस्त को फ़ोन करके कहा था कि वे ढोंढूताई को उनके आध्यात्मिक गुरु स्वामी सत्यानन्द से मिलवा दें जो शहर के बाहर एक दूर-दराज़ के आश्रम में रहते थे। उन्हें पता था कि ढोंढूताई को उन बुरा चाहने

वालों और संगीतकारों से किसी-न-किसी तरह की सुरक्षा की ज़रूरत पड़ेगी जो उनके घराने से ईर्ष्या करते थे। वे निश्चय ही इस बात की कोशिश करेंगे कि गायकी के दायरे में ढोंढूताई को अपनी जगह बनाने के लिए जो मौक़े चाहिएँ थे, उन्हें ले कर अड़ंगे पेश करें और ढोंढूताई के बारे में दुर्भावनापूर्ण अफ़वाहें फैलायें। लिहाज़ा, स्वामी सत्यानन्द ने उन्हें अपनी छत्रछाया में ले लिया और उन्हें वह मार्गदर्शन और सहारा दिया जो आदमी को कठिन दिनों के पार ले जाता है।

सबसे ऊपर, ये बाबा ही थे जिन्होंने ढोंढूताई को केसरबाई से उस निर्णायक अवसर पर मिलवाया जो ढोंढूताई की ज़िन्दगी को हमेशा के लिए बदल देने वाला था।

जहाँ तक ढोंढूताई की बात थी तो उन्होंने, जब वे कर सकीं, बाबा की मदद की थी। जब उन्हें लगता था कि बाबा को ज़रूरत है वे नोटों से भरे लिफ़ाफ़े उनके हाथ में चुपके से सरकाते हुए, उन्होंने संगीत के वरदान को उनके परिवार को लौटाने की भी कोशिश की थी, पहले उनके बेटे को सिखा कर और बाद में उनके पोते को, जो कुछ देर के लिए बम्बई में उनसे सीखने के लिए आया था।

वे बाबा से वैसी ही छूट लेतीं जैसी कोई अपने पुराने दोस्त से लेता है। तो भी, एक दूसरे स्तर पर वे उन्हें अपने गुरु की तरह सम्मान देती थीं। न सिर्फ़ वे उनके उस्ताद के बेटे थे, बल्कि इस तमाम अर्से में उन्होंने ढोंढूताई को बहुत-से दुर्लभ राग और बन्दिशें सौंपी थीं। अपने पिता और दादा के मरने के बहुत दिन बाद तक वे इन नायाब नगीनों को ढोंढूताई के हाथों में सौंपते रहे थे जब-जब वे कोल्हापुर जातीं या बाबा बम्बई आते।

❑

जिन दिनों वे कोल्हापुर ही में रहा करती थीं, ढोंढूताई हर रोज़ बाबा के साथ घण्टों बिताया करती थीं। कुलकर्णियों के घर जो भी शाम को पाँच से सात के बीच जाता, वह उस दृश्य से मुग्ध रह जाता, जो उसे वहाँ नज़र आता; तीन संगीतकार मिट्टी से लीपे गये फ़र्श पर एक-दूसरे के सामने बैठे गाते, बतियाते, सीखते और हँसते-हँसाते। वे ढोंढूताई और बाबा थे, दोनों बीसेक

साल के, और गनपतराव गुरव नाम का काफ़ी उम्रदराज़ आदमी जो तबले पर उनकी संगत करता था।

एक शाम देर गये, बाबा ढोंढूताई को सुबह का एक दुर्लभ राग – पारावती – सिखा रहे थे। यह राग अधिक लोकप्रिय और जाने-पहचाने राग ललित के बहुत नज़दीक है और दोनों के सुर बहुत हद तक एक-से लगते हैं, जब तक कि अचानक *पा* को शामिल करने वाला मोड़ नहीं आता।

'बाबा, यह क्या कर रहे हो ? यह तो सही ढंग नहीं है। तुम कितने अजीब हो!' ढोंढूताई ने खिलखिलाते हुए कहा।

'अरे, तुम ठीक कह रही हो। मुझसे ग़लती हो गयी,' बाबा ने अपनी झबरी मूँछ को उँगली से टटोलते हुए घबरा कर कहा। 'मैं ज़रा अपनी किताब देख लूँ।' बाबा ने आँखें सिकोड़ कर बन्दिशों की अपनी छोटी-सी किताब में नज़रें गड़ा दीं।

बाबा और ढोंढूताई के बीच यह दोस्ताना इस बात के परे था कि वे आदमी और औरत थे। वहाँ प्यार था, यक़ीनन, लेकिन वह दरअसल प्यार का तिकोन था, आदमी, औरत और संगीत के बीच। कभी-कभी जब बाबा की पत्नी दरवाज़े के पीछे खड़ी, अपने दो छोटे बेटों को दौड़ कर कमरे में जाने से रोकती हुई, सबक़ को देख रही होती तो उसे अपने भीतर एक टीस महसूस होती, जिसका वह ठीक-ठीक पता न लगा पाती। यह चुभन इस जानकारी की थी कि वह अपने पति के साथ वैसी निकटता नहीं कायम कर पायेगी जैसी ढोंढूताई की थी, क्योंकि वह उनकी भाषा बोलने में असमर्थ थी।

'लो! मेरा ख़याल है मैंने वह खोज लिया है जिसकी मुझे तलाश थी,' बाबा ने कहा।

'तुम मेरे गुरु कैसे हो सकते हो!' ढोंढूताई ने झूठ-मूठ नापसन्दगी ज़ाहिर करते हुए कहा।

जिस बीच ये दोनों नयी उम्र वाले आपस में हँसी-मज़ाक़ कर रहे थे, गुरव ने तबला बजाना रोक दिया और आहिस्ता से कहा, 'तुम दोनों ग़लत हो। मैं तुम्हें बताता हूँ इसे कैसे गाते हैं।' उसने अपनी आँखें बन्द कर लीं, मानों याददाश्त को कोंचने की कोशिश में, और बन्दिश को सही-सही गा कर सुनाया, हालाँकि वह लय से थोड़ा हटी हुई थी।

'हाँ-हाँ, यह सही है,' बाबा ने खिल कर कहा। 'यही इसका सही ढंग है।'

गुरव मुस्कराया, इस बात पर रोमांचित कि वह भी अपना छोटा-सा योगदान कर सका था और तीनों ने फिर तार को वहीं से पकड़ लिया जहाँ से वह छूटा था। गुरव के संगीत-ज्ञान का ठीक-ठीक मोल आँकना मुश्किल है, क्योंकि वह ऐसी जानकारी थी जो बिना माँगे और कई बार तो पाने वाले के बिना जाने ही धीरे से सरक कर जज़्ब हो जाती है। गुरव ने तबले पर अल्लादिया ख़ाँ की संगत की थी। समय गुज़रने के साथ उसने ऐसी बारीक़ियाँ सीख ली थीं जिन तक शागिर्दों की भी पहुँच नहीं होती। यह उस तरह की जानकारी थी जिसे कोई पत्नी या बच्चा महज़ घर के मुखिया की निकटता के बल पर हासिल कर लेता है, बातचीत सुनते हुए या उसे काम करते हुए देख कर। बाबा, जो कभी मंच पर गाने वाले गायक नहीं रहे थे, बन्दिशों को उनके अमूर्त रूप ही में सिखा सकते थे। लेकिन बाबा और गुरव का मेल ढोंढूताई के लिए बहुत मूल्यवान साबित हुआ और वे धीरे-धीरे दुर्लभ रागों के अपने भण्डार में वृद्धि करती चली गयीं।

सबक़ अकसर रात के खाने तक चलते और गुरव और बाबा, दोनों को आमन्त्रित किया जाता कि वे परिवार के साथ भोजन करें और वे आई के खाने का मज़ा लेते हुए संगीत के बारे में अन्तहीन चर्चा करते। कभी-कभी वे ज़ोहरा बाई अम्बालेवाली या उस्ताद अब्दुल करीम ख़ाँ जैसे किसी महान गायक का लौंग प्लेइंग रिकॉर्ड निकाल लेते, ग्रामोफ़ोन में चाभी भरते और आराम से बैठ कर महान प्रतिभाओं के सुरों का आनन्द लेते।

❑

विरासत की चूक से बाबा अपने भीतर एक ऐसी परम्परा को लिये हुए थे जो विराट भी थी और वैभवशाली भी। उन्हें यक़ीन था कि अगर उन्होंने इसे सही संगीतकार के हाथों नहीं सौंपा तो यह उन्हीं के साथ लुप्त हो जायेगी। उनके वारिसों ने पहले ही अपनी संगीत की विरासत को छोड़ दिया था और नामहीन, नाक-नक़्शे से रहित भीड़ में खो गये थे। पारिवारिक वृक्ष मुरझा रहा था और घराना ख़त्म होने-होने को था।

❑

घराना, भारतीय संगीत-परम्परा के उन लक्षणों में से है जो सबसे बढ़ा-चढ़ा कर बताये जाते हैं, हालाँकि कुछ लोग आज के ज़माने में इसकी प्रासंगिकता पर सवाल उठाते हैं। शाब्दिक रूप से देखें तो घराना घर शब्द से बना है और बढ़ कर क़बीले या परिवार या वंश तक पहुँच गया है। लेकिन संगीत के सन्दर्भ में इसका एक और पेचीदा-सा मतलब है। यह शैली-गत संरचना है। साथ ही यह एक जल्दी से देखा जा सकने वाला चिह्न या लक्षण है, जिससे संगीतकार एक-दूसरे की पहचान और जगह निर्धारित करते हैं।

पश्चिमी जगत में इसका मुकाबला करने वाली कोई चीज़ नहीं है, लेकिन कुछ विद्वानों ने घरानों को यूरोप में विचार और दर्शन की विभिन्न शाखाओं से जोड़ कर देखा है। फ़र्क यह है कि घराना एक अकेले व्यक्तित्व पर टिका होता है। उसकी प्रवृत्ति एक अकेले रचनात्मक व्यक्तित्व के इर्द-गिर्द फलने-फूलने की होती है जिसकी मेधा और मौलिकता अन्य संगीतकारों, संगीत-पारखियों और उदीयमान प्रतिभाओं को अपने दायरे में आकर्षित करती है। जो संगीतकार उस्ताद की शैली अपनाते हैं, वे उसके संगीत सिद्धान्तों का पालन निर्भ्रान्त एकाग्रता से करते हैं। अगर कोई शैली विशेष दो-तीन पीढ़ियों तक बची रहती है तो उसे एक नये घराने के रूप में स्वीकार कर लिया जाता है।

इस तरह घराना पुश्तैनी संगीतकारों की और संगीत की उस शैली-विशेष की विरासत है जिसका वे प्रतिनिधित्व करते हैं। आम तौर पर उसका नाम उसकी बुनियाद रखने वाले संगीतकार के अपने शहर या स्थान पर रखा जाता है जहाँ वह फला-फूला। मिसाल के लिए आगरा घराने का नाम महान दरबारी गायक फ़ैयाज़ ख़ाँ के नाम पर रखा गया जो वहाँ १८८० में पैदा हुए थे, हालाँकि उन्होंने अपनी ज़्यादातर ज़िन्दगी बड़ौदा में गुज़ारी। सबसे पुराने, ग्वालियर घराने की बुनियाद ग्वालियर में पड़ी जहाँ संगीत-प्रेमी रजवाड़ों का लम्बा इतिहास है। और जयपुर घराना यों बना कि उसके संस्थापक अल्लादिया ख़ाँ मूल रूप से जयपुर के दरबार में गाया करते थे।

घराना रजवाड़ों की सरपरस्ती और संरक्षण की स्वाभाविक उपज भी

था। चूँकि राजा-महाराजा चाहते थे कि अच्छे-से-अच्छे संगीतकार उनके दरबार की शोभा बढ़ायें, संगीतकार की मौलिकता, उसकी निजी शैली और संगीत का भण्डार उसकी सम्पत्ति बन जाता था, जिसके साथ जुड़ा मूल्य बदले में तन्ख़ाह, वज़ीफ़े या पारिश्रमिक की अपेक्षा रख सकता था। ऐसी स्थिति में संगीतकारों के लिए अपनी निजी और विशिष्ट शैली का सृजन करना महत्वपूर्ण हो गया जो उन्हें दूसरों से अलगा सके और जिससे वे बेहतर ओहदे हासिल कर सकें। ये विशिष्ट शैलियाँ और राग और बन्दिशें फिर जोश के साथ सँजोयी जाती थीं, उनकी रक्षा की जाती थी, कॉपीराइट वाली सामग्री की तरह, क्योंकि उन्हीं के माध्यम से संगीतकार और उसके वंशज अपनी रोज़ी-रोटी सुरक्षित कर सकते थे।

हर घराने में एक व्यक्तित्व होता है जो बुनियाद रखने वाले उस्ताद के मिज़ाज, उसके रुझान और विशिष्टताओं का प्रतिनिधित्व करता है। मिसाल के लिए जयपुर घराने की अपनी विशिष्ट शैली एक चूक की वजह से ही विकसित हुई। वह एक दोष या रुकावट के कारण उभर कर सामने आयी जिससे अल्लादिया ख़ाँ पीड़ित थे। एक रोज़ जब बाबा ढोंढूताई से मिलने आये हुए थे और पुराने ज़माने की बातें छिड़ी हुई थीं तो बाबा ने मुझे यह कहानी सुनायी।

कोल्हापुर आने से बहुत पहले, अपने शुरुआती दिनों में अल्लादिया ख़ाँ अमलेटा रियासत में दरबारी गायक थे। वहाँ वे छै महीने से ही थे, लेकिन महाराज उनके संगीत के पीछे पागल थे और उनसे रात-दिन गवाते थे। आख़िरकार ख़ाँ साहब की आवाज़ जाती रही। वे अपनी हालत पर इतने दुखी हुए कि उन्होंने आत्म-हत्या करने की सोची, क्योंकि संगीत उनकी ज़िन्दगी था। उस समय उनके एक हितचिन्तक ने सुझाव दिया, 'ख़ुदकुशी करना तो आसान रास्ता है। इसके बदले में आप अपनी आवाज़ की इस हालत के बावजूद इस मौक़े को इस्तेमाल करके कुछ अनोखा और ख़ास क्यों नहीं रचते ?'

यही वह समय था जब अल्लादिया ख़ाँ ने गायन की ऐसी शैली ईजाद की कि अगर गायक की आवाज़ ग़ैर-मामूली नहीं भी है तो भी संगीत इतने शानदार ढंग से पेचीदा और बारीक़ है कि सुनने वालों को बाँधे रहे।

नतीजे के तौर पर जयपुर घराना आम तौर पर संगीत के संसार में अपनी बौद्धिक शक्ति के बल पर जाना-माना जाता है। उसे अपने दुर्लभ और जटिल रागों पर गर्व है और विशेष रूप से मिश्रित रागों पर, जो किसी जोड़-टाँके के बिना दो या दो से अधिक रागों को आपस में मिला देते हैं – हर राग के अपने लक्षण को उजागर करने के साथ-साथ एक नयी रचना, नया संगीत पैदा करते हुए।

घराना महज़ शैली की विशिष्टता को ही परिलक्षित नहीं करता, बल्कि वह रागों और बन्दिशों का भण्डार भी होता है जिन्हें लगभग ज़मीन-जायदाद सरीखा महत्व दिया जाता है और जिसे सुरक्षित सँजोये रखना ज़रूरी होता है, वैसे ही जैसे कोई अमीर महिला अपने गहनों की चौकसी करती है। जैसे किसी परिवार के सीधे वंशज को पारिवारिक सम्पत्ति उत्तराधिकार में पाने का अधिकार होता है, वैसे ही रागदारी और बन्दिशों की यह अमूर्त सम्पत्ति केवल संस्थापक के सगे-सम्बन्धियों के लिए सुरक्षित रखी जाती है – और वह भी आम तौर पर पुरुषों के लिए। सच तो यह है कि बहुत-से राग या बन्दिशें सार्वजनिक संगीत सभाओं तक पहुँचे भी नहीं, क्योंकि वे चुने हुए सरपरस्तों के लिए सुरक्षित थे या फिर छिपे तौर पर ख़ास-ख़ास शागिर्दों को सिखाये जाते थे जो लगभग हमेशा निकट सम्बन्धी होते। सबसे पहले बेटे आते, फिर भतीजे और भांजे और दामाद।

शादियाँ सावधानी से और रणनीति बना कर तय की जातीं जिससे यह सुनिश्चित हो सके कि संगीत जाने-पहचाने दायरे के भीतर ही बना रहे, क्योंकि अपनी पैदाइश के समय ही से घर की बेटी की इस संगीत से परिचित होती रहती थी और यों इस चूक की वजह से, वह भी ख़ानदान के गहने अपने साथ लिये रहती थी। उसे कभी विधिवत नहीं सिखाया जाता था, लेकिन वह दीवार पर चिपकी मक्खी की तरह या बग़ल के कमरे में मौजूद बीवी की तरह, इस जानकारी को हासिल करती रहती थी।

संगीत को ले कर औरतों की जानकारी को हलके-फुलके ढंग से नहीं लिया जाना चाहिए था। ढोंढूताई ने मुझे बड़े खाँ साहबों में से एक (शायद अल्लादिया ख़ाँ या जहाँगीर ख़ाँ) के बारे में एक क़िस्सा सुनाया था। जब बुज़ुर्ग उस्ताद अपने बेटों को सिखाने बैठते थे तो वे कभी पहले

से उस राग का ऐलान नहीं करते थे जो वे उन्हें सिखाने जा रहे होते। वे धीमे-धीमे आलाप शुरू करते, फिर अपने हुक़्क़े का एक कश खींचने के लिए रुक जाते, जिसके बाद लड़कों को राग पहचान कर वहीं से शुरू करना पड़ता जहाँ उन्होंने उसे छोड़ा था। अगर वे ग़लती कर बैठते तो फिर उनकी ख़ैर नहीं थी। जैसे ही उनके पिता शुरू करते, वे उनकी चिलम ताज़ा करने के बहाने रसोई-घर में जाने के लिए आपस में लड़ने लगते ताकि अपनी माँ को पकड़ कर उसे राग पहचानने के लिए कहें। और यह हिकमत कभी ग़लत साबित नहीं हुई थी।

किसी संगीतकार के बच्चे का पितृत्व इस बात से तय नहीं होता था कि वह सूरत-शक्ल में कितना अपने बाप जैसा था, बल्कि इस बात से कि उसका संगीत किस हद तक उसके पिता के संगीत से मेल खाता था - जैसा कि एक मशहूर क़िस्सा बड़ी ख़ूबी से दर्शाता है। किन्हीं अमीर ख़ाँ के बेटे की मुलाक़ात एक संगीत सम्मेलन में अपने पिता के मित्र से हो गयी। ये मित्र, बालकृष्ण बुवा, जो ख़ुद भी पुराने गायक थे, अपनी आँखें बन्द किये आराम कर रहे थे जब वह युवा गायक उनके पास गया और उसने अपना परिचय अमीर ख़ाँ के बेटे के तौर पर दिया। अपनी आँखें खोले बग़ैर उन्होंने कहा, 'दिखाओ मुझे।'

चकित हो कर युवक ने कहा, 'ख़ैर, अगर आप अपनी आँखें खोलेंगे तो आपको दिखायी दे जायेगा कि मैं किस हद तक उन जैसा लगता हूँ।'

'मुझे दिखाओ कि तुम्हारा संगीत कितना उन जैसा है।'

लिहाज़ा युवक ने गाना शुरू किया। कुछ मिनट के बाद बालकृष्ण बुवा उठे, अपनी आँखें खोलीं और बोले, 'मैं देख सकता हूँ, तुम अमीर ख़ाँ के बेटे हो। असल में, तुम्हारा नाक-नक्शा भी बहुत हद तक तुम्हारे पिता जैसा है।'

धीरे-धीरे ऐसे लोग भी गम्भीरता से संगीत सीखने को आतुर हो उठे, जिनकी पारिवारिक पृष्ठभूमि संगीत की नहीं थी, या जिनके पारिवारिक सम्बन्ध-सम्पर्क नहीं थे। भीमसेन जोशी अपने ज़माने के प्रख्यात गायक सवाई गन्धर्व से सीखने के लिए घर से भाग गये थे और किराना घराना के साकार प्रतिरूप बन गये। अल्लादिया ख़ाँ ने मोगूबाई और केसरबाई

को सिखाया। हरि प्रसाद चौरसिया पेशेवर पहलवानों के परिवार में पैदा हुए थे और यह कल्पना करना भी मुश्किल था कि वे बाँस की पोरी जैसी नाज़ुक और कमज़ोर चीज़ से सम्बद्ध होंगे।

घराने की धारणा इस तरह धीरे-धीरे सिर्फ़ पारिवारिक दायरे के अन्दर ही सीमित नहीं रही बल्कि बाहर चली आयी। आख़िर ढोंढूताई और बाबा के बीच दूर-दराज़ का भी ख़ून का रिश्ता नहीं था। वे बाबा के घर में पानी का गिलास छू भी नहीं सकती थीं, क्योंकि उनकी रसोई में गोश्त पकता था। लेकिन उन दोनों ने उसी गर्व और अभिमान से पारिवारिक जायदाद को सँजोया और उसकी हिफ़ाज़त की थी।

३

रात गहरा चुकी थी। जुगनू सोने जा चुके थे। गाँव का कुलकर्णी यानी पटवारी जगा हुआ था, अपने खाते-बही लिखता हुआ। अपने दफ़्तर के कमरे में बैठ कर मोमबत्ती की टिमटिमाती लौ में लिखते हुए उसने पाया कि उसकी आँखें झप रही हैं और सिर नींद के झोंके से बार-बार ढुलक रहा है। उसने अपनी आँखें मलीं, उठा और कमरे से बाहर बरामदे में चला आया। उसने घुँघरुओं की खनखनाती आवाज़ सुनी और एक परछाईं घर की बाहरी दीवार को काटती हुई निकल गयी। अँधेरे में झाँकते हुए उसने एक औरत को जाते देखा। वह शकुन्तलाबाई थी, जानी-मानी लावनी गायिका, गाने के बाद घर जाती हुई। उसने उसे बुलाया और अपने लिए गाने को कहा ताकि वह जगा रह सके। वह हँसी और राज़ी हो गयी और इसके बाद वह फिर काम में जुट गया।

कुछ मिनट बाद उसने काग़ज़ पर निगाह डाली और दहशत से ठिठका रह गया। वह उसकी उदास करुण आवाज़ से इतना द्रवित हो गया था कि बजाय किसानों के नाम लिखने और उसके आगे यह दर्ज करने कि उनकी मिल्कियत में कितनी ज़मीन थी, वह सरकारी मुहर लगे काग़ज़ पर उसके गाने के बोल लिखता रहा था। अब वह कैसे लगान मन्त्री के पास अपनी हास्यास्पद कहानी के साथ जाता और उनसे नये मुहर-लगे काग़ज़ की माँग करता। उसे यक़ीन था कि वह अपनी नौकरी खो बैठेगा।

अगले दिन पटवारी बदहवास हो कर लगान वसूल करता घूमता रहा। वह एक हज़ार रुपये इकट्ठा करने में कामयाब हो गया, लेकिन हमेशा की तरह कुछ लोगों ने लगान अदा नहीं किया और कुछ लोगों ने और मोहलत दिये जाने की माँग की। लिहाज़ा उसने कमी को पूरा करने के लिए अपना

पैसा लगा दिया और कोल्हापुर शहर में वित्त मन्त्री से मिलने के लिए रवाना हो गया। अफ़सर सारा लगान पाने पर बहुत ख़ुश हुए, क्योंकि सारी रक़म का इस तरह एक समय में आ जाना विरले ही होता था। यह देखते हुए कि वह एक अच्छी स्थिति में था, पटवारी ने जोखिम उठा कर यह बता दिया कि स्टाम्प पेपर के साथ क्या गुज़री थी। अफ़सर हँसे और उन्होंने उसे उसी वक़्त बदल दिया।

❑

ये पटवारी और कोई नहीं, ढोंढूताई के दादा थे और उनके अन्दर संगीत को ले कर जो जोश था, वही उनके एकमात्र बेटे और ढोंढूताई के पिता गनपतराव ने विरासत में पाया था। हालाँकि उनका पुश्तैनी पेशा पटवारगीरी था – लगान की वसूली और ज़मीन-जायदाद के खाते-बही लिखना, जिसने उन्हें 'कुलकर्णी' की पदवी दी थी – लेकिन उन सब ने दिल में संगीत से प्यार सँजोया हुआ था।

गनपतराव स्कूल मास्टर थे। अध्यापन के अपने सरकारी काम-काज को पूरा करने के दौरान वे बीच-बीच में यहाँ-वहाँ घूमते हुए, बहुत-से गुरुओं और उस्तादों से संगीत सीखते रहते। उन्होंने अपने लिए जो वाद्य चुना था, वह था तबला। उन्होंने फ़ैसला किया कि चाहे वे ख़ुद कुलवक़्ती गम्भीर संगीतकार न बन पायें, उनका पहला बच्चा – वह लड़का हो या लड़की – सबसे अच्छे गुरु से गाना सीखेगा।

ढोंढूताई का जन्म १९२६ में हुआ – उन दिनों, जब कोई सोच भी नहीं सकता था कि कोई ब्राह्मण युवती रूपंकर कलाओं से जुड़ना चाहेगी या जुड़ेगी। खुले आम लोगों के सामने जो औरतें गाती थीं, वे आम तौर पर तवायफ़ों की बिरादरी की होती थीं और हालाँकि मंच पर उन्हें आदर-सम्मान दिया जाता था, उन पर एक अनकही सच्चाई का कोहरा-सा छाया रहता। वे 'बाइयाँ' थीं जो बुनियादी तौर पर अमीर लोगों को ख़ुश करके अपनी रोज़ी-रोटी कमाती थीं। 'अच्छे' परिवारों की लड़कियाँ उनके नज़दीक भी नहीं फटकती थीं। लेकिन अपनी बिरादरी की तरफ़ से होने वाले एतराज़ों और बुदबुदा कर किये गये नापसन्दगी के इज़हार के बावजूद गनपतराव ने

तय किया कि उनकी पहली जन्मी सन्तान गायेगी।

संगीत से प्यार के अलावा गनपतराव एक छिपी हुई धारणा द्वारा भी प्रचालित हो रहे थे जिसे वे कभी सार्वजनिक रूप से व्यक्त नहीं करते थे। उनके ख़याल से शास्त्रीय संगीत ग़लत हाथों में जा पड़ा था - मुसलमानों और तवायफ़ों के हाथों में - लेकिन उसके स्रोत पवित्र-पावन वेदों में थे। उनका दृढ़ मत था : हिन्दुओं को अपना संगीत वापस अपने पास खींच लाना था।

इस वक़्त तक अल्लादिया ख़ाँ और उनका परिवार कोल्हापुर की शान बन चुका था। ख़ाँ साहब, उनके भाई या उनके भतीजे से सीखने के लिए देश के विभिन्न हिस्सों से महत्वाकांक्षी गायक कोल्हापुर चले आये थे।

ढोंढूताई की पाँचवीं सालगिरह पर गनपत राव ने कहा, 'ढोंढाराम, आज हम एक बड़े ख़ास बुज़ुर्ग आदमी से मिलने जा रहे हैं। अपनी माँ से कहो तुम्हें तैयार कर दें। जैसे ही मेरी पूजा ख़त्म हुई, हम चल देंगे।'

गनपत राव अपनी बेटियों को लड़कों के नाम से पुकारा करते थे। ढोंढूताई ढोंढाराम बन गयीं और उनकी छोटी बहन शकुन्तला, सखाराम। हो सकता है दुलार से पुकारने के ख़याल से वे बड़े प्यारे नाम रहे हों, लेकिन उनके पीछे एक प्रबल भावना भी छिपी हुई थी - ऐसी भावना, जिसने शायद ढोंढूताई के भविष्य की दिशा भी निर्धारित की। गनपत राव लड़कों और लड़कियों की बराबरी में विश्वास करते थे। चाहे सवाल उनकी शिक्षा का हो या पालन-पोषण और शादी-ब्याह का, वे अपनी बेटियों और अपने बेटे बाबू में कोई फ़र्क़ नहीं करते थे।

उस सुबह पहली बार ढोंढूताई का सामना ख़ाँ साहिबान से हुआ।

जब वे 'अल्लादिया मंज़िल' पहुँचे तो ख़ाकी निक्कर और बनियान पहने एक छोटा-सा लड़का बाहर कंचों से खेल रहा था। 'बाबा, तुम्हारे चाचू कहाँ हैं ? हमें उनके पास ले चलो,' गनपत राव ने कहा। बाबा अन्दर भाग गया। गनपत राव और उनकी नन्हीं-सी बिटिया उसके पीछे-पीछे गये।

अन्दर, एक औरत ने अपना दुपट्टा चेहरे पर डाला और अन्दर के किसी कमरे में ग़ायब हो गयी। बाप-बेटी, दोनों एक ठिगने से तख़्त पर बैठ गये। बाबा उत्सुकता वश अन्दर ही बना रहा, शर्मीले अन्दाज़ में दरवाज़े से

पीठ टिकाये और एक पैर पर दूसरा पैर रखे।

जल्द ही, अल्लादिया ख़ाँ के गोद लिये गये भतीजे, नाथन ख़ाँ प्रकट हुए और उनके बीच सलाम-दुआ हुई। जब उन्हें पता चला कि गनपत राव किस मतलब से आये हैं तो उन्होंने सिर हिला दिया। उस सम्मानित संगीतकार को इतनी छोटी लड़की को सिखाने का विचार जँचा नहीं। 'माफ़ कीजिए,' उन्होंने कहा, 'यह अभी इतनी छोटी है कि कुछ भी सीख-समझ नहीं पायेगी।'

गनपत राव ने ठानी हुई थी कि उनकी बेटी का प्रशिक्षण अब शुरू हो जाना चाहिए, इसलिए अपने हठ को पूरा करने के लिए उन्होंने एक ग़ैर-मामूली कदम उठाया - उन्होंने बाखरे नाम के अपने एक मित्र से कहा कि वह जा कर नाथन ख़ाँ से संगीत सीखे और उसके सीखने का ख़र्च भी ख़ुद ही दिया। उन्हें डर था कि नाथन ख़ाँ चले गये तो उनकी बेटी को इतना अच्छा उस्ताद कहीं नहीं मिलेगा। उनकी योजना यह थी कि कम-से-कम बाखरे उस घराने की कुछ ख़ास-ख़ास बातें सीख लेगा और बाद में उनकी बेटी को सिखा देगा।

लेकिन बाखरे और नाथन ख़ाँ के सबक़ क़ायदे से शुरू ही नहीं हो पाये। आख़िरकार, नाथन ख़ाँ को पता चल गया कि बाखरे क्यों उनके पास आ रहा था; वह उस नन्हीं-सी लड़की की एवज़ी कर रहा था जिसे उन्होंने वापस भेज दिया था। वे हँसे और बोले, 'अच्छा, आओ, मैं इसे हर रोज़ पन्द्रह मिनट सिखाया करूँगा। इस उमर में इतना ही वह सीख पायेगी।'

❑

नाथन ख़ाँ के सबक़ शुरू हुए कुछ महीने गुज़रे होंगे कि गनपतराव ने ग़ौर किया कि आई का मिज़ाज ठीक नहीं है। वह केले के पत्ते पर रोटियाँ प्यार से रखने की बजाय, जिस चीज़ के वे तब से आदी थे जब वह एक डरी हुई बारह-वर्षीया वधू की तरह उनके घर आयी थी, ज़ोर से पटक रही थी। आई बिरले ही अपने आपे से बाहर या कुपित होती और उन दोनों ने प्यार और समझदारी का ऐसा सन्तुलन स्थापित किया था जो उस ज़माने के हिसाब से

अनोखा था। वे उससे सोलह साल बड़े थे और उनमें लगभग पिता सरीखा बड़प्पन था। फिर यह ख़ामोश तुनुक-मिज़ाजी क्यों ? क्या वजह यह थी कि वे बारिश में बाहर गये थे और उन्होंने अपनी सेहत के प्रति लापरवाही बरती थी ? क्या इसलिए कि उन्होंने अपने बेटे बाबू को देर से उठने के लिए डाँट लगायी थी ? वे सवालिया नज़रों से अपनी सुन्दर युवा पत्नी को देखते रहे, मगर उसने अपनी आँखें फेर लीं।

बाद में शाम को जब वे घर के बाहर बरामदे में बैठे झींगुरों का आलाप सुन रहे थे और राग भैरवी में एक धुन गुनगुना रहे थे, तब कहीं जा कर आई उनके पास आयी और ख़ामोश खड़ी हो गयी। वे अपनी ही दुनिया में खोये हुए थे और जब तक आई को छींक नहीं आयी, गनपत राव का ध्यान उसकी ओर नहीं गया।

'आक्छीं...'

'सुनो...'

दोनों एक साथ बोले। फिर दोनों-के-दोनों कुछ पल के लिए ख़ामोश हो गये। आख़िरकार, आई ने चुप्पी तोड़ी।

'मैं आज दोपहर अनसूयाताई से मिली थी। वे अपने बाग़ के थोड़े-से बैंगन मुझे देने के लिए आयी थीं। वे मुझे एक लड़की के बारे में बता रही थीं जिसने स्कूल के नाटक में अभिनय किया था, पुरस्कार जीता था और स्थानीय अख़बार ने उसका फ़ोटो छापा था और इससे उसके परिवार में कैसा तो बखेड़ा हुआ, क्योंकि उनका ख़याल था कि उसके विवाह की सम्भावनाएँ मिट्टी में मिल गयी थीं।'

'अच्छा! तो यह बात थी। ढोंढूताई के संगीत सीखने के बारे में।'

'हर कोई बातें बना रहा है कि किस तरह आप एक छोटी-सी लड़की को संगीत सीखने भेज रहे हैं - और वह भी एक मुसलमान से। कौन-सा भला ब्राह्मण लड़का ऐसी लड़की से शादी करेगा जो इस तरह बिगाड़ दी गयी हो ? आपकी सनकों की एक सीमा है। याद रखिए, आपकी बेटियाँ बेटियाँ हैं, बेटे नहीं। यह ढोंढाराम और सखाराम वाला चक्कर छोड़ दीजिए।'

आई ने सिसकना शुरू कर दिया। गनपत राव कुछ कहना चाहते थे, पर उन्होंने कहा नहीं। वे उठे और घर के भीतर चले गये। वे दिल में अपनी

पत्नी का दर्द महसूस करते थे, लेकिन संगीत एक ऐसा लक्ष्य था जो सारी भावनाओं और सामाजिक कर्तव्यों से परे था। अगर ज़रूरत पड़ी तो उनकी बेटी शादी ही नहीं करेगी। उनकी पत्नी को बहस करने की बजाय बात समझनी चाहिए। आख़िरकार, उन्होंने उसे पढ़ना-लिखना भी सिखाया था और वह भी ऐसे ज़माने में जब औरतें बढ़िया मसालेदार पुलाव बनाने के भेद से ज़्यादा और कुछ नहीं सीखती थीं।

नाथन ख़ाँ के यहाँ ढोंढूताई के सबक़ पहले की तरह चलते रहे। हालाँकि ख़ाँ साहब ढोंढूताई को हर रोज़ सिर्फ़ पन्द्रह मिनट का समय देते, मगर उनकी शिक्षा इतनी भरपूर थी कि दो-तीन बरस में ही वे स्थानीय संगीत प्रतियोगिताएँ जीतने लगीं और पद्मराजे कन्या विद्यालय की शान बन गयीं। अगर कोई संगीत सम्मेलन होता तो उन्हें स्कूल से छुट्टी भी मिल जाती और उन्होंने रेडियो पर भी गाना शुरू कर दिया था, आठ बरस की उमर में कुछ रुपयों की अपनी पहली कमाई भी कर ली थी। लोगों का ध्यान इस बाल कलाकार पर जाने लगा था और एक फ़िल्म निर्माता ने नन्हीं ढोंढूताई को फ़िल्मों में काम देने के लिए सिलसिले में गनपत राव से बात भी की थी। लेकिन वह भला ब्राह्मण जानता था कि कौन-सी हद पार नहीं करनी है। गनपत राव जानते थे कि अगर उन्होंने अपनी बेटी को फ़िल्मी सितारा बनने की छूट दी तो फिर वे मुसीबत को न्योता दे रहे होंगे।

जब ढोंढूताई आठ की हुईं तो नाथन ख़ाँ कोल्हापुर से बाहर चले गये। उन्हें उस समय की एक उदीयमान अभिनेत्री ने, जिसका नाम दुर्गा खोटे था, संगीत सीखने के लिए बम्बई बुला लिया था।

❑

ढोंढूताई का बचपन बगिया में खेलते-कूदते, तितलियों के पीछे अपने नन्हें भाई और बहन के साथ भागते या रसोई में अपनी माँ की मदद करते बीता था। शाम को बच्चे अपनी दादी - आजी - के इर्द-गिर्द बैठ जाते, जो उन्हें देवियों और देवताओं की कहानियाँ सुनाती, और इस बीच तेल के लैम्प की टिमटिमाती लौ से दीवारों पर परछाइयाँ पड़तीं जो इन कहानियों को ज़िन्दा कर देतीं।

देवताओं और मनुष्यों के बीच सम्बन्ध थे। अकसर उनके जीवन आपस में रस्सियों की तरह बटे होते, जिससे देवता कभी-कभी अधम मनुष्यों का-सा व्यवहार करते और अधम मनुष्य, देवताओं-सरीखा। बच्चों की पसन्दीदा कहानी - तीन सिरों वाले बाल देवता - दत्तात्रेय - के बारे में थी, जिसका मन्दिर कोल्हापुर से कुछ मील दूर था जहाँ पाँच नदियाँ मिलती थीं।

'बरसों पहले जब हर तरफ़ जंगल-ही-जंगल थे और चिड़ियाँ अकसर स्वर्ग से सन्देश लाया करती थीं, आत्रेय मुनि नाम के एक धर्म परायण सन्त थे,' उनकी दादी फुसफुसातीं।

'वे हमारे पुरखे थे। हमारा गोत्र आत्रेय है,' आई ने सबसे छोटे बच्चे, बाबू को अपनी गोद में झुलाते हुए, बीच में जोड़ा।

'तुम्हारी माँ ठीक कहती है,' आजी बोली। 'आत्रेय मुनि की पत्नी का नाम अनसूया था और वह अपने पति के प्रति अपनी अटूट भक्ति के कारण बहुत प्रसिद्ध हो गयी थी। स्वर्ग में बैठी, ऊबी हुई देवियाँ अनसूया की भलमनसाहत और पवित्रता के बारे में सुन-सुन कर थक गयी थीं और उन्होंने उसकी परीक्षा लेने का फ़ैसला किया। उन्होंने अपने पतियों - शिव, ब्रह्मा और विष्णु - को घुमक्कड़ साधुओं का रूप धरा कर पृथ्वी पर भेजा और उन्हें बता दिया कि क्या करना है। वे देखना चाहती थीं कि क्या अनसूया विपत्ति में भी भली और सच्चरित्र बनी रहेगी या नहीं। देवता उसकी कुटिया पर ब्राह्मणों के भेस में पहुँचे और उन्होंने उससे खाने को माँगा। लेकिन उन्होंने शर्त रखी कि जब वह उन्हें खाना परोसे तो वह पूरी तरह नग्न हो। अनसूया बड़े धर्मसंकट में पड़ी। वह इन पवित्र-पावन ब्राह्मणों को कैसे लौटा दे ? दूसरी ओर, वह उनकी शर्त कैसे पूरी करे ? उसके पति नदी किनारे तपस्या करने के लिए घर से बाहर गये हुए थे और काफ़ी देर बाद ही लौटने वाले थे। लेकिन अनसूया की सूझ-बूझ ने उसे बचा लिया। उसने तीनों पुरुषों पर पानी छिड़का, मन्त्र पढ़ा और उन्हें बच्चों में बदल दिया - ठीक अपने इस बाबू की तरह। फिर बिना किसी हिचक के, उसने कपड़े उतारे और उन्हें गर्मागर्म स्वादिष्ट खाना खिलाया।'

बच्चों ने इस कहानी से चकित हो कर अपनी दादी की तरफ़ निंदियाई

आँखें मिचकायीं।

'जब देवियों को पता चला कि उनके पतियों के साथ क्या गुज़री थी तो वे दहशत में आ गयीं। उन्होंने देवताओं को वापस लाने के लिए एक सँदेसिया भेजा। इस बीच आत्रेय मुनि ने, जो ब्रह्माण्ड के तीन सबसे बड़े देवताओं को अपने घर में खेलते देख कर रोमांचित हो गये थे, एक मन्दिर बनवाकर उन्हें समर्पित किया।

'और इस तरह नरसिंहबाड़ी में जहाँ पाँच नदियों का संगम है, तीन सिर वाले काल देवता - दत्तात्रेय - की पूजा होने लगी,' बच्चों की दादी ने जम्हाई लेते हुए कहा। 'आज बस इतना ही। चलो, सोने का वक़्त हो गया।' लेकिन तीनों बच्चे तब तक गहरी नींद में खो चुके थे और बाल देवताओं को अपनी पीठ पर उठाये, आसमान में छलाँगें लगाते सफ़ेद हाथियों के सपने ले रहे थे।

❑

अगले बृहस्पतिवार को गनपतराव ने नाथन खाँ को सन्देश भेजा कि उस दिन वे ढोंढूताई को सिखाने के लिए न आयें। वे अपने परिवार को ले कर दत्तात्रेय के मन्दिर जा रहे थे। काफ़ी दिनों से उनका वहाँ जाने का इरादा था। नन्हा बाबू बुरी तरह हकलाता था और गनपत राव बाल देवता से यह मन्नत माँगना चाहते थे कि वे यह कमज़ोरी दूर करने में उनकी मदद करें। आख़िरी बार वे वहाँ ढोंढूताई के जन्म पर आभार प्रकट करने के लिए गये थे।

आई ने केले के पत्तों में ख़ूब सारा खाना बाँध लिया था। सारा परिवार बस से जा रहा था, सिवा गनपत राव के जिन्होंने तैर कर उस पार जाने का फ़ैसला किया था। बस में आई और बच्चे ताज़ा भूँजी गयी लाई खाते रहे जिसमें मसाले के तौर पर नमक और सरसों के बीज और कद्दूकस किया हुआ नारियल पड़ा था। सामने की तरफ़ बैठे तीर्थ यात्रियों का एक दल दत्तात्रेय की प्रशंसा में एक सुन्दर भजन गाने और खड़ताल बजाने लगा। आई जो बिरले ही अपना संयम तोड़ती थी, उनके सुर-में-सुर मिलाने लगी, जिस पर ढोंढूताई और शकुन्तला मुँह को हाथों से ढँक कर खिलखिलाने लगीं।

ज़िन्दगी की अधिकतर चीज़ों की तरह, यह साफ़ नहीं है कि पहले

क्या आया था - पाँच नदियों का पवित्र संगम या दत्तात्रेय का मन्दिर। मन्दिर जिस स्थल पर बना था, वह जादूई और दिव्य था, वहाँ की ख़ामोशी सिर्फ़ मन्दिर की घण्टियों, मन्त्रों के जाप और नदी में किसी के कूदने की संगीत-भरी छप-छप से ही टूटती थी। मन्दिर नदी तट से पत्थर की इक्कीस पीढ़ियाँ ऊपर एक विशाल मुँडेर के छोर पर बना थ। वह एक विराट वटवृक्ष की लम्बी सुरक्षा-भरी सूँड़ों की शरण में दुबका हुआ था। अन्दर तीन सिरों वाले उस देवता की मूर्ति प्रतिष्ठित थी जिसे एक चतुर स्त्री ने चालाकी से उमर की उलटी तरफ़ चलने के लिए विवश कर दिया था।

जब वे वहाँ पहुँचे तो गनपतराव पहले ही नदी के बाहर आ चुके थे। वे एक गायिका तानीबाई से बात कर रहे थे जो कोल्हापुर से नाव पर आयी थी। परिवार ने नदी के जल में हाथ-पैर धोये और फिर सब लोग प्रार्थना करने के लिए ऊपर चढ़ गये। गनपत राव ने उन्हें मन्दिर के सामने बैठा दिया। वे ख़ुद हाथ जोड़ कर खड़े रहे और उन्होंने एक अभंग गाना शुरू जिसमें उनके बच्चे ताली बजा कर ताल देने लगे। तानीबाई उनके पास आयी और बोली, 'वाह! कितना संगीत-प्रेमी परिवार है। क्या यही वह नन्हीं-सी लड़की है जो ख़ाँ साहब से संगीत सीख रही है ?'

ढोंढूताई उसकी तरफ़ देख कर शर्मीले अन्दाज़ में मुस्करायीं। इस जगह में कोई ऐसी बात थी जो उन्हें प्रफुल्ल कर रही थी और हर बार जब वे यहाँ लौटतीं यही भावना उन्हें दोबारा घेर लेती।

जब धूप आसमान में ख़ूब चढ़ गयी तो वे सब नीचे सीढ़ियों से टकराते, छप-छप करते पानी की लोरियाँ सुनते हुए एक पेड़ की छाया में सो गये। शाम की प्रार्थना के लिए वे समय से उठ गये। गनपत राव ने अपने बेटे की सेहत के लिए दुआ माँगी। आई ने दुआ माँगी कि उसकी बेटियों को अच्छे पति मिलें। जब वे वापस जाने के लिए उठे तो हवा का एक झोंका नदी से उठा और मुरझायी पत्तियाँ आकाश में चक्करघिन्नी काटने लगी।

४

कोल्हापुर में एक विशाल मन्दिर था जिसकी अधिष्ठात्री देवी लक्ष्मी थी। उसकी मूर्ति में नगीने जड़े हुए थे और पत्थर का एक डरावना शेर उसका पहरेदार था। उसके गिर्द हज़ारों ऊँचे-ऊँचे खम्भे झूमते जान पड़ते थे। कुछ लोगों का कहना था कि यह प्राचीन मन्दिर नवीं सदी के आस-पास बनाया गया था। दूसरे कहते थे कि जब देवी के पति वेंकटेश ने एक अन्य देवी के कारण उसे त्याग दिया था और दक्षिण जा बसा था तब उसे रातों-रात उन दो पहरेदारों ने तैयार कर दिया था जो अब भी पत्थर की शक्ल में जमे हुए खड़े थे, लेकिन वेंकटेश अब भी हर रात उससे मिलने वहाँ आता था और हर रात मन्दिर से जाने के पहले पुजारी केसर मिले दूध का गिलास और पान के कुछ पत्ते वेदी के पास उसके लिए छोड़ जाता था। सुबह होने तक वे ग़ायब हो जाते।

मन्दिर शाहू महाराज के पुराने महल के पीछे पंचगंगा नदी के तट पर बना था। जब ढोंढूताई बहुत छोटी थीं, वे अपने पिता की पीठ पर सवार हो जातीं और गनपतराव मन्दिर के नज़दीक नदी को तैर कर पार करते। अपनी उमर की किसी और लड़की के विपरीत वे पाँच बरस की उमर तक तैरना और पानी में अपने बलबूते पर बने रहना सीख चुकी थीं।

महाराज की इच्छा थी कि दरबारी संगीतकार के परिवार का कोई सदस्य हर सुबह आठ बजे की प्रार्थना सभा से पहले गाना गाये। यह विशेष भेंट थी, क्योंकि देवताओं को संगीत भाता था। नाथन ख़ाँ को महालक्ष्मी के मन्दिर पर गाने का काम सौंपा गया था। उनके बम्बई जाने के बाद अल्लादिया ख़ाँ के सबसे छोटे बेटे भुर्जी ख़ाँ को वेदी के सामने गाने की ज़िम्मेदारी दी गयी। हर सुबह आधे घण्टे तक वे देवी को रागों और रागिनियों से रिझाते

और चिड़ियों और वर्षा के गीत गाने के साथ-साथ कृष्ण द्वारा राधा को प्रेम के रंगों से शराबोर कर देने के भजन सुनाते।

भक्त वहाँ उन्हें सुनने के लिए इकट्ठा होते और इसके बाद होने वाली प्रार्थना सभा में भाग लेते। इनमें एक आदमी होता, कोट और धोती पहने, अपने साथ एक गोरी, गुलाबी गालों वाली, लाल और सफ़ेद बुंदकियों वाला लहँगा-ब्लाउज़ पहने लड़की को लिये जो उसकी बग़ल में पालथी मारे, ठोढ़ी को हथेलियों में टिकाये, उस संगीतकार को एकटक देखती जो उनके सामने गाता।

इसी मन्दिर में ढोंढूताई के मन में अपनी कला की देवी से प्रेम जागृत हुआ, हालाँकि वे इस बात को जानने-समझने के लिए अभी बहुत छोटी थीं। यही देवी उनकी शक्ति बनने वाली थीं, वह ताक़त जो उनकी बाक़ी ज़िन्दगी में उनका साथ निभाने वाली थी।

❑

एक सुबह, प्रार्थना सभा के बाद गनपतराव भुर्जी ख़ाँ के पास एक अनुरोध ले कर आये। 'क्या आप मेरी बेटी को सिखाने की मेहरबानी करेंगे ? वह पहले नाथन ख़ाँ से सीखती रही है।'

ख़ाँ साहब ने ढोंढूताई की तरफ़ देखा और बोले, 'मुझे हर महीने पचास रुपये देने होंगे।' गनपतराव का दिल टूट गया। किसी भी तरह वे इतनी फ़ीस नहीं दे सकते थे। वे एक शब्द भी कहे बग़ैर चले आये।

अगले दो वर्षों के दौरान हालाँकि ढोंढूताई का गाना सीखना बन्द हो गया था, उन्होंने हारमोनियम बजाना सीख लिया जो अकसर गायक की संगत करने और उसके साथ सुर मिलाने के लिए बजाया जाता है। इसके अलावा, उनके भाई ने तबला सीखना शुरू कर दिया था। इस तरह उनके पिता ने यह सुनिश्चित कर दिया कि उनके कान संगीत के अभ्यस्त रहें। गनपत राव ने बराबर यह उम्मीद बाँधे रखी कि वे ख़ाँ साहबों में से किसी एक को राज़ी कर लेंगे कि उनकी बेटी को सिखायें।

उनका सपना बड़े अनपेक्षित रूप से सच हो गया। १९४० की एक गरम दुपहरी को कुलकर्णी निवास पर एक ऐसे मेहमान आये जिनके आने

की कोई उम्मीद नहीं थी। गनपत राव बाहर कहीं गये हुए थे और आई सो रही थी। तीनों बच्चे – ढोंढूताई, शकुन्तला और बाबू सामने के कमरे में खेल रहे थे। जब मेहमान अन्दर आये तो वे चौंके। बाबू ने अपनी बहन को कुहनी मारी। 'देखो, यह वही आदमी है जो महालक्ष्मी मन्दिर में गाता है,' उसने दबी आवाज़ में कहा।

बच्चों ने मेहमान को आदर से ख़ास गद्दी पर बैठाया और आप-से-आप आदर के साथ उनके पैर छुए। आगे क्या करना चाहिए, इस शशोपंज में वे सामने की दीवार से पीठ लगा कर खड़े हो गये और इधर-उधर ताकने, पैरों की उँगलियाँ हिलाने या फिर मेहमान को घूरने लगे।

'तुम अपने पिता को क्या कह कर बुलाती हो ?' भुर्जी ख़ाँ ने ढोंढूताईं से पूछा। जो अब एक सुन्दर-सी तेरह वर्षीया लड़की बन चुकी थीं।

'अन्ना,' उन्होंने आहिस्ता से जवाब दिया।

'कहाँ हैं अन्ना ?' भुर्जी ख़ाँ ने मुस्कराते हुए पूछा।

बच्चों को कोई सान-गुमान नहीं था, इसलिए वे एक-दूसरे की तरफ़ देखते हुए कुछ बुदबुदाये। बाबू घबराहट में नाक कुरेदने लगा।

ठीक उसी वक़्त गनपत राव ने घर में कदम रखा। भुर्जी ख़ाँ को देख कर वे चौंके, मानो उन्होंने बैठक में किसी देवता को बैठे देखा हो। वे तेज़ी से उनके पास आये, उनके आगे घुटनों के बल बैठे और बोले, 'ख़ाँ साहब ? आप यहाँ ? मुझे उम्मीद है, मेरे परिवार वालों ने आपकी ख़ातिर की होगी और आपको पीने के लिए कुछ दिया होगा।'

भुर्जी ख़ाँ ने उन्हें इसकी चिन्ता न करने के लिए कहा और महज़ इतना बोले, 'आज से मैं आपकी बेटी को सिखाऊँगा।'

गनपत राव को अपने कानों पर विश्वास नहीं हुआ। उनका चेहरा खिल उठा और आँखों में आँसू छलक आये। लेकिन फिर जब उन्हें याद आया कि उनसे कितनी फ़ीस तलब की गयी थी तो उनका चेहरा उतर गया।

मानो भुर्जी ख़ाँ ने उनके दिल की बात पढ़ ली हो, उन्होंने हाथ बढ़ा कर गनपत राव के कन्धे को छुआ और वे बोले, 'आप जो भी दे सकेंगे, दे दीजियेगा।'

ढोंढूताई के पिता भुर्जी ख़ाँ को हर महीने दस रुपये देते। तब तक ख़ाँ

साहब के कई शागिर्द बन गये थे जो संगीत के बल पर पैसे कमाने लगे थे और उन्हें अच्छी फ़ीस देने में समर्थ थे। उनमें से एक पतले-दुबले युवक का नाम मल्लिकार्जुन मंसूर था जो आगे चल कर महान गायक बना।

'एक और बात...' भुर्जी ख़ाँ ने शर्त रखी। 'आप अगले कम-अज़-कम पाँच साल तक अपनी बेटी की सगाई या शादी नहीं करेंगे। मैं बाद में आपको यह कहते नहीं सुनना चाहता कि "इन मुसलमानों ने हमसे पैसे तो लिये, पर सिखाया कुछ भी नहीं।" लिहाज़ा, इस बारे में सोच लीजिए, फिर हम शुरू करेंगे।'

गनपत राव ने हाथ जोड़े और कहा, 'ख़ाँ साहब, मैं आपको वचन देता हूँ। कृपया इसे आज ही से सिखाना शुरू कर दीजिए।'

भुर्जी ख़ाँ ने उसी दिन ढोंढूताई को अपनी शागिर्द बनाने का फ़ैसला कर लिया था, जब गनपत राव ने उनसे अनुरोध किया था। लेकिन उस समय उन्हें लगा था कि वे बहुत छोटी हैं। सीधे-सीधे 'ना' कहने की बजाय उन्होंने स्थिति को ऐसी फ़ीस की फ़रमाइश करके टाल दिया था जो वे जानते थे कि गनपत राव की बिसात के बाहर थी। उन दिनों लोगों का आपस में बातचीत करने का अजीब तरीक़ा था। वे अकसर पहेलियों में बात करते। चीज़ों को, जैसी वे नज़र आयें, जस-का-तस नहीं लेना होता था और ज़िन्दगी दबे-ढँके अभिप्रायों और कूट सँदेसों से भरी होती थी। और सबसे ऊपर, आदमी को धीरज रखना होता था।

❑

ढोंढूताई ने भुर्जी ख़ाँ से मिले अपने पहले-पहले सबक़ों के बारे में मुझे बताया था और मैंने उस्तादी और शागिर्दी की उस बार-बार दुहरायी जाने वाली बुनावट को पहचान लिया था जिसने इस संगीत को ज़िन्दा रखा है। ढोंढूताई मोटा-मोटी उसी उमर की थीं, जब मैंने शुरू किया था। हम दोनों के माता-पिता में से कोई एक शिद्दत से चाहता था कि हम संगीत सीखें, हमारे प्रशिक्षण की निगरानी करता था और हमें अपने सबक़ से जोड़े रखता था, भले ही हमारी चलती तो हम इसकी बजाय बाहर खेलते-कूदते। और, हम दोनों के मामले में, हमारे पहले गुरु उदार हृदय वाले थे जिन्होंने मज़बूत

बुनियाद रखी थी। इसके बाद तो इमारत को अपनी क़िस्मत और अपनी नियति का सामना करना था।

सिखाना भी उतना ही महत्वपूर्ण और ज़रूरी काम है जितना गाना या बजाना, क्योंकि यही है जो इस संगीत को आने वाली पीढ़ियों तक पहुँचाता है। किताबें आपको कभी नहीं बता सकतीं कि किस राग से आप शुरू करें और कैसे ताल में रहें या क्यों कोई तान सुनने में सही नहीं लग रही है। ये भेद सिर्फ़ गुरु सिखा सकता है, एक-एक करके चुनते हुए, धीरे-धीरे और तब, जब शागिर्द उन्हें ग्रहण करने के लिए तैयार हो – जैसे दो सुरों वाली तान का रहस्य जो उसी तरह मेरे कान में फुसफुसा कर बताया गया था जैसे मेरी गुरु के कान में।

❑

पहले सबक़ के दौरान ही ख़ाँ साहब ने ढोंदूताई से कहा कि उन्हें अपना हारमोनियम बेच देना होगा। ढोंदूताई इस बाजे पर जान छिड़कती थीं और उसकी काली-सफ़ेद कुंजियों को उतने ही क़रीब से जानती थीं जितने क़रीब से उन उँगलियों को जो पिछले तीन साल के अर्से में बड़े प्यार से उन पर फेरी जाती रही थीं। उनके उस्ताद ने समझाया कि उन्हें क्यों उस बाजे को छोड़ना होगा।

'इन्सानी फ़ितरत ऐसी है कि वह हमेशा आसान रास्ता तलाश करती है। हारमोनियम गाने को आसान बना देता है, क्योंकि फिर तुम्हें सुरों के साथ अपने बल बूते रिश्ता क़ायम करने की मेहनत नहीं करनी पड़ती। गाते समय अगर तुम उसे बजाती रहोगी तो तुम सही सुर को शुद्ध ढंग से लगाना कभी नहीं सीख पाओगी, क्योंकि तुम्हारे पास यह सहारा, यह बैसाखी रहेगी...' लेकिन यह तर्क़ उस छोटी-सी लड़की को रुचा नहीं। जब वह बाजा अपने बक्से में बन्द हो कर चला गया तो उसके बाद एक हफ़्ते तक नन्हीं ढोंदूताई के आँसू नहीं थमे थे।

अगले सबक़ के तौर पर उन्होंने ढोंदूताई को सिखाया कि तानपुरा कैसे बजाते हैं। उनकी उँगलियाँ अभी इस वाद्य को सँभालने के लिए बहुत छोटी थीं, लेकिन धीरे-धीरे उन्होंने उसे छेड़ना सीख लिया और यह भी कि अपनी

उँगलियों को तारों की सीध में कैसे रखा जाय जिससे वे उन्हें खींचने की बजाय उन पर इस तरह सरकें जो तारों को हलके-से दबाये और छोड़े, दबाये और छोड़े, जब तक कि यह उनके स्वभाव का अंग नहीं बन गया। भुर्जी ख़ाँ ने उन्हें सिखाया कि उन्हें गाते समय एक धीर-गम्भीर, मनोहर मुख-मुद्रा बनाये रखनी चाहिए और अपने हाथों से बहुत हाव-भाव नहीं प्रदर्शित करने चाहिएँ जैसा कि कुछ संगीतकार आदतन करते हैं। इसके अलावा, अपने गुरु के सामने हाथों और उँगलियों को झटकना और लहराना अशिष्टता थी। गायक को धीरता प्रदर्शित करनी चाहिए।

और अन्त में, उन्होंने ढोंढूताई को आकार का क ख ग सिखाया, उस पूरे कण्ठ से निकाले गये स्वर के बुनियादी तत्व जो उनके घराने की विशेषता थी। गायक दो आधारभूत, ग़लतियाँ कर सकता था – एक था नकसुरा हो जाना, नाक से गाना, और दूसरा बेसुरा हो जाना।

भुर्जी ख़ाँ का मस्तिष्क अद्भुत ढंग से रचनात्मक था। वे असम्भव जगहों पर भी संगीत खोज लेते थे। एक भिखारी औरत हर रोज़ फाटक पर आया करती थी, वही आवाज़ लगाती हुई – 'माई, अन्नदाता...।' वह इन्हीं दो टुकड़ों को हर रोज़ दोहराती थी, हर बार उसी ढंग से, एक रिकॉर्ड की तरह जिसकी सुई अटक गयी हो। एक शाम जब भुर्जी ख़ाँ ने उसकी करुण आवाज़ सुनी तो उन्होंने सबक़ रोक दिया और बोले, 'उसे सुनो। वह बिलकुल सुर में है,' फिर उन्होंने हँसते हुए जोड़ा, 'मेरे ख़याल से रियाज़ करते-करते आदमी हुनरमन्द बन जाता है।'

एक दिन जब वे सुर को शुद्धता से लगाने की अहमियत समझा रहे थे तो उन्होंने कहा, 'बेटा, गन्ने के खेतों के उस पार एक आश्रम है। तुमने उसे देख रखा है। तुम्हारे पिता बाक़ायदा वहाँ पढ़ने वालों को खाना और कपड़ा देते हैं। वहाँ जा कर उन्हें सुनो। वहाँ तुम्हें शुद्ध रे सुनने को मिलेगा।'

अगले दिन अपने स्कूल से वापस आते समय ढोंढूताई ने गन्ने का खेत पार किया और आश्रम के पीछे खड़ी हो कर सुनने लगीं। वे उस जगह से परिचित थीं।

❑

उनके पिता ग़रीब लड़कों को खाना देने के लिए जाते समय कभी-कभी उन्हें भी ले जाया करते थे। आश्रम लगभग वैसा ही था जैसा कोई गुरुकुल हज़ारों साल पहले लगता रहा होगा। यहाँ वे विद्यार्थियों को अपने श्लोकों और मन्त्रों का अभ्यास करते पाती थीं। ये छोटे-छोटे ब्राह्मण लड़के थे जिन्हें पुजारी और पुरोहित बनने की शिक्षा-दीक्षा दी जा रही थी।

श्लोकों को गाते समय वे उन्हीं सुरों को इस्तेमाल कर रहे थे जिनसे वे परिचित थीं, लेकिन वे उन्हें सरगम में उलटी तरफ़ को गा रहे थे। तभी उन्होंने वह शुद्ध रे सुना जिसके बारे में उनके उस्ताद ने उन्हें बताया था। ढोंढूताई ने साँस भरी और उनके शब्दों को याद किया। 'अगर तुम अपने कान खुले रख कर सुनोगी तो तुम्हें हर जगह संगीत मिलेगा। यह ऐसी भाषा है जिसे दुनिया में सब समझते हैं। और यही एक भाषा है जो तानों-तिश्नों और नफ़रत से बरी है।'

भुर्जी ख़ाँ स्कूल से उनके वापस आ जाने के बाद शाम को उनके यहाँ आते थे। उन्होंने ढोंढूताई को राग मुलतानी सिखाना शुरू किया जो उस समय के लिए उपयुक्त था। जब वे सुर से आगे बढ़ कर बन्दिशों पर आये तो ख़ाँ साहब के सामने एक समस्या उठ खड़ी हुई। ढोंढूताई को हिन्दी नहीं आती थी और ख़याल गायकी की ज़्यादातर बन्दिशें ब्रजभाषा की थीं जो हिन्दी के नज़दीक है। भुर्जी ख़ाँ पहले उन्हें सिर्फ़ कुछ शब्द कहने के लिए कहते – 'हाय रे मन...।' उन्हें ये शब्द चालीस-पचास बार दोहराने पड़ते जब तक कि उनका उच्चारण सही न हो जाता। फिर वे इनके मतलब ढोंढूताई को बताते। इस तरह, धीरे-धीरे संगीत के माध्यम से ढोंढूताई ने हिन्दी भाषा सीखनी शुरू की।

❑

कभी-कभी बाबा अन्दर आ जाते और कुछ मिनट अपने पिता के पास बैठते, ताकि जो सिखाया जा रहा है उसे सुनें, लेकिन उन्हें ढोंढूताई से बात करने की इजाज़त नहीं थी। 'अरे, वह तो मुझसे नज़र भी नहीं मिलाता था,' ढोंढूताई ने मुझसे हँस कर कहा था। 'अगर वह अपने पिता को कोई सँदेसा देने आता या कोई चीज़ उनके लिए लाता तो वह अपनी आँखें नीची किये दाख़िल होता

और जल्दी से चला जाता। सच्ची बात यह है कि मैंने बरसों बाद कहीं जा कर उससे बात की जब हम सब बड़े हो गये थे। समझीं, यह तो बुरा था ही कि वह एक लड़का था। इससे भी ख़राब बात थी कि वह मुसलमान भी था।' वे काफ़ी समय तक रुकी रहीं और मैं धीरज धरे इन्तज़ार करती रही।

'जब भुर्जी ख़ाँ को लगा कि मैं उनके घराने के रहस्य सीखने के लिए तैयार हो चुकी हूँ तब उन्होंने मुझे दो-सुरों वाली तान सिखायी,' ढोंढूताई ने एक रहस्यमय मुस्कान के साथ कहा। 'यही वह छोटा-सा स्वर का रियाज़ है जो तुम्हारे गले के चक्र को घुमाता है और तुम्हें उन बिजली-जैसी तानों के लिए तैयार कर देता है जो इस घराने की विशेषता है...बेशक, तुम उसे जानती हो। मैंने तुम्हें वह सिखायी है।'

मैंने उनकी तरफ़ चकित हो कर देखा। 'कब ? आपने कभी मुझे कोई छिपी हुई दो-सुरों वाली तान नहीं सिखायी ?'

'बिलकुल सिखायी है,' ढोंढूताई अब भी मुस्कराते हुए बोलीं। 'मैंने तुम्हें वह तब सिखायी थी जब अभी हम कॉन्ग्रेस हाउस ही में थे और तुम बहुत छोटी थी। तुमने उसे गाना सीख लिया था, लेकिन तुम्हें उसका महत्व नहीं मालूम था। लेकिन उसी की वजह से तुम उस तरह तान लगा सकती हो जैसे अब लगाती हो।'

मैं चकरा गयी। मैंने दिमाग़ पीछे दौड़ाया और दो-सुरों वाली तान लगाने की कोशिश की। कोई दो सुरों में तान कैसे लगा सकता है भला ? मैंने कई तरीक़े आज़माये और पाया कि मैं लगातार ठोकरें खा रही हूँ। ढोंढूताई दबे स्वर में हँसीं और चाय बनाने के लिए रसोई-घर में चली गयीं। 'कोशिश करती रहो,' उन्होंने वहीं से चिल्ला कर मुझसे कहा। 'चलो। अपनी कल्पना से काम लो। अमरीका में पढ़ने का क्या फ़ायदा है, अगर तुम इतनी-सी पहेली नहीं बूझ सकतीं, एं ?'

वे संगीत कक्ष में वापस आयीं। 'अब भी बात नहीं बनी ?'

मैंने दो सुरों वाली तान लगाने के लिए सुरों के साथ हर तरह की खींच-तान की थी, लेकिन मेरे कण्ठ से बेकार की ध्वनियाँ निकली थीं जो अब तक मेरे सीखे गये से ज़रा भी मेल नहीं खाती थीं। मैंने उनसे बिनती की कि इस असमंजस को तोड़ कर भेद खोल दें। उन्होंने कहा, 'मैं तुम्हें बता

दूँगी, मगर सिर्फ़ एक शर्त पर।'

मैंने उनकी तरफ़ देखा और उत्साह से सिर हिलाया।

'तुम्हें यह प्रतिज्ञा करनी होगी कि शागिर्द को छोड़ कर तुम यह भेद किसी को नहीं बताओगी। हमने अपनी सारी दौलत - पैसा भूल जाओ, अपनी सारी ज़िन्दगी - इन चीज़ों को सीखने में लगा दी है। यह कोई सत्यनारायण की कथा का प्रसाद नहीं है जो किसी भी आदमी को मुफ़्त में दे दिया जाय। इसके अलावा, तुम्हें कभी अपनी दौलत किसी मूर्ख को या उसे जो उसके योग्य न हो, नहीं देनी चाहिए।'

मैंने अपनी उँगलियों से गले पर हलके से चुटकी भरते हुए गम्भीरता से वचन दिया।

ढोंढूताई ने मुझे वह तान लगा कर बतायी और मुझे पता चला कि बिना जाने मैं सारी ज़िन्दगी उसे वैसे ही लगाती रही थी। सवाल इसका नहीं था कि वह इतनी महत्वपूर्ण थी या नहीं जितना कि ढोंढूताई ने उसे ज़ाहिर किया था। मैंने ख़ुद से वादा किया कि मैं कभी उनके साथ विश्वासघात नहीं करूँगी।

८

ख़ाँ साहिबान के साथ बिताये गये दिनों को ढोंढूताई अपने दिल से लगाये रखती थीं, ख़ास तौर पर बड़े ख़ाँ साहब, अल्लादिया ख़ाँ के साथ गुज़रे थोड़े-से बरसों को। 'वे मुझे पोती जैसा समझते थे और मुझे सचमुच प्यार करते थे,' उन्होंने मुझे एक दिन दोपहर के समय बताया था जब इतनी गरमी थी कि गाना मुश्किल था और हम लोग रुक कर बतियाने लगे थे।

अल्लादिया ख़ाँ के बारे में उनकी आख़िरी यादें उस मौक़े की थीं, जब वे अपनी मृत्यु से कुछ समय पहले ढोंढूताई को १९४४ के विक्रमादित्य सम्मेलन में बम्बई ले गये थे।

हिन्दुओं के पंचागों में, जो विक्रमी संवत पर आधारित हैं, समय की गिनती उस समय से होती है जब महान राजा विक्रमादित्य ने सत्तावन साल ईसा पूर्व उज्जैन का राज्य जीता था। इसे उस युग की शुरुआत माना जाता है जिसे कुछ इतिहासकारों ने हिन्दुस्तान का स्वर्ण युग कहा है।

विक्रमादित्य सम्मेलन राजा विक्रमादित्य की विजय की दूसरी सहस्राब्दि के उपलक्ष में हो रहा था। वह उस राष्ट्रीयतावादी सांस्कृतिक पुनर्जागरण का हिस्सा था जिसने अंग्रेज़ों से अपनी आज़ादी हासिल करने से पहले पूरे देश को अपनी गिरफ़्त में ले लिया था। इरादा था कि देश के (जिसमें तब तक पाकिस्तान भी शामिल था) सबसे बड़े संगीतकारों की कला का प्रदर्शन किया जाय। वे ट्रेनों में बैठ कर - लाहौर, कलकत्ता, मद्रास और कश्मीर - हर जगह से आये थे अपने संगतकारों और तबलों, अपने दुशालों और पीकदानों के साथ।

❑

वह सदी का सबसे बड़ा संगीत का आयोजन था। उससे पहले कभी वैसा आयोजन नहीं हुआ था और उसके बाद से अब तक कभी वैसा शानदार जमावड़ा नहीं हुआ है। सात दिन तक वातावरण संगीत से गूँजता रहा। दोपहर की सभाएँ शाम की सभाओं से जा मिलतीं और देर रात को गाये गये राग भोर का स्वागत करते जब सुबह के सूरज की पहली-पहली रश्मियाँ सभागार की खिड़कियों से छन-छन कर अन्दर आने लगतीं। कहा जाता है कि कुछ लोग अधिक-से-अधिक सभाओं को सुनने की आतुरता में नींद की कमी से बीमार तक पड़ गये थे। हफ़्ते भर चलने वाला यह महोत्सव विशाल कावसजी जहाँगीर हॉल में हुआ था - जिसे उसके बाद से अब एक आधुनिक कला वीथिका के रूप में पुनर्जीवित कर दिया गया है।

बम्बई के ऑपेरा हाउस के पास एक बड़े-से निजी मकान को, जो सभागार से बग्घी द्वारा पन्द्रह मिनट के फ़ासले पर था, दिन-रात चलने वाले भोजनालय में बदल दिया गया था। वहाँ बड़ी-बड़ी देग़ों में खाना पकता और कलाकारों और उनके साज़िन्दों को पूरे दिन और पूरी रात परोसा जाता। कुछ लोग गाने-बजाने से पहले खाना पसन्द करते, कुछ लोग कार्यक्रम पूरा हो जाने के बाद। कला के प्रदर्शन से रियाज़ में और रियाज़ से कला के प्रदर्शन में उनकी इस आवाजाही के दौरान समय का कोई एहसास नहीं रह गया था। चाय का एक बड़ा-सा भाप छोड़ता पतीला हर वक़्त चूल्हे पर चढ़ा रहता।

यही वह संगीत महोत्सव था जिसमें अजाने गुमनाम संगीतकार रातों-रात सितारे बन गये थे। पंजाब के एक युवक ने, जिसकी तोंद कद्दू जैसी थी और चेहरे पर बड़ी-बड़ी ऐंठी हुई मूँछें, ख़याल और ठुमरी की बेमिसाल अदायगी से लोगों के दिल जीत लिये थे और ग़ुलाम अली ख़ाँ, बड़े ग़ुलाम अली ख़ाँ बन गये थे, हालाँकि कुछ लोगों का ख़याल है कि 'बड़े' की उपाधि उन्हें उनके संगीत की वजह से नहीं, बल्कि भारी-भरकम शरीर के कारण मिली थी। इसी तरह, कलकत्ते का एक युवक सितार वादक, विलायत अली ख़ाँ सहसा शोहरत की बुलन्दियों पर जा पहुँचा और आगे चल कर बीसवीं सदी के महान संगीतकारों की पाँत में शामिल हो गया। एक बेहद संकोची और विनीत तबला वादक ने श्रोताओं को अपनी हुनरमन्दी से चकित कर

दिया था। ये अहमद जान थिरकवा थे। लेकिन सबसे अधिक प्रशंसा गायकों के हिस्से आयी थी।

❑

संगीत सम्मेलन मानो उस सबक़ा एक विराट चित्र था जो उससे पहले के पचास वर्षों के दौरान संगीत की दुनिया में घटित हुआ था। महान संगीतकार मंच पर आ कर लोगों को अपनी कला से चमत्कृत करते और फिर अगले ही दिन अपने अहं को तज कर, विनीत भाव से मंच पर अपने गुरुओं और उस्तादों की संगत करते। नेपथ्य में यह सामंजस्य व्यक्तित्वों की टकराहट और अहं के संघर्षों में बदल जाता। सबसे जानी-मानी लड़ाई फ़ैयाज़ ख़ाँ और ओंकार नाथ ठाकुर के बीच ठनी थी, जो दोनों-के-दोनों मशहूर गायक थे और इस बात पर बहसा-बहसी में उलझ गये थे कि सबसे अन्त में कौन गायेगा क्योंकि गाने (या बजाने) का क्रम वरिष्ठता और क़द को प्रतिबिम्बित करता था। सबसे अच्छे गायक हमेशा सबसे आख़िर में गाते। कौन पहले और कौन बाद में गायेगा, किसको किससे पहले या बाद में गाना है, इसका फ़ैसला कई बार ऐतिहासिक झगड़ों में तबदील हो जाता था जो पीढ़ियों तक चलते थे, और संगीतकारों के शिष्यों द्वारा जारी रखे जाते थे। एक संगीतकार ने दरबारी संगीतकार के तौर पर अपना पद इसी डर के मारे त्याग दिया था कि वहाँ का सनकी शासक उन्हें किसी कमतर संगीतकार से पहले गाने को न कह दे। जिस मामले का ज़िक्र किया, उसमें आख़िरकार जीत ओंकार नाथ की हुई थी – और उसने उन्हें निर्विवाद रूप से अपनी पीढ़ी के सबसे उत्कृष्ट गायकों में स्थापित कर दिया था।

एक दिलचस्प जोड़ा अधिकतर कार्यक्रमों के दौरान पहली क़तार में बैठा रहा था : सफ़ेद मूँछों वाला एक बूढ़ा आदमी और एक सुन्दर-सी नवयुवती जो अभी बीस की नहीं हुई थी। उसने परम्परागत नौगज़ी साड़ी और छोटी-छोटी फूली आस्तीनों वाला ब्लाउज़ पहना हुआ था। हर आदमी उस बूढ़े को जानता था – महान गायक अल्लादिया ख़ाँ, लेकिन वे उस लड़की को ले कर शशोपंज में थे जो उनकी बग़ल में बैठी, हाथों को गोद में

सलीक़े से समेटे, ग़ौर से संगीत सुन रही थी। जब कोई ख़ाँ साहब से लड़की का परिचय जानना चाहता तो वे हँस कर कहते, 'मेरी पोती है।' लेकिन लोग जानते थे कि ऐसा सम्भव नहीं था। लड़की ने बिन्दी लगा रखी थी जो हिन्दू होने की निशानी थी। तब कुछ लोग आपस में फुसफुसाते, 'यह ज़रूर मंजी ख़ाँ की बेटी होगी। वे इतने आधुनिक जो हैं, वही हैं जो अपनी बेटी को यों सबके सामने आने की इजाज़त दे सकते हैं।' और जब ढोंढूताई और ख़ाँ साहब इन अटकलबाज़ियों को सुनते तो वे महज़ एक-दूसरे को देख कर मुस्करा देते।

बाद में ढोंढूताई ने मुझे बताया कि कैसे अल्लादिया ख़ाँ उन्हें चुपके से सभागार की सबसे अच्छी सीटों पर बैठाने में कामयाब हो गये थे, जिनकी क़ीमत हज़ार-हज़ार रुपये थी जो उस ज़माने के लिहाज़ से एक नवाबी रकम थी। आगे की ये लाल मख़मल जड़ी सीटें अमीर संगीत-प्रेमियों और राजों-महाराजों के लिए थीं। उनमें से बहुत-से लोग टिकट ख़रीद लेते थे, क्योंकि ऐसा करना शान की बात समझी जाती थी, लेकिन वे आते नहीं थे। अल्लादिया ख़ाँ ढोंढूताई को अपनी बग़ल में इसीलिए बैठा पाते थे, क्योंकि अनिवार्य रूप से पहली क़तारों में काफ़ी ख़ाली सीटें मौजूद रहती थीं।

'अपनी उमर की वजह से वे बहुत लम्बे-लम्बे समय तक लगातार बैठे न रह पाते। वे मुझे वहीं बैठने को कह कर चले जाते और फिर लौट आते और मैं उन्हें सब कुछ बताती जो उनके पीछे वहाँ हुआ था,' ढोंढूताई बोलीं। वे एक के बाद एक प्रदर्शन के दौरान बाक़ायदा अपना फ़र्ज़ निभाती वहाँ बैठी रही थीं। उन्होंने बताया था कि किस-किसने गाया था और कौन-कौन से राग गाये थे। उन्होंने हँस कर याद किया था कि एक कलाकार मंच पर इतना बेचैन हो जाता था कि वह अपना गायन मंच के एक सिरे से शुरू करता और उसके अन्त तक दूसरे छोर पर पहुँच जाता।

'वहाँ एक गायक थे करामत ख़ाँ जिनके बारे में ख़याल था कि वे एक सौ बाईस साल के हैं। मैंने बड़े ख़ाँ साहब से पूछा था कि क्या वे सचमुच सौ साल के ऊपर हैं। उन्होंने कहा, 'हाँ बेटा, मैं सही-सही उनकी उमर तो नहीं जानता, लेकिन मुझे यह ज़रूर मालूम है कि वे मुझसे काफ़ी बड़े हैं।'

'वहाँ बहुत कम लोग थे जिनके साथ अल्लादिया ख़ाँ वक़्त गुज़ारना

चाहते, इसलिए वे मेरे साथ ख़ूब बातें करते। बेशक, सारी बातें संगीत के बारे में होतीं। वे मुझे उन दिनों के बारे में बताते जब उन्होंने अपने पिता के मरने के बाद, जो जाने-माने गायक थे, रोज़ी-रोटी कमाने के लिए फ़ारसी का अध्यापक बनने की कोशिश की थी। यह उनके परिवार के 'धन्धे' को अपनाने से पहले की बात है। उसके बाद उन्होंने गम्भीरता से अपने चाचा की शागिर्दी में सीखना शुरू कर दिया था जो उनसे कहते थे कलाकार और घड़ी के बीच कोई नाता नहीं होता। जब तक कि आप उस सबको जो आपका दिमाग़ आपकी आवाज़ में व्यक्त करना चाहता है, व्यक्त नहीं कर पाते तब तक आपको रियाज़ से उठना नहीं चाहिए...।'

उन दिनों को याद करते हुए ढोंढूताई की आवाज़ में हलका-सा कम्पन था, वे एक सुन्दर-सी नवयुवती थीं जिसे महान लोगों का आशीर्वाद प्राप्त था। लेकिन उन ख़यालों पर मेरा कोई बस नहीं था जो मेरे मन से हो कर गुज़र रहे थे। उन्हें तो सब कुछ हासिल था - प्रशिक्षण, अवसर, ज़िन्दगी भर की प्रतिबद्धता। फिर कहाँ क्या ग़लत हो गया था ? लोगों ने उन्हें इस घराने की असली वारिस के तौर पर स्वीकार क्यों नहीं किया था। यह एक पहेली जान पड़ती थी और ये सवाल मुझे बरसों तक परेशान करते रहे।

❑

अपने मर्तबे को दी जाने वाली इज़्ज़त की वजह से विक्रमादित्य संगीत सम्मेलन में आख़िरी गायक अल्लादिया ख़ाँ थे। 'जब उन्होंने गाना शुरू किया तो उनकी आवाज़ में हल्की-सी डगमगाहट थी और मुझे याद है मेरा दिल इस चिन्ता में घबरा रहा था कि वे कहीं लड़खड़ा न जायें,' ढोंढूताई ने कहा। वे नब्बे साल से ऊपर के थे। क्या वे पूरा समय निकाल पायेंगे ? कुछ ही पल बाद, आँख झपकाये बिना उन्होंने बिजली के कौंधे की तरह एक तान लगायी। श्रोताओं में बिजली की जो लहर दौड़ गयी, उसे आप ख़ुद महसूस कर सकते थे।

वह आख़िरी बार था जब अल्लादिया ख़ाँ ने सबके सामने मंच पर गाया। तानपुरों के साथ पीछे बैठ कर ख़ाँ साहब की संगत दो ऐसे लोग कर रहे थे जो संगीत की दुनिया में ढोंढूताई के सबसे महत्वपूर्ण रहबर साबित

होने वाले थे। पहले, भुर्जी ख़ाँ जो पहले ही बरसों से उन्हें सिखा रहे थे। दूसरी तरफ़ एक सुन्दर औरत थी जिसने बालों में किनारे से माँग काढ़ी हुई थी और मर्द की तरह गाती थी – गूँजती हुई आवाज़ और आत्मविश्वास के साथ।

सुबह के छै बज रहे थे और ख़ाँ साहब ने उसी वक़्त राग रामकली गा कर ख़त्म किया था। थोड़े-से वक़्फ़े के बाद जब सिर्फ़ तानपुरों की आवाज़ सुबह की ख़ामोशी में तिर रही थी, ख़ाँ साहब ने एक और अलस्सुबह के राग-बिभास – के सुर लगाये। उसके बाद वे मुड़े और उन्होने अपने पीछे बैठी उस औरत से कहा, 'केसर, यह तुम्हारे लिए है... चलो, गाओ।'

अपने क़िस्से के बीच में ढोंढूताई उठीं और बोलीं, 'पल भर रुको। मैं अभी आयी।' वे उस कमरे से निकल कर अपने सोने के कमरे में चली गयीं और जैसे ही अलमारी का हत्था घुमाया, मुझे लोहे की कराह सुनायी दी। कुछ मिनट बाद वे एक मुरझायी हुई लाल और सुनहरी ज़री की थैली लिए हुये लौटीं जिसका मुँह बटी हुई ज़रीदार डोरी से बँधा था।

'मैं तुम्हें एक और क़िस्सा बताती हूँ,' उन्होंने कहा। जिस समय विक्रमादित्य सम्मेलन चल रहा था, संगीत के आयोजकों ने पास के रोहिणी हाल में एक समानान्तर कार्यक्रम की शृंखला आयोजित की हुई थी जहाँ कम उमर के और कम जाने-माने कलाकारों को अपना हुनर दिखाने के लिए बुलाया जाता। मैंने भी वहाँ गाया था। तब तक मैं बाक़ायदा कार्यक्रमों में हिस्सा लेने लगी थी और मेरा काफ़ी नाम हो गया था...।'

उस रात उन्होंने हस्बमामूल अपनी सफ़ेद चन्देरी साड़ी पहन रखी थी जो उन्होंने संगीत सम्मेलनों के लिए रख छोड़ी थी। ढोंढूताई ने मंच पर बैठ कर अनुमोदन के लिए अपने पिता की ओर देखा था। उन्होंने राग विहाग गाया था, रात का राग, भरपूर ताज़गी के साथ, घराने की सारी ऊर्जा और ताक़त प्रदर्शित करते हुए। अपने प्रदर्शन के अन्त में, जब उनके पिता उनकी रक्षा करने की मुद्रा में उनके इर्द-गिर्द मँडरा रहे थे, ढोंढूताई ने शर्माते हुए कुछ प्रशंसकों से भेंट की। एक आदमी लक़-दक़ सूट डाटे उनके पास आया और बोला, 'बेटा, तुमने कमाल का गाया। मेरे पास अभी कुछ नहीं है जिसे मैं तुम्हें इनाम में दे सकूँ।' फिर उन्होंने अपनी उँगली की तरफ़ देखा और

कहा, 'रुको। इसे ले लो।' उसने मोती की एक अँगूठी उतारी और उनकी तरफ़ बढ़ायी। ढोंढूताई ने अपने पिता की तरफ़ देखा जिन्होंने खँखार कर गला साफ़ किया और उनकी तरफ़ से अँगूठी स्वीकार कर ली।

'मुझसे वादा करो कि तुम कभी गाना नहीं छोड़ोगी,' उस आदमी ने कहा। गनपत राव उस आदमी को सभागार से बाहर जाते देखते रहे। उनके दोस्त ने फुसफुसा कर कहा, 'ये सेठ गोपालदास थे, केसर बाई के नज़दीकी दोस्त और संगीत के बड़े पारखी और सरपरस्त।'

जब सेठ गोपालदास ने ढोंढूताई को मोती की वह अँगूठी दी थी और उन्हें हमेशा गाने का वादा करने को कहा था तो उन्हें कोई ख़याल नहीं था कि वे अजाने ही अतीत और भविष्य के बीच एक रिश्ता जोड़ रहे हैं। बहुत साल पहले सेठ गोपालदास ने ही केसरबाई केरकर और अल्लादियाँ ख़ाँ को एक-दूसरे से मिलाया था। घराना ज़िन्दा रहा और सेठ गोपालदास ने ही इसे सम्भव किया था। इस बार वे एक और रिश्ता जोड़ रहे थे। यह एक ऐसा लम्हा था, जिसकी अहमियत का पता बरसों बाद ही चलता है।

६

साल भर बाद ढोंढूताई, शकुन्तला और उसके माता-पिता रात की गाड़ी पर सवार हो कर कोल्हापुर से बम्बई जा रहे थे। वे लगभग दो महीने आई की बहन के यहाँ बिताने जा रहे थे जो बम्बई के बीचों-बीच एक पुराने मुहल्ले मज़गाँव में, एक ईसाई गिरजे और नीले रंग की मस्जिद के बीच ठुँसे घर में रहती थी।

अपने पहुँचने के अगले दिन, गनपत राव और ढोंढूताई ख़ाँ साहबों से मिलने के लिए गये। १९२२ में शाहू महाराज के देहान्त से लगभग दो साल पहले, अल्लादिया ख़ाँ साहब कोल्हापुर से बम्बई चले आये थे जहाँ उन्होंने चौपाटी के पास सर्वेयर बिल्डिंग में एक छोटा-सा फ़्लैट किराये पर ले लिया था जहाँ आप समुद्र को सूँघ सकते थे। उनके बेटे भुर्जी ख़ाँ भी - जो अपना समय बारी-बारी से बम्बई और कोल्हापुर में गुज़ारते थे जहाँ वे ढोंढूताई को सिखाते थे - उन दिनों अपने पिता के साथ कुछ समय बिताने आये हुए थे।

सर्वेयर बिल्डिंग पान की पीक के छींटों से रँगी हुई एक नाटी-ठिगनी इमारत थी। वहाँ की शोर-ग़ुल से भरी फ़िज़ा में भाँति-भाँति के ख़ाँ साहिबान आबाद थे - हर क़िस्म के नाक-नक़्शे, कद-काठी और उमर के। वहाँ पुराने ज़माने के गायक भी थे और उनसे भी पुराने सारंगीवादक; वरिष्ठ संगीतकार भी थे और उभरते हुए गायक भी। बच्चे बिल्डिंग के अन्दर से बाहर और बाहर से अन्दर लगातार भाग-दौड़ मचाये रखते और हर बार जब कोई माँ लटपटा कर चलते हुए बाहर भटक आने वाले अपने बच्चे को पकड़ कर वापस ले जाने के लिए आती तो जल्दी से दुपट्टा नाक के नीचे तक खींच लेती। वहाँ सीधा-सा ख़याल था - औरतें चेहरा नहीं उघाड़ेंगी तो आदमी ललचायेंगे नहीं - कम-से-कम ऐसा ही दिखावा हर कोई करता था।

गनपत राव और ढोंदूताई ने सर्वेयर बिल्डिंग में बढ़ते हुए अपनी नाक गोश्त के सालन की तीखी गन्ध से बचने के लिए दबाये रखी जो गलियारों में तैर रही थी। ख़ाँ साहब के फ़्लैट का दरवाज़ा हलका-सा खुला था। उन्होंने उसे धीरे से धकेल कर खोला और अन्दर झाँका। उन्होंने जो देखा, उससे ढोंदूताई दंग रह गयीं। पसीने की दुर्गन्ध समूचे कमरे में बसी हुई थी। बाबा खिड़की के पास खड़े बाहर नज़र गड़ाये हुए थे। कमरे की एक तरफ़ गहरी नींद में डूबे, भारी साँस लेते, अल्लादिया ख़ाँ लेटे थे। उनकी पगड़ी और छड़ी बिस्तर के पास रखी मेज़ पर पड़ी थी। उसकी बग़ल में उनका हुक़्क़ा था। दूसरी तरफ़, ढोंदूताई के उस्ताद भुर्जी ख़ाँ का जैसे एक अवशेष पड़ा था। ढोंदूताई ने उन्हें कई महीनों से नहीं देखा था। उन्हें यह तो पता था कि भुर्जी ख़ाँ की तबियत ख़राब थी, लेकिन उन्हें इसका ज़रा भी अन्दाज़ा नहीं था कि वे इतने बीमार होंगे। उनका कुर्ता मैला था। चेहरा सँवलाया और सूजा हुआ था। वे मुश्किल से बात कर सकते थे। ढोंदूताई को देख कर उनके चेहरे पर एक थकी-थकी, कमज़ोर मुस्कान आयी और उन्होंने कहा, 'तुम्हारे संगीत का क्या हाल है, बेटी? क्या तुम बसन्ती केदार की उस तान का रियाज़ कर रही हो ? याद रखना, वह ऐसी सुनायी देनी चाहिए जैसे दीवाली की रात को आसमान में आतिशबाज़ी छूट रही हो।'

ढोंदूताई ने सिर हिलाया और किसी तरह वापस मुस्करायीं। कुछ पल उनके पास बैठ कर बिताने के बाद वे बाबा के साथ रसोई में गयीं और दबे स्वर में बोलीं, 'यह सब कब हुआ ? तुमने मुझे चिट्ठी लिख कर बताया क्यों नहीं कि वे इतने बीमार हैं ?'

'ताई, मेरा तो दिमाग़ ही फिर गया था। सब कुछ इतना अचानक हुआ। डॉक्टरों ने उन्हें ख़ून की कमी बतायी है और उनके गुर्दों ने काम करना तक़रीबन बन्द कर दिया है। डॉक्टर ने उन्हें बस दो हफ़्ते का वक़्त दिया है... मुझे तो कुछ समझ नहीं आ रहा कि हम क्या करेंगे।' बाबा ने चश्मा उतारा और अपनी डबडबायी आँखें रूमाल से पोंछीं।

ढोंदूताई और गनपत राव उस सुबह वहीं बैठ कर यह अन्दाज़ा लगाने की कोशिश करते रहे कि हालत कितनी गम्भीर है। जब बड़े ख़ाँ साहब बाबा का नाम लेते हुए जागे तो ढोंदूताई झपट कर इज़्ज़त से उठ खड़ी हुईं।

'बैठो, बैठो बेटा,' ख़ाँ साहब बोले। वे बस यही शब्द कह पाये। कुछ मिनट बाद उन्होंने आँखें बन्द कर लीं और फिर थकी हुई नींद में डूब गये।

ढोंढूताई और उनके पिता भारी दिल लिये मझ़गाँव लौटे। आई और उसकी बहन दोपहर के भोजन पर उनका इन्तज़ार कर रहे थे। वे खाने पर बैठे तो आई ने कहा, 'तुम दोनों को हुआ क्या है ? तुम्हें देख कर ऐसा लगता है कि तुम लोग किसी अरथी से वापस आये हो।'

'आई, तुम सोच भी नहीं सकतीं कि क्या हुआ है। भुर्जी ख़ाँ इतने बीमार हैं कि मरने-मरने को हैं। हो सकता है वे गुरु पूर्णिमा तक न बच पायें। उन्होंने सब जतन कर लिये हैं, पर डॉक्टरों ने उम्मीद छोड़ दी है। स्पेशलिस्ट को भी सूझ नहीं रहा कि क्या करे।'

'हे देवा! यह सब हुआ कब ? जब वे कोल्हापुर से चले थे तो भले-चंगे लगते थे।'

'लगभग दो महीने हो गये। बाबा मामले को सँभालने की कोशिश करते रहे हैं, पर अब तो हालत बहुत ख़राब है।'

वे ख़ामोशी से खाना खाते रहे। कुछ मिनट बाद ढोंढूताई ने अपनी थाली उठायी और रसोई की तरफ चली गयीं। 'मुझे बहुत भूख नहीं है,' उन्होंने कहा।

आई अपनी बेटी को ख़ामोशी से बर्तन धोते देखती रही। उनकी पीठ अपनी माँ की तरफ़ थी लेकिन आई को उनके कन्धों की कँपकँपी से पता चल गया था कि वे रो रही हैं। वह उठी और उसने ढोंढूताई के कन्धे पर हल्के से हाथ रख दिया।

'ढोंढूताई, क्या तुम चाहती हो शंकर मामा जा कर ख़ाँ साहब को देखें ? तुम्हें तो पता है कि वे बीमारी का निदान करने में माहिर हैं। मुझे पक्का विश्वास है कि वे पता लगा लेंगे कि बेचारे ख़ाँ साहब के अन्दर क्या गड़बड़ी है।'

ढोंढूताई ने सिर हिलाया और अपनी साड़ी के पल्लू से आँखें थपथपायीं। वे दूसरे कमरे में गयीं और उन्होंने अपना तानपुरा उठाया। उसे छेड़ते हुए उन्होंने *सा* लगाया, लेकिन फिर जब उन्होंने अगला सुर लगाने की कोशिश की तो पाया कि वे लड़खड़ा रही हैं। वे बराबर *सा* दोहराती रहीं, उसकी

शानदार दृढ़ता से सान्त्वना पाने की कोशिश करती रहीं।

आई दरवाज़े पर खड़ी देखती रही। 'शाम को जैसे ही शंकर मामा घर आते हैं, मैं उनसे बात करूँगी। मुझे भरोसा है, सब ठीक होगा।'

शंकर मामा, आई के भाई, शंकर राव दिवेकर थे, जो हैदराबाद में रहते थे, लेकिन उन दिनों बम्बई आये हुए थे ताकि उन्होंने जो मधुमेह की नयी गोली ईजाद की थी, उसके लिए कोई सम्भावित ख़रीदार तलाश कर सकें। शंकर राव को निदान की अनोखी शक्तियों का वरदान मिला हुआ था। वे किसी आदमी को महज़ चलते देख कर उसकी चाल और हाव-भाव से बता देते कि उसको सचमुच क्या बीमारी थी। वे सिर्फ़ चुनौती के तौर पर ऐसे मामलों को हाथ में लेने के लिए मशहूर थे जिनमें दूसरे डॉक्टरों ने हाथ खड़े कर दिये होते और अपने मरीज़ों के मुँह पर साफ़-साफ़ कह देते कि अगर वे उन्हें चंगा करने में सफल हो जायेंगे तो अच्छी-ख़ासी फ़ीस लेंगे। अगर नहीं कर पायेंगे तो एक पैसा नहीं लेंगे।

उस शाम जब ढोंढूताई टहल कर लौटीं तो उन्होंने परिवार के बुज़ुर्गों को सामने के कमरे में तख़्त पर सिर जोड़े, राय-मशविरा करते पाया। उनके मामा ने स्नेह से उन्हें देखा और बोले, 'ढोंढूताई, तुम अपने उस्ताद को खोना नहीं चाहती हो, न ? तो बिटिया, चलो, मुझे उनके पास ले चलो।'

अगले दिन सुबह-सबेरे, ढोंढूताई गनपत राव और शंकर राव ने बाबुल नाथ जाने वाली ट्राम पकड़ी। बाबा घर के दरवाज़े पर परेशान-हाल खड़े थे। 'अब्बाजी की तबियत अचानक और ख़राब हो गयी है। आइए, अन्दर आ जाइए।'

अन्दर, धीरे-धीरे घूमते हुए पंखे के नीचे भुर्जी ख़ाँ, आँखें बन्द किये, निस्पंद लेटे थे। उनके पिता कमरे की दूसरी तरफ़ पलँग पर किसी प्राचीन ऋषि की तरह लेटे तस्बीह के मनके फेर रहे थे। उनकी आँखें मुँदी हुई थीं और उनके चेहरे पर निरूद्विग्न शान्त स्वीकार का भाव था। लगता था, वे अपने बेटे के लिए एक ख़ामोश मर्सिया गा रहे हों। वे एक बेटा पहले ही खो चुके थे। नब्बे से ऊपर की उमर में वे उस सबक़ो मंज़ूर करने के लिए तैयार हो चुके थे जो उनके अल्लाहताला ने उनके नसीब में लिखा था।

शंकरराव भुर्जी ख़ाँ के पास गये, पलँग पर उनकी बग़ल में बैठे और

नरमी से उनके हाथ को उठाया। वह उनकी पकड़ में ढीला हो कर झूल गया। शंकरराव ने आँखें बन्द कर लीं और मरीज की नाड़ी जाँची। जब वे उँगलियाँ गड़ा कर भुर्जी ख़ाँ के पेट की जाँच करने लगे ख़ास तौर पर जिगर के आस-पास की तो उनके माथे पर हलके से त्योरियाँ चढ़ गयीं। उन्होंने अपनी घड़ी वापस जेब में रखी और बाबा से मुख़ातिब हुए। 'तुम्हें और ख़ाँ साहब को मेरे साथ इलाज के लिए हैदराबाद आना होगा। मैं तुम दोनों को अपने घर में एक कमरा दूँगा। शर्त सिर्फ़ यही है कि ख़ाँ साहब को बिलकुल वही करना होगा जो मैं कहूँगा। सिगरेट और चाय पर पाबन्दी है। क्या तुम्हें मंज़ूर है ?' फिर उनकी आवाज़ कुछ नरम हो गयी। 'और मेरी फ़ीस या वैसी किसी चीज़ की तुम्हें चिन्ता करने की ज़रूरत नहीं।'

फ़ीस की बात तो दूर रही, ख़ाँ साहब के पास तो हैदराबाद जाने का किराया तक नहीं था। लेकिन नियति के अपने उपाय होते हैं। मुश्किल से दस साल पहले, ढोंढूताई का परिवार ख़ाँ साहब के पास गया था और उनकी उस्तादी जिस उजरत के काबिल थी, उससे कहीं कम उन्हें अदा की थी। आज, वे मरणासन्न संगीतकार को बचाने के लिए आगे आने वाले थे।

शंकरराव ने भुर्जी ख़ाँ को दवाई की एक ख़ूराक दी ताकि उनमें सफ़र करने की ताक़त आ जाये, और वे फ़ौरन हैदराबाद के लिए रवाना हो गये। ट्रेन के डिब्बे में बैठा हुआ यह एक छोटा-सा अजीबो-ग़रीब जत्था था : कोट और टोपियाँ पहने चार दिलचस्प-से मर्द और पीली साड़ी पहने एक युवती जो सारा रास्ता अपने को सुना कर गुनगुनाती रही।

हैदराबाद के काचीगुडा स्टेशन पर एक लम्बी, आसमानी-नीले रंग की डॉज मोटरकार उन्हें लेने के लिए आयी। गनपतराव ने बूढ़े ड्राइवर क़ादरी से सलाम-दुआ की। शंकर राव अपने मेहमानों को अपनी नयी कार में सैर कराने के गर्वीले भाव से आगे की सीट पर चैन से धँस कर बैठ गये। जैसे-जैसे जड़ी-बूटियों से बनी उनकी गोलियाँ और दवाइयाँ तेज़ी से बिक रही थीं और बाज़ार बढ़ता जा रहा था, वे और उनके भाई अच्छा पैसा कमा रहे थे।

निज़ाम के शहर की कुस्तुनतुनिया-सरीखी गलियों से गुज़रते हुए भुर्जी ख़ाँ थोड़े उत्फुल्ल-से लगे। वे महल के अहाते में हुई एक संगीत सभा

को याद करने लगे जिसमें कई साल पहले वे अपने अब्बा के साथ आये थे। अल्लादियाँ ख़ाँ के दरबारी कान्हड़ा की मन हरने वाली प्रस्तुति से नवाब इतने ख़ुश हुए थे कि उन्होंने दिल से 'सुबहान अल्लाह' कहते हुए अचानक मानिक का अपना हार उतार कर उनकी नज़र कर दिया था। भुर्जी ख़ाँ ने पूछा कि क्या ऑल इण्डिया रेडियो के स्थानीय केन्द्र निदेशक, रोशन अली अब भी मौजूद थे। परिवार से उनकी अच्छी मित्रता रही थी और वे उनके संगीत के उत्साही समर्थकों में से थे।

❑

जब वे घर पहुँचे तो भुर्जी ख़ाँ आहिस्ता से कार से उतरे और उन्होंने अपने चारों ओर देखा। फिर वे अचानक घुटनों के बल सिजदे में बैठ गये और उन्होंने हाथों को दुआ में ऊपर उठा लिया। शंकरराव के घर के अहाते में दक्कन के तेज़ सूरज की धूप में लाल मिट्टी पर घुटनों के बल बैठे-बैठे उनकी आँख से आँसू का एक क़तरा उनके गाल पर बहता चला गया। गनपतराव ने नरमी से उनके कन्धे को छुआ और कहा, 'आइए, खाँ साहब, सब ठीक हो जायेगा।'

उन्होंने बीमारी से कमज़ोर गायक को सहारा दे कर मुख्य घर से जुड़े एक हिस्से में सीढ़ियाँ चढ़ायीं। इस खण्ड में उन्हें और बाबा को एक बड़ा-सा, हवादार, रोशन कमरा दिया गया था। कमरे में दो चारपाइयाँ थीं। बाबा ने अपने पिता का कोट और टोपी उतारी, बूढ़े दुर्बल ख़ाँ साहब को लेटने में मदद दी और उन्हें चादर ओढ़ा दी। फिर उन्होंने अपनी कमीज़ उतारी और उसे दीवार में लगी खूँटी पर टाँग दिया।

कुछ मिनट बाद शंकरराव आये और बोले, 'ख़ाँ साहब, आज आपकी जो मर्ज़ी हो, मन भर कर खा सकते हैं। बल्कि मैं ख़ुद आगे सड़क पर जो होटल है, उससे आपके लिए खाना मँगा दूँगा, क्योंकि आप जानते हैं हमारे घर में गोश्त-अण्डा नहीं बनता। लेकिन कल से पूरे दो हफ़्ते तक आप को कड़ाई से गाय के दूध और मेरी दवाइयों की ख़ूराक पर रहना होगा।'

ख़ाँ साहब कमज़ोर हँसी हँसे और फिर उन्हें सूखी खाँसी का दौरा पड़ गया। साँस लेने के लिए हाँफते हुए उन्होंने कहा, 'अरे, आप बाहर से खाना मँगाने का झंझट मत कीजिए। थोड़े-से शाकाहारी खाने से हमारा कोई

नुक़सान नहीं होगा। फिर मैं तो भाभी के हाथ का बना खाना खाने का इन्तज़ार कर रहा हूँ।'

'ठीक है फिर...अभी आप आराम कीजिए। थकाने वाला सफ़र करके आये हैं आप। आपको अपनी सारी ताक़त बचा कर रखनी है। बाबा, आओ, मैं तुम्हें घर दिखा दूँ। इस जगह को अपनी ही समझना।'

उस शाम ढोंढूताई खाने की थाली और पानी का गिलास अपने उस्ताद के लिए ख़ुद लायीं। उनके खाना खाने के दौरान वे उनकी बग़ल में खड़ी निगरानी रखती रहीं कि उन्हें और किसी चीज़ की ज़रूरत तो नहीं। जब वे हाथ-मुँह धो चुके तो उन्होंने ढोंढूताई से अनुरोध किया कि वे उनके पास बैठ कर रात का कोई राग सुनायें।

'बाबा, जाओ तानपुरा लाओ। मैं अपनी बेटी को गाते हुए तो सुनूँ।'

ढोंढूताई ने उस जोश और उत्साह से बसन्त केदार गाया जो उन लोगों के लिए सँजो कर रखा जाता है जिनसे हम गहरा प्यार करते हैं। बन्दिश के बोल बसन्त और नये जीवन के बारे में थे और लगता था कि वे उनके बीमार उस्ताद की आत्मा तक पहुँच कर उनके अस्तित्व की कोशिकाओं को पुनर्जीवित होने और फलने-फूलने के लिए उकसा रहे थे।

अगले दो हफ़्तों तक वे हर रोज़ सुबह और शाम को उनके पास जातीं और उनके चरणों में बैठ कर उनका दिल बहलाने के लिए गातीं। वे बिस्तर पर लेटे-लेटे उन्हें सिखाने-बताने की कोशिश करते, कभी-कभी महज़ हाथ के इशारे से कि फ़लाँ सुर को थोड़ा नीचा या मद्धम होना चाहिए था। अगर वे उँगलियाँ हिलाते तो उसका मतलब होता कि किसी टुकड़े में थोड़ी-सी गमक या मरोड़ की ज़रूरत थी। वे कुछ मिनट तक उठ कर बैठ जाते, मगर ज़्यादातर वक़्त दो मोटे-मोटे गोल तकियों के सहारे लेटे रहते। वे बहुत कमज़ोर हो गये थे, क्योंकि उनके खाने-पीने पर कड़ी पाबन्दी लग गयी थी। लेकिन हफ़्ते भर में उनके चेहरे पर छाया पीलापन कम हो गया लगता था। ढोंढूताई देवी से उनके ठीक हो जाने की प्रार्थना करतीं और उन्होंने संकल्प किया था कि जब वे लौट कर कोल्हापुर जायेंगे तो वे मन्दिर में जा कर देवी के सामने गायेंगी।

बाबा अपने पिता के पैरों को दबा रहे थे जब खट-खट हुई और शंकर

राव अपने जीजा गनपतराव के साथ अन्दर आये।

'इंजेक्शन का समय हो गया!' उन्होंने कहा। हर दूसरी शाम वे अपने मरीज़ की ताक़त बढ़ाने के लिए उन्हें विटामिनों की एक सुई लगाते। ख़ाँ साहब ने बिना हिचके पाजामा नीचे कर दिया। हालाँकि उन्हें सुई लगवाने से चिढ़ थी, लेकिन इस डॉक्टर में यह ख़ासियत थी कि वे बिना तकलीफ़ दिये सुई लगाते थे।

'हो गया ? डॉक्टर साहब आप नाक़ाबिले-यक़ीन हैं।'

'इसके पीछे भी क़िस्सा है, ख़ाँ साहब।' गनपत राव ने हँसते हुए कहा। 'आपको पता है कि एक समय था जब शंकर राव महात्मा गाँधी का चेला था – मगर यह मत पूछिएगा कि क्यों! बीच-बीच में इसे बाक़ी स्वतन्त्रता सेनानियों के साथ जेल में ठूँस दिया जाता था। क्योंकि यह बाक़ायदा डॉक्टर था, इसे बीमार क़ैदियों की देख-भाल के लिए कहा जाता। इसने इतने इंजेक्शन दिये कि सिर्फ़ अभ्यास ही से इसे पीड़ा रहित सुई लगाने की कला आ गयी।'

'हा-हा!' शंकर राव हँसे। 'आधा समय तो उनके पास मरीज़ों की भारी भीड़ के लिए दवाइयाँ भी नहीं होती थीं। वे बस इंजेक्शन में सेलाइन वॉटर भर देते और मुझसे सुई लगाने को कहते, ताकि मरीज़ बेहतर महसूस करने लगे। मुझे उन दिनों की याद मत दिलाओ!' उन्होंने जोड़ा। 'मैं अब समाजवादी से बदल कर पूँजीपति हो गया हूँ।'

'हाँ, मगर ऐसा पूँजीपति जिसके भीतर दिल है,' भुर्जी ख़ाँ ने बीच में कहा। वे सब हँस दिये।

दो हफ़्तों के बाद, जो उन्हें दो बरसों जैसे लगे, ख़ाँ साहब को नियमित खाना खाने की इजाज़त मिल गयी। वे इस घड़ी का इन्तज़ार करते रहे थे। यह सिर्फ़ मरने का डर था जिसने उन्हें ख़ुद पर लगायी गयी पाबन्दियों के ख़िलाफ़ भड़क उठने से रोका हुआ था। पचास साल के अर्से में यह पहला मौक़ा था जब वे दो दिन से ज़्यादा तक गोश्त खाये बिना रहे थे।

लेकिन उन्हें ज़ोर का झटका लगने वाला था। उन्हें रत्ती भर ख़याल नहीं था कि दूध का उपवास तो महज़ शुरुआत थी, अभी उन्हें लम्बे समय तक सारी अच्छी चीज़ों से परहेज़ करना था। अगले दो हफ़्तों के दौरान

उनकी ख़ूराक धीरे-धीरे बढ़ कर सिर्फ़ उबले पालक और कच्चे टमाटरों तक पहुँचने वाली थी। डॉक्टर ने उन्हें इसलिए अँधेरे में रखा था, ताकि वे एक-एक दिन करके इलाज को बरदाश्त कर सकें।

उस सुबह जब उन्हें अपना उपवास तोड़ना था तो नीचे रसोई-घर में बहुत अटकलबाज़ी चल रही थी।

'हम उनके पास यह कैसे ले जायेंगे ? मुझमें तो इतनी हिम्मत नहीं है कि मैं ले जा सकूँ,' ढोंढूताई ने घबराते हुए अपनी मामी से कहा जो टमाटरों को छोटे-छोटे सुथरे टुकड़ों में काट रही थी।

'इसमें कोई शक नहीं कि वे नाराज़ होंगे,' उसने कहा। 'लेकिन इस बारे में हम कुछ नहीं कर सकते। उन्होंने भारी खाना खाने और तम्बाकू पीने से अपनी सेहत तबाह कर ली है। सभी मुसलमान ऐसे ही खाते हैं,' उनकी मामी ने तुर्शी से कहा। 'हैरत नहीं कि हमारे हिन्दू पण्डित इतने लम्बे समय तक जीते हैं। आप वही होते हैं जो आप खाते हैं।'

❑

ढोंढूताई ने ज़ोर से साँस खींची। ख़ाँ साहब की प्रतिक्रिया को ले कर अपनी घबराहट के चलते उन्होंने अपनी उँगली काट ली थी। वे दौड़ कर नलके तक गयीं और उन्होंने उँगली को पानी की धार के नीचे कर दिया।

'इधर आओ, ढोंढाबाई,' परिवार की पुरानी सेविका ईश्वरम्मा ने कहा। 'मैं इस पर पट्टी बाँध दूँ। चिन्ता मत करो। तुम्हारे ख़ाँ साहब के लिए खाना मैं ले जाऊँगी। वे चाहें तो चिल्लायें, मुझे परवा नहीं। अपने समय में उनसे ज़्यादा बुरे राक्षसों से मेरा पाला पड़ा है।'

ठीक दोपहर होते ही आगे-आगे हाथ में पिलपिले पालक की थाली उठाये निडर, निर्भीक ईश्वरम्मा और पीछे-पीछे एक छोटा-सा जुलूस ख़ाँ साहब के कमरे को जाने वाली सीढ़ियों को चढ़ा। अंजाम के लिए तैयार, बाबा दरवाज़े पर खड़े थे ईश्वरम्मा अन्दर गयी और 'सलाम' के साथ भुर्जी ख़ाँ को जुहार करते हुए उसने थाली उनके सामने रख दी। गनपत राव अन्दर गये, उस्ताद के सामने वाली चारपाई पर बैठ गये और अख़बार उठा कर पढ़ने का नाटक करने लगे। ढोंढूताई इस आशंका से ग्रस्त कि पहले कौर में

क्या होता है, दरवाज़े पर जा खड़ी हुईं।

वही हुआ, जैसे ही ख़ाँ साहब ने पालक का एक चमचा मुँह में डाला, उन्होंने उसे थूक दिया और दहाड़े। 'यह क्या बला है ? बिलकुल बेस्वाद है ! मेरा असली खाना कहाँ है ? यह क्या बकवास है ?'

गनपत राव ने अख़बार नीचे किया और भुर्जी ख़ाँ से आँख मिलायी। 'ख़ाँ साहब, आपके सामने दो रास्ते हैं। क्या आप जीना चाहते हैं या मरना ?'

भुर्जी ख़ाँ का चेहरा ग़ुस्से से लाल हो गया। लेकिन उन्हें जवाब मालूम था। उन्होंने बाक़ी का खाना ख़ामोशी से खा लिया। ढोंढूताई उन्हें देखती रहीं और उन्हें बहुत बुरा लगता रहा। इस शेर–सरीखे आदमी को कितना दबना पड़ा था। वे कैसा महसूस कर रहे होंगे ?

लेकिन हैदराबाद में उस एक महीने के दो महत्वपूर्ण परिणाम हुए : भुर्जी ख़ाँ की तबियत सुधर गयी और ढोंढूताई को उनसे पाँच साल और सीखने का मौक़ा मिल गया।

७

साल भर बाद, १९४६ में बम्बई में अल्लादिया ख़ाँ का देहान्त हो गया।

उनके आख़िरी कुछ बरसों के दौरान बाबा ही उनके सबसे नज़दीकी संगी-साथी थे। बुज़ुर्ग उस्ताद और उनके पोते के बीच बड़ा अन्तरंग सम्बन्ध था; वह अदब-आदाब के उन औपचारिक नियम-क़ायदों से नहीं जकड़ा था जो अपने बेटों के साथ अल्लादियाँ ख़ाँ के व्यवहार में नज़र आते थे। हर शाम, बाबा उन्हें सैर कराने समन्दर के किनारे ले जाते और वे सागर की ओर मुँह किये, बेंच पर बैठे, सूरज को डूबते देखते रहते। फिर इससे पहले कि बहुत अँधेरा हो जाये, वे टहलते हुए वापस चले आते। रात को, बाबा अपने दादा के बिस्तर के पास बैठ कर उन बन्दिशों और बोलों को लिखते, जिन्हें अल्लादिया ख़ाँ जब और जैसे याद आता आहिस्ता से बोल कर लिखाते। वे धीरे-धीरे पान पपोलते हुए, पुरानी धुनें गुनगुनाते और पुरानी यादों को ताज़ा करते।

अपने आख़िरी कुछ बरसों के दौरान अल्लादिया ख़ाँ अपने नज़दीकी दोस्त और भक्त प्रशंसक अनन्तराव शिरगाँवकर की बेटी, लीलाबाई को सिखा रहे थे। वह सर्वेयर बिल्डिंग से पाँच मिनट की दूरी पर रहती थी। एक दोपहर जब वे उसके सामने बैठ कर उसे दोपहर के समय का एक करुण राग, शुद्ध सारंग - सिखा रहे थे, उनकी आँखों से आँसुओं की धारा बहने लगी। लीलाबाई ने तानपुरा बजाना छोड़ दिया और बोली, 'ख़ाँ साहब, आप ठीक तो हैं ? हम थोड़ी देर रुक जाते हैं।'

उन्होंने सिर्फ़ हाथ उठाया और सिर हिलाते हुए बोले, 'नहीं-नहीं, रुको मत। मैं तो बस पुराने ज़माने को याद कर रहा था। मेरे भाई हैदर ख़ाँ और मैंने

यह राग राज दरबार में साथ-साथ जाने कितनी बार गाया था... कहाँ चले गये वे दिन ? और कहाँ हैं वे लोग अब, जो कभी हमारे इतना नज़दीक थे ?'

❑

अल्लादिया ख़ाँ को इत्मीनान से मरना नसीब नहीं हुआ। अपने आख़िरी समय बिस्तर पर लेटे, तकलीफ़ सहते हुए, उनकी सबसे बड़ी कचोट इस बात को ले कर थी कि उनके बच्चों ने उनके संगीत की अनमोल विरासत को पूरी तरह नहीं हासिल किया था – एक बेटे को छल-कपट से बैरागी बना दिया गया था; दूसरा, जो सचमुच बड़ा गायक बन सकता था, कम उम्र में ही चल बसा था और तीसरा एक बेहतरीन उस्ताद था – उसने ढोंढूताई के साथ-साथ दूसरे जाने-माने गायकों को सिखाया था – लेकिन उसमें फ़नकार वाले गुण नहीं थे।

❑

ख़ाँ साहब को चौपाटी के पास चर्नी रोड के किनारे एक मुस्लिम क़ब्रिस्तान में अपने पुराने दोस्त और आध्यात्मिक गुरु सईद साहब की बग़ल में दफ़्न किया जाना था। जब एक महान व्यक्ति मरता है तो उसकी योग्यता अकसर उसके जनाज़े में शामिल होने वाले लोगों की तादाद से लगायी जाती है। लेकिन आश्चर्यजनक रूप से अल्लादिया ख़ाँ के जनाज़े में बहुत कम लोग शरीक़ हुए। जनाज़े के साथ क़ब्रिस्तान तक जाने वाले लोगों में मुश्किल से पन्द्रह-बीस आदमी रहे होंगे।

ख़ाँ साहब के एक जीवनीकार ने एक मुस्लिम गायक से पूछा, 'जब कोई मशहूर गायक गुज़र जाता है तो आप सब जत्था बना कर उसके जनाज़े में शामिल होते हैं। फिर यह कैसे हुआ कि आज जब एक संगीत-सम्राट का देहान्त हुआ तो आप लोगों में से किसी ने शक्ल तक नहीं दिखायी ?'

गायक ने अपनी आवाज़ में हलका-सा तंज़ भर कर जवाब दिया, 'ख़ाँ साहब ख़ुद को हिन्दू ब्राह्मण कहा करते थे। हम लोग तो आख़िरकार नीचे दर्जे के मुसलमान हैं। हम उनके जनाज़े में क्यों शरीक हों ?'

महान सन्त-कवि कबीर की तरह, जो ख़ुद को न तो हिन्दू कहते थे,

न मुसलमान, ख़ाँ साहब एक ऐसी अनाम धरती पर जिये – और मरे – जिसे बहुत कम लोग समझ या सराह सकते हैं। वे गोश्त खाते थे, लेकिन वे सवर्ण हिन्दुओं की तरह जनेऊ भी पहनते थे। वे इस्लाम के अनुयायी थे, लेकिन उन्होंने गहरी आध्यात्मिक और वैचारिक बन्दिशों की रचना की थी जिनमें हिन्दू दर्शन की पैनी समझ दिखायी देती थी। वे हर रोज़ नमाज़ पढ़ते थे, लेकिन पूरी श्रद्धा के साथ मन्दिरों में गाते थे। उन्होंने अपने संगीत के सबसे अनमोल जवाहरात ग़ैर-मुस्लिम गायकों को दिये थे। संगीत उनका धर्म था।

❑

ढोंढूताई ने हिन्दू-मुस्लिम एकता पर राग भैरव में रची गयी उनकी एक बन्दिश को याद करने की कोशिश में बातों का सिलसिला रोक दिया। फिर कहा कि उन्हें अपनी स्मृति टटोलनी होगी या बाबा को लिख कर पूछना होगा, मगर जब अगली बार मैं सबक़ के लिए उनके पास आऊँगी तो वे उसे मेरे लिए सँभाल कर रखेंगी।

❑

मैं उसके बारे में भूल गयी, लेकिन कुछ हफ़्ते बाद उन्होंने मुझे एक पुराना, पीला पड़ता लिफ़ाफ़ा थमाया; वैसा लिफ़ाफ़ा जो सामने से नहीं, बग़ल से खुलता है। मैंने लिफ़ाफ़े पर टंकित उनके नाम-पते पर नज़र डाली। हमेशा की तरह उनका नाम ग़लती से 'मिसिज़ कुलकर्णी' लिखा हुआ था। लिफ़ाफ़े की पिछली तरफ़ उन्होंने बन्दिश की पहली पंक्ति लिखी हुई थी :

'अल्लाह तू करीम रहीम, सब तेरो देवल और मस्जिद...'

यह भाईचारे के लिए एक कलाकार की पुकार थी, जो ज़माने के शोर-ग़ुल में खो गयी थी।

चौथा भाग

केसरबाई

१

हम उमस-भरे कमरे में बैठे हुए थे, जिसकी खिड़कियाँ मूसलाधार बारिश को अन्दर आने से रोकने के लिए बन्द की हुई थीं। मैं उस मक्खी को मारने की कोशिश कर रही थी जो आसरे की तलाश में भीतर चली आयी थी और बदहवासी में भिनभिनाती हुई चारों तरफ़ चक्कर काट रही थी। ढोंढूताई मुझे देखती रहीं, फिर आहिस्ता से हँसीं। 'छोड़ दो बेचारी को। आओ, थोड़ी-सी चाय बनायें और सुस्तायें, उन्होंने कहा। 'और क्या चारा है हमारे पास ? जब बारिश धीमी हो जाये तब तुम चली जाना। तब तक क्यों न हम संगीत के कुछ रिकॉर्ड सुनें ?'

'अच्छा ख़याल है, बाई जी।'

हम उनके रसोई-घर में चले गये और मैं वह रस्म देखती रही जो पिछले बीस बरसों से मुझे दिलचस्प लगती आयी थी - वह इलेक्ट्रिक लाइटर जिसे वे गैस का चूल्हा जलाने के लिए दो बार चुटपुटातीं, ख़ुशबूदार चाय की पत्तियों से भरा, ज़ंग-खाया, हरे रंग का टीन का डिब्बा, वह हल्का-सा चिटका हुआ प्याला जो निष्ठापूर्वक एक घर से दूसरे घर उनका अनुसरण करता आया था। उन्होंने दो क़िस्म की चाय की पत्तियाँ मिलायीं और उन्हें कुछ मिनट तक सीझने के लिए छोड़ दिया। 'मेरी चाय मिश्रित राग जैसी है। दोनों अलग-अलग उम्दा स्वाद वाली, लेकिन आपस में एकदम ठीक ढंग से मिलाये जाने पर, कैसा अद्‌भुत परिणाम!'

मैं मुस्करायी ढोंढूताई के यहाँ आना एक और आदत थी जो मैं छोड़ नहीं पायी थी।

❑

मैं अब शादी-शुदा थी, वापस बम्बई आ गयी थी और टाइम्स ऑफ़ इण्डिया में निजी वित्तीय मामलों की सम्वाददाता-पत्रकार थी। इस सब के बीच मैं अब भी बोरीवली की फ़ास्ट लोकल पकड़ कर वहाँ जाती थी और अपनी इस तर्कहीन सनक पर ली गयी चुटकियों को झेलती थी। यह एक समानान्तर दुनिया थी जिसका मेरी बाक़ी ज़िन्दगी से बिलकुल कोई सम्बन्ध नहीं था। मुझे उनके छोटे-से संसार में तसल्ली और सुकून मिलता था

ढोंढूताई अब भी मुझे एक महान गायिका बनाने के सपने लेती थीं। और मैं? मैं कोशिश करती, लेकिन न तो समय दे पाती, न वह पूरम्पूर निष्ठा और लगन; और लगातार लड़खड़ाती रहती; देर रात तक जगने, या एक सिगरेट अधिक पी लेने या फिर तयशुदा वक़्त तक काम पूरा करने के बन्धन की वजह से सबक़ और रियाज़ में नागा कर जाती।

तो भी, कुछ था जो निश्चय ही मेरे लिए बदल गया था। मैं इस संगीत की ताक़त को समझने लगी थी। वह मेरे भीतर दाख़िल हो गयी थी। जब मैं गाती तो ख़ुद को और अपने समय के एहसास को भूल जाती। संगीत का मेरा सबक़ और ढोंढूताई का शर्त रहित प्यार मेरा उपचार बन गया था।

मैंने भाप छोड़ते चाय के प्याले उठाये और संगीत कक्ष की तरफ़ बढ़ी, जिसे यह सम्मानजनक नाम इसलिए दिया गया था, क्योंकि उसमें एक टू-इन-वन कैसेट प्लेयर था और एक अलमारी जिसमें ढोंढूताई द्वारा बरसों के दौरान रिकॉर्ड किये गये संगीत के कैसेट रखे थे। उन्होंने सावधानी से गत्ते का एक डिब्बा निकाला जिसमें भाँति-भाँति के टेप रखे हुए थे - सोनी, टीडीके, आइवा - और मैंने यूँ ही एक टेप चुन लिया। टेप पर चिपके काग़ज़ पर मुश्किल से पढ़ी जाने वाली लिखावट में लिखा था - दादर-माटुंगा संस्कृति केन्द्र, १९७६।

मैंने बटन दबाया तो स्पीकरों से पहले तो एक खरखराती आवाज़ आयी और फिर ढोंढूताई का स्वर धीरे-धीरे ऊपर उभरता हुआ राग बिहागड़ा की लहरें हवा में बिखेरने लगा। हम कुछ मिनट तक ख़ामोशी से सुनते रहे। बहुत सुन्दर बन्दिश थी। हर बार जब वे झटके से क्रम पूरा करके सम पर आतीं, मेरे मुँह से 'वाह' निकल जाती, और मैं अपनी प्रशंसा पर उनके चेहरे को दमक उठते देखती।

❑

'यह आपको किसने सिखाया, बाई जी ?'

'केसरबाई ने। यह उनके पसन्दीदा रागों में था। बल्कि, जब मैं पहली बार उनसे मिली तो उन्होंने यही गाया था।'

'उसके बारे में बताइए न ?'

ढोंढूताई हँसीं। 'संगीत को सुनो बस। वह ज़्यादा ज़रूरी है।'

'बताइए न बाई जी! मुझे पक्का विश्वास है कि इसमें कोई क़िस्सा है।'

'तुम तो पागल हो! ख़ैर, तुम ज़िद करती हो तो सुनो।' उन्होंने प्याला रख दिया और पूरी गम्भीरता से बात शुरू की। 'मैं पहली बार उनसे १९६२ में मिली। इसके अलावा मैंने उन्हें एक ही बार देखा था, १९४४ के विक्रमादित्य संगीत सम्मेलन में। वे मैरीन लाइन्स के पास बिरला मातुश्री हॉल में कार्यक्रम पेश कर रही थीं और हम तीनों लोग टिकट ख़रीद कर उन्हें सुनने गये थे।'

'कौन तीन लोग ?'

'अरे, मेरे पिता, मैं और बाबा...'

'ठीक है, आगे बताइए...वाह!' मेरा ध्यान कुछ पल के लिए संगीत की तरफ खिंच गया था। उन्होंने अभी-अभी बन्दिश के शब्दों के साथ खेलते हुए एक उम्दा टुकड़ा गाया था। मैंने श्रोताओं की भी 'वाह-वाही' सुनी जो रिकॉर्ड हो गयी थी। यही लोगों के सामने बैठ कर संगीत की अदायगी की ख़ूबसूरती होती है। महान संगीत तभी परिपूर्ण होता है जब संगीतकार के सुर सुनने वाले की आत्मा को छू लेते हैं और प्रशंसा की आवाज़ लौट कर संगीतकार के पास आती है। यह सम्बन्ध बिजली की तरंग जैसा होता है। सच तो यह है कि जिन दिनों संगीत निजी और अन्तरंग सभागारों में पेश होता था, मंच के सामने का इलाक़ा उन लोगों के लिए आरक्षित रहता था, जिन्हें 'वाह-वाह जत्था' कहते थे - ऐसे श्रोता जो इस बात का ख़ास ख़याल रखते थे कि ऊँचे स्वर में प्रशंसा करके, साँस छोड़ कर या किसी हरकत से कलाकार के सामने अपनी प्रतिक्रिया व्यक्त करें।

मद्धम, मधुर संगीत, वह ख़ास राग, वे यादें जो धीरे-धीरे बुलबुलों की तरह सतह पर उभर रही थीं - इस सबने ढोंढूताई को बातचीत करने के

लिए उकसा दिया और उन्होंने ग़ैर–कुदरती हुनरमन्दी वाली उस गायिका से अपनी पहली मुलाक़ात के बारे में बताया जिसने एक समय यही सुर साधे थे और ढोंढूताई को राग बिहागड़ा के मुख्य स्वर – गा – के भीतर बैठी देवी को प्रसन्न करने की तरक़ीब सिखायी थी।

'मेरा ख़याल है, मैं लगभग तीस साल की थी, असल में थोड़ी बड़ी,' उन्होंने शुरू किया।

'लगभग मेरी उमर की,' मैं बुदबुदायी।

'हाँ, लेकिन तुमसे उलट थी। मैं कोई बेवकूफ़ और कच्ची नौसिखुआ नहीं थी। मैं सीखने के मामले में गम्भीर थी,' उन्होंने बिना किसी कटुता के कहा। मैं रज़ामन्दी में झेंपती हुई मुस्करायी।

'हाँ, तो जब बाबा ने एक मराठी अख़बार में केसरबाई से लिया गया इण्टरव्यू पढ़ा जिसमें उन्होंने कहा था कि अब वे आख़िरकार ऐसे शागिर्द को सिखाने के लिए तैयार हैं जो उनके योग्य साबित हो तो हमने जबलपुर से बम्बई जाने वाली रात की गाड़ी पकड़ ली...'

बाबा जानते थे कि महज़ भुर्जी खाँ के सिखाये ही ढोंढूताई उनके घराने के संगीत को आगे नहीं ले जा सकेंगी। ढोंढूताई को घराने की सबसे कुशल और मेधावी गायिका से परिचित कराना ज़रूरी था। इसके अलावा वे देख रहे थे कि संगीत के रिश्ते की उनकी बहन जबलपुर में पड़ी मुरझा रही थी जहाँ ढोंढूताई पिछले चार–पाँच साल से रह रही थीं। भुर्जी ख़ाँ के देहान्त के कुछ ही समय बाद ढोंढूताई और उनकी बहन अपने मामा शंकरराव की आयुर्वैदिक दवाइयों की कम्पनी में उनकी सहायता करने के लिए हैदराबाद चली गयी थीं। सात साल बाद मामा के साथ थोड़े–से मनमुटाव के बाद सारा परिवार जबलपुर चला आया जहाँ ढोंढूताई की बहन की शादी हो गयी और उनके भाई की नौकरी लग गयी। हालाँकि उन्होंने गाना जारी रखा और नियमित रूप से रेडियो कार्यक्रम पेश करतीं, मगर ढोंढूताई मुरझाती जा रही थीं। हैदराबाद और जबलपुर जैसे स्थान संगीत के केन्द्र नहीं थे। उन्हें बड़े शहर में, मंच की रोशनियों के बीच बने रहने की ज़रूरत थी।

❑

बीसवीं सदी के छठे और सातवें दशकों में बिरला मातुश्री हॉल शहर के सबसे प्रतिष्ठित सभागारों में शामिल था। ढोंढूताई, गनपतराव और बाबा संगमरमर की सीढ़ियाँ उतर कर, संरक्षकों की दो विशाल आवक्ष मूर्तियों के पास से गुज़रते हुए प्रसाधन कक्ष की ओर बढ़े। बाप-बेटी बाहर खड़े रहे, जबकि बाबा अन्दर गये।

वहाँ, कुर्सी पर केसर बाई बैठी थीं और उनके पीछे शीशे में बिजली के जगमगाते लट्टुओं का चौकोर प्रभामण्डल था। उनके हाव-भाव रानियों के-से थे, मगर वे बैठीं किसी राजा की तरह थीं, अपनी टाँगें हलका-सा फैलाये, हाथ जाँघों पर रखे। बड़े-बड़े हीरे उनके कानों में लिश्कारे मार रहे थे और गले में मोती दमक रहे थे। उन्होंने सफ़ेद सिल्क की साड़ी पहन रखी थी जो उनकी पहचान बन चुकी थी। फ़र्श पर, उनके गिर्द उनकी चिर-परिचित शैली के लोग बैठे थे - उनके अच्छे मित्र शान्तिभाई, उनके सारंगीवादक अब्दुल माजिद ख़ाँ, जिनके सफ़ेद कुर्ते पर पहले ही से पान की लाल पीक के नन्हें-नन्हें धब्बे पड़े हुए थे और यशवन्त केरकर जो तबले पर उनकी संगत करते थे। इन दो साज़िन्दों ने साल-दर-साल बड़ी निष्ठापूर्वक उनका साथ निभाया था और केसरबाई ने भी उनका अच्छा ख़याल रखा था, ताकि वे उनके किसी प्रतिद्वन्द्वी की संगत न करें। यह उनकी एकाधिकार सुरक्षित रखने की रणनीति का अंग थे। आख़िरकार वे और किसी की भी तुलना में केसरबाई के गायन को सबसे अधिक अन्तरंग रूप से जानते थे।

बाबा ने, रस्म के मुताबिक़ हाथ को माथे से लगाते हुए, सभी संगीतकारों से दुआ-सलाम की। 'माई, कैसी हैं आप ?' फिर वे संगतकारों की तरफ़ मुड़े। 'आदाब, ख़ाँ साहब। नमस्कार पण्डितजी।'

'अरे, बाबा ! कैसा अच्छा लग रहा है तुम्हें देख कर। कोल्हापुर से कब आये ? तुम्हारी अम्मी कैसी हैं ? आओ न, आओ, आओ।' केसरबाई ने अपने बटुए से कंघी निकाली और उसे नज़ाकत से अपनी भवों पर फिराया।

'माई, मैं अब्बाजी की शागिर्द ढोंढूताई को लाया हूँ जिसने आपको ख़त लिखा था। क्या आप आज उसे स्टेज पर अपने पीछे बैठने की इजाज़त देंगी ?'

केसरबाई ने बाबा को कुछ पलों तक जलती हुई नज़रों से देखा जो

इतनी तीखी और तेज़ थी कि अगर आदमी उनके स्वभाव से परिचित न होता तो वे उसे छेद देतीं। 'हुँह! अच्छा, देखें, भुर्जी ने क्या पैदा किया है। लाओ उसे अन्दर।'

❑

बाबा दाँत फैलाये हुए बाहर गये और उन्होंने ढोंढूताई को अन्दर आने के लिए कहा। बाप-बेटी ने सकुचाते हुए अन्दर क़दम रखे। ढोंढूताई ने गनपतराव की तरफ़ अनुमोदन के लिए देखा, केसरबाई के पैर छुए और हाथ बाँधे खड़ी हो गयीं, आत्म-विश्वास के साथ लेकिन सम्मान-भरी मुद्रा में। केसरबाई ने ऊपर से नीचे तक उन पर नज़र दौड़ायी। 'तो तुम्हारा ख़याल है कि तुम मेरी संगत कर सकोगी ?'

'कोशिश करूँगी, माई। यह इस पर निर्भर है कि मैं वह राग जानती हूँ या नहीं जो आप गा रही हैं,' ढोंढूताई ने जवाब दिया।

'बेशक तुम उसको जानती हो। मैं बिहागड़ा गा रही हूँ। आजकल तो सारी दुनिया बिहागड़ा को जानने का दावा करती है। यहाँ तक कि वह नीच कुतिया भी बिहागड़ा गा सकती है जो अल्लादिया ख़ाँ के पाख़ाने साफ़ करती है। तुम क्यों नहीं उसे गा पाओगी ?' उन्होंने क़हक़हा लगाया और माजिद ख़ाँ की तरफ़ देखा। 'क्या बोलते हैं, ख़ाँ साहब ?' वे उनकी तरफ़ देख कर दबी हुई हँसी हँसे। बाबा बेचैनी से मुस्कराये और उन्होंने कोशिश की कि गनपत राव की प्रतिक्रिया देखने के लिए उनकी तरफ़ निगाह न डालें।

एक ही विलक्षण विस्मयकारी झटके में केसरबाई ने अपने बारे में सारी अफ़वाहों को सच साबित कर दिया कि वे गन्दी ज़बान वाली, मुँहफट औरत हैं। ढोंढूताई भौंचक्की स्तम्भित रह गयीं, लेकिन उसी पल से उन्होंने फ़ैसला कर लिया कि वे केसरबाई के व्यक्तित्व से विचलित नहीं होंगी। वे केवल एक उद्देश्य से वहाँ आयी थीं। वे एकाग्रता से अपने मन को उस पर केन्द्रित रखेंगी और बाक़ी सब कुछ नज़रन्दाज़ कर देंगी।

आगे, उस शाम केसरबाई ने दो तानपुरों के बीच में बैठ कर एक के बाद दूसरा विलक्षण राग असाधारण कौशल से अदा करते हुए ऐसा संगीत पेश किया जो सुनने वाले को ज़िन्दगी में एक या दो बार ही सुनने को मिलता

है। उनके गायन में एक बग़ैर-तराशे हीरे के-से गुण थे। वह रूखड़ था, कभी-कभी खुरदरा भी, मगर शानदार था। उनके आख़िरी सुर को ख़त्म करने के बाद जब तानपुरे शान्त हुए तो एक पल तक निःस्तब्धता छायी रही, फिर श्रोताओं की तालियाँ गड़गड़ा उठीं। चाहे कितनी भी अहंकारी और असभ्य वह रही हो, लेकिन जब यह औरत गाने बैठती थी तो वह अपने हाड़-माँस के शरीर से ऊपर किसी दूसरे ही लोक में पहुँच जाती थी। केसरबाई के पीछे बैठे हुए ढोंदूताई ने तय किया कि उन्हें हर हाल में इस जादू का एक हिस्सा चाहिए था।

केसरबाई ने ढोंदूताई को अगले दिन शिवाजी पार्क में अपने घर - पराग - आने के लिए कहा। तीनों लोग शाम के समय रस्म के मुताबिक़ भेंट-उपहार और दक्षिणा ले कर वहाँ पहुँचे। अचानक केसरबाई ने झपट कर ढोंदूताई का हाथ पकड़ा और उसे अपने चेहरे के करीब लायीं।

'यह अँगूठी तुम्हें किसने दी ?' उन्होंने भौंचक्की ढोंदूताई से पूछा।

'एक सज्जन ने जिन्होंने बरसों पहले मुझे गाते सुना था।'

केसरबाई कुछ पल हवा में नज़रें गड़ा कर देखती रहीं और फिर उन्होंने एक मद्धम हुँकारा भरा। उन्होंने उस लिफ़ाफ़े को घूरा जो उस थाली पर रखा हुआ था जिसे ढोंदूताई ने हाथों में उठाया हुआ था और भँवें सिकोड़ीं।

'इसे उठा लीजिए,' उन्होंने रूखे स्वर में कहा।

'माई, हमें शर्मिन्दा मत कीजिए। यह तो केवल प्रतीक...।'

'कोई सवाल नहीं। अगर मैं संगीत सिखाने से पैसे कमाना चाहती तो मैं लाखों बना सकती थी। जो मैं आप लोगों को दूँगी, उसे पैसे-कौड़ी में नहीं तौला जा सकता। मेरे साथ पैसे की कभी बात मत करना।'

ढोंदूताई ने लिफ़ाफ़ा अपने पिता को पकड़ा दिया और फिर अपनी शिक्षिका की गोद में नारियल रखते और फिर उनके गले में माला डालते हुए, रस्म जारी रखी। केसरबाई ने ढोंदूताई की कलाई पर गण्डा बाँधा। यह उस्तानी और शिष्या के आपसी रिश्ते की निशानी थी। एक ओर से सेवा और निष्ठा का अटूट बन्धन, दूसरी ओर आजीवन संगीत का लेन-देन।

इसके बाद केसरबाई की भतीजी चाय की ट्रे ले आयी और वे कुछ

मिनट तक अटपटी ख़ामोशी में बैठे रहे, जबकि केसरबाई अपनी नयी शिष्या को घूरती रहीं। कुछ मिनट बाद जब केसरबाई के मित्र शान्तिभाई ने कमरे में दाख़िल हो कर तनाव को तोड़ दिया तो ढोंढूताई को बेपनाह राहत का एहसास हुआ। केसरबाई ने उन्हें उदीयमान गायिका का परिचय दिया। 'यही वह लड़की है जिसे भुर्जी ने सिखाया है। इसने लोकसत्ता में मेरा इण्टर्व्यू पढ़ा था जिसमें मैंने कहा था, मैं एक ऐसा गायक खोज रही हूँ जो पहले से इस घराने में सिखाया गया है, ताकि वह मेरी विरासत सँभाल सके। यह ब्राह्मण लड़की है...कोल्हापुर से...।'

शान्तिभाई ढोंढूताई की तरफ़ देख कर प्रसन्नता से मुस्कराये। वे अमीर संगीत पारखियों की एक मण्डली की हिस्सा थे जो केसरबाई के गहरे भक्त थे और एक के बाद दूसरे कार्यक्रमों में केसरबाई के संग-संग बने रहते थे। वे अपना अधिकांश ख़ाली समय उनके घर में हाज़िरी देने, उन्हें रियाज़ करते हुए सुनने, संगीत की दुनिया के बारे में बतकही और गलचौर करने और रागों की चीर-फाड़ करने में बिताते थे। शान्तिभाई जैसे लोगों को उनके संगीत का इतना अच्छा ज्ञान था कि कभी-कभार अगर केसरबाई गाते समय कोई पंक्ति भूल जातीं तो वे उनमें से किसी एक की तरफ़ मुड़तीं - वे लगभग हमेशा पहली क़तार में बैठा करते थे - और पूछतीं कि आगे क्या आयेगा। अगर वे सही-सही बोल बता देते तो वे आभारी होतीं, मगर खीझ भी जातीं। हालाँकि वे उन लोगों पर पूरा भरोसा करती थीं, लेकिन इस बात को ले कर पगलाये ढंग से आशंकित भी रहती थीं कि कोई उनका संगीत जान न जाये।

यह मनोविकार और सन्देह कई तरीक़ों से उनके संगीत पर असर डालता था। वे अकसर बन्दिश में कोई पंक्ति ग़लत गातीं या राग में कुछ ऐसे सुर डाल देतीं जो वहाँ होने नहीं चाहिए थे, ताकि अगर श्रोताओं में अगर कोई सम्भावित नक़लची भी बैठा हो तो भटक जाये। उन्होंने उस ज़माने की बड़ी-बड़ी रिकॉर्डिंग कम्पनियों के प्रस्तावों को ठुकराते हुए अपने गायन को रिकॉर्ड किये जाने से साफ़-साफ़ इनकार कर दिया था। उनकी प्रशंसक मण्डली के एक सदस्य, बाबू भाई लुके-छिपे उनके कार्यक्रमों को रिकॉर्ड करते रहे थे - जिस बात का सन्देह केसरबाई को था। इसलिए वे बीच-बीच में बिना सूचना दिये उनके बँगले पर जा धमकतीं, इस उम्मीद में कि अगर वे

उनका संगीत सुन रहे हों तो उन्हें रँगे हाथों पकड़ लें और सारे टेप ज़ब्त कर लें। लेकिन चतुर व्यवसायी बाबूभाई हमेशा उनसे एक क़दम आगे रहते और संगीत के इस लूटे हुए ख़ज़ाने को सावधानी से छिपा कर रखते, आम तौर पर शान्तिभाई के घर पर।

केसरबाई चाहती थीं कि उनका संगीत उनके साथ ही मर जाये। वे चाहती थीं कि जब वे न रहें तो उनके श्रोता उनकी याद में तड़पें। मगर शान्तिभाई, बाबू भाई और बहुत-से दूसरे लोग संगीत के इस शून्य के बारे में सोचना भी बरदाश्त नहीं कर पाते थे। उनके बार-बार कोंचने से आख़िरकार केसरबाई इस बात पर रज़ामन्द हो गयीं कि किसी को सिखाने के बारे में सोचेंगी और काफ़ी ज़ोर-दबाव के बाद सत्तर बरस की उमर में उन्होंने सिखाने का अपना इरादा ज़ाहिर कर दिया, लेकिन शर्तों के साथ। जब बाबा ने स्थानीय अख़बार में वह इण्टरव्यू पढ़ा था जिसमें बिन बादल की बिजली की तरह केसरबाई ने घोषण की थी कि वे किसी योग्य शिष्य को स्वीकार करने के लिए तैयार हैं जिसने बुनियादी ज्ञान पहले ही से सीख रहा हो, तो उन्होंने उसे काट कर ढोंढूताई के पास जबलपुर भेज दिया था। ढोंढूताई ने केसरबाई को लिखा था और उत्तर पा कर चकित हुई थीं। केसरबाई ने बाद में उन्हें बम्बई आ कर मिलने का न्योता दिया था। यह एक महीना पहले की बात थी।

शान्तिभाई ढोंढूताई की तरफ़ मुड़े। 'कुछ गाओ, भई।'

ढोंढूताई ने अपने पिता की तरफ़ देखा जिन्होंने प्रोत्साहन में सिर हिलाया। वे तानपुरे के तार छेड़ने लगीं और फिर उन्होंने राग पूर्वी गाया, बाक़ायदा राग को उस तरह अदा करते हुए जैसे भुर्जी ख़ाँ ने उन्हें सिखाया था। जब वे गा चुकीं तो उन्होंने तानपुरा रख दिया और उम्मीद-भरी नज़रों से केसरबाई की तरफ़ देखा।

'बढ़िया था। भुर्जी ने अच्छा काम किया है। लेकिन तुम्हें अपनी अदायगी पर मेहनत करने की ज़रूरत है। तुम्हें बन्दिश को अपनी तरह गाना है; वैसे नहीं, जैसे वह तुम्हें सिखायी गयी थी। यही चीज़ बड़े गायकों को उन गायकों से अलग करती है जो सिर्फ़ अच्छे होते हैं,' केसरबाई बोलीं। फिर उन्होंने अपनी बहन को आवाज़ दी। 'लाओ, कुछ मिठाई-विठाई लाओ।

आज हमारे परिवार में एक नया सदस्य आया है।'

उन्होंने मंगलवार और शुक्रवार को शाम के पाँच बजे सीखने-सिखाने का तय किया और ढोंढूताई ने केसरबाई के शर्तों को पूरा करने का वचन दिया : कि वे उनकी इजाज़त के बिना सार्वजनिक कार्यक्रमों में नहीं गायेंगी और किसी को सिखायेंगी नहीं। दो महीने के भीतर गनपत राव ने कोल्हापुर में अपना मकान और ज़मीन बेच कर बम्बई की फ़ोरजेट स्ट्रीट पर आनन्द नगर में एक फ़्लैट ख़रीद लिया। वे, आई और ढोंढूताई – एक छोटे-से दो-कमरों-वाले फ़्लैट में चले आये जहाँ से केसरबाई के घर बस से बीस मिनट में पहुँचा जा सकता था।

❑

जब वे अपने पहले सबक़ के लिए केसरबाई के फ़्लैट पर गयीं तो ढोंढूताई ने आप-से-आप अपनी शिक्षिका के पैर छू कर उनका अभिवादन किया। केसरबाई ने नरमी के साथ उन्हें कन्धों से पकड़ कर उठाया और बोलीं, 'तुम ब्राह्मण की बेटी हो। तुम्हारे लिए यह करने की ज़रूरत नहीं।' लेकिन इस मामले में ढोंढूताई कोई समझौता नहीं करने वाली थीं, हालाँकि वे जानती थीं कि वे और केसरबाई समाज-व्यवस्था के दो विरोधी छोरों पर मौजूद थीं जिसमें औरतें या तो 'अच्छी' होती थीं या 'बुरी', इज़्ज़तदार होती थीं या बदचलन और बदनाम। ये ऐसे ठप्पे थे जो मर्दों ने, समाज ने, लगाये थे और ढोंढूताई इस जाल-बट्टे में फँसने को तैयार नहीं थीं।

बाबा तब तक बम्बई में ही थे और पहली-पहली कुछेक बारियों में वे उन के साथ आये थे। सबक़ शुरू होने से पहले वे सब बैठ कर गप-शप करते। केसरबाई की सबसे छोटी नतिनी आ कर गनपतराव के पीछे खड़ी हो गयी और बालों की उस छोटी-सी चोटी को घूरती रही जो उनके सिर के पीछे लटक रही थी। कुछ ही हफ़्तों में वह उसे खींच कर अपनी नानी के पकड़ने से पहले भाग जाने वाली थी।

'तुम्हें पता है, मैंने तुम्हें दरअसल दस साल पहले गाते सुना था,' केसरबाई ने ढोंढूताई से कहा। 'मैं इस घराने की नयी शागिर्द के तौर पर तुम्हारा नाम सुनती रही थी और यह जानने को उत्सुक थी कि तुम हो क्या

चीज़। सो, मैं तुम्हारे एक कार्यक्रम में चली आयी थी।'

'सचमुच आयी थीं ? मुझे विश्वास नहीं होता,' ढोंदूताई ने शर्मीलेपन से हँसते हुए कहा। 'अच्छा यह बताइए, मैंने क्या पहना हुआ था और क्या गाया था।'

'अरे, मुझे साफ़-साफ़ याद है। तुमने सुनहरी किनारे वाली सफ़ेद नौगज़ी रेशमी साड़ी पहनी हुई थी और बालों की एक लम्बी वेणी गूँथ रखी थी। तुम भरपूर आत्म-विश्वास के साथ मंच पर आयीं, बैठीं और बिना लटके-झटके दिखाये एक शुद्ध सा लगाया। तुमने भूप गाया था। एकदम ठोस था। मुझे यह सोचना याद है कि भुर्जी ने उम्दा काम किया है।'

'बिलकुल ऐसा ही था, माई। अब मैं जान गयी कि आप महज़ मेरी टाँग खिंचाई नहीं कर रहीं।'

केसरबाई फिर बाबा की तरफ़ मुड़ीं और बोलीं, 'और तुम बताओ नौजवान, अब कितने बच्चे हैं तुम्हारे ?'

उनके चेहरे पर झेंप-सी नज़र आयी और मुस्करा कर बोले, 'अ... पाँच, माई।'

'अरे, तुम क्या हो ? कोई चक्की हो जो उन्हें लगातार निकालते रहते हो ?' केसरबाई ने मज़ा लेते हुए कहा और उनकी नतिनी ने हँसी रोक ली।

ढोंदूताई चकरा गयीं। क्या उन्हें अपनी नयी गुरुआनी के मज़ाक पर हँसना चाहिए ? फिर तो वे बाबा का अपमान कर रही होंगी जो उनके लिए गुरु समान थे। या फिर वे ख़ामोश रहें ? लेकिन तब केसरबाई बुरा मान सकती थीं। ढोंदूताई ने कुछ मिनट तक अपने पैरों को ही घूरने का फ़ैसला किया, जिस बीच केसरबाई ठहाका लगा कर हँसती रहीं। अगले दस साल तक ढोंदूताई इसी तरह की पागल करने वाली उलझनों से जूझने वाली थीं।

❑

टेप चुट् की आवाज़ के साथ ख़त्म हो गया। ढोंदूताई ने अपने कानों को हाथ लगाया और झुरझुरी लेते हुए सिर हिलाया। 'तुम कल्पना नहीं कर सकतीं कि उनके मुँह से क्या कुछ निकलता था। क्या औरत थीं।' वे रुकीं, फिर उन्होंने जोड़ा, 'असल में, वे बहुत करके एक मर्द की तरह थीं...'

❑

मैंने इस दिलेर औरत के बारे में जाने कितना सुना था, जिसके दुश्मनों की तादाद उसके दोस्तों से ज़्यादा थी। कहानियाँ अब किंवदन्तियाँ बन गयी हैं – जैसा कि जिस बार उन्हें पद्मविभूषण दिया गया। केसरबाई दिल्ली में राष्ट्रपति कार्यालय की सीढ़ियाँ उतर रही थीं जब उनका आमना-सामना इन्दिरा गान्धी से हुआ जो तब हिन्दुस्तान की प्रधानमन्त्री थीं। उन्होंने आदरपूर्वक एक-दूसरे का अभिवादन किया। दुआ-सलाम के बाद श्रीमती गान्धी ने केसरबाई से अनुरोध किया कि वे अपना हाथ उनके गले पर रख दें। उन्होंने कहा कि एक महान गायिका का स्पर्श यह सुनिश्चित कर देगा कि उनकी आवाज़ हमेशा बुलन्द रहेगी। केसरबाई ने हँसते हुए जवाब दिया, 'आपकी आवाज़ बिलकुल ठीक जान पड़ती है देवी जी। आप पहले ही काफ़ी ज़ोर से चिल्लाती हैं,' और चकित-विस्मित प्रधानमन्त्री को पीछे छोड़ती हुई आगे चल दीं।

एक और मौक़े पर, उन्हें १९७० में महाराष्ट्र राज्य की स्थापना के उपलक्ष में गाने के लिए कहा गया। जब वे गा चुकीं तो मुख्य मन्त्री यशवन्तराव चह्वाण उनके पास गये और बोले, 'कुछ भी माँगिए और वह आपको मिल जायेगा।'

'पक्की बात है ? उन्होंने कहा, उनकी आँखों में चमक थी।

'बिलकुल केसरबाई। आज बम्बई शहर और महाराष्ट्र के लोगों के लिए ऐतिहासिक दिन है और आपने इस अवसर की शोभा अपनी कला से बढ़ायी है।'

'तो फिर एक दिन के लिए मुझे अपना पद दे दीजिए।'

मुख्यमन्त्री ने संयम नहीं खोया। 'आप उसका क्या करेंगी, केसरबाई? मुझे बताइए, और जो कुछ आपके मन में है उसे मैं पूरा करने की कोशिश करूँगा।'

केसरबाई हँसीं और बोलीं, 'उसकी फ़िक्र छोड़िए। लेकिन अगली बार ऐसे वादे मत कीजिए जो आप निभा न सकें।'

जब ढोंढूताई झपकी लेने के लिए लेटीं तो मैं दूसरे कमरे में गयी और एकटक मर्दों जैसी आवाज़ वाली उस औरत के चित्र को देखती रही; वह

औरत, जिसके तेज़ मिज़ाज ने बम्बई के एक अमीर व्यापारी को लकड़ी के चरमराते मंच के नीचे रेंग कर दो घण्टे तक छिप कर बैठने पर मजबूर कर दिया था ताकि वह उनके संगीत को सुन सके, क्योंकि केसरबाई ने एक बार कुछ मनमुटाव हो जाने पर उसे अपने कार्यक्रमों में आने की मनाही कर दी थी।

केसरबाई सार्वजनिक रूप से तूफ़ान की तरह फट पड़ने के लिए मशहूर थीं। वे बाज़ की तरह दर्शकों की छान-बीन करके यह पक्का करतीं कि उनके 'दुश्मनों' में से कोई तो मौजूद नहीं है। अगर उनके गाते वक़्त कोई खाँसने की भूल कर बैठता और उनका मिज़ाज बिगड़ा होता तो वे कार्यक्रम के बीचों-बीच गाना रोक देतीं और उस असहाय श्रोता को सभागार के बाहर जाने का हुक्म सुना देतीं।

इतने ओछे स्वभाव की होते हुए भी, वे इतनी प्रतिभाशाली कैसे थीं ? इतनी आत्म-विभोर और आत्म-विनाशकारी ? ये खोटी प्रवृत्तियाँ उनकी अलौकिक कलाकारिता के साथ-साथ कैसे मौजूद थीं ? या मामला इसके उलट था ? कि संगीत या किसी कलात्मक उद्यम में वैसी ऊँचाई हासिल करने की कोशिश वैसी सनक और पागलपन की माँग करती ही है ? जैसे-जैसे मैं उनके संसार में दाख़िल होती गयी, मैंने पाया कि केसरबाई के अन्दर एक महान गायिका - दुनिया में सबसे अच्छी - बनने का संकल्प एक आध्यात्मिक लक्ष्य नहीं था। इसके विपरीत, उसके पीछे प्रतिशोध की भावना थी और उसकी जड़ें अकल्पनीय पीड़ा में उतरी हुई थीं।

२

१९१४ का साल था। एक शानदार दावत चल रही थी। दो जाने-माने मराठी परिवार अपने बच्चों - हीराबाई और आनन्दराव - के विवाह के माध्यम से जुड़ रहे थे। पुरुष सामने के प्रवेश द्वार से एक-दूसरे का अभिवादन प्रसन्नता और ज़िन्दादिली से करते हुए अन्दर के बड़े कमरे में दाख़िल हो रहे थे। औरतें, जैसा कि रिवाज था, पीछे की तरफ़ से आतीं और वहीं रहतीं, वधू के इर्द-गिर्द मँडराती हुईं, उसके गहनों पर टीका-टिप्पणी करती हुईं, सजावट के बारे में बतियाती हुईं। जिस समय पुरुष वहाँ बैठे चन्दन के शर्बत की चुस्कियाँ ले रहे थे, उन्हें एक युवती को सामने के फाटक से मन्थर गति से आते देख कर आश्चर्य हुआ। वह अभी बीस-पच्चीस बरस की रही होगी। उसने सिल्क की साड़ी और बिना आस्तीनों का ब्लाउज़ पहन रखा था। उसकी आँखों में काजल की लकीरें थीं और होंटों पर पान की हल्की-सी छटा। उसके कण्ठ में एक सोने का हार जगमगा रहा था। उसके कन्धों के गिर्द शील और लाज के ख़याल से कोई दोशाला या चादर नहीं थी, जैसा कि उन दिनों की औरतों में आम रिवाज था। उसने किसी पर ध्यान नहीं दिया, मगर उसे एहसास था कि लोगों की नज़रें उस पर गड़ी हुई थीं, कुछ कामुक जुगुप्सा से, कुछ महज़ उत्सुकतावश। वह बेपरवाही से चलती हुई औरतों की मण्डली में शामिल हो गयी। मर्दों के समूह में एक सस्वर बुदबुदाहट फैलती चली गयी और उनमें से एक व्यक्ति उठा, क़दम बढ़ा कर अन्दर गया और अपनी पत्नी के कान में कुछ फुसफुसाया। कुछ मिनट बाद दूल्हे की माँ ने वधू की माँ को अलग बुलवा भेजा।

'यह औरत कौन है ?'

'उसका नाम केसर है। वह हमारे किरायेदारों में से एक है। हमारे

मकान के सामने वाले मकान में रहती है।' हीराबाई की माँ को यह उजागर करने की हिम्मत नहीं हुई कि उनकी बेटी के साथ इस सुन्दर, जवान मेहमान का काफ़ी दोस्ताना था। या यह कि वे लोग अपनी खिड़कियों से एक-दूसरे के साथ ज़ोर-शोर से हँसी-ठट्ठा और बातचीत करते थे, भले ही उनके बीच एक गहरी और अलंघ्य सामाजिक खाई खुदी हुई थी।

'ख़ैर, यह साफ़ है, उसे यहाँ नहीं होना चाहिए। ऐसी औरतों का हमारे इन समारोहों में कोई काम नहीं है। हम ब्राह्मण हैं। लोग क्या कहेंगे...' दूल्हे की माँ फुफकारी।

'ताई, तुम क्या चाहती हो कि मैं करूँ ? अब जब वह यहाँ आ गयी है तो यह कैसे सम्भव होगा कि मैं उसे जाने के लिए कहूँ। यह तो बहुत अपमानजनक होगा।'

'उसका यहाँ बना रहना और भी असगुन होगा। रस्म शुरू होने में ठीक आधा घण्टा बाक़ी है। अगर तुम अब भी चाहती हो कि यह शादी हो तो कृपा करके इसकी व्यवस्था करो कि वह यहाँ न रहे। फ़ैसला तुम्हारे हाथ में है।'

लड़की की माँ जल्दी से गयी और उस युवती के कान में कुछ फुसफुसायी। केसर ने अपने से बड़ी उस औरत की तरफ़ अविश्वास से देखा। उसकी काजल-अँजी आँखें भर आयीं, पर उसने एक बूँद भी बहने नहीं दी। फिर बिना एक शब्द कहे वह उठी और वहाँ से चली गयी।

दोपहर की धूप में रोते हुए घर लौटते समय, इस कुपित युवती ने अपने मन में क़सम खायी कि एक दिन वह इसी भद्र लोक को अपने लिए तरसने पर मजबूर कर देगी।

उसने ठीक यही किया - वह महान गायिका केसरबाई केरकर बन गयी। लेकिन 'गानेवालियों' पर जो कलंक था, वह इतनी जल्दी धुलने वाला नहीं था। वह पितृसत्ता पर आधारित इस पुरुष-प्रधान समाज में नासूर की तरह बना रहा जो अपना मनोरंजन करने वाली औरतों का आनन्द तो लेता था, पर यह नहीं चाहता था कि वे उसकी बेटियों से घुलें-मिलें।

सच तो यह है कि पचास साल बाद भी लोगों में इस बिरादरी के बारे में ऐसी ही भावनाएँ थीं। केसरबाई के महान गायिका बनने, और भारत द्वारा आधुनिक युग में कदम रखने के बहुत बाद भी, जब उन्नीस सौ सत्तर के

दशक में उनकी नतिनी इला की शादी हो रही थी, तब भी उन्हें अपने ख़ानदान और वंश-परम्परा के कारण धिक्कार-भरी बुदबुदाहटों का सामना करना पड़ा था। इससे कोई फ़र्क नहीं पड़ता था कि दुल्हन की नानी उन महान गायिकाओं में से एक थी, जिन्होंने भारत को अपनी प्रतिभा से चमत्कृत किया था। सब कुछ के बावजूद वह तवायफ़ों की बिरादरी की एक 'बाई' ही तो थी।

❑

केसरबाई जैसी गायिकाओं के बारे में अनगिनत किस्से हैं, जिन्हें अपनी कलात्मक उपलब्धियों के बावजूद ख़ामोशी से वह अपमान और तिरस्कार सहना पड़ा जिससे उन्हें नवाज़ा जाता। बीसवीं सदी की शुरुआत में गाने वालियों के बीच गौहरजान का बड़ा रुतबा और धाक थी। वे रानियों की तरह पहनती-ओढ़ती और ज़िन्दगी जीती थीं। अपने बायें कन्धे पर वे हीरों का एक अनमोल ब्रोच लगाये रखती थीं और इसी कारण जब वे गाने जातीं तो हमेशा दो बन्दूकधारी पहरेदार उनके दायें-बायें मौजूद रहते। एक बार कलकत्ते में वे चार शानदार घोड़ों वाली बग्घी में हवा खाने के लिए निकली हुई थीं। संयोग से अंग्रेज़ गवर्नर ने, जो बग़ल से गुज़र रहा था, यह मानते हुए कि वे किसी रजवाड़े से थीं, आप-से-आप उन्हें सलाम किया। उसे बाद में बताया गया कि बग्घी में जो औरत थी, वह तो एक 'गानेवाली बाई' थी। वह इस बात पर इतना लाल-पीला हुआ कि उसने भूल से एक महज़ तवायफ़ के प्रति सम्मान प्रदर्शित कर दिया है कि उसी वक़्त उसने एक फ़रमान जारी किया कि राज-रजवाड़ों के सिवा और किसी को चार घोड़ों वाली बग्घी इस्तेमाल करने की इजाज़त नहीं होगी।

यह बात गौहरजान की सामाजिक हैसियत के मामले में कोई वज़न नहीं रखती थी, ख़ास तौर पर पुरुषों की नज़र में, कि वे उस समय हिन्दुस्तान में संगीत की मलिका थीं। भले ही वे अपने कमज़ोर क्षणों में गौहरजान के कदमों में मोती और वादे निछावर करते रहे हों, लेकिन सब कुछ के बाद, उन्हें बदनाम औरत ही माना जाता था। ज़्यादातर गानेवालियों को इसी विडम्बना के साथ समझौता करना पड़ता था।

अपने समय की ज़्यादातर गायिकाओं की तरह केसरबाई देवदासियों की बिरादरी से आयी थीं। जिसका शाब्दिक अर्थ, 'देवताओं की सेविका' होता है। देवदासियाँ जापानी गीशाओं का हिन्दुस्तानी रूप थीं, जिन्हें अमीर लोगों का मनोरंजन करने की सूक्ष्म कला में प्रशिक्षित किया जाता था। कभी-कभी ये धनी लोग उनकी पसन्द के होते थे, मगर ऐसा हमेशा नहीं भी होता था। इस रिश्ते में एक अजीबो-ग़रीब धार्मिक पाबन्दी भी अमल में लायी जाती थी। परम्परागत रूप से इन औरतों को पुजारियों के आनन्द और उपयोग के लिए भी उपलब्ध रहना पड़ता था और उन्हें मन्दिर की सम्पत्ति समझा जाता था। और चूँकि मन्दिर शास्त्रीय संगीत और नृत्य के प्रमुख स्थान होते थे, ये औरतें नाचने और गाने में निष्णात हो जाती थीं। बीसवीं सदी के आरम्भिक वर्षों में लगभग सभी महान गायिकाएँ और नर्तकियाँ देवदासियों की बिरादरी की होती थीं।

इन औरतों के प्रति समाज का रवैया अस्पष्ट और दोहरे मानदण्डों से भरा हुआ था। एक ओर जहाँ उन्हें 'काम करने वालियों' के रूप में देखा जाता था, वहीं दूसरी तरफ़ उन्हें देवी के अवतार भी माना जाता था।

समय के साथ, हिन्दुस्तान के अधिकांश हिस्सों पर मुस्लिम राजवंशों के शासन स्थापित होने पर, ये कलाएँ मन्दिरों से बाहर आ गयीं। संगीत और नृत्य धार्मिक कृत्य की बजाय मनोरंजन का साधन बन गये। ये औरतें भी आगे बढ़ कर गानेवाली तवायफ़ें बन गयीं – पहले राज दरबारों में और बाद में ज़मींदारों और जागीरदारों के घरों में।

अट्ठारहवीं सदी तक पेशेवर गानेवालियों ने संगीत की एक नयी विधा लोकप्रिय बना दी थी, जो मूल रूप से तो परम्परागत ख़याल से उपजी थी, लेकिन उसमें अपेक्षाकृत हलकी और ज़्यादा आलंकारिक धार थी। यह ठुमरी थी – गाने की एक मधुर, धीमी, ऐन्द्रिक शैली। ज़्यादातर बन्दिशें प्रेम और लालसा के गीतों की शक्ल में रची गयी थीं। यह शैली राजाओं और सामन्तों के बीच बहुत लोकप्रिय हुई और रजवाड़ों के आलसी निठल्लेपन से बहुत मेल खाती थी। गाने वाले कलाकार मन्दिर में अपनी कला प्रदर्शित करने वालों से मनोरंजन करने वालों में तब्दील हो गये जो आसरे के लिए धनी पुरुष-संरक्षकों पर निर्भर रहते थे। इस कारण से प्रतिभा का ख़याल

किये बिना गायिकाओं को गायकों की बनिस्बत ज़्यादा तरजीह दी जाती थी। एक समय ऐसा भी था जब बहुत-से पुरुष संगीतकारों को आजीविका के लिए औरतों का सहारा लेना पड़ता था। पुरुष उस्ताद और गुरु बन जाते; स्त्रियाँ गाया करतीं।

औरतों और प्रदर्शनकारी कलाओं के इस सम्बन्ध को नज़र में रखते हुए, किसी 'इज़्ज़तदार' और सच्चरित्र लड़की के सार्वजनिक रूप से गाने या गाना सीखने की भी धारणा अभिशाप सरीखी थी। उत्तर भारत की एक जानी-मानी ठुमरी गायिका ने, जो किसी पेशेवर गाने वाली के परिवार से नहीं, बल्कि एक बैरिस्टर की बेटी थी, अपने लिए गायिका के रूप में एक बिलकुल समानान्तर व्यक्तित्व गढ़ लिया था, जिसका उसकी घरेलू छवि से कुछ लेना-देना नहीं था। वह लुका-छिपी जा कर अपने छद्म नाम से रेडियो पर गाती थी। हालाँकि उसे बहुत शोहरत मिली, पर वह दरअसल अपनी सफलता का आनन्द नहीं ले पायी। उसके व्यक्तित्व का एक हिस्सा हमेशा एक व्यावसायिक व्यक्ति के रूप में पहचाने जाने की कामना करता रहता और जब कभी उसे पेशेवर गानेवालियों या तवायफ़ों के किसी सम्मेलन में आमन्त्रित किया जाता तो वह रोमांचित हो उठती। यह एक विचित्र और भारी विडम्बना थी : उसे उनकी आज़ादी से ईर्ष्या थी और उन्हें उस चीज़ की लालसा थी जो उसके पास जन्म के संयोग से थी - इज़्ज़त।

जिन गिने-चुने मौक़ों पर ढोंढूताई मुझसे नाराज़ हुईं, उनमें से एक वह था जब मैंने उनसे ठुमरी सीखने की फ़रमाइश की। उन्होंने कहा, 'मेरे पास क्यों आयी तुम ? मैं तो यह नहीं करती हूँ ? अगर तुम्हें ठुमरियाँ गाना हैं तो किसी बाई के पास जाओ।'

ढोंढूताई ने ठुमरियाँ गाना उसी समय छोड़ दिया था जब दिल्ली में एक निजी संगीत सभा के दौरान श्रोताओं में बैठे किसी आदमी ने फूलों की एक ख़ुशबूदार माला उनकी तरफ़ फेंकी थी और नशे में लड़खड़ाती आवाज़ में कहा था, 'एक ठुमरी तो गाइए...।' ढोंढूताई को गहरा धक्का लगा था। उन्होंने अपनी सारी ज़िन्दगी धीमे, गूँज-भरे, अनुशासित ख़याल को साधने में लगा दी थी। वे एक महान शास्त्रीय घराने की प्रवक्ता थीं, और महज़ एक झटके से नशे में धुत्त कोई मूढ़मति उनसे यह सब छीन लेने और उन्हें महज़

कोठे पर गाने वाली में तब्दील करने की कोशिश कर रहा था। उसके बाद उन्होंने फ़ैसला किया कि वे हलके मनोरंजक संगीत के किसी भी रूप का विरोध दृढ़ता और कठोरता से करेंगी।

कुछ शुद्धतावादियों के विचार में ये पेशेवर गानेवालियाँ जिस तरह का संगीत पेश करती हैं, वह कलंकित है और अतीत के 'पवित्र पावन' संगीत से स्खलित हो गया है। लेकिन एक ठुमरी गायिका ने एक बार जवाब दिया था कि भले ही गीत और बन्दिश में श्रृंगारिक संकेत हों, उसकी आन्तरिक संगीतात्मकता कलाकार की आध्यात्मिक खोज से प्रेरित होती है।

❑

एक लम्बे अर्से तक गाने वाली तवायफ़ों के बारे में मेरे ख़याल क़िस्से-कहानियों और पुरानी ब्लैक एण्ड वाइट फ़िल्मों तक ही सीमित थे। फिर मुझे पता चला कि मैं भी उस दुनिया का हिस्सा थी, अलबत्ता तीन-पीढ़ियों के फ़ासले से। यह रहस्य मुझ पर नवम्बर की एक शाम पश्चिमी लॉस ऐंजिलीज़ के एक घर में खुला जहाँ मैं और मेरे पति रात के खाने पर आमन्त्रित थे। हमारे मेज़बान डैन मानव जातीय संगीत शास्त्री थे और अरुन्धती डॉक्यूमेंटरी फ़िल्म बनाने वाली जो हिन्दुस्तान की तवायफ़ गायिकाओं के जीवन पर शोध कर रही थी।

भोजन के दौरान, अरुन्धती ने उन बुढ़ाती तवायफ़ों की अजीबो-ग़रीब दुनिया के बारे में बताया जिनसे वह मिली थी। 'वे सही मानी में वेश्याएँ नहीं थीं,' उसने समझाया। 'और सबसे दिलचस्प बात यह है कि पुराने ज़माने में जब वे मन्दिरों में काम करती थीं तो उनके सरपरस्तों की बीवियाँ साल में एक बार सचमुच उनके आगे प्रार्थना करती थीं और उनसे अपने पतियों की देख-भाल करने को कहती थीं।'

मेरे पति ने हँसते हुए प्रतिक्रिया व्यक्त की। 'बुरा सौदा नहीं है, क्यों ? अपनी बीवी को अपनी महिला मित्र की सहेली बना देना और दोनों मेरी कुशल-क्षेम की प्रार्थना करती रहें!'

'शायद यह बेवफ़ाई को स्वीकार करके सामाजिक ढाँचे में शामिल करने का शालीन तरीक़ा था,' मैंने आहिस्ता से सुझाया। 'लेकिन यही ख़याल

आता है कि इस सब का मेल कैसे बैठता है। क्या तवायफ़ें ख़ुश रहती थीं ? क्या बीवियों को ख़ुशी होती थी ?'

'कुछ मामलों में बीवियाँ, जो पढ़ी-लिखी नहीं होती थीं और जिनका कला से कोई वास्ता नहीं रहा होता था, लगभग हमेशा इन औरतों से ईर्ष्या करती थीं। उनके पास अपने दुनियादार पतियों की ज़रूरतों को पूरा करने के साधन नहीं थे।' अरुन्धती ने समझाया। 'एक के पास इज़्ज़त और सामाजिक हैसियत थी, दूसरी के पास पति की तवज्जो। कभी-कभी किसी पेशेवर औरत को बीवी बनने का मौक़ा भी मिलता था। सच तो यह है कि कुछ औरतें गाना-वाना छोड़ कर किसी एक सरपरस्त के साथ घर बसा लेती थीं। वे उससे बच्चे पैदा करतीं और उसके लिए दूसरी गृहस्थी चलातीं। वे खुले आम गाना छोड़ देतीं और दो पीढ़ियों के बाद उनके बच्चे किसी भी दूसरे इज़्ज़तदार परिवार के बच्चों की तरह डॉक्टर और वकील बन जाते।'

'लेकिन मेरी गुरु ढोंढूताई भी तो थीं,' मैंने कहा। 'वे पेशेवर गानेवालियों के ख़ानदान में नहीं पैदा हुई थीं और उनके पास सही लड़के से शादी करके घर बसाने का पूरा अवसर था, मगर उन्होंने अकेले रहना ही चुना ताकि वे पति और बच्चों की चिन्ता में पड़े बग़ैर अपनी कला की साधना कर सकें।'

बातचीत संगीत की दुनिया और उसमें मेरे दाख़िल होने की तरफ़ चली गयी। हालाँकि मेरे परिवार में किसी ने संगीत साधना नहीं की थी, मैंने उन्हें बताया, मेरे पड़नाना अपने समय में संगीत के सबसे उदार संरक्षकों में गिने जाते थे।

'वाक़ई ? उनका नाम क्या था ?' अरुन्धती ने पूछा।

'लाला शंकरलाल,' मैंने उसे बताया।

वह कुछ पल मेरी तरफ़ एकटक देखती रही। 'अच्छा, तो तुम सर श्रीराम की रिश्तेदार हो...क्या तुम्हें फ़लाँ-फ़लाँ के बारे में कुछ याद है...' उसने मेरे नाना के एक भाई का नाम लिया जिनका नाम मैंने उड़ते-उड़ते सुना था।

संयोग से अरुन्धती ने जिन गाने वाली तवायफ़ों से विस्तारपूर्वक बात की थी, उनमें से एक कुछ ही समय बाद नब्बे साल की उमर में दिवंगत हो गयी थी, और वह लम्बे समय तक मेरे इन चचिया नाना की रखैल रही थी।

उसका नाम मुश्तरी बेगम था। वे साथ-साथ घूमते-फिरते रहे थे और मेरे चचिया नाना उसके संगीत और शायरी को बहुत बढ़ावा देते रहे थे। उसने उनसे बच्चे भी पैदा किये थे। पुरानी दिल्ली के भीतर किसी मुहल्ले में मुमकिन है, मेरे दूर के भाई-बहनों का एक सिलसिला भी हो, जिन्हें मैं कभी नहीं जान पाऊँगी।

'इस विषय में मुझे अपनी शोध रोक देनी पड़ी, क्योंकि मुश्तरी बेगम के नाती-पोतों को अपनी विरासत को उघाड़ने में असुविधा और बेचैनी महसूस होने लगी थी। वे इज़्ज़तदार बन गये थे, अच्छी नौकरियाँ करने और भली ज़िन्दगियाँ जीने लगे थे और बस इतने तक ही सीमित रहना पसन्द करते थे,' अरुन्धती ने कहा। 'मैं तुमसे विनती करती हूँ, जाओ और दिल्ली के अपने पारिवारिक घर के किसी बूढ़े नौकर को खोजो जो तुमको अपने पड़नाना के भाई की इस दूसरी ज़िन्दगी के और ब्योरे दे सके। यह क़िस्सा बताया जाना चाहिए, क्योंकि उनके जैसे और बहुत-से लोग थे। यह हिन्दुस्तान के इतिहास का एक ऐसा अध्याय है, जिसके बारे में बन्द दरवाज़ों के पीछे दबी आवाज़ में बातें होती रही हैं, उसका सही लेखा-जोखा नहीं हुआ।'

बाद में मैंने कुछ रिश्तेदारों से जो तब तक ज़िन्दा थे कुछ पूछ-ताछ की भी थी, लेकिन मुझे उनसे कुछ हासिल नहीं हुआ था। हालाँकि वह कोई राज़ की बात नहीं थी, मगर वह ऐसी जानकारी थी जिसे कुरेदना परिवार के लोगों को कुछ ख़ास पसन्द नहीं था। बातें सच थीं, मौजूद थीं, लेकिन उन्हें अनकहा छोड़ देना ही बेहतर था।

आख़िरकार संयोग से मेरी मुलाकात ऐसे मामा से हुई जिन्होंने ताईद की कि मुश्तरी बेगम सचमुच परिवार के लिए भारी कष्ट का कारण बन गयी थीं। वह लायलपुर में रहती थी जिसका नाम बदल कर अब फ़ैसलाबाद कर दिया गया है। मेरे चचिया नाना को वहाँ कपड़े की मिल की देख-भाल करने के लिए भेजा गया था। गायिका से उनका लगाव आगे चल कर तयशुदा नियम-क़ायदों से कहीं आगे बढ़ गया था - जो भोग-विलास की आदत को तो स्वीकार करते थे, मगर ऐसे सम्बन्ध को नहीं जो दूसरे विवाह जैसा हो।

इस क़िस्से को बताते हुए मेरे मामा नाटकीय प्रभाव पैदा करने के लिए रुके थे। 'अब यह तो तुम जानती हो कि उन दिनों आदमी की पगड़ी उसकी

इज़्ज़त और हैसियत की निशानी थी ?' मैंने उनकी तरफ़ सवालिया नज़रों से देखा। 'बहरहाल, मुश्तरी बेगम के साथ मामला इतना संगीन हो गया कि तुम्हारे चचिया नाना के पिता, जो दिल्ली के सबसे जाने-माने लोगों में से थे, लायलपुर गये और उन्होंने सचमुच अपनी पगड़ी मुश्तरी बेगम के सामने रख कर बिनती की कि वह उनके बेटे को हमेशा के लिए छोड़ दे।'

और उसने ऐसा ही किया।

मुश्तरी बेगम की तरह, ज़्यादातर औरतें जब तक जवान, आकर्षक और गाने-क़ाबिल होतीं तो अपने आस-पास के दायरों में लोकप्रियता के वक़्ती जुलूस की सवारी करतीं। उनमें से अधिकांश इतना भर गातीं कि अपने संरक्षकों और उनके दोस्तों को प्रसन्न करने के योग्य बनी रहें। उनमें से कुछ तीर की तरह ऊपर उठतीं और अपने समय में किंवदन्तियाँ बन जातीं। लेकिन अपनी प्रतिभा और प्रसिद्धि के बावजूद वे लगभग हमेशा अकेलेपन में और अकसर ग़रीबी में मरतीं, क्योंकि उनके सरपरस्त कभी के जा चुके होते और उनके बच्चे काम करने वाली माँ की छाया में बहुत साल गुज़ारने की वजह से सुस्त और नाकारा बन चुके होते।

३

'तुम्हें जा कर केसरबाई की बेटी, सुमनताई से ज़रूर मिलना चाहिए। वह बहुत अच्छी है। वह अपनी बेटी इला के साथ रहती है,' ढोंढूताई ने मुझे कहा। फिर उनकी आँखें अचानक छलक उठीं। 'केसरबाई को उसके साथ रहना चाहिए था। सुमनताई की ग़लती बस इतनी थी कि वह लड़की पैदा हुई थी।'

ढोंढूताई ने केसरबाई और उसकी बेटी के बीच इस अजीब रिश्ते के बारे में और कुछ भी उद्घाटित करने से इनकार कर दिया। सुमन अपनी माँ से कुल मिला कर उलट कैसे साबित हुई ? बाद के वर्षों में केसरबाई ने उसे छोड़ क्यों दिया ? केसरबाई की निजी ज़िन्दगी का बहुत कम ब्योरा मिलता है। ये खुले आम चर्चा किये जाने वाले मामले नहीं थे, और निश्चय ही जीवनीपरक संस्मरणों में सुर्ख़ियाँ दे कर दर्ज नहीं किये गये थे।

मैंने शिवाजी पार्क में केसरबाई के घर 'पराग' जाने का फ़ैसला किया जो समन्दर के किनारे तिमंज़िला बँगला था और मंजुताई के घर से दूर नहीं था। मुझे यह समझना था कि वह कौन-सी चीज़ थी जिसकी वजह से अँधेरा होने पर ढोंढूताई और उनके पिता का वहाँ जाना निषिद्ध हो जाता था। मैं तवे पर तली मछली और सालन की गन्ध लेना चाहती थी जिसे केसरबाई हर रोज़ स्वाद ले कर खाती थीं और उस चमेली की झाड़ी को खोजना चाहती थी जिससे हर सुबह वे देवी पर चढ़ाने के लिए या अपनी नतिनी के बालों में सजाने के लिए सफ़ेद नन्हें फूल चुन कर माला बनाती थीं।

बँगला अपने ही जैसे नज़र आते दूसरे मकानों के बीच मुख्य सड़क से हट कर एक शान्त गली में था जिस पर दोनों तरफ़ पेड़ों की क़तार लगी हुई थी। पश्चिम की ओर कुछ मिनट के फ़ासले पर समन्दर था। किसी कारणवश

यह इलाक़ा ढाया जा कर ख़राब नाक-नक़्शे वाली ऊँची इमारतों की बेतरतीब बदसूरती में तब्दील नहीं हुआ था। अब भी उसमें पुरानी दुनिया वाला आकर्षण बरक़रार था।

मैं दोपहर को वहाँ पहुँची और पल-भर के लिए फाटक के बाहर खड़ी रही, जहाँ एक ज़माने में जब तीसरी मंज़िल पर रहने वाली गायिका अपने सुबह के राग की परतें धीरे-धीरे खोलती थी तो सुबह की सैर करने वाले उसे सुनने के लिए ठिठक कर खड़े हो जाते थे। मैं उन सीढ़ियों को एक-एक करके चढ़ी जिन पर कभी उनकी कृपा के आकांक्षियों और आयोजकों के क़दम पड़े होंगे, सावधानी से आज़माइश के तौर पर पंजों के बल ऊपर चढ़ते और फिर ठुकराये जाने पर सीढ़ियों से सरपट उतरते हुए। मैंने चारों ओर किसी निशानी, किसी भी निशानी की तलाश की कि हिन्दुस्तान के महानतम संगीतकारों में से एक यहाँ रहती थीं। मुझे बस अनजान, अजनबी लोगों के नाम-पट और बन्द चिटखनी-लगे दरवाज़े और पुराने पलस्तर पर बारिश की सीली छाप नज़र आयी।

मैंने घण्टी बजायी। केसरबाई की-सी चमकीली उजली आँखों वाली एक लम्बे क़द की औरत ने दरवाज़ा खोला और गर्मजोशी से मेरा स्वागत किया। 'मैं इला हूँ, केसरबाई की नातिन। आइए, अन्दर आइए। मेरी माँ आपका इन्तज़ार कर रही हैं,' उसने कहा।

कमरा ख़ाली-ख़ाली और बहुत थोड़े सामान से सजा था। अन्दर एक निर्वर्ण, जीर्ण-शीर्ण महिला बिस्तर पर दीवार की तरफ़ पीठ किये लेटी थीं। उन्होंने एक ढीला-ढाला चोग़ा पहन रखा था, जिस पर काली बदरंग छींट का छापा था। जब मैंने उनके पैर छुए तो वे गर्मजोशी से हँसते हुए विरोध करतीं उठीं, 'मुझसे आशीर्वाद मत माँगो, मुझे अपने लिए उनकी ज़रूरत है।'

चेहरे पर नब्बे साल पुरानी लकीरों और एक कूबड़ के बावजूद जो उन्हें बहुत देर तक बैठने से रोकता था, उनके हाव-भाव में एक दबी हुई शालीनता और गरिमा थी। मैंने कोशिश की कि बिना घूरे उन्हें सावधानी से देखूँ। यही वह नन्हीं-सी बच्ची थी जिसे केसरबाई ने एक घुटने से टिका रखा था जबकि दूसरे घुटने पर तानपुरा टिकाये वे एक सरगम के सुर तब तक दोहराती रही थीं जब तक कि वे उन्हें सही-सही अदा नहीं कर पायीं।

इस पूरे अर्से में वे अपने दिमाग़ से इस ख़याल को बाहर धकेलने की बेतरह कोशिश करती रही कि उनकी बच्ची को बुख़ार था और उसे डॉक्टर के पास ले जाना ज़रूरी था। यही वह छोटी-सी लड़की थी जिसके बाल तेल लगा कर कसी चोटी में गूँथे जाते थे ताकि वह 'भले' घर की लड़की नज़र आये, गानेवाली की अवैध सन्तान नहीं।

जब सुमन पैदा हुई थी तो युवा केसरबाई अपनी बेटी को ठीक अपने उलट बनाने पर दृढ़ प्रतिज्ञ थीं। सुमन को सारी रात चलने वाले सारे आयोजनों से दूर रखा जाता था। उन्हें अपनी उमर की छोटी-छोटी पारसी लड़कियों के साथ सड़क पर कुछ आगे एक अच्छे स्कूल में भेजा जाता था। हर बार स्कूल जाते या स्कूल से आते समय एक दाई उनके साथ रहती। और जब सुमन ने वह इम्तहान पास कर लिया था जो उन्हें डॉक्टर बनने की योग्यता से लैस करता था, तब उन्होंने अपनी नियति बदल दी थी। अब कोई उनके अतीत के बारे में कुछ नहीं कह सकता था। इसके बावजूद, दुनिया का पलड़ा दूसरी तरफ़ झुका हुआ था और जब सुन्दर प्रतिभाशाली सुमन ने सूरत के एक नौजवान डॉक्टर से शादी कर ली तो उस लड़के के घरवालों ने उसकी सास के पेशे की वजह से उसे बेदख़ल कर दिया था। इससे कोई फ़र्क़ नहीं पड़ता था कि वह उनसे कहीं ज़्यादा अमीर थी, न इससे कि जब सुमन के पिता गोपालदास जीवित थे तो उसकी सेवा-टहल के लिए घर में नौकर-चाकर थे – जो सुविधा ख़ुद अपने बच्चों के लिए सुमन के ससुराल वालों की बिसात से बाहर थी। इससे भी कोई फ़र्क़ नहीं पड़ता था कि वह अपने समय की गिनी-चुनी महिला डॉक्टरों से थी, न इससे कि उसके मन में अपने पति के प्रति गहरा अनुराग था। उनकी दृष्टि पर तो इस बात का परदा पड़ा हुआ था कि वह एक गाने वाली की लड़की थी और उनके बेटे ने उनकी इच्छा का विरोध करते हुए यह विवाह किया था।

'ढोंढूताई कैसी है ?' सुमन ने लरज़ती हुई आवाज़ में पूछा।

'उन्होंने आपको अपनी शुभकामनाएँ भेजी हैं।' एक लम्बी चुप्पी छा गयी और मुझे ख़ामोशी को तोड़ने की हिम्मत नहीं हुई।

'मुझे अफ़सोस है, मुझे ज़्यादा कुछ याद नहीं,' सुमनताई ने दूर कहीं देखते हुए कहा। 'यह बुढ़ापे के थोड़े-से फ़ायदों में से एक है,' उन्होंने

मुस्करा के जोड़ा।

'मैं तो सिर्फ़ आपसे मिलने आयी हूँ। आपको तकलीफ़ करने की ज़रूरत नहीं,' मैंने नरमी से जवाब दिया।

हम वहाँ कुछ मिनट ख़ामोशी से एक कोयल को पिछली कूक से एक सुर ऊँची कूक लगाने के लिए ज़ोर लगाते सुनते रहे। खिड़की के बाहर आम का पेड़ टटका हरा था। मैंने टिप्पणी की कि आस-पड़ोस लगभग उतनी ही हरियाली है जितनी उस समय रही होगी जब केसरबाई ज़िन्दा थीं।

'नानी को पौधों से बहुत प्यार था, ख़ास तौर पर फूलों के पौधों से,' इला ने कहा। 'वह उनका एक गहरा शौक़ था। वे ख़ुद उनकी देख-भाल करती थीं। और हर सुबह रियाज़ के बाद वे जा कर नरमी से फूल चुनतीं ताकि उन्हें वापस ऊपर ले जा कर छोटी-छोटी मालाएँ गूँथ लें। इन मालाओं को वे अपने देवताओं को अर्पित कर देती थीं या हमें दे देती थीं और हम उन्हें अपने बालों में लगा लेते थे। अगर वे लोगों अपने फूल चुराते देख लेतीं तो कभी-कभी वे बालकनी से उन पर बालटी भर पानी डाल देतीं या पत्थर तक फेंकतीं और उन्हें चुनौती देतीं कि वे ज़रा ऊपर आ कर तो दिखायें।

'इसलिए कि फूल तक पहुँचने की जल्दी में वे पूरी डाली ही तोड़ देते थे,' सुमनताई ने बीच में जोड़ा। 'जब लोग कुछ चुराते हैं तो उनकी नज़र में उसकी कोई क़ीमत नहीं होती, इसलिए वे ख़ास ख़याल नहीं करते कि वे उसके साथ कैसा सलूक़ कर रहे हैं।'

'हूँ-ऊँ-ऊँ। शायद ऐसा ही वे अपने संगीत को ले कर सोचती रही होंगी,' मैंने बुदबुदा कर कहा।

'बिलकुल,' इला बोली। 'आपने वे सारी कहानियाँ सुनी होंगी कि कैसे उन्हें पसन्द नहीं था कि लोग उनका संगीत चुरायें, उसकी नक़ल करें। बहरहाल, मैं अपको बताती हूँ क्यों। अगर आपने किसी चीज़ को बरसों तक पाला-पोसा हो और उसे इतनी ऊँचाई तक पहुँचाया हो तो उसे ले कर आपके अन्दर अधिकार की एक भावना आ जाती है। फिर, जब लोग उसे आपकी आँखों के सामने चुराने लगें तो कुदरती बात है कि आप लाल-पीला होने लगेंगे। उनका संगीत उनकी दौलत थी। बस, इतनी-सी बात थी। क्या आप अपने गहने तिजोरी में बन्द नहीं रखती और सिर्फ़ ख़ास-ख़ास मौक़ों

या लोगों के लिए उसे बाहर निकालती हैं ?' इला ने पूछा। 'यह उनकी ज़िन्दगी थी। ऐसी कोई चीज़ नहीं थी जिसे वे मुफ़्त बाँटना पसन्द करतीं।'

'उनके फूलों की तरह उनका संगीत, ईश्वर और कुछ ख़ास लोगों के लिए अलग रखा हुआ था। बाक़ी दुनिया, जहाँ तक उनका ख़याल था, भाड़ में जा सकती थी।' मैंने सुझाया। 'या वे दूर से उसकी महक ले सकते थे।'

सुमनताई उदास नज़र आयीं और दोबारा लेट गयीं। उन्होंने कहा, 'लोग उन्हें ग़लत समझते थे। उनकी ज़िन्दगी आसान नहीं रही थी। यही वजह थी कि...'

मैं साँस रोके बैठी रही। मैं कुरेदना नहीं चाहती थी, लेकिन मैं शिद्दत से चाह रही थी कि वे बात जारी रखें। मैंने कहीं सुना था कि जब केसरबाई पाँच या छै साल की थीं, उनके मामाओं को अचानक पता चला था कि उनकी आवाज़ बहुत प्यारी है। जब भी गोवा के उस छोटे-से गाँव में, जहाँ वे पैदा हुई थीं, मन्दिर में उत्सव-त्योहार होता तो उन्हें देर रात तक जागे रह कर गाने के लिए कहा जाता। मैंने एक गोरी-सी नन्हीं लड़की की कल्पना की थी, जिसके बाल कस कर लाल फीतों से चुटिया में गूँथे गये थे, जो पालथी मार कर बैठी हुई बार-बार नींद के झोंकों से बेसुध हो रही थी और जिसे रात के किसी अजाने पहर में ठहोका दे कर जगाया जा रहा था ताकि वह अजनबी अनजान लोगों से भरे कमरे में जा कर गाये।

'उन्हें अपनी जवानी में कुछ बहुत ही भयानक अनुभव हुए होंगे, जिनसे उनके मिज़ाज में इतना ग़ुस्सा और चिड़चिड़ापन पैदा हो गया था...' मैंने आहिस्ता से इस आशा में लुक़्मा दिया कि शायद इससे कोई याद उन्हें अतीत के परदों को हटा कर मुझे पुरानी दुनिया की झलक दिखाने की प्रेरणा दे।

लेकिन हम फिर ख़ामोशी में डूब गये और लौट कर कोयल की आतुर पुकार सुनने लगे। मुझे धीरज रखना था। ये ऐसे क़िस्से नहीं थे जो लोगों के घरों से आसानी से छलकते चले आते। बहुत कुछ ऐसा था जिससे मुँह चुराना था; इससे कहीं आसान था मुड़ कर किसी चुनी हुई स्मृति का सहारा लेना, जिसे वर्षों के दौरान पक्का कर लिया गया हो।

'इन्हें उस बार का क़िस्सा सुनाइए जब आपको स्कूल से आने में देर

हो गयी थी...' इला ने मदद करने की कोशिश करते हुए कहा।

'अरे हाँ। मैं दस या ग्यारह साल की रही हूँगी,' सुमनताई मानो अपने ख़यालों से जागते हुए बोलीं। 'वे मेरी सुरक्षा का बहुत ख़याल रखती थीं। जब मैं छोटी-सी लड़की थी तब भी मुझे खेलने के लिए घर के बाहर क़दम नहीं रखने दिया जाता था। हर जगह मेरे साथ एक दाई जाती। मैं हर रोज़ पाँच बज कर दस मिनट पर स्कूल से घर आ जाती थी। एक दिन सीधे घर आने की बजाय मैं एक सहेली के घर कुछ मकोय के फूल देखने चली गयी, क्योंकि वह उन्हें अपने बालों में लगा कर आती थी और वे मुझे सचमुच बहुत पसन्द थे। उसने मुझे आ कर उस पेड़ को देखने का न्योता दिया था जिससे वह उन्हें तोड़ती थी। जब तक मैं घर पहुँची साढ़े-पाँच से ऊपर हो चुका था। मेरी माँ वहाँ बैठी घड़ी को घूर रही थीं, शिकार के लिए किसी बाघिन की तरह जस्त लगाये। इस मामले में तो उनके ग़ुस्से का शिकार वह बेचारी औरत हुई जो मुझे स्कूल से लेने आती थी और जिसे मैं धमका कर अपने साथ ज़बरदस्ती अपनी सहेली के घर ले गयी थी। वे उस पर बहुत चिल्लायीं कि वह उनकी हिदायत के मुताबिक़ मुझे सीधे घर क्यों नहीं लायी थी। उसके बाद, मैं कभी इधर-उधर नहीं गयी। मैं सिर्फ़ स्कूल जाती और वापस आ जाती। अपनी पढ़ाई करती। मेरे कोई दोस्त ही नहीं थे, थे भी तो गिने-चुने। वे ऐसे ही बच्चे हो सकते थे जिनके माता-पिता से केसरबाई मिली थीं और जैसा कि तुम जानती ही हो वे ऐसे लोगों से ज़्यादा मिलती भी नहीं थीं।'

'हाँ, वे बड़ी कठोर थीं। हमारे साथ भी जो उनकी नातिनें थीं,' इला ने कहा। 'हमारी स्कर्ट हमेशा घुटनों के नीचे तक होनी चाहिए थी। अगर हम बाहर खेलने जाते तो हमें एक ख़ास समय तक वापस आना होता और पक्के तौर पर अँधेरा होने से पहले।'

'सबसे मज़ेदार बात यह है कि उन्होंने वाक़ई कभी हम लोगों को अपने संगीत के नज़दीक नहीं आने दिया।' सुमनताई बोलीं। उनकी भवें उठ गयीं और वे चकित-सी लगीं मानो वे पहली बार इस बारे में सोच रही थीं। 'उनका सिर्फ़ एक पक्का इरादा था - मुझे डॉक्टर और भद्र महिला बनाना।'

'आपका मतलब है, आप एकदम नहीं गातीं ? यह परम्परा आप तक

आ कर ख़त्म हो गयी है।'

'नहीं, मैं नहीं गाती। मैं तो मुश्किल से ही एक राग को दूसरे से अलग करके पहचान सकती हूँ,' उन्होंने मुस्कराते हुए कहा।

सुमनताई ने अपने पैरों की तरफ़ देखा। मैंने ग़ौर किया कि वे लगभग पारदर्शी थे और उन पर हलकी हरी नसों का जाल-सा था। 'मेरे ख़याल में वे बस इतना चाहती थीं कि मुझे उस सब से न गुज़रना पड़े जिससे वे गुज़री थीं,' वे रुकीं। 'उन्होंने यह पक्का करने की भरसक कोशिश की कि हम कभी उनकी दुनिया का हिस्सा न बनें।'

❑

ढोंढूताई ने कभी मुझे एक घटना के बारे में बताया था जो केसर बाई के साथ उत्तरी भारत की एक अमीर रियासत पटियाला में घटी थी जिस रियासत की शोहरत ह्विस्की के उस शाहाना पेग की बदौलत भी है जिसकी फ़रमाइश वहाँ के पतनशील शासक किया करते थे। अल्लादियाँ ख़ाँ की शिष्या बनने से पहले वे एक प्रसिद्ध सितार-वादक बरकतुल्लाह ख़ाँ से संगीत सीखा करती थीं। उन्हें राजा पटियाला ने दरबारी संगीतकार के तौर पर नौकरी दी हुई थी। उन्होंने अपनी शिष्या केसरबाई को वहाँ आने और एक संगीत महोत्सव में भाग लेने का न्योता दिया।

संगीत का सभागार विशाल था जिसकी दीवारों के साथ-साथ मख़मल-जड़ी कुर्सियाँ रखी हुई थीं। गायक-गायिकाएँ फ़र्श पर रखी गद्दियों पर सभागार की एक तरफ़ बैठे थे। दूसरी तरफ़ फ़र्श से कुछ ऊँचाई पर रखे सोफ़ों पर राजकुमार और उनके मुसाहिब बैठे थे। एक राजा साहब के दायें-बायें दो औरतें नफ़ीस शानदार लिबास पहने खड़ी हुई थीं। एक औरत ने उनके कान में कुछ कहा। अगले पल केसरबाई ने देखा कि एक लम्बा-तड़ंगा पगड़ीधारी नौकर उनकी बग़ल में नमूदार हुआ और उनसे बोला कि राजा साहब उन्हें अपनी बग़ल में बैठने के लिए बुला रहे हैं। केसरबाई ने जवाब दिया, 'मैं यहाँ गाने आयी हूँ, राजा साहब के साथ बैठने के लिए नहीं।'

यह सूचना राजा साहब को पहुँचायी गयी जिन्होंने तत्काल नौकर को

केसरबाई के पास भेजा और माँग की कि उनकी आज्ञा का पालन किया जाय। जंग का ऐलान हो चुका था। केसरबाई ने उस आदमी देखा और कहा, 'मैं किसी भी हालत में वहाँ नहीं जाऊँगी।' अचानक उसने झपट कर उनकी बाँह पकड़ ली और उन्हें घसीट कर ले जाने लगा। इसके बाद जो छीना-झपटी हुई, तो उनका हार टूट गया और दूध जैसे सफ़ेद मोतियों की फुहार कमरे में उड़ चली। केसरबाई ने झटके से ख़ुद को छुड़ाया और एक और दरबारी पर जा गिरीं जिसने उनके कान में फुसफुसा कर कहा, 'घबराओ मत तुम मेरे पास हिफ़ाज़त से हो।' फिर उसने राजा साहब की तरफ़ मुड़ कर कहा, 'चूँकि यह मेरी गोद में आ गिरी है, यह मेरी है।'

'तब कहीं जा कर केसरबाई के दिल की धड़कन फिर से दुरुस्त हुई,' ढोंढूताई ने कहा।

लेकिन वह मुसाहिब उन्हें उस पतनशील राजा से बचाने में कामयाब नहीं हुआ। महाराजा ने केसरबाई को लगभग छै महीने तक पटियाला रियासत से जाने नहीं दिया। उन्हें चिट्ठियाँ पहुँचने नहीं दी जाती थीं और उन्हें घर सन्देश नहीं भेजने दिया जाता था। सोने के इस पिंजरे में उन्हें कोई अधिकार या चारा नहीं था।

आख़िरकार, दरबारी संगीतकार बरकतुल्लाह ख़ाँ, जिनके कहने पर ही केसरबाई अव्वलन वहाँ आयी भी थीं, महाराज को मनाने में सफल हो गये कि उन्हें जाने दिया जाय। तभी जा कर वे बम्बई लौट पायीं।

सम्भव है कि यह क़िस्सा बढ़ा-चढ़ा कर या काट-छाँट कर बताया गया हो, लेकिन इस तरह की घटना बड़ी आसानी से घट सकती थी, और शायद घटी भी हो, एक बार नहीं, बल्कि कई बार - केसरबाई के साथ या उनकी माँ या मौसी और सहेली के साथ - अपने पीछे आक्रोश की एक के बाद दूसरी परत छोड़ते हुए, उस तलछट की तरह जिसे लहरें अपने पीछे छोड़ जाती हैं और उससे एक कंगूरेदार कगार बन जाता है।

❑

ढोंढूताई ने सिर हिलाया। 'इन औरतों के लिए हालात कभी अच्छे नहीं रहे। हैरत की बात क्या कि केसरबाई ने अपनी बेटियों और भांजियों को पढ़ाया-

लिखाया और इज़्ज़तदार ज़िन्दगी की ओर ले गयीं। मुझे एक शाम अच्छी तरह याद है जब मैं वहाँ अपने सबक़ के लिए गयी हुई थी और केसरबाई की बहन की नतिनी कमरे में सिसकियाँ भर रही थी। मैंने उससे पूछा कि क्या गड़बड़ी थी तो उसने बताया कि वह छज्जे पर खड़ी हो कर यूँ ही बाहर सड़क को देख रही थी। अचानक माई ने चिल्ला कर उससे कहा था कि वह कभी सूरज डूबने के बाद वहाँ खड़ी न हो। 'मैंने क्या ग़लती की ? मुझे समझ में नहीं आता वे इस तरह क्यों भड़क उठीं,' उस छोटी-सी लड़की ने कहा।

'मेरा दिल भर आया,' ढोंढूताई ने कहा। 'मैं उसे कैसे समझाती कि जिस कारण उसे झुटपुटा होने पर छज्जे पर खड़े होने से मना कर दिया गया था, वह यह था कि उसी जगह पर एक ख़ास क़िस्म की औरतें खड़ी होती थीं जो ग्राहकों को आकर्षित करना चाहती थीं। किसी भी हालत में उसे ग़लती से वैसा नहीं समझा जाना था। माई ने इस बात का बन्दोबस्त कर दिया था कि वह बदनामी-भरा दौर जहाँ तक इस परिवार का सवाल था हमेशा-हमेशा के लिए पूरी तरह ख़त्म हो जाय।'

४

१९२० के दशक में, समन्दर के किनारे बसा शहर बम्बई, महाराजाओं की एक नयी नस्ल की रिहाइशगाह बन गया था। इनमें वे वस्त्र सम्राट थे जो उस तन्त्र के ज़रिये लखपति-करोड़पति बने थे जिसमें कपास को हिन्दुस्तान में उगाया और कात कर सूत में तब्दील किया जाता था और फिर मैनचेस्टर की मिलों में भेज दिया जाता था, जहाँ उससे कपड़ा बुन कर जहाज़ से वापस हिन्दुस्तान भेज दिया जाता था। बम्बई के मिल मालिक बँधुआ सप्लायर थे। उनके पास करने के लिए बहुत कम काम था; सूत काता जाता रहता और पैसा ख़ुद-ब-ख़ुद आता रहता। चूँकि उनके पास बेशुमार समय था, वे दूसरी दिलचस्पियाँ और शौक़ पूरे कर सकते थे, जैसे संगीत और नृत्य। जब राजों-महाराजों की सरपरस्ती ख़त्म हो गयी तो दरअसल इन्हीं व्यापारियों की वजह से संगीत ज़िन्दा भी रह सका।

किसी अमीर आदमी के लिए यह हैसियत की निशानी बन गयी कि वह किसी गायिका को संरक्षण दे जो सम्भव है उसकी प्रेमिका भी हो। लेकिन यह समीकरण अमीर आदमी और शोषित रखैल के परम्परागत चौखटे में नहीं अँटता था। इसके विपरीत, वहाँ आपसी आदर-सम्मान था। अपने सरपरस्त से जो बच्चे वह पैदा करती थी, उनकी पूरी देख-रेख होती थी, हालाँकि वे रहते गायिका ही के पास थे और उसी के नाम से जाने जाते थे। एक अनकहा समझौता होता था कि वह या उसका परिवार किसी भी तरीके से संरक्षक के कानूनी परिवार में हस्तक्षेप नहीं करेगा, न उसे चुनौती देगा। इस तरह एक सामाजिक व्यवस्था बनाये रखी जाती थी और संरक्षक अपने घर खाने की मेज़ पर बीवी-बच्चों से घिरा, मुखिया की तरह बैठ सकता था, मानो कहीं कुछ भी गड़बड़ न हो। अगर वह हफ़्ते में तीन रातें

बाहर रहता तो कोई उससे सवाल-जवाब न करता। पत्नी अपने दिल पर तब तक पत्थर रखना सीख जाती जब तक कि वह अपनी कुण्ठाएँ किसी पर निकालने के क़ाबिल न हो जाय - किसी बहू या नौकर-चाकर पर या फिर लम्बी बीमारी के माध्यम से।

❑

लम्बी सफ़ेद गद्दियाँ बिछा दी गयी थीं। गैस के शमादान रोशन थे और खिड़कियों के साथ-साथ मोगरे और बेला के फूलों से बनी मालाएँ लटका दी गयी थीं, ताकि वे हवा को सुगन्धित बना सकें। मेहमान घोड़ागाड़ियों में आने लगे। रेशम की सरसराहट और इत्र की महक कमरे में भर गयी।

कलकत्ते का एक धनी संगीत-प्रेमी बम्बई के दौरे पर आया हुआ था। उसके सम्मान में किसी ने सान्ता क्रुज़ के इलाके में कहीं, किसी निजी घर में चुने हुए रसिकों के लिए तीन दिनों की संगीत सभा आयोजित की थी। उस ज़माने की एक जानी मानी गायिका - ताराबाई शिरोडकर - वहाँ अपनी कला पेश करन वाली थीं और उनसे पहले एक युवा उदीयमान गायिका - केसरबाई।

एक बग्घी जिसे दो शानदार सफ़ेद घोड़े खींच रहे थे, बँगले पर आ कर रुकी। दरबान ने दरवाज़ा खोला और पच्चीस और तीस के दरम्यान की एक स्वस्थ औरत चन्देरी की नीली साड़ी और बिना आस्तीन का ब्लाउज़ पहने, बग्घी से बाहर आयी। मोती और हीरे उसके गले में जगमगा रहे थे और फ़ीरोज़े का लोलक उसकी साड़ी से बिलकुल मेल खा रहा था। उसने बालों का जूड़ा बाँध रखा था और उसके गिर्द सफ़ेद फूलों का एक प्रभामण्डल था। उसने नाख़ून तराशे हुए थे और सुर्ख़ लाल रंग से रँगे हुए थे। दरवाज़े पर खड़े मेज़बान ने कहा, 'नमस्कार, केसरबाई।'

ताराबाई ने इस बात का ख़याल रखा था कि केसरबाई पहले गाये। हिन्दुस्तानी संगीतकार इसका विशेष ध्यान रखते हैं कि उनके पहले या बाद में कौन गाता है - महज़ अहंकार या पद-प्रतिष्ठा की श्रेणियों के कारण ही नहीं, बल्कि इस वजह से भी कि इससे प्रस्तुति पर असर पड़ता है।

ये औरतें एक अजीबो-ग़रीब संसार की रहने-वालियाँ थीं। एक तरफ़

वे एक-दूसरे की सहायता करतीं। इसी के साथ वे ग्राहकों की छोटी-सी तादाद के लिए होड़ भी लगाती थीं। उनमें सहानुभूति और सम्वेदना की अन्तर्धारा थी, मगर इसके साथ-साथ उन्हें मालूम था कि उन्हें ही सबसे ख़ूबसूरत औरत, सबसे अच्छी गायिका और ज़्यादा आवेग-भरी प्रेमिका साबित होना है। मुट्ठी भर ही थीं जो महान कलाकार बनती थीं और संरक्षकों या प्रेमियों के बिना गुज़ारा कर सकती थीं। बाक़ियों के सामने कोई चारा नहीं था।

❑

केसरबाई का प्रदर्शन स्तर के अनुकूल नहीं था। वे अपनी संगत कर रहे तबलावादक से परिचित नहीं थीं और इसके अलावा, शक्तिशाली, धनी संगीत पारखियों के सामने घबरायी हुई थीं। ताराबाई इसके बाद आयीं और उन्होंने सबके चित्त उत्फुल्ल कर दिये। गाते-गाते बीच में उन्होंने हल्का-सा मज़ाक करते हुए कहा, 'कम-से-कम मेरे सुर उस बेसुरेपन को दूर कर देंगे जो केसरबाई हवा में छोड़ गयी हैं।' श्रोता ठी-ठी करके हँस दिये।

वह शाम केसरबाई और हिन्दुस्तानी संगीत के लिए एक निर्णायक मोड़ बन गयी।

सबके सामने किये गये अपमान से क्षुब्ध और सन्तप्त, केसरबाई घर जा कर घण्टों रोती रहीं। उन्होंने मन-ही-मन प्रतिज्ञा की कि ऐसी घटना फिर कभी नहीं होने दी जायेगी। वे देश की सबसे बड़ी गायिका बनने के लिए जो कुछ दरकार होगा, करेंगी। अगले सौ बरसों तक केसरबाई जैसा कोई दूसरा नहीं होगा वे उन सबक़ो दिखा देंगी। वे अब तक बहुत सारे संगीतकारों से संगीत सीखने के लिए भटकती रही थीं। और उन्हें दरअसल सही प्रशिक्षण नहीं मिला था। अब उन्हें सबसे अच्छे उस्ताद की ज़रूरत थी। उन्हें आवाज़ का ऐसा परिष्कार चाहिए था जिससे उनके आलाप समूचे सभागार में गूँज उठें; उन्हें दो सुरों वाली तानों का रहस्य जानना था। जिससे उनका कण्ठ आकाश में तरारे भरने लगे; उन्हें वे बन्दिशें चाहिएँ थीं, जो उन्हें अमर कर दें। सिर्फ़ एक ही आदमी था, जो उन्हें उन मंज़िलों पर पहुँचने में मदद दे सकता था। उसका नाम था - अल्लादिया ख़ाँ।

उस समय केसरबाई के मुख्य संरक्षक थे सेठ गोपालदास। उन्होंने नरमी से केसरबाई को जताने की कोशिश की कि मुमकिन है, अल्लादिया ख़ाँ उन्हें सिखाने के लिए राज़ी न हों। वे पेशेवर गानेवालियों को नीची नज़र से देखने के लिए मशहूर थे। उनके पास सिखाने के लिए पहले ही से अपने बेटे मौजूद थे। वे अपना वक़्त किसी औरत को सिखाने में क्यों ज़ाया करेंगे ? इसके अलावा, आठ साल पहले वे केसरबाई को कुछ समय के लिए सिखा चुके थे और नाकाम रहे थे।

लेकिन केसरबाई ने मन बना लिया था और कोई भी चीज़ उसे बदल नहीं सकती थी। आख़िरकार, गोपालदास ने समझ लिया कि उन्हें कुछ करना ही होगा। एक ज्वालामुखी को दबाने की कोशिश बेकार थी। उन्होंने एक चाल सोची। संयोग से उनके घनिष्ट मित्र विट्ठलदास अल्लादिया ख़ाँ से बहुत अच्छी तरह परिचित थे। गोपाल दास ने उन्हें कोल्हापुर के दरबारी संगीतकार को लिखने के लिए कहा। एक तार भेजा गया। उसमें लिखा था : 'विट्ठलदास मरने वाले हैं। फ़ौरन बम्बई आइए।'

ख़ाँ साहब आ गये। जब वे घर में दाख़िल हुए तो अपने दोस्त को बुख़ार की हालत में बिस्तर पर लेटे हुए देखने की बजाय, जैसी कि उन्होंने कल्पना की थी, आराम से झूले पर बैठे शरबत की चुस्कियाँ लेते देख कर उन्हें भारी झटका लगा।

'लाहौल विला कूवत...आपने मुझसे झूठ बोला...' उन्होंने ग़ैर-मामूली नाराज़गी के साथ भड़क कर कहा।

'शान्त हो जाइए, ख़ाँ साहब। शान्त हो जाइए। मुझे सारी बात बताने तो दीजिए...'

उन्होंने ख़ाँ साहब को बैठाया। कुछ मिनट बाद, योजना के अनुसार गोपालदास आ पहुँचे और उनके साथ बैठ गये। तब विट्ठलदास ने छलाँग लगायी। 'ख़ाँ साहब, अगर आप केसर को अपनी शागिर्द बना लें और जो कुछ आप उसे सिखा सकते हैं, सिखा दें तो हमें सचमुच बहुत अच्छा लगेगा।'

अल्लादिया ख़ाँ स्तम्भित-से लगे और उन्होंने कुछ नहीं कहा। दोनों मित्र ख़ामोशी से इन्तज़ार करते रहे। लम्बी ख़ामोशी के बाद, वे बोले,

'विट्ठलदास, तुमने ऐसी फ़रमाइश करके मुझे सचमुच भारी उलझन में डाल दिया है। मुझे पता नहीं कि तुम्हें मालूम है या नहीं, लेकिन मैंने इस लड़की को कुछ महीनों के लिए तब सिखाया था जब यह उन्नीस या बीस बरस की थी। वह मेरी क़िस्म का संगीत सीखने के क़ाबिल नहीं थी, लिहाज़ा मैंने बन्द कर दिया था। बाद में मैंने सुना कि वह यह कहती फिरी कि मुझे सिखाना नहीं आता है। हालाँकि पिछले दो-एक महीनों से मेरे कान में यह पड़ता रहा है कि वह मुझसे दोबारा सीखना चाहती है, लेकिन मेरे ख़याल में, मैं उसे सिखाना नहीं चाहता...'

गोपालदास और विट्ठलदास ने एक-दूसरे को ताड़ती हुई नज़रों से देखा, लेकिन कुछ बोले नहीं।

'एक और मामला भी है,' अल्लादिया ख़ाँ ने बात जारी रखी। 'फ़िलहाल मैं कोल्हापुर में शाहू महाराज का वज़ीफ़ाख़्वार हूँ और वे मेरा और मेरे ख़ानदान की ज़रूरतों का ख़याल रखते हैं। उस काम को छोड़ना मैं गवारा नहीं कर सकता।'

'आज की केसर आठ साल पहले की केसर से बहुत अलग है,' विट्ठलदास ने उन्हें फुसलाया। 'आप ख़ुद उसे सुन कर फ़ैसला कर सकते हैं। जहाँ तक आपके बारे में वह घटिया अफ़वाह फैलाने की बात है, मैं आपको यक़ीन दिलाता हूँ कि वह सच नहीं है और कोई आपके कान भरता रहा है। और आख़िर में, अगर आप शाहू महाराज को छोड़ने के बारे में चिन्तित हैं, वह सब तय कर लिया गया है। मैंने एक दोस्त के ज़रिये महाराज से गुज़ारिश की है कि वे आपको जाने दें। यहाँ बैठे गोपालदास आपका सारा ख़र्च उठाने को तैयार हैं और आपको किसी क़िस्म की परेशानी नहीं होगी।'

एक बार फिर अल्लादिया ख़ाँ सोच-विचार में डूब गये। कमरे में ख़ामोशी छा गयी। फिर उन्होंने आहिस्ता से कहा, 'मेरी एक आख़िरी दिक्कत भी है। मेरा संगीत बहुत नफ़ीस है। मैं क़बूल करता हूँ कि उसकी बिरादरी की औरत को यह संगीत सिखाने में मुझे पूरा इतमीनान और सुकून नहीं महसूस होता; मेरा ख़याल है आप मेरा मतलब समझ गये होंगे।' ख़ाँ साहब के कान में ऐसी अफ़वाहें भी पड़ी थीं कि केसरबाई और उनके बेटे मंजी ख़ाँ में सम्बन्ध है। जब यह बात उनके ज़ेहन में कौंधी तो उनके चेहरे पर जैसे एक बादल-सा आ गया।

विट्ठलदास ने इसका अन्दाज़ा लगा लिया था और उन्होंने फ़ौरन जवाब दिया। क्या एक बार ख़ाँ साहब ने मंच की एक युवा अभिनेत्री को नहीं सिखाया था जिसे सरदार शहर के एक अमीर आदमी ने रखा हुआ था ? उन्होंने खुल कर नहीं कहा, लेकिन ख़ाँ साहब और उस अभिनेत्री के बीच कुछ सम्बन्ध भी रहा था। सबके घर काँच के थे, कौन पत्थर फेंक सकता था। उन्होंने बस इतना ही कहा, 'लेकिन आपने मालूबाई को तो सिखाया था।'

अब भी अपने सिर पर आ पड़े इस काम के दबाव से बचने की उम्मीद में ख़ाँ साहब ने कड़ी शर्तों की एक फ़ेहरिस्त पेश की : शुरू करते वक़्त पाँच हज़ार रुपये की रक़म उन्हें दी जायेगी और उसके बाद हर महीने दो सौ रुपये और जो भी ऊपर का ख़र्च होगा। यह रकम उन्हें हर हाल में मिलेगी, भले ही अगर किसी कुदरती वजह से सिखाना न हो पाये; केसर को उनसे कम-अज़-कम दस बरस सीखना पड़ेगा; और अगर उन्हें दूसरी जगहों का दौरा करना पड़ा तो केसर वहाँ उनके साथ-साथ जायेगी। सारी शर्तें मान ली गयीं - और गुरु-शिष्या की विधिवत गण्डा-बँधाई की रस्म १ जनवरी १९२१ को हुई। और इस तरह संगीत के क्षेत्र में बीसवीं सदी की एक महान साझेदारी आरम्भ हुई।

❑

कुछ दिन बाद, एक रात गोपालदास केसरबाई के घर आये हुए थे। वे साथ-साथ बिस्तर में लेटे, उनकी ज़िन्दगी के इस नये महत्वपूर्ण मोड़ की चर्चा कर रहे थे। चारों ओर शान्ति थी, सिवा दूर आहिस्ता-आहिस्ता तट से टकरातीं लहरों की आवाज़ के। गोपालदास ने करवट के बल अपनी प्रेमिका की ओर मुड़ कर अपनी कुहनी पर सिर टिकाया तो पलँग से चरमराहट की आवाज़ हुई।

'केसर,' उन्होंने नरमी से कहा।

'हाँ, सेठ,' वे अपने मेहरबान सरपरस्त की ओर देख कर मुस्करायीं।

'तुम्हें पता है न, ख़ाँ साहब ने क्या कहा है ?'

'हाँ, कि अगर मुझे उनकी शागिर्द बन कर उनसे सीखना है तो मेरे और

बच्चे नहीं होने चाहिएँ।'

'इसका मतलब है कि हमें अब आगे इस तरह नहीं मिलना चाहिए,' उन्होंने दबी आवाज़ में केसरबाई से कहा। 'हम अच्छे दोस्त बने रहेंगे और तुम हमेशा मेरे दिल के क़रीब रहोगी।'

'हाँ, सेठ।'

'हम अपनी ज़रूरतों को तुम्हारे संगीत सीखने के आड़े नहीं आने दे सकते। यह तुम्हारी ज़िन्दगी का मोड़ है। तुम अब सिर्फ़ गानेवाली बाई नहीं हो, बल्कि एक नौजवान औरत हो जिसके सामने एक महान भविष्य है और इसे हल्के अन्दाज़ में नहीं लेना है। सबसे बढ़िया बनने के लिए जो कुछ करना पड़े, सो करो, प्यारी। तुम्हें चमकना और जगमगाना है। ईश्वर तुम्हारी रक्षा करे।'

इसके साथ वह उम्रदराज़ आदमी जिससे केसर की एकमात्र बेटी, सुमन पैदा हुई थी, और जिसने उनकी सारी ज़रूरतों का ख़याल रखा था, उनके प्रेमी की हैसियत से उनकी ज़िन्दगी से बाहर चला गया। मगर इसके बावजूद वह उनका भरण-पोषण करता रहा और इस बात का ध्यान रखता रहा कि उसकी बेटी सुमन को जो कुछ चाहिए था, वह उसे मिलता रहे।

कुछ समय के संयम के बाद, ऐसी अफ़वाह है कि केसरबाई ने कई प्रेमियों से सम्बन्ध बनाये - कभी-कभी तो एक ही वक़्त में कइयों से।

❑

अल्लादिया ख़ाँ और केसरबाई के आपसी रिश्ते में भारी अन्तर्विरोध था। वह गुरु-शिष्य सम्बन्धों के आदर्श पर आधारित नहीं था। सीखने-सिखाने के पीछे तीव्र सांसारिक भावनाएँ काम कर रही थीं - केसरबाई दुनिया की महानतम गायिका बनना चाहती थीं और ख़ाँ साहब को पैसों की ज़रूरत थी। वे जानते थे कि शाहू महाराज के निधन के बाद कोल्हापुर के राजदरबार में उनका मोल घट जायेगा। युवा राजकुमार गुरु-गम्भीर रागों की बजाय तेज़ रफ़्तार घोड़ों से ज़्यादा प्रेम करते थे। विट्ठलदास का प्रस्ताव ऐसे समय आया था जब उन्हें उसकी सबसे ज़्यादा ज़रूरत थी।

उन्होंने एक-दूसरे की परवा करने का दिखावा नहीं किया। इसके

बावजूद, दोनों शागिर्द और उस्ताद, कर्तव्य की भावना से बँधे थे - सीखना और सिखाना - और उनका संगीत सर्वोपरि था।

एक दौर था जब प्रशिक्षण अत्यन्त सघन और प्रखर हो गया और भोर से ले कर देर रात तक चलने लगा। लेकिन एक छोटी-सी समस्या थी। केसरबाई का एक पड़ोसी था, जिसके बेटे स्कूल और कॉलेज के अलग-अलग चरणों में थे। उनकी पढ़ाई उस अनवरत गायन से प्रभावित हो रही थी, जिसकी आवाज़ें बग़ल के बँगले से आती रहतीं। जब अल्लादिया ख़ाँ को इस बारे में बताया गया तो उन्होंने ध्यान दिलाया कि केसर अब उस शैली की बारीक़ियाँ सीख रही थी, इसलिए सबक़ रोकने का यह अच्छा समय नहीं था। लिहाज़ा उन्होंने इस बात का बन्दोबस्त किया कि वे बम्बई के दक्षिण में एक छोटे-से कस्बे सांगली जा कर रहें। उन्होंने केसरबाई के भाई, बाबू राव से कहा कि वह खेतों के बीच खुले में एक छोटा-सा घर किराये पर ले ले, ताकि किसी को विघ्न-बाधा महसूस न हो। केसरबाई, उनकी भाभी और ख़ाँ साहब वहाँ चले गये। यहीं अल्लादिया ख़ाँ ने केसरबाई को घराने के रहस्य बताये और सिखाया कि राग को कैसे परत-दर-परत खोला और सजाया जाता है। यहीं उन्होंने राग बिहागड़ा और चार या पाँच दूसरे राग सीखे। ये चार महीने उनकी संगीत-शिक्षा के सबसे महत्वपूर्ण चरण थे। ख़ाँ साहब ने उन्हें गाने वाली से कलावन्त बना दिया।

दस बरस के भीतर केसरबाई अपने समय में सबसे अधिक पारिश्रमिक पाने वाली गायिका बन गयीं। लोग उनका संगीत समझे या न समझें, लेकिन उनके कार्यक्रम में देखा जाना सांस्कृतिक प्रतिष्ठा की निशानी, यहाँ तक कि एक फ़ैशन बन गया।

❑

मरने से कुछ साल पहले अल्लादिया ख़ाँ ने बम्बई में अपने आख़िरी निजी कार्यक्रमों में से एक पेश किया। केसरबाई अर्सा पहले उनसे सीखना बन्द कर चुकी थी, लेकिन उन्हें सुनने के लिए आयीं। ख़ाँ साहब ने कुछ दुर्लभ राग पेश किये, जिनमें सम्पूर्ण मालकौंस भी शामिल था, जो सामान्य रूप से लोकप्रिय राग मालकौंस का एक ग़ैर-मामूली प्रारूप था। सम्पूर्ण का मतलब

था कि राग में सरगम के सातों सुर मौजूद थे। केसरबाई अपने गुरु की अदायगी देख कर मन्त्र-मुग्ध रह गयीं, क्योंकि इस वयोवृद्ध अवस्था में उनके संगीत में ज़िन्दगी भर का तजरुबा भरा था और सान पर चढ़ कर लगभग पूर्णता को पहुँच गया था। लेकिन वे इस बात पर नाराज़ भी थीं कि ख़ाँ साहब ने उन्हें यह राग नहीं सिखाया था।

अगली ही सुबह उनकी गाड़ी सर्वेयर बिल्डिंग में अल्लादिया ख़ाँ के फ़्लैट के बाहर रुकी। केसरबाई टहलती हुई अन्दर दाख़िल हुईं और त्योरियाँ चढ़ा कर बोलीं, 'ख़ाँ साहब, आपने मुझे यह राग क्यों नहीं सिखाया ?'

बाबा वहीं अपने दादा के पैर दबा रहे थे। उन्होंने सिर उठा कर उस बूढ़े आदमी को देखा जो हमेशा की तरह ख़यालों में गहरे डूबा हुआ तस्बीह के दाने फेर रहा था। ख़ाँ साहब ने कहा, 'मेरे पास देने के लिए इतना कुछ है। क्या यह मेरी ग़लती है कि किसी ने मेरे पेट से सब कुछ नहीं निकाल लिया ?'

'मेहरबानी कीजिए, मैं इसे सीखना चाहती हूँ।' केसरबाई की आवाज़ इस बार पहले से नरम थी।

बाबा ने नरमी से ध्यान दिलाया कि ख़ाँ साहब के लिए उमर की वजह से शिवा जी पार्क तक जाना बहुत मुश्किल था जहाँ वे तब रहती थीं। केसरबाई ने कहा कि वे इसका बन्दोबस्त करेंगी कि वे अपने सबक़ बाबुलनाथ में ख़ाँ साहब के घर से आगे ही लेबरनम रोड पर तबला वादक विष्णु शिरोडकर के घर पर सीखें। अगले दो महीने तक केसरबाई और अल्लादिया ख़ाँ, दोनों नियमपूर्वक हर सुबह वहाँ हाज़िर होते और केसरबाई ने अपना आख़िरी राग सीखा : सम्पूर्ण मालकौंस। उन्होंने ख़ाँ साहब पर उन्हें बोल-तान गाना भी सिखाने के लिए ज़ोर दिया, क्योंकि उन्होंने अपनी एक प्रमुख प्रतिद्वन्द्वी को उसे गाते सुना था। उस समय ख़ाँ साहब नब्बे के आस-पास थे और केसरबाई पचास के क़रीब।

❑

'यही वह समय था जब मैंने भी उनके सबक़ सुनते हुए यह राग सीखा था,' बाबा ने बाद में मुझे बताया था। 'और मैं इसे ढोंढूताई को सिखाने में सफल

हुआ।' हम कोल्हापुर में बाबा के घर उनके दादा के गुज़रने के लगभग साठ साल बाद बैठे हुए थे। उन्होंने हाथ बढ़ा कर अपने बिस्तर की बग़ल में पड़ी एक किताब उठायी और उसे खोला। 'दरअसल, मैं चाहता हूँ तुम उसके लिए एक छोटी-सी बन्दिश लेती जाओ जो मैंने इस राग में रची है – विलम्बित के बाद आने वाला द्रुत का टुकड़ा है यह। उसने मुझे कुछ साल पहले इसे सिखा देने के लिए कहा था।' उन्होंने फिर अपनी बन्दिश पढ़ कर सुनायी और अपने तख़ल्लुस अहमद दास के दस्तख़त कर दिये। अहमद वह नाम था जो उनके दादा अल्लादिया ख़ाँ अपनी रचनाओं में इस्तेमाल किया करते थे।

५

'क्या तुम्हें पता है, केसरबाई का संगीत ब्रह्माण्ड में चक्कर काट रहा है ?' ढोंढूताई ने मुझे अपने पढ़ने के चश्मे से घूरते हुए कहा। वे केसरबाई स्मृति समारोह के लिए एक भाषण तैयार कर रही थीं, जहाँ उन्हें अपनी गुरु की महानता के बारे में बोलने के लिए आमन्त्रित किया गया था। मैंने अपनी गुरु की ओर विस्मित हो कर देखा, लेकिन उस क़िस्से ने, जो अब वे सुनाने वाली थीं, अविश्वास को मुल्तवी कर दिया, क्योंकि मैं जानती थी कि वह सन्दिग्ध प्रामाणिकता वाला होते हुए भी मनमोहक होगा।

कई साल पहले एक अमरीकी अन्तरिक्ष वैज्ञानिक ने एक काल-पात्र अन्तरिक्ष में भेजने का फ़ैसला किया। ख़याल यह था कि अगर कभी पृथ्वी का ग्रह हमारे सौर मण्डल के किसी हादसे का शिकार हो जाय तो उसकी कुछ स्मृतियाँ बची रहें। काल-पात्र में यत्र-तत्र से चुनी अनेक चीज़ें थीं। जिनमें काग़ज़ के एक पन्ने पर गणित के सिद्धान्त, प्रसिद्ध स्मारकों और कलाकृतियों के फ़ोटो और – जहाँ तक इस क़िस्से का ताल्लुक है – रिकॉर्ड किया हुआ कुछ संगीत शामिल था।

अब, इस वैज्ञानिक ने कभी केसरबाई केरकर द्वारा गायी भैरवी की एक रिकॉर्डिंग सुनी थी जो उसकी स्मृति में बसी हुई थी और वह चाहता था कि वह भी उस काल-पात्र में शामिल हो। उसने अपनी सहायिका के ज़िम्मे यह काम लगाया कि वह उस रिकॉर्डिंग को खोज निकाले। ऐसा लगता था कि किसी को अन्दाज़ा ही नहीं था कि वह कहाँ से हासिल होगी। हर कोई ज़ोर दे कर कह रहा था कि कहीं कोई रिकार्डिंग उपलब्ध ही नहीं है, क्योंकि केसरबाई केरकर ने किसी को यह इजाज़त ही नहीं दी थी कि उनके गाने के रिकॉर्ड जारी करे। आख़िरकार, संगीत के संग्रहालयों और दुकानों की ख़ाक

छानने के बाद सहायक संयोग से न्यूयॉर्क में एक खोखे-नुमा छोटी-सी हिन्दुस्तानी दुकान में पहुँची। वहाँ उसे काउण्टर के पीछे एक निंदासे-से आदमी के दर्शन हुए जिसने बैंगनी और हरी चारख़ाने की कमीज़ पहन रखी थी।

वह पीछे के कमरे में ग़ायब हो गया और फिर उसी क़िस्म के चारख़ाने के कपड़े से ढँका डिब्बा लिये बाहर आया और उसने धूल का एक बादल-सा उड़ाते हुए उसे फ़र्श पर पटक दिया। छात्रा छींकी और धूल से बचने के लिए सिकुड़ कर पीछे को हुई, फिर घुटने फ़र्श पर टेक कर डिब्बे की छान-बीन में जुट गयी। उसमें पुराने तवों के ढेर थे। ७८ आर.पी.एम. के इन रिकॉर्डों के कुछ लिफ़ाफ़े तो इतने पुराने थे कि वे उसके हाथों में भुरभुरा जाते और उसे फिर छींक आयी। अन्ततः, धूल और इधर-उधर भागती मकड़ियों के बीच उसे एक सुन्दर औरत की तस्वीर दिखायी दी जिसने बालों की माँग किनारे से निकाली हुई थी और गले में मोतियों की माला पहन रखी थी। यह हिज़ मास्टर्स वॉयस कम्पनी का रिकॉर्ड था। वैज्ञानिक की सहायिका ने उसे बाहर खींचा और उसी चारख़ानेदार कपड़े से उसे पोंछा। उसकी क़िस्मत बुलन्द थी। रिकॉर्ड केसरबाई की उसी अद्‌भुत भैरवी का था।

युवती ने दुकानदार से उस रिकॉर्ड की क़ीमत पूछी तो उसने बुदबुदा कर हास्यास्पद रूप से कम क़ीमत बतायी। सहायिका ने उसकी दुगनी रकम उसकी हथेली पर रखी और मुस्कराती हुई केसरबाई को सीने से लगाये दुकान से भाग निकली।

विडम्बना यह है कि इसी रिकॉर्ड की वजह से केसरबाई के मन में अपने गाने रिकॉर्ड कराने के प्रति तीखी अरुचि पैदा हो गयी थी और उन्होंने सभी रिकॉर्ड कम्पनियों को अपनी ज़िन्दगी के बाहर निकाल दिया था। १९३० के दशक के आस-पास, इस कम्पनी ने, जिसका दफ़्तर मद्रास में था, ब्रिटेन की एक कम्पनी से ग्रामोफ़ोन रिकॉर्ड तैयार करने के अधिकार ख़रीदे थे। ये काले शेलैक तवे लन्दन की क्रिस्टलेट ग्रामोफ़ोन रिकॉर्ड मैन्युफ़ैक्चरिंग कम्पनी का उत्पादन थे। कम्पनी ने हिन्दुस्तान भर से संगीत गायन और वादन के सैकड़ों रिकॉर्ड जारी किये थे।

मगर, कम्पनी अचानक बन्द हो गयी थी और बचा हुआ माल उसके

मूल्य की रत्ती भर परवाह किये बग़ैर औने-पौने निकाल दिया गया था। किसी ने एक दिन आ कर केसरबाई को सूचना दी थी कि उन्होंने केसरबाई के रिकॉर्ड फ़ुटपाथ पर अपनी मूल क़ीमत से चौथाई पर बिकते पाये थे। केसरबाई के को भारी सदमा पहुँचा था। वे संगीत की रानी थीं, सिर्फ़ घोड़ेगाड़ी या शोफ़र चालित मोटरकार की सवारी करती थीं, फिर वे कैसे गवारा कर सकती थीं कि वे फ़ुटपाथ पर पड़ी रहें ? उनके लिए तो यह सड़कों पर ख़ुद को बेचने सरीखा था। या ख़ानदान के ख़ज़ाने के क़ीमती गहनों को उनकी क़ीमत के सौंवे दाम पर निकाल देने सरीखा। उन्होंने फ़ैसला किया कि वे कभी अपना संगीत को दोबारा इस तरह अपमानित नहीं होने देंगी। और उन्हें अपना संगीत रिकॉर्ड कराने के लिए राज़ी करने में बरसों लग गये, तब कहीं जा कर उन्होंने हिज़ मास्टर्स वॉयस का प्रस्ताव माना और तीन-तीन मिनट के वे स्वर्गिक टुकड़े रिकॉर्ड कराये, जिन्हें उनके प्रशंसक आज भी दिल से लगाये रखते हैं। अलबत्ता, वहाँ भी केसरबाई ने चालाकी से एकाध शब्द यहाँ-वहाँ अस्पष्टता से अदा किया था, ताकि कोई उनकी नक़ल करने के लिए उनकी रिकॉर्डिंग का इस्तेमाल न कर सके।

रिकॉर्डिंग कम्पनियों के प्रति केसरबाई का विरोध-भाव अनोखा नहीं था, कम-से-कम इलेक्ट्रॉनिक क्रान्ति के उस आरम्भिक युग में। अधिकांश फ़नकारों के मन में महज़ रिकॉर्डिंग स्टूडियो ही नहीं, बल्कि मंच पर माइक्रोफ़ोनों और तारों के अतिक्रमण को लेकर भी तकनीकी विधि के प्रति भय और शंका की भावना थी, क्योंकि वह एक अज्ञात संसार था। उनकी आवाज़ें सुनने में पहले जैसी नहीं लगती थीं। लोकप्रसिद्ध बड़े ग़ुलाम अली ख़ाँ सचमुच विश्वास करते थे कि रिकॉर्डिंग उपकरण आवाज़ से उसकी ज़िन्दगी खींच लेते थे और कलाकार को बेरस और पुंसत्वहीन छोड़ देते थे, जो बात कि पंजाब के इस हृष्ट-पुष्ट, गोश्त खाने वाले गवैये के लिए मौत से भी बुरी थी। बताया जाता है, एक बार वे दिल्ली में ऑल इण्डिया रेडियो के रिकॉर्डिंग स्टूडियो से यह बहाना बना कर भाग आये थे कि उन्हें कमरे के भीतर रोग़न की महक बर्दाश्त नहीं हो रही थी। सच्चाई यह थी कि आम तौर पर अपने मुँहफट स्वभाव के लिए मशहूर ख़ाँ साहब बुरी तरह भयभीत थे।

केसरबाई को भी मंच पर माइक्रोफ़ोनों की दख़लन्दाज़ी सख़्त नापसन्द

थी, क्योंकि वे उनका ध्यान भंग कर देते थे, ख़ास तौर पर जब वे उनके गायन के दौरान खड़खड़ाते थे। वे माइक्रोफ़ोन को अपने और श्रोताओं के बीच एक बाधा के रूप में देखती थीं। उनकी बुलन्द आवाज़ को सभागार की आख़िरी क़तार तक पहुँचने के लिए प्रशिक्षित किया गया था, उन्हें इन तारों और लोहे के ताम-झाम की ज़रूरत नहीं थी।

इस बात के और गहरे कारण भी थे कि वे फ़नकार रिकॉर्ड किये जाने से क्यों कतराते थे। पश्चिमी बन्दिशों और संगीत-रचनाओं के विपरीत, जो अकसर काग़ज़ पर लिखी स्वर-लिपियाँ होती हैं और किसी सीमा तक रचनात्मक छूट देते हुए भी बुनियादी तौर पर तयशुदा ढाँचे में ढली होती हैं, हिन्दुस्तानी शास्त्रीय संगीत तरल और अमूर्त होता है, जिसे बाँधना उतना ही कठिन है जितना सागर की लहरों को। कोई भी राग कभी दूसरी बार हू-ब-हू वैसे-का-वैसा नहीं अदा होगा जैसा पहली बार अदा किया गया था, भले ही वही संगीतकार उसे गा या बजा रहा हो। इतने सारे अलग-अलग कारण हैं जो उसकी अभिव्यक्ति को प्रभावित करते हैं; कलाकार की मनोदशा; श्रोताओं की प्रतिक्रिया। रिकॉर्डिंग स्टूडियो के भीतर प्रस्तुत किया जा रहा संगीत उस संगीत की तुलना में ज़्यादा असहज, बँधा हुआ और अवरुद्ध होता है जो प्रबुद्ध पारखियों की मण्डली के सामने पेश किया जा रहा हो। और अगर संगीत मन्दिर में प्रस्तुत हो रहा हो तो उस का सारा मिज़ाज और स्वर दोबारा बदल जायेगा।

केसरबाई अकसर कार्यक्रम के दौरान गाते-गाते रुक कर अपने मित्रों से बातें भी कर लेती थीं... 'तो शान्तिभाई, क्या ख़याल है इस रे के बारे में जो मैंने अभी अदा किया ?' और उन्हें अपनी प्रशंसक मण्डली से उपयुक्त प्रतिक्रिया मिल जाती थी। उनकी ये स्वतःस्फूर्त टोका-टाकियाँ गुप-चुप रिकॉर्ड किये गये उन टेपों में सुनायी देती हैं, जो उनके अजाने ही रिकॉर्ड किये गये। हालाँकि उनमें स्टूडियो जैसी सफ़ाई नहीं है, वे संगीत सुनने के अनुभव में अद्‌भुत स्वाद भर देते हैं और उन्हें पचास साल बाद भी, थोड़े वक़्त के लिए ज़िन्दा कर देते हैं।

ढोंढूताई ने एक बार उस घटना के बारे में बताया था जब वे ख़ुद बम्बई की एक कम्पनी के लिए रिकॉर्डिंग कर रही थीं। उन्होंने राग देश और उसके

बाद मल्हार गाने का फ़ैसला किया। रिकॉर्डिंग के बाद पूरी मण्डली ने रिकॉर्डिंग को सुना। हालाँकि देश तो उनके मनमाफ़िक उतरा था, ढोंढूताई मल्हार से सन्तुष्ट नहीं थीं। कुछ था, जिसकी कमी महसूस हो रही थी। उस पर उँगली रखना मुश्किल था। वे उसे वैसे ही जाने देने वाली थीं, लेकिन उनके दुनियादार शिष्य बसन्त ने, जो उस वक़्त उन्हीं के साथ था, उन्हें चेतावनी दी कि एक बार तवा बन गया तो फिर कोई रद्दो-बदल नहीं हो पायेगी। उसने उन पर उसे दोबारा रिकॉर्ड कराने के लिए ज़ोर डाला और जब वे सहमत हो गयीं तो संगीत निर्देशक रोमांचित हो गया। वे कुछ देर सुस्तायीं, तबले पर उनकी संगत कर रहे पाध्ये मास्टर सिगरेट पीने बाहर चले गये और फिर उन्होंने दोबारा रिकॉर्ड करने के लिए आसन सँभाले।

जब उन्होंने ख़त्म किया तो संगीत निर्देशक, अब्बास नामक बुज़ुर्ग-से व्यक्ति उनके पास आये और बोले, 'ढोंढूताई यह तो नसें फड़का देने वाला था, लेकिन मुझे समझ नहीं आ रहा कि यह इतना अलग कैसे था। पूरा राग जैसे एक नयी ऊँचाई पर चला गया था और उसमें एक नयी, ताज़ा धड़कन थी।'

वे हँसीं। 'मुझे कुछ अन्दाज़ा नहीं है कि मैंने पहले क्या किया था। लेकिन ऐसा शायद इसलिए है कि सुबह के समय आवाज़ कुछ भारी-सी होती है। जब तक दिन कुछ बीतता है और थोड़ा-बहुत गाना हो जाता है तो एक अलग किस्म की गर्मी आ जाती है। बहरहाल, मुझे ख़ुशी है कि सब ठीक हो गया।'

और आज जब लगभग बीस साल बाद ढोंढूताई वही मल्हार गाती हैं तो वह बिलकुल अलग महसूस होता है। बन्दिश वही है, सुर और धुन भी वही है, लेकिन संगीत में भावनाओं को जगा देने वाली विशेषता है। वे तत्परता से इसे समझाती हैं। 'मैंने इन रागों पर मनन-चिन्तन करते हुए ज़िन्दगी बितायी है। दरअसल, मैं यही करती हूँ। मैं यह सोचने की कोशिश करती हूँ कि कौन-कौन-से तरीक़ों से मैं इसे और अच्छे ढंग से गा सकती हूँ। लेकिन उससे भी अधिक यह है कि मैंने ज़िन्दगी जी है, उसके उतार-चढ़ाव से हो कर गुज़री हूँ, और आज जो भावनाएँ मेरे संगीत में छन कर सामने आती हैं, वे उस सबक़ा प्रतिबिम्ब हैं।

'मैंने ग़ौर किया है कि जब गायिका कम उमर की होती है, उसके संगीत में एक प्रचण्डता होती है। आम तौर पर वह इतराना और दिखावा करना चाहती है। जब वह थोड़ा बड़ी होती है तो सारा ध्यान प्रवीणता और हुनरमन्दी पर रहता है। यह तो चालीस की उम्र के बाद ही होता है कि कोई सचमुच कलाकार बनने लगता है। आपकी आवाज़ बदल जाती है, भावनाएँ बदल जाती हैं और नतीजे के तौर पर आपके संगीत का बदलना भी स्वाभाविक है। तभी संगीत पकता है, अच्छे अचार की तरह, और संगीतकार के पूरे वजूद में रच-बस जाता है।'

यही कारण है कि रिकॉर्डिंग तो संगीतकार का एक छोटा-सा टुकड़ा होता है। वह किसी भी तरह उसकी नुमाइन्दगी नहीं कर सकता। अल्लादिया ख़ाँ के जीवनीकार गोविन्दराव तेम्बे ने लिखा है कि रिकॉर्डिंग फ़ोटोग्राफ़ की तरह है। आप आदमी के भाव देख सकते हैं या उस समय उसने क्या पहन रखा है लेकिन आपको उसके समूचे व्यक्तित्व की समझ हासिल नहीं होगी। यह एक अच्छी बात थी कि भले ही भावी पीढ़ियों को उनकी प्रतिभा की झलक न मिल पाये अल्लादिया ख़ाँ ने कभी रिकॉर्डिंग नहीं करायी थी। जब रिकॉर्डिंग की तकनीक हिन्दुस्तान पहुँची वे लगभग ७५ वर्ष के थे और मद्धम पड़ रहे थे। अगर उन्हें उस वक़्त रिकॉर्ड किया जाता तो उनके हस्ताक्षर काँपते-लरज़ते। वह उनका असली रूप न होता। ऐसे मामलों में, बेहतर है चीज़ों को कल्पना के सहारे छोड़ दिया जाय।

६

जब केसरबाई ने ढोंढूताई को शिष्या के रूप में स्वीकार करने का फ़ैसला किया तो वे सत्तर-वर्षीया मृदुल और सौम्य महिला थीं। उनके संरक्षक कभी के दिवगंत हो चुके थे और अब घर में देर रात तक चलने वाली महफ़िलों का दौर ख़त्म हो चुका था। केसरबाई अब एक प्रतिष्ठित, प्रशंसित कलावन्त थीं जो सिर्फ़ देश के बड़े-बड़े संगीत समारोहों में गाया करती थीं। तो भी, गनपतराव ढोंढूताई के सीखने के समय उनके साथ जाते, क्योंकि अपनी बेटी को एक पेशेवर गानेवाली के घर अकेले भेजना उनके लिए उचित न होता। इसके अलावा वे एक महत्वपूर्ण भूमिका भी निभाते थे। वे तबले पर अपनी बेटी की संगत करते थे।

गनपतराव ने कम्बाला हिल के नीचे फ़ोरजेट स्ट्रीट पर आनन्द नगर में एक छोटा-सा फ़्लैट ख़रीद लिया था। कुलकर्णी परिवार धीरे-धीरे महानगर में रच-बस गया। जहाँ गनपतराव और ढोंढूताई अपने नये उपक्रम को ले कर उत्तेजित और उत्साहित थे, वहीं इस तबादले से घर का जो सदस्य सबसे अधिक विचलित था, वह आई थी। उसका दिल जबलपुर में अपने बेटे और नये जन्मे पोते के नज़दीक रहने के लिए तरसा करता।

इसके अलावा वह ढोंढूताई के भविष्य को ले कर बहुत चिन्तित रहती। उसकी बेटी तीस की तहलीज़ पार कर गयी थी। यह तो बड़ी अच्छी बात थी कि उसने संगीत को अपने काम-काज का लक्ष्य बनाने का फ़ैसला किया था, लेकिन क्या उसे इसका ऊँच-नीच मालूम था ? संगीत का संसार एक सार्वजनिक और निर्मम जगह थी। इस दुनिया में वे लोग कैसे अँट पायेंगे ? ढोंढूताई को किसी भी हालत में अपने नाम और अपनी प्रतिष्ठा पर आँच नहीं आने देनी चाहिए। संगीत हो या न हो, वह इज़्ज़तदार ब्राह्मण की बेटी थी।

आई ने बक्से में रख कर लाये गये चमकते हुए पीतल और स्टील के बर्तन निकालते और उन्हें अपने नये रसोई-घर के एकमात्र ताक पर सजाते हुए अपना माथा पोंछा। उसे वह बहस याद आ गयी जो जबलपुर से चलने के ठीक पहले अँधेरे में उसके और उसके पति के बीच हुई थी। बच्चे सो रहे थे – या कम-से-कम ऐसा उसका ख़याल था।

ढोंढूताई सामने के कमरे में जगी हुई थीं और उन्होंने अपने माता-पिता की फुसफुसाहटें सुनी थीं। उन्हें अपनी माँ की पीड़ा का आभास था और अपने पिता के संकल्प की दृढ़ता का भी। दोनों उनके ऊपर वर्षा के किसी राग के गहरे सलेटी सुर की तरह टँगे रहे।

वक़्त गुज़रने के साथ आई के पास बड़े शहर की ज़िन्दगी की चूलें से चूलों बैठाने के सिवा और कोई चारा नहीं रहा। उसने पता लगा लिया कि सबसे नज़दीक का सब्ज़ीवाला कहाँ बैठता है और कहाँ वह अपना गेहूँ पिसा सकती है।

गनपतराव ने अपनी सुबह की सैर का सबसे अच्छा रास्ता खोज लिया, जिस पर वे बिला नाग़ा हर रोज़ निकल पड़ते, कोल्हापुर की विशाल झील की जगह बम्बई के निस्बतन मामूली तालाबों और बाग़ीचों से काम चलाते हुए। ढोंढूताई के लिए शहर ने एक पूरी-की-पूरी नयी दुनिया ही खोल दी, मगर इस सब के ऊपर वे अपने समय की एक महानतम गायिका से संगीत सीखने पर रोमांचित और उत्तेजित थीं।

गनपतराव को मालूम था कि उनकी पत्नी को इस नये शहर में बसने-बसाने में दिक्कत हो रही थी। वे छोटे-छोटे उपायों से इसकी भरपाई करने की कोशिश करते। कभी-कभी वे उन नीले फूलों को घर ले आते जो कोल्हापुर में आई की बगिया में उगते थे। या वे कोशिश करते कि घर में ज़्यादा वक़्त गुज़ारें। लेकिन वे जानते थे कि वह अकेलापन महसूस करती थी और उसे अपने पुराने परिचितों और परिवार के लोगों की कमी खटकती थी जो गप-शप करने के लिए शामों को इकट्ठा होते थे।

'ओ, तुम्हें विश्वास नहीं होगा कि आज सुबह क्या हुआ,' उन्होंने घर में दाख़िल होने के बाद चप्पल उतारते हुए कहा। उनकी पत्नी ने निगाहें उठा कर रसोई-घर से उन्हें देखा जहाँ वह बैठी नारियल को कद्दू-कस कर रही

थी। 'मैं चौपाटी के पास टहल रहा था, तभी एक नौजवान आया और मेरे पैरों पर गिर पड़ा। उसने कहा कि वह कोल्हापुर के बाहर आश्रम का एक विद्यार्थी हुआ करता था और याद किया कि कैसे मैं तुम्हारे हाथ की बनी मिठाई के डिब्बे उनके विद्यालय में ले जाता था ताकि उन बेचारे अनाथों को अपने रुखे-सूखे भोजन से कुछ राहत मिल सके।' गनपतराव ने अपनी कहानी में सफ़ेद झूठ की अच्छी-ख़ासी चुटकी मिला दी। 'उसने कहा कि वह कभी तुम्हारे हाथ का बना श्रीखण्ड नहीं भूलेगा।' आई के चेहरे पर एक मुस्कान आ गयी और उसने वादा कि वह शाम को थोड़ा-सा श्रीखण्ड बना देगी। गनपत राव जा कर अपनी गुटकनी-सी पत्नी के पास बैठ गये और उसे अपनी बाँहों के घेरे में ले लिया। आई ने उनके कन्धे पर सिर टिका लिया और दोनों ख़ामोश बैठे रहे।

❑

धीरे-धीरे शहर की उदासीन तेज़-रफ़्तार भीड़-भाड़ में गनपतराव को और भी ऐसे लोग मिले जो उनकी पहले की दुनिया का हिस्सा रहे थे। उन्होंने गिरगाम के इलाके में, जो उस जगह के पास था जहाँ वे रहते थे, दूसरे ब्राह्मणों से भी सम्पर्क साधना शुरू किया। कोल्हापुर के अनेक ब्राह्मण परिवार समय के साथ बम्बई आ बसे थे। कुछ लोग उत्पीड़न की निशानियों को मिटा कर साफ़ कर देने की कोशिश में बेहतर अवसरों की तरफ़ आकर्षित हुए थे।

ऐसे एक ब्राह्मण मित्र सप्रे कुलकर्णियों के घर अकसर आते। वे बाक़ायदा पुरोहिताई में दीक्षित थे। त्योहारों पर वे अलग-अलग घरों में जाते और वे सारी रस्में करते जो उन घरों के लोग नहीं कर पाते थे या करना नहीं जानते थे।

कभी-कभी जब गनपतराय तबले पर संगत करते और ढोंढूताई रियाज़ करती तो वे रुक कर उन्हें सुनने लगते। अगर वे राग मेघ गातीं तो वे बाहर देखते और कहते कि उन्हें पहाड़ी पर मोर नाचते दिखाई दे रहे हैं। जब वे ख़त्म कर लेतीं तो वे कहते, 'बेटी, मुझे तुमसे ईर्ष्या होती है। मैं भले ही यहाँ बैठ कर दिन-पर-दिन इन मूर्तियों के आगे प्रार्थना करता रहूँ, पर तुमने

देवताओं तक पहुँचने का छोटा रास्ता खोज लिया है।'

ढोंदूताई हँसती, लेकिन उन्हें मालूम था कि वे मज़ाक नहीं कर रहे थे।

अगले कुछ हफ़्तों के दौरान सप्रे ने ग़ौर किया कि जितनी लम्बी अवधि तक ढोंदूताई गाती थीं गनपतराव के लिए उतनी लम्बी अवधि तक संगत करना कठिन हो रहा था। उनकी बायीं कलाई दर्द करने लगती थी और उनकी गति धीमी हो जाती थी। गनपतराव अपनी बेटी के संगीत सीखने को ले कर इतने दृढ़-प्रतिज्ञ थे कि वे न तो इस दर्द को स्वीकार करने को तैयार थे, न यह मानने को कि यह एक समस्या थी।

एक सुबह जब वे बैठ कर चाय की चुस्कियाँ ले रहे थे, सप्रे ने कहा, 'गनपतराव, मैं एक बहुत योग्य नौजवान को जानता हूँ जो तबला सीख रहा है और काम की तलाश में है।' चारों तरफ़ ख़ामोशी छा गयी, क्योंकि सप्रे एक नाज़ुक मामले को उठा रहे थे। उन्होंने बात जारी रखी। 'वह मेरी चाल में मुझसे तीन दरवाज़े आगे रहता है। अगर तुम चाहो तो मैं उसका पता करूँ। मैं उसके घर-बार के बारे में आश्वस्त कर सकता हूँ। वह रत्नागिरि में मेरे ही गाँव का रहने वाला है और उसके चाचा की अमराई हमारी अमराई के साथ लगी है। वह सीखने को लेकर बहुत गम्भीर है। सच तो यह है कि उसने संगीत सीखते रहने के लिए पैसे जुटाने की ख़ातिर होटल में बैरागीरी भी की है।'

गनपतराव एक शब्द नहीं बोले। उन्होंने अपनी बायीं कलाई की तरफ़ देखा और आहिस्ता से उसे घुमाया। ढोंदूताई जवाब की उम्मीद में उत्कण्ठा से उनकी ओर देख रही थीं। आई दरवाज़े से टिकी खड़ी, हामी की उम्मीद लगाये, मन-ही-मन प्रार्थना कर रही थी। कुछ मिनट बाद गनपतराव बोले, 'उसे आने को बोलो।'

कुछ दिन बाद सप्रे अपने साथ सफ़ेद कुर्ता-पाजामा पहने, एक दुबले-पतले युवक के लिये नमूदार हुए।

'यह श्रीधर पाध्ये है,' सप्रे ने कहा। पाध्ये ने गनपतराव और आई के पैर छू कर उनका अभिवादन किया और फिर बच्चों जैसे गर्व से फट पड़े, 'मैं मंच पर भी तबला बजा चुका हूँ।'

ढोंदूताई नरमी से मुस्करायीं। गनपतराव नहीं मुस्कराये। इसकी बजाय,

उन्होंने उस युवा संगीतकार को कमरे के एक कोने में रखी तबले की जोड़ी के पीछे बैठने को कहा। यह परीक्षा का समय था। फिर उन्होंने पाध्ये से गूढ़ लयों और तालों को ले कर जिरह करनी शुरू कर दी, उनके बारे में भी जिनकी ज़रूरत रोज़मर्रा के रियाज़ में नहीं पड़ती थी। आधे घण्टे बाद, उस युवा तबला वादक के माथे पर पसीने की बूँदें झलकने लगीं, लेकिन एक निर्भीक योद्धा की तरह वह तबला बजाता रहा। ढोंदूताई और सप्रे, टोकना या एतराज़ करना व्यर्थ जान, कमरे के दो अलग-अलग कोनों से इस जाँच-पड़ताल को देखते रहे। आख़िरकार, गनपतराव ने पाध्ये से कहा कि वह जा सकता है। उसके जाते-जाते उन्होंने उसकी उम्र पूछी।

'पच्चीस,' पाध्ये ने कहा।

'शादी हुई ?'

'अभी, दो महीने पहले,' उसने शर्माते हुए जवाब दिया।

'हूँ!' गनपतराव ने बस इतना कहा और दरवाज़ा खोला।

स्तम्भित पाध्ये के पीछे-पीछे चलते हुए सप्रे कुछ चकराये-से लगे। वे दोनों बिना कुछ कहे सीढ़ियाँ उतर गये। गनपतराव सीढ़ियों के ऊपर, सीने पर बाँहों को बाँधे, कुहनियाँ पकड़े किसी रोबीले हेडमास्टर की तरह खड़े रहे जो अपने छात्रों को भाग कर दुबकते हुए देख रहा हो।

अगली सुबह पाध्ये को उसके दरवाज़े पर ज़ोर से दी गयी दस्तक ने जगा दिया। उसने निंदासी आँखों से रसोई-घर में रखी घड़ी पर नज़र डाली। अभी छै बजे ही थे।'

आकाश में उजेला फैलने लगा था और चिड़ियों ने अपने सुबह के राग अलापने शुरू कर दिये थे।

उसने दरवाज़ा खोला और जब उसने अपने मुलाक़ाती को देखा तो झटके से पूरी तरह जाग गया। दरवाज़े पर गनपतराव थे, बाक़ायदा कोट और टोपी पहने और हाथ में छड़ी लिये।

'अन्ना, आप ? आइए... अन्दर आइए।' पाध्ये ने अपने उघाड़ेपन को ढाँपने के लिए अटपटे ढंग से टाँगों को एक-दूसरे पर चढ़ाने की कोशिश करते हुए कहा, क्योंकि उसने सिर्फ़ पाजामा पहना हुआ था।

'नहीं, नहीं, ठीक है। मैं अपनी सुबह की सैर पर निकला हूँ और मुझे

आगे जाना है। इससे पहले कि बाज़ार में बहुत भीड़ हो जाये मुझे फूलवालों के पास पहुँचना है। मैं सिर्फ़ तुम्हें यह बताने आया था कि ढोंढूताई की इच्छा है तुम अगले हफ़्ते से शुरू करो। तुम सोमवार को सुबह दस बजे आ सकते हो।'

पाध्ये कुछ पल उन्हें एकटक देखता रहा। फिर उसने बुदबुदा कर कहा, 'धन्यवाद।'

'अरे हाँ, मैं तुमसे पूछना भूल गया था। तुम्हारा उस्ताद कौन है ?'

'यशवन्त केरकर,' पाध्ये ने इतनी सुबह अपने आदरणीय गुरू का नाम लेने पर ख़ुशी महसूस करते हुए कहा।

'वाह!' गनपतराव बोले। उन्होंने युवा संगीतकार के कन्धे को थपथपाया, फुर्ती से घूमे और तेज़ कदमों से गलियारे में तेज़-तेज़ बढ़ गये। पाध्ये गनपतराव के चेहरे पर आये भाव को नहीं देख पा रहा था, लेकिन वह पुराना सूम मन-ही-मन यह सोचते हुए मुस्करा रहा था कि, 'अविश्वसनीय, उम्मीद से परे।' ढोंढूताई का नया संगतकार केसरबाई के संगतकार का शिष्य था। यह एक चामत्कारिक संयोग था जहाँ ईश्वर आँख मारते हुए कहता है, 'यह तोहफ़ा तुम्हारे लिए, प्यारे!' क्योंकि, केसरबाई पागलपन की हद तक शंकित रहती थी कि कोई उनके संगीत की नक़ल न कर ले। उनके अपने संगतकार - और आगे भी, उनसे सीखने वालों के संगतकार - हमेशा सन्देह के घेरे में रहते थे और इससे पहले कि वे उन तक पहुँच पायें, उन्हें वफ़ादारी के कड़े इम्तहान से गुजरना पड़ता था। यह बात कि पाध्ये उनके अपने तबलावादक का शिष्य था, उसके लिए चीज़ों को बहुत आसान बना देगी। माई की बेचैनी को कम करने का एक और कारण हाथ लगा, उन्होंने मुस्कराते हुए सोचा और फुर्ती से सड़क पर आगे चल दिये।

पाध्ये गनपतराव को पीछे से घूरता रहा। उसने दरवाज़ा बन्द करके साँकल लगा दी। फिर उसने अपनी नवविवाहिता को आवाज़ दी। 'तुम्हें विश्वास नहीं आयेगा, अभी-अभी कौन आया था...' और नीम की दातुन और लोटा उठा कर वह मन-ही-मन मज़ा लेते हुए हँसा और उस छोटे से शीशे की तरफ़ बढ़ गया जो खिड़की की बग़ल में मोटी-सी तार पर लटक रहा था।

❑

ढोंढूताई ने एक बार मुझे बताया कि वे पाध्ये के साथ संगीत के लिहाज़ से और व्यक्तिगत रूप से भी इतना अच्छा सामंजस्य इसीलिए बैठा पायीं, क्योंकि पाध्ये और उनके बीच गुरुओं की साझा विरासत थी - यह और दूसरी बात कि वह शराब नहीं पीता था! ('मैं जानती हूँ, वह सिगरेट पीता है, लेकिन जब तक वह मेरे सामने नहीं पीता, मुझे मंज़ूर है,' उन्होंने कहा।)

किसी संगीतकार और उसके संगतकार के आपसी सम्बन्धों में कितनी ही बारीक़ परतें होती हैं। यह वैसा ही अदृश्य, अघोषित सम्बन्ध है जो चचेरे-ममेरे भाई-बहनों में विकसित हो जाता है। महज़ निकटता के कारण गायक और संगतकार के बीच समय के साथ ऐसा ही अनकहा सम्बन्ध विकसित हो जाता है। वे एक-दूसरे की भूलों को ढँकना, ग़लतियों को पहले ही भाँप लेना और प्रस्तुति के समय एक-दूसरे की अभिव्यक्ति को और ऊँचा उठाना सीख जाते हैं।

एक बार की बात है, कई वर्ष बाद जब तम्बाकू और उमर के मेल ने पाध्ये को धर दबोचा था, वह बम्बई में अल्लादिया ख़ाँ की स्मृति को समर्पित एक समारोह में ढोंढूताई के साथ संगत कर रहा था। गाना शुरू करने से पहले ढोंढूताई ने श्रोताओं को एक छोटा-सा क़िस्सा सुनाया। बूढ़े ख़ाँ साहब को 'मुश्किल ख़ाँ' कहा जाता था, क्योंकि उनका रुझान जटिल और दुर्लभ रागों को गाने की ओर था। एक दिन किसी श्रोता ने उनको चुनौती दी कि वे कोई आसान चीज़ गा कर दिखायें। उन्होंने अपनी स्वाभाविक प्रतिभा से प्रतिक्रिया व्यक्त की। उन्होंने सबसे आसान रागों में से एक - देश - चुना और एक बुनियादी ताल - रूपक। लेकिन ऐसा करने के बाद उन्होंने एक अत्यन्त कठिन बन्दिश सुनायी। ऐसी, जिसने श्रोताओं को साँस रोक कर सुनने पर विवश कर दिया और जो उन्हें अचम्भित छोड़ गयी।

उस दिन, उनकी स्मृति में ढोंढूताई ने वही बन्दिश गायी। शुरू करने के लगभग दस मिनट बाद, जब बन्दिश कृष्ण भगवान की सुन्दरता का वर्णन कर रही थी, ढोंढूताई ने अचानक पाध्ये की तरफ़ घूरा और नापसन्दी ज़ाहिर करने के अन्दाज़ में अपनी आँखें चौड़ी करके उसे देखा, वह बिना कुछ

समझे, अनचित्तेपन से मुस्कराया और उसने बजाना जारी रखा। ढोंढूताई ने पीछे मुझे इशारा किया मैं एक टुकड़ा गाऊँ। जिस बीच मैंने गाने का सिरा उनसे थामा, वे दबी आवाज़ में फुंकारीं, 'पाध्ये! रूपक बजाओ। तुम कर क्या रहे हो ? तुम सरक कर तीन ताल में जा पहुँचे हो।'

पाध्ये को देख कर ऐसा लगा कि वह किसी शादी के भीड़-भब्भड़ में पतलून की खुली ज़िप के साथ पकड़ लिया गया हो। उसे तब आभास हुआ कि वह क्या कर बैठा था और फिर जल्दी से लौट कर उसी ताल पर आ गया जो उसे बजानी थी। बस इतना ही हुआ। उनके बीच दस सेकेण्ड के इस आदान-प्रदान पर सामने बैठे हज़ारेक लोगों का कोई ध्यान नहीं गया और जो बात भारी ग़लती में तब्दील हो सकती थी, वह बिना किसी शिकन के दुरुस्त कर ली गयी।

कई ऐसे मौके भी होते थे जब वह भी उनकी ग़लती छिपा लेता था। अगर वे कोई मुश्किल-सा तोड़ा गाने की कोशिश करतीं और सम पर पहुँचते समय एकाध ताल चूक जातीं तो वह श्रोताओं का ध्यान बँटाने के लिए ज़ोर से तबला बजा कर आख़िरी दो-एक तालों को दबा देता था। वह उनके बीच एक अनकहा शर्तनामा था जिस पर संगीत के टुकड़ों के अलावा और किसी तरह चर्चा नहीं की जा सकती थी, एक सम्बन्ध जो आपसी विश्वास और मानवीय दुर्बलताओं के प्रति आपसी सम्मान पर आधारित था।

दूसरे बहुत-से तबलावादकों के विपरीत, पाध्ये कभी अपने को आगे लाने की चेष्टा नहीं करता था। वह संगतकार और शिक्षक की अपनी भूमिका से सन्तुष्ट था। तो भी गाहे-बगाहे उसे अपनी हुनरमन्दी दिखाने का मौक़ा मिल ही जाता था और ऐसे मौक़ों पर, जब भी वे कर पातीं, ढोंढूताई उसे प्रोत्साहित करती थीं। एक बार नागपुर में एक संगीत समारोह के दौरान दो रागों के बीच श्रोताओं ने तबले के एकल प्रदर्शन की फ़रमाइश की। पाध्ये ढोंढूताई की ओर मुड़ा और उन्होंने सिर हिला कर हामी भरी। उसने आसन सँभाला और दस मिनट के कुशल प्रदर्शन में तबले पर ताल के अलग-अलग नमूने पेश करके दर्शकों को मुग्ध कर दिया और इस बीच ढोंढूताई मंच पर बैठी दर्शकों की प्रतिक्रया और प्रशंसा पर दमक-दमक उठती रहीं। 'वह मेरे छोटे भाई की तरह है,' वे अकसर कहतीं। 'मैं क्यों नहीं चाहूँगी कि

वह तरक्की करे ?'

'संगतकार जीवन-साथियों की तरह होते हैं,' केसरबाई ने एक बार ढोंढूताई से कहा था। 'भले ही वे सबसे अच्छे न हों, पर एक समय आता है जब आदत बन जाती है और आप एक-दूसरे का साथ निभाते चले जाते हैं।' वे अब्दुल माजिद ख़ाँ को ले कर ढोंढूताई की खीझ पर प्रतिक्रिया व्यक्त कर रही थीं जो लम्बे समय से सारंगी पर उनकी संगत करते आ रहे थे। दोनों मंच पर चमत्कार पैदा कर देने के लिए मशहूर थे। दिक़्क़त यह थी कि आख़िरी दिनों में ख़ाँ साहब को काफ़ी ऊँचा सुनायी देने लगा था और ढोंढूताई को मजबूरन तानपुरे को जितना हो सके उनके कान के क़रीब बजाना पड़ता था। अपने आसन के ढंग को ले कर इस ग़ैर मामूली माँग से कुण्ठित हो कर एक बार उन्होंने कहा, 'आप उनसे छुट्टी क्यों नहीं पा लेतीं माई ? और बहुत-से हैं जो इतने ही अच्छे हैं।' केसरबाई ने कुछ नहीं कहा। लेकिन अगले ही हफ़्ते एक कार्यक्रम में उन्होंने दूसरे सारंगीवादक को संगत करने के लिए कहा।

कार्यक्रम के अन्त में तानपुरों को उनके ख़ोल में रखते हुए वे ढोंढूताई की ओर मुड़ीं, 'तो तुम्हें कैसा लगा ?'

'नहीं, माई। वैसा तो बिलकुल नहीं।'

'देखा। मैंने तुमसे तो कह ही दिया था...।'

ढोंढूताई को आभास हो गया कि केसरबाई की गायकी को माजिद ख़ाँ दुनिया में और किसी की तुलना में कहीं अन्तरंगता से जानते थे। समय के साथ उन्होंने अपने गज़ को एक मोटा गूँजता सुर पैदा करने के लिए सिखा कर तैयार कर लिया था जो उनकी प्यारी माई की आवाज़ की हू-ब-हू नक़ल करता जान पड़ता था।

❑

सिखाना शुरू करने के कुछ वर्ष बाद, केसरबाई ने ढोंढूताई को अपने साथ बम्बई से कुछ घण्टे की दूरी पर, एक पहाड़ी सैरगाह, लोनावला चलने के लिए कहा। केसरबाई के एक धनी मित्र ने उन्हें अपना बँगला इस्तेमाल करने के लिए दे दिया था। वहाँ सिर्फ़ वे दोनों और केसरबाई की नातिन इला थी, जो अपनी स्कूली परीक्षाओं के बाद छुट्टियाँ मना रही थी। वे बिना विघ्न-

बाधा के रात-दिन गाते। वे सुबह-सवेरे के रियाज़ से शुरू करते जो इस घराने के लिए बेहद ज़रूरी है और भोजन और दोपहर को छोटी-सी झपकी लेने के लिए रुकते। इला को नियमित रूप से रिश्वत में आइसक्रीम दी जाती ताकि वह सबक़ में रुकावट न पैदा करे।

इन सुबह-सवेरे के अभ्यासों के दौरान ही ढोंढूताई को वह हासिल हुआ जिसका इन्तज़ार वे इतने दिनों से कर रही थीं - आवाज़ को साधने का वह प्रशिक्षण जो मामूली आवाज़ को भी इस तरह तब्दील कर सकता था कि वह - 'आ' के शुद्ध उच्चारण और दम और साँस के नियन्त्रण द्वारा - चमत्कार पैदा कर दे। वे सुबह पाँच बजे शुरू करते और भोर तक गाते।

अपनी फ़ुर्सत की घड़ियों में वे उन क़िस्सों को सुनतीं कि कैसे केसरबाई जैसी औरतें अन्तर्विरोधों से भरी उस जगह से ताल-मेल बैठाती थीं जहाँ वे देर रात तक सरपरस्तों का मनोरंजन करतीं और फिर नहा-धो कर, माथे पर भभूत मल, देवी के सामने सुबह चार बजे की अपनी दैनिक चर्या के लिए तैयार भी हो जातीं।

केसरबाई ने उन्हें यह भी बताया था कि कैसे उन्हें शेयर-बाज़ार और सट्टा खेलना पसन्द था और जुए की अपनी छिपी हुई लत के बारे में भी। उन्होंने शेयर और सट्टे के बारे में ढोंढूताई को सिखाने-समझाने की कोशिश की थी, लेकिन वह छलनी में पानी डालने सरीखा था।

'तुम बेवकूफ़ हो,' केसरबाई कहतीं। 'क्या तुम्हें अच्छी ज़िन्दगी जीने और गहने वग़ैरा पहनने का कोई शौक नहीं है ?'

'मुझसे यह कहिए कि ऐसी तान लगाऊँ जो बाज़ की तरह नीचे झपट कर अपने शिकार को पकड़ने जैसी हो तो मैं लगा लूँगी। लेकिन बाक़ी इन सारी बातों में मेरी कोई दिलचस्पी नहीं है, माई।'

'अरे लड़की, तुम्हें अपने व्यक्तित्व के अलग-अलग पहलू विकसित करने चाहिएँ। कभी-कभी यह भी होना चाहिए कि तुम्हारा एक हिस्सा दूसरे हिस्से को बरदाश्त न कर पाये। यही चीज़ औरत को रहस्यमय, और अनजानी, यहाँ तक कि अजीबो-ग़रीब भी बनाती है।'

'माई, आप और मैं बस बहुत अलग हैं,' ढोंढूताई उन बेचैन करने वाली सच्चाइयों से कतराने की कोशिश में हँस कर कहतीं जो तीरों की तरह

उन पर फेंकी जा रही थीं और जिन्हें वे तानपुरे को छेड़ कर गाना शुरू करते हुए आहिस्ता से दूसरी तरफ़ ठेल देती थीं।

अन्दर में गहरे कहीं ढोंढूताई को शायद इस बात का आभास था कि उनकी गुरु उन्हें क्यों कोंच रही थीं, लेकिन वे जल्दी ही अपने विचारों को पुनर्व्यवस्थित कर लेतीं और जीवन को संगीत से अलग कर देतीं। केसरबाई के संग-साथ ने उन्हें अपने लगभग असामान्य ब्रह्मचर्य के प्रति सचेत कर दिया था, लेकिन उसके बारे में कुछ करने के लिए अब बहुत देर हो गयी थी। इस मामले में उनके पास कोई चुनाव भी नहीं था, क्योंकि आप जो बनते हैं, वह कई बार आपके नियन्त्रण से बाहर होता है। संगीत के लिहाज़ से उन दोनों का वही लक्ष्य था, लेकिन उस तक पहुँचने के लिए वे अलग-अलग रास्ते अपनाने के लिए जन्मी थीं। ढोंढूताई ने संगीत को महज़ एक पेशा नहीं, बल्कि दैवी ज्ञान मानना जारी रखा।

साथ-साथ रहते हुए दोनों औरतों के बीच एक ऐसी समझदारी पैदा हो गयी जिसने उन दोनों के अलग-अलग संसारों को चिह्नित करने वाली सीमाओं को तोड़ दिया। सारे नैतिक फ़ैसले मुल्तवी कर दिये गये। ढोंढूताई ने समझने की कोशिश की कि क्यों उनकी गुरु सुबह एक सिगरेट पीती थीं, ताकि उनका पेट ठीक से साफ़ हो जाय। और केसरबाई ने बहला-फुसला कर अपनी शिष्या को वह आज़माने के लिए राज़ी कर लिया जो उसने कभी नहीं किया था - अण्डे खाना!

केसरबाई आश्चर्यजनक रूप से बढ़िया खाना बनाने में माहिर थीं। हर बार जब वे गायन के लिए किसी नयी जगह जातीं तो वे उस इलाक़े के विशिष्ट व्यंजनों की और उन्हें बनाने की विधि की जानकारी हासिल करतीं। समय बीतने के साथ उन्होंने कई अनोखे व्यंजन बनाने सीख लिये थे, जिनमें एक बेहद स्वादिष्ट सालन भी था जिसे 'खड़े मुर्ग़ का सालन' कहा जाता था। इसे उन्होंने हैदराबाद में नवाबों और राजाओं से सीखा था जो उसे, जब वे शिकार पर गये हुए होते तब खाते थे। वे जंगली मुर्ग़ों का शिकार करते और उन्हें साबुत प्याज़, साबुत टमाटर और अनपिसे खड़े मसालों के साथ, एक बड़े-से देग़ में, जंगल के बीचों-बीच खुली आग पर पकाते। मसालों और दूसरी सामग्री को काटने-पीसने का न वक़्त होता, न साधन और नतीजे के

तौर पर सालन में यह एक अपना अनोखा स्वाद भर देता। केसरबाई का पसन्दीदा व्यंजन तो यक़ीनन मछली थी, जिसे वे तब से हर रोज़ खाती आ रही थीं जब वे गोआ में एक छोटी-सी बच्ची थीं। एकदम आख़िरी दिनों तक वे अपनी ख़ास रसेदार मछली के लिए मसाले पीसने का समय निकाल लेतीं।

'केसरबाई ने मुझ पर ज़ोर दिया था कि मैं उनके हाथ का बना मुर्ग़ा और माँस आज़माऊँ। उनका सुझाव था कि मुझे अपने संगीत के जीवट और दम को बढ़ाने के लिए ताक़तवर प्रोटीन वाले खाने की ज़रूरत है,' ढोंढूताई ने मुँह बिचकाते और हँसते हुए याद किया। 'वे भला सोच क्या रही थीं ?' युवा शिष्या ने गोश्त खाने के दबाव के आगे तो घुटने नहीं टेके, लेकिन उसने रोज़ एक अण्डा खाना ज़रूर शुरू कर दिया - यह उन राज़ों में से एक था, जो ढोंढूताई ने अपने माता-पिता से छिपाये रखे थे।

लोनावला प्रवास के दौरान ही केसरबाई ने खुल कर वे महत्वपूर्ण युक्तियाँ उद्घाटित करनी शुरू कीं जो किसी गायक को कलावन्तों की श्रेणी में ला बैठाती हैं। क्योंकि केसरबाई द्वारा अपने श्रोताओं की खिल्ली उड़ाने, उनकी लानत-मलामत करने के बारे में चाहे जितने क़िस्से प्रचलित थे, वे एक प्रतिबद्ध पेशेवर कलाकार थीं। किसी भी समारोह से पहले वे दिनों रियाज़ करतीं - जिससे यह भी समझा जा सकता है कि अपनी चरम प्रसिद्धि के दिनों में उनके पास शिष्य बनाने का समय क्यों नहीं था।

'तुम्हें यह सुनिश्चित करना है कि तुम्हारे श्रोताओं को सबसे उम्दा गाना सुनने को मिले,' उन्होंने इन्दौर में पेश किये गये अपने एक कार्यक्रम को याद करते हुए ढोंढूताई को बताया। 'मुझे शाम को भी गाना था और सुबह के समय भी, ताकि मैं अलग-अलग राग पेश कर सकूँ। शुरू करने से पहले मैंने खरज में एक 'गा' लगाया और पूछा, "क्या आख़िरी क़तार के सब लोग मुझे सुन सकते हैं ?" पीछे से एक कमज़ोर-सी आवाज़ ने कहा, "नहीं!" मैंने फ़ौरन कार्यक्रम के आयोजकों से कहा कि वे अन्तिम पंक्ति में बैठे लोगों के टिकटों के पैसे लौटा दें और इस बात का बन्दोबस्त किया कि अगली सुबह के कार्यक्रम में उन्हें आगे की क़तार में सीटें दी जायें। अपने सुनने वालों से ऐसा ही बरताव करना चाहिए - वे कलाकार को बना भी सकते हैं

और नष्ट भी कर सकते हैं।'

बम्बई लौट कर उनके सबक़ घड़ी की रफ़्तार के साथ चलते रहे और ढोंढूताई में एक सबक़ छोड़ने की भी हिम्मत नहीं थी। जिस रोज़ वे सुबह का रियाज़ करने के लिए ज़्यादा थकी होतीं तो केसरबाई तत्काल भाँप जातीं और उन पर झिड़कियों की झड़ी लगा देतीं।

उनके लिए केसरबाई से सीखने का अनुभव अपने पहले के, अधिक लाड़ लड़ाने वाले उस्तादों से बिलकुल अलग था, लेकिन कुछ तूफ़ानी और सदमा पहुँचाने वाले प्रसंगों के बाद, ढोंढूताई ने केसरबाई के मिज़ाज को सँभालने के तरीक़े खोज निकाले। अगर कोई तान ठीक न जा रही होती या उनका दम उखड़ने लगता और उन्हें एहसास हो जाता कि केसरबाई धैर्य खोने लगी हैं तो वे जल्दी से कुछ इस तरह का वाक्य कह कर उनका ध्यान बँटा देतीं, 'माई, उस दिन मैं सड़क पर फ़लाँ-फ़लाँ से मिली थी और वे उस कार्यक्रम को याद कर रहे थे जिसमें आपने जैजैवन्ती गाया था। कितनी तारीफ़ कर रहे थे माई आपकी...' यह ख़ुशामद आम तौर पर कारगर साबित होती। केसरबाई पिघल जातीं और उनका सुर नरम पड़ जाता।

'हाँ, मुझे वह समारोह याद है। बहुत बढ़िया था। हा-हा! यह वही मौक़ा था जब किसी बेवकूफ़ फ़ोटोग्राफ़र ने मेरा फ़ोटो खींचने की कोशिश की थी। मुझे कैमरे से रील निकालनी पड़ी थी, क्योंकि वह बात नहीं सुन रहा था। भगवान जाने ये तस्वीरें कहाँ जाती हैं। अगर वे किसी अख़बार में छप गयीं तो समझो कबाड़ा हो गया। पता चला कि आपका चेहरा किसी बच्चे की टट्टी साफ़ करने के काम आ रहा है।'

'मैं आपसे सहमत हूँ माई। इन फ़ोटो खींचने वालों से होशियार रहना चाहिए। वे इन तस्वीरों को आप पर जादू-टोना करने के लिए इस्तेमाल कर सकते हैं।'

जब तक केसरबाई यादों का सिलसिला ख़त्म करतीं, ढोंढूताई अपना दम दुरुस्त करने, टुकड़े को मन में दो-तीन बार गा कर आज़माने और नये जोश से दोबारा शुरू करने के लिए तैयार हो जातीं। उस समय तक केसरबाई आम तौर पर फिर से अपने ख़ुशमिज़ाज, आत्म-विभोर धरातल पर आ जातीं और अपनी शिष्या के प्रति कम कठोरता से पेश आतीं। यह दरअसल बड़ी

आसान-सी हिकमत थी। ढोंढूताई को मालूम था कि उन्हें महज़ अपनी गुरु को यह महसूस करा देना है कि वे विश्व की सम्राज्ञी हैं। उनकी हाँ-में-हाँ मिला कर आप उनका भरोसा जीत सकते थे और वे अपना ख़ज़ाना आपसे बाँटने को राज़ी हो जातीं। अगर दूसरी ओर किसी ने उन्हें चुनौती देने की हिम्मत की, या उनके साथ ग़लत बरताव किया, 'तो वे उन्हें अपने नाख़ूनों का मैल भी नहीं देती थीं,' ढोंढूताई ने सिर हिलाते और अपनी भड़क उठने वाली गुरु की याद में कानों की लवों को छूते हुए कहा।

ढोंढूताई जब केसरबाई के साथ अपनी इन छोटी-छोटी चालबाज़ियों के बारे में बता रही थीं, तब उन्हें इसका रत्ती भर अन्दाज़ा नहीं था कि मैं उनके साथ ठीक इसी तरह पेश आया करती थी। मेरे मामले में, उनके कोप को जागृत करने का भय नहीं था जो मुझसे ये छोटी-छोटी चालें चलवाता था, बल्कि ऊब मुझे मजबूर करती थी कि मैं ढोंढूताई का ध्यान सबक़ से हटा दूँ और उन्हें व्यर्थ की गप-शप में उलझा दूँ। चाल बड़ी सीधी सरल थी। मैं किसी प्रतिस्पर्द्धी संगीतकार का ज़िक्र छेड़ देती, जिसके कार्यक्रम में मैं गयी होती और फिर एक अतिरंजित रिपोर्ट उनके सामने पेश करती कि उसने कितना ख़राब गाया था या कैसे सभागार आधा ख़ाली था। मुझे मालूम था कि अपने समकालीनों पर इस तरह शब्दों के गोले दाग़ कर उन्हें ध्वस्त करने में ढोंढूताई को कितना मज़ा आता था। वे हँसी-ख़ुशी अपनी भी दो पैसे की राय उसमें जोड़ देतीं। 'उससे तुम उम्मीद क्या करती हो ? उसे कुल ढाई राग आते हैं और हर बार उन्हीं को गाता है।'

उनकी पसन्दीदा घड़ी वह होती थी जब मैं एक ख़ास गायिका की आलोचना करती थी जिसे वे अपना सबसे बुरा दुश्मन समझती थीं। 'बाई जी, सुना आपने ? वह अपने ही कार्यक्रम में आधा घण्टा देरी से आयी और फिर अगला आधा घण्टा उसने अपने तानपुरे को सुर में लाने में बिताया।' जो चीज़ मैं उन्हें नहीं सुनाने वाली थी, क्योंकि वह मेरे उद्देश्य से मेल नहीं खाती थी, वह यह थी कि गायिका के विलम्ब के बावजूद श्रोतागण धीरज धरे उनके शुरु करने का इन्तज़ार करते रहे थे और जब उन्होंने गाया था तो पूरी भरपाई कर दी थी।

❑

मैंने कई बार बहला-फुसला कर ढोंदूताई से उनकी शिक्षिका के अँधियारे पक्षों के ब्योरे निकलवाने की कोशिश की, उन प्रसंगों के ब्योरे जब वे अनचाहे ही इस झक्की और मनमौजी औरत के धमाकों का शिकार हुई थीं। लेकिन वे अपनी गुरु के प्रति वफ़ादार बनी रहीं और दिल खोलने की बजाय चुनी हुई स्मृतियों के सहारे बात टाल देती रहीं।

'बस, सिर्फ़ एक बार ऐसा हुआ,' ढोंदूताई ने हँस कर बताया था, 'कि उन्होंने कुछ ऐसा कहा कि ग़ुस्से के मारे मैं कई दिनों तक उनके घर नहीं गयी थी।'

'हुआ क्या था ?' मैंने पूछा।

'अरे, उन्होंने लक्ष्मीबाई के बारे में एक ख़राब बात कह दी थी...'

लक्ष्मीबाई जाधव बड़ौदा के राजदरबार की गायिकाओं में से थीं जो बाद में रहने के लिए कोल्हापुर आ गयी थीं और जिन्होंने भुर्जी ख़ाँ की मृत्यु के बाद दो-एक वर्षों तक ढोंदूताई को सिखाया था। हालाँकि प्रशिक्षण की यह अवधि छोटी-सी ही थी, लेकिन दोनों एक-दूसरे को बहुत पसन्द करने लगे थे। अपने समय में लक्ष्मीबाई की काफ़ी प्रतिष्ठा थी, लेकिन वे कम उम्र ही में गुज़र गयी थीं और नतीजे के तौर पर उनकी शोहरत निस्बतन कम थी, क्योंकि उन्हें भविष्य में उन्हें याद रखने लायक़ बहुत कम रिकॉर्डिंग उपलब्ध थी।

'क्या कहा था उन्होंने ?' मैंने उत्सुकता से पूछा।

'उन्होंने कहा था कि लक्ष्मीबाई की तानें फ़र्श को गोबर से लीपती औरत की हरकतों की तरह थीं।' मराठी में यह वाक्य सचमुच भद्दा लगा था।

केसरभाई की इस टिप्पणी के बाद ढोंदूताई न तो अगले मंगलवार को गयीं और न शुक्रवार को, और न ही उन्होंने अपनी अनुपस्थिति का कारण बताते हुए कोई सँदेसा भेजा। आख़िरकार केसरबाई ने किसी को ढोंदूताई के घर यह पता लगाने के लिए भेजा कि माजरा क्या था। थोड़ा-बहुत मनाने के बाद ढोंदूताई वापस 'पराग' जाने को तैयार हो गयीं।

केसरबाई अपने पलँग पर बैठीं, अपनी अंग्रेज़ी शिक्षिका, मेरी को भौंहें चढ़ा कर देख रही थीं। उन्होंने अचरज का नाटक करते हुए पूछा, 'तुम्हें क्या हो गया था ? कहाँ थीं तुम ?'

ढोंदूताई ने कहा कि वे किसी को अपनी दिवंगत गुरु के बारे में कोई भद्दी बात कहते बरदाश्त नहीं कर सकती थीं। केसरबाई ने सफ़ाई से स्थिति को शान्त करते हुए कहा, 'अरे, मैं तो सिर्फ़ इस बात की परीक्षा ले रही थी कि तुम अपने गुरुओं के प्रति कितनी वफ़ादार हो। अब मुझे विश्वास हो गया है कि जब मैं नहीं रहूँगी, तुम कभी बरदाश्त नहीं करोगी कि कोई मेरी बुराई करे।' ढोंदूताई ने फ़ौरन उन्हें माफ़ कर दिया और दोनों ने फिर सीखने-सिखाने का सिलसिला शुरू कर दिया। लेकिन केसरबाई धीरे-धीरे बदमिज़ाज और अधीर होती जा रही थीं। उमर ने सिर्फ़ उनके मूल स्वभाव को ही उद्दीपित कर दिया था।

❑

बहुत कम शिष्य होते हैं जो एक महान कलाकार की छाया से बाहर आ पाते हैं। वे वर्षों उनके सुरों की नक़ल करते, बीच के अन्तराल को भरते, समारोहों में चाय के थर्मस और साज़ लाते-ले जाते गुज़ार देते हैं। कुछ समय के बाद अगर वे अलग नहीं होते तो अधिकतर लोग अपने गुरु की आवाज़ की गूँज भर बन कर रह जाते हैं।

मैंने अकसर यह समझने की कोशिश की कि ढोंदूताई जैसी हठी शिष्या केसरबाई जैसी पगलायी डायन के साथ कैसे इतने दिन निभा पायी। शायद वे इस चीज़ से आकर्षित थीं जो ख़ुद उनके भीतर नहीं थी - सारी सीमाओं को तोड़ने का आत्म-विश्वास। शायद वह उनका भोलापन था। एक बार वे किसी के प्रति निष्ठा घोषित कर देतीं तो चाहे जो हो वे उसका साथ निभातीं।

'मैंने सुना कि वे आपको अलग से कार्यक्रम पेश करने के लिए बढ़ावा नहीं देती थीं और उन्होंने आपको रेडियो पर गाने से रोक दिया था,' मैंने कोचना और जाँचना जारी रखा।

'यह सच नहीं है,' उन्होंने पलट कर कहा। 'शुरू-शुरू में हाँ, उन्हें मेरा एकल गायन करना पसन्द नहीं था, लेकिन ऐसा इसलिए था, क्योंकि अधिकतर गुरु अपने शिष्यों को लोगों के सामने प्रस्तुत करने से तब तक हिचकिचाते हैं जब तक उन्हें भरोसा न हो जाय कि वे उनकी शिक्षा के सही प्रतिनिधि

साबित होंगे। बहरहाल, अन्तिम दिनों के आस-पास, ख़ास तौर पर जब वे गाना बन्द करने के क़रीब थीं, उन्होंने मुझे अपनी जगह पूरे देश के प्रसिद्ध संगीत समारोहों में भेजा था। इसलिए जिसने भी ऐसा कहा, ग़लत कहा।'

लेकिन मैं जानती थी कि उनके बीच भयानक लम्हे भी आये थे जब ढोंढूताई को ख़ामोशी से तानों-पर-ताने सहने पड़े थे, महज़ इसलिए कि वे बेहतर संगीतकार बन सकें। मैं सिर्फ़ उन दृश्यों की कल्पना ही कर सकती हूँ, क्योंकि शिवाजी पार्क के उस घर के भीतर क्या कुछ चलता रहता था, उसकी सच्चाई जानने का कोई साधन नहीं था।

क्या ऐसा हुआ था कि केसरबाई ने किसी राग को धीरे-धीरे खोला था, एक-एक सुर को इस तरह अनावृत करते हुए, उसे इस तरह गाते हुए जैसे वे उसको प्यार कर रही हों, पहले हलके-हलके सहलाते हुए, फिर पूरे जोश के साथ जो प्रेमी के लिए ही सँजो कर रखा जाता है, आनन्द की लहर-दर-लहर के साथ एक विराट चरमोत्कर्ष पर पहुँचते हुए ? क्या ऐसा हुआ था कि जब ढोंढूताई ने उसे केसरबाई के बाद गाने की कोशिश की थी, तो उन्हें उनकी गुरु ने झिड़क दिया और कहा था कि वे कभी आवेग को व्यक्त नहीं कर पायेंगी, क्योंकि उन्होंने कभी उसे महसूस नहीं किया था ?

मैंने एक घटना के बारे में सुना था जब केसरबाई अपनी शिष्या के सामने बैठी थीं और उन्होंने रियाज़ की पचास छोटी-छोटी तानें लगायी थीं, और फिर उनकी ओर मुड़ कर कहा था, 'अब इन्हें दोहराओ।' उन्होंने बार-बार ऐसा किया था और चूँकि उनकी शिष्या उन सभी को याद नहीं रख पा रही थी, वे उत्तरोत्तर क्रुद्ध होती चली गयी थीं। एकबारगी इतनी सारी तानों को याद करना और तत्काल सुनाना लगभग असम्भव था।

केसरबाई के छोटे भाई बाबू राव ने जो संयोग से पास ही बैठे हुए थे, कहा था, 'तुम क्या कर रही हो ? तुम कैसे उम्मीद करती हो कि वह इसे समझ लेगी। धीरे-धीरे चलो, माई।'

'तुम बीच में मत बोलो,' उन्होंने पलट कर तीखेपन से कहा था। 'यह अच्छी तरह सिखायी गयी गायिका है। यह गा सकती है।'

'ख़ाँ साहब ने तुम्हें ऐसे ही सिखाया था ?'

'तुम्हें क्या पता ?'

उस शाम जब ढोंढूताई जा रही थीं, बाबूराव उनके पीछे-पीछे दरवाज़े के बाहर तक आये थे और बोले थे, 'अच्छा होगा तुम इसे छोड़ दो। यह तुम्हें बरबाद कर देगी।'

❑

एक दिन ढोंढूताई और गनपतराव केसरबाई के घर में बैठे थे जब एक आयोजक वहाँ प्रकट हुआ। वह पूना में केसरबाई का कार्यक्रम आयोजित करना चाहता था।

'अच्छा ! तो तुम्हें आख़िरकार मेरे पास आने का ख़याल आ ही गया,' केसरबाई ने फुनफुना कर कहा। 'मैंने देखा, तुमने उस मालू के कई कार्यक्रम कराये। अब मेरे पास क्यों आये हो ? क्या उसकी आवाज़ चली गयी ? या फिर क्या उसने तुम्हारे साथ सोना बन्द कर दिया ? क्यों ? ख़ैर किसी भी हालत में मैं तो आ नहीं सकूँगी, लेकिन तुम मेरी शिष्या ढोंढूताई को ले जा सकते हो। लो, उससे मिलो। यह है ढोंढूताई और ये हैं उसके पिता गनपतराव।'

उनके पिता के पास जाने की बजाय, जो आम रिवाज था, वह आदमी ढोंढूताई के पास गया और उसने उनसे हाथ मिलाया। उसका हाथ कुछ ज़्यादा देर तक रुका रहा और वे पीछे को सिकुड़ गयीं। उन्होंने भयभीत हो कर अपने पिता की ओर देखा। केसरबाई हँसने लगीं। 'डरो मत। यह काटेगा नहीं, ढोंढाबाई। अगर तुम सारी ज़िन्दगी किसी नयी-नवेली दुलहन का-सा बरताव करती रहोगी तो बहुत आगे तक नहीं जा पाओगी।'

गनपतराव की मुख-मुद्रा पथरा गयी और उनकी मूँछें फड़कने लगीं। ठीक ऐसी ही बात की उन्हें आशंका थी। उनकी बेटी संगीत ज़रूर सीख रही थी, लेकिन वह बाइयों जैसा बरताव नहीं बरदाश्त करेगी। जब वे छोटी-सी लड़की थीं और उन्होंने गाना शुरू किया था, तभी से गनपतराव ने उन्हें किसी से परिचय बढ़ाने की इजाज़त नहीं दी थी, चाहे वह प्रशंसक हो या आयोजक। कार्यक्रम के बाद किसी को इजाज़त नहीं दी जाती थी कि वह उनके पास आये और उन्हें बताये कि उनके गाने से कितना आनन्द आया था। वे ढोंढूताई का चेहरा बने बराबर पहरेदार की तरह खड़े रहते और अब यह आदमी उनकी बेटी से दोस्ती बढ़ाने की कोशिश कर रहा था। वह कोई 'ढोंढाबाई'

नहीं थी जैसा कि उसकी गुरु ने उसकी खिल्ली उड़ाते हुए उसका वर्णन किया था।

उन्हें केसरबाई से कुछ कहने की तो हिम्मत नहीं थी, लेकिन बेचैन ख़ामोशी से भरे कुछ पलों के बाद वे बाहर अँधेरा होने के बारे में कुछ बुदबुदाये और बाप-बेटी उठ कर चले आये। रास्ते में उन्होंने एक-दूसरे से कुछ ज़्यादा बात नहीं की, लेकिन उसी शाम आगे चल कर, गनपतराव ने कहा, 'बेटी, मुझे नहीं लगता कि मुझे एक जवान गायिका के लिए बम्बई का यह वातावरण पसन्द है। चाहे जो हो जाये, मैं नहीं चाहता कि तुम अपनी मर्यादा पर कोई आँच आने दो। बस, इतना याद रखना कि यह कोई सस्ते प्रदर्शन का खेल-तमाशा नहीं, दैवी कला है। और भले ही तुम अमीर या मशहूर न बनो, तुम देवी के लिए गा रही हो। बस, उसी का कुछ मतलब है। अपने संगीत का सम्मान करो। उसकी पूजा करो। और हमेशा उसे अपने तक रखो।'

सम्भव है, उनके शब्द चिन्तित पिता के चेतावनी-भरे उद्‌गार रहे हों, लेकिन ढोंढूताई की ज़िन्दगी पर उनका निर्णायक असर हुआ। अगले दो-तीन वर्षों के अर्से में वे पहले से भी ज़्यादा अपने में सिमट गयीं, ख़ुद को ऐसी जगह में कोये की तरह बन्द करते हुए जिसका बाहर की दुनिया से सम्बन्ध कम-से-कमतर होता गया।

रचनाधर्मी लोगों और कलाकारों के लिए अकसर विफलता से निपटना कठिन होता है। वे ऐसी युक्तियाँ विकसित कर लेते हैं जिससे वास्तविकता से कतरा कर निकल जायें और उसे मरोड़ कर अपनी पटकथा के मन-माफ़िक बना लें। वे ऐसी मनोविकृति के स्थायी भाव में ज़िन्दगी गुज़ारने लगते हैं जो कभी-कभी उन्हें आत्म-विनाश की दिशा में ले जाती है।

पहले कुछेक कार्यक्रमों के बाद, ढोंढूताई को अपने ऊपर अपनी गुरु की परछाईं का बोझ महसूस होने लगा। उनकी तुलना हमेशा केसरबाई से की जाती, इसलिए अगर वे पर्याप्त कुशलता से भी गातीं तो भी वह कभी पूरी तरह ठीक न समझा जाता। ढोंढूताई हर चीज़ को निजी तौर पर ग्रहण करती थीं और उन्होंने तन्त्र-मन्त्र और जादू-टोने में विश्वास करना शुरू कर दिया। किसी मुक़ाम पर, वे सचमुच यह विश्वास करने लगीं कि केसरबाई उन्हें नीचे

गिराने की कोशिश कर रही हैं। उन्हें शक था कि उनकी गुरु यह ख़याल बरदाश्त नहीं कर पा रही थी कि कोई – यहाँ तक कि उनकी संगीत-पुत्री भी – उनकी जगह ले ले। ढोंढूताई को कार्यक्रम नहीं मिल रहे थे और उन्हें विश्वास हो गया कि कोई जान-बूझ कर सफलता की उनकी राह में काँटे बिछा रहा है। ये भावनाएँ और भी तीव्र होती गयीं और हर छोटी-से-छोटी चीज़ उनके भय को बढ़ाती रहती।

एक दिन 'पराग' में बैठे हुए उन्हें एक इलहाम हुआ। घर की कोई औरत रिवाज के मुताबिक़ चाय के तीन प्याले लायी थी। ढोंढूताई नाख़ुशी से प्याले को देखती रहीं। चाय का रंग ठीक नहीं था। कहीं किसी ने इसमें ज़हर डाल दिया हो तो ? गोवा की ये औरतें अपने जादू-टोने के लिए मशहूर थीं। उन्होंने उसे परे खिसका दिया और कहा कि उनका पेट कुछ ठीक नहीं है।

'आज तुम्हें हुआ क्या है ?' केसरबाई ने त्योरियाँ चढ़ा कर उन्हें घूरा। ढोंढूताई प्याले को वापस रसोई-घर में ले गयीं। उन्होंने चाय को सिंक में उँडेल दिया और जब चाय पत्थर पर गिरी तो उनके ख़याल में उन्होंने सिसकारी की-सी आवाज़ सुनी।

बुरे शकुन लोगों को इसलिए आते हैं, क्योंकि वे चाहते हैं कि ऐसा हो। उस शाम बस से उतरते वक़्त गनपतराव लंघी खा कर गिर गये। उनके घुटने और हथेली में रगड़ लगी। अपने लँगड़ाते पिता को आनन्द पुर की तरफ़ जाने वाली चढ़ाई पर सहारा दे कर ले जाते हुए ढोंढूताई ने मन-ही-मन विचार किया, 'मेरे पास अब बम्बई रहने में क्या बचा है। कुल मिला कर मेरी गुरु का संसार बिलकुल अलग है। इसके अलावा, मुझे अपने माता-पिता की देख-भाल करनी चाहिए। उनकी भी उमर बढ़ रही है।'

ऐसा लगा कि उनके पिता ने भी रात को खाना खाते समय जब अपनी राय प्रकट की तो वह उनके ही विचारों की गूँज थी। 'मेरा ख़याल है, हमें बाबू और रतन के पास दिल्ली जाना चाहिए। वे कहते रहे हैं कि अब, जब दोनों पति-पत्नी पूरा वक़्त काम करने लगे हैं तो उनके लिए बच्चों को सँभालने में कितनी मुश्किल हो रही है। मेरे विचार में बम्बई का राग अब समाप्त होने को है।' वे अपने मज़ाक पर हलके-से हँसे। आई ने देवी को धन्यवाद दिया, क्योंकि किसी भी और चीज़ से ज़्यादा वह अपने बेटे और

पोते-पोतियों के पास रहना चाहती थी।

ढोंढूताई ने कहा कि यह अच्छा ख़याल था। लेकिन अन्दर कहीं गहरे में उन्हें मालूम था कि वे भाग रही हैं। वे बम्बई शहर की रफ़्तार और प्रदर्शनकारी जगत की मनमानी चाल से क़दम मिला कर नहीं चल पा रही थीं। भले ही ये ऐसे दौर थे जिनमें कलाकार को डटे रहना चाहिए। परिदृश्य बहुत तेज़ी से बदल रहा था। पुरानी शास्त्रीयता की जगह संगीत में एक नया रूमानी स्वच्छन्दतावाद हावी हो रहा था जो परम्परागत घराने की चौहद्दियों को भंग कर रहा था। गायन को सितार, सरोद और सन्तूर जैसे वाद्य जिन्हें समझना और पसन्द करना युवा श्रोताओं के लिए आसान था अपदस्थ करके नेपथ्य में धकेल रहे थे।

प्रदर्शनकारी कलाकारों को एक ही समय मोटी खाल वाला और सम्वेदनशील बनना सीखना पड़ता है - उन्हें सबके सामने अपनी आत्मा को उघाड़ने की वजह से होने वाली पीड़ा से बचने के लिए अपने ऊपर कवच धारण करना पड़ता है, और इसके बाद भी अपनी कला के प्रति सच्चे बने रहना पड़ता है।

ढोंढूताई को ऐसा उम्दा प्रशिक्षण मिला था जिसकी कामना किसी भी संगीतकार को हो सकती है और उनमें एक महान संगीतकार बनने के गुण और लक्षण भी थे, मगर उन्होंने दुनिया के तरीक़ों को समझने और अपने विधि-निषेधों से मुक्त होने का प्रयास नहीं किया। वे यह नहीं समझ पायीं कि कभी-कभी पिता के भीतर सुरक्षा का भाव ख़ुद उसके अपने भय का प्रतिबिम्ब होता है। कई बार वह प्रेम के पात्र को बौना बना देता है यहाँ तक कि मार भी देता है। यह सम्भव है कि प्रोत्साहित किये जाने पर ढोंढूताई मशहूर गायिका बन गयी होतीं।

लेकिन ऐसा नहीं होना था। १९७१ में दीवाली से एक हफ़्ता पहले अक्तूबर के एक गर्मी-भरे दिन ढोंढूताई और उनके माता-पिता बम्बई से चल दिये।

जिस समय रेलगाड़ी खटर-खट करती हुई देश के एक कोने से दूसरे कोने की तरफ़ बढ़ रही थी, ढोंढूताई के दिमाग़ में ढेरों बिम्ब और भावनाएँ अबाबीलों की तरह चक्कर लगा रही थीं। उन्हें वह अवसर याद आया जब

वे मंच पर केसरबाई की संगत कर रही थीं और उनकी गुरु ने ऐसा सुर लगाया था जो उस राग विशेष में नहीं होना चाहिए था। ढोंदूताई को झटका लगा था। वे क्या कर रही थीं ? फिर उनकी शिक्षिका ने घूम कर उन्हें मुस्कराते हुए चुटकी काटी थी – वैसे ही जब वे कोई लतीफ़ा उन्हें सुनाते समय काटा करती थीं – और फिर फुसफुसायी थीं, 'देखो, बेवकूफ़ों को, मैं जो भी गाऊँ उसे वे पसन्द करते हैं। इतने मूर्ख हैं कि फ़र्क़ नहीं कर पाते।' उन्हें याद आया कि कैसे एक बार केसरबाई सभागार की पहली दो क़तारों को ख़ाली देख कर भड़क उठी थीं। उन्हें प्रायोजकों के लिए सुरक्षित रखा गया था जो उपस्थित नहीं हुए थे। हालाँकि वे सख़्ती से समय पर शुरू करने की पाबन्द थीं, लेकिन उन्होंने तब तक गाना शुरू से इनकार कर दिया था, जब तक कि आयोजक इस बात पर राज़ी नहीं हो गये कि बालकनी में बैठे लोगों को इन ख़ाली कुर्सियों पर बैठाया जाय। जब उन्होंने विरोध किया था तो केसरबाई ने कहा था, 'फिर क्यों न मैं इन कुर्सियों पर सौ-सौ रुपये के नोट रख कर उन्हीं के लिए गाऊँ।' ढोंदूताई को रेलगाड़ी की हिचकोले-खाती रफ़्तार में झपकी आ गयी और उन्होंने लोनावाला की एक सुबह के बारे में सपना देखा। राग भैरवी। काली, तुलसी की चाय। और पहाड़ी के पीछे से उगता सूरज।

वर्षों बाद ढोंदूताई के बारे में लिखते हुए कोई जीवनीकार इसी क़िस्म का कुछ सुझा सकता है। ठीक उस समय जब चालीस की दहलीज़ पार करने के बाद ढोंदूताई कलावन्त के रूप में अपने स्थान पर आसीन होने-होने को थीं, उन्होंने ऐसे कारणों से दिल्ली जाने का फ़ैसला किया जो समझ से बाहर हैं। वहाँ उनका कोई सहारा नहीं था। उनके परिवार का संगीत की दुनिया से कोई राब्ता नहीं था और गाज़ियाबाद के उपनगर में रहते हुए वे लोग किसी हद तक सबसे अलग-थलग थे। बम्बई में सबसे अच्छे संगीतकार और पारखी उनकी पहुँच में थे, जो उनके लिए कुछ भी कर देते, क्योंकि उन पर जीवित संगीतकारों में से एक सबसे महान गायिका का वरदहस्त था। एक तरीक़े से, ये ढोंदूताई ही थीं जिन्होंने कलाकार के नाते अपने जीवन का सत्यानाश कर लिया था।

७

एक बूढ़ी औरत अपनी साड़ी को ढीले-ढंग से अपने गिर्द लपेटे, बिस्तर पर गुड़ी-मुड़ी पड़ी थी। वह खिड़की से सफ़ेद ख़ुशबूदार फूलों वाले पेड़ को देख रही थी। राह-चलते अब नियमित रूप से कलियाँ चुरा ले जाते और ऐसा करते समय पूरी-की-पूरी टहनियाँ तोड़ देते। केसरबाई दाँत पीसते हुए इस बारे में सोचतीं। वे हलके से अपनी बाँह उठातीं, मानो विरोध में, फिर उसे बिस्तर पर बग़ल में गिर जाने देतीं। एक ताक पर जिसकी झाड़-पोंछ कई दिनों से नहीं हुई थी, पारितोषिकों और अलंकरणों की एक क़तार थी जिसमें चाँदी की वह वीणा भी थी जो उन्हें कलकत्ता में एक नवोन्मेषकारी संगीत समारोह में 'सुरश्री' की उपाधि पाने पर दी गयी थी।

बाहर, वह कमरा जो कभी संगीत और उत्सवी हलचल से गूँजता था, अब ख़ामोश था। साज़ बाँट दिये गये थे। तबले की जोड़ी यशवन्त केरकर के हिस्से आयी थी, सारंगी माजिद ख़ाँ को मिली थी जो उसे अर्से से बजाते आये थे। तानपुरा रह गया था, लेकिन बाद में शान्तिभाई की पुरानी मित्र, मंजुताई को दे दिया गया था, जो शिवाजी पार्क में सड़क पर कुछ घर आगे ही रहती थी। यही बेहतर था। वे उन्हें वहाँ बिना छुए रखे देखना नहीं सह सकती थीं। वे उस ऊँचाई के ध्वस्त स्मारक थे जहाँ वे कभी आसीन रही थीं। केसरबाई चौहत्तर साल की थीं जब उन्होंने पाया कि वे अपने श्रोताओं को अपना सर्वोत्कृष्ट नहीं दे पा रहीं। अधिकांश दूसरे संगीतकारों के विपरीत, जो तब भी मंच पर गाने के लिए अड़े रहते थे जब उनकी आवाज़ें उम्र बढ़ जाने के कारण लरज़ने लगती थीं और उनका दम उखड़ने लगता था, केसरबाई उन गिने-चुने संगीतकारों में से थीं जिन्होंने स्वेच्छा से अवकाश ले लिया था। एक दिन उस कार्यक्रम के बाद जहाँ उनके स्वर ने उनका साथ नहीं दिया

और तानें शिथिल पड़ गयीं, उन्होंने सार्वजनिक रूप से गाना रोकने का फ़ैसला किया। वे चाहती थीं कि लोग उन्हें महान गायिका के तौर पर ही याद रखें। इसके बाद जल्द ही उनका शरीर धीरे-धीरे ख़राब होता चला गया और उन्हें एक के बाद दूसरी बीमारी ने आ घेरा। अपनी ज़िन्दगी में पहली बार उन्होंने हथियार रख दिये। संगीत समाप्त हो चुका; उनके पास अब ऐसा कुछ नहीं बचा था जिसके लिए लड़ा जाये।

❑

परिवार के लोग पंजों के बल दबे-पाँव कमरे के अन्दर और बाहर आते-जाते रहे ताकि वे जग न जायें और उन पर ग़ुस्से और दर्द का एक और दौरा पड़े। उन्हें विस्मृति में विलीन होती इस दुबली-पतली औरत से जितना डर लगता था, उतना उसके आम तौर पर तूफ़ानी रूप से नहीं।

'माई, क्या हम तुम्हारे लिए कुछ कर सकते हैं ?'

'मेरे लिए थोड़ा रसेदार सोल और तली मछली बना दो,' केसरबाई ने बैठी हुई फुसफुसाहट में कहा।

सुमन ताई नीचे अपने घर चली गयी और अपनी माँ का पसन्दीदा खाना बनाने के लिए मसाले पीसने लगी, यह अच्छी तरह जानते हुए कि उनकी जीभ मुश्किल से ही उनका स्वाद पहचान पायेगी। उन्हें अपनी माँ से कोई शिकायत नहीं थी, भले ही बहुत साल पहले, जब उन्होंने शादी करके वहाँ से जाने का फ़ैसला किया था तो केसरबाई ने उनसे सम्बन्ध लगभग तोड़ लिये थे और ऊपर की मंज़िल पर अपने भांजे के साथ रहने का फ़ैसला किया था। उन्हें ग़ुस्सा था कि उनकी बेटी उन्हें छोड़ कर अपनी ज़िन्दगी जीने जा रही थी। इसके कई साल बाद तक उन्होंने उससे बातचीत बन्द रखी थी। यह भी केसरबाई की ज़िन्दगी की अनेक विडम्बनाओं में से एक थी : उस औरत ने, जिसे सारी ज़िन्दगी पुरुष-प्रधान समाज का शिकार बनना पड़ा, आख़िरकार अपनी बेटी की बजाय अपने भांजे के साथ रहने का फ़ैसला किया, क्योंकि वह ऐसी लड़की थी जो चली गयी थी, जबकि उनके भांजे ने कुलनाम धारण कर रखा था और 'पराग' में रहता था।

उनके पोते-पोतियाँ, भांजियाँ-भतीजे सब उनका दिल बहलाने के

लिए उनके इर्द-गिर्द मेला लगाये रखते थे। लेकिन हर बीमार को मालूम होता है कि प्रियजन भी देख-भाल करते-करते थक जाते हैं। इसके अलावा परिवार के सदस्यों के बीच अभी से तनाव थे। इसमें हैरत की बात भी नहीं थी। केसरबाई अपने पीछे विरासत में अच्छी-ख़ासी दौलत छोड़े जा रही थीं।

केसरबाई के बीमार पड़ने से काफ़ी पहले सुमनताई और उसके पति नीचे की मंज़िल में रहने के लिए चले आये थे, लेकिन उन्हें ऊपर आने की इजाज़त नहीं थी। जब ढोंढूताई अपने सबक़ के बाद सीढ़ियाँ उतरतीं तो सुमनताई अकसर दरवाज़े में खड़ी हो कर फुसफुसाती, 'कैसी हैं वे ? सब ठीक है ?' वह जानती थी कि माँ की बात को दिल से लगाने की ज़रूरत नहीं है। भले ही केसरबाई ने उसके स्नेह को ठुकरा दिया था, वह उन्हें अन्त तक गहराई से प्यार करती रही।

समय के साथ केसरबाई ने अपने सभी शुभचिन्तकों से नाता तोड़ लिया था। एक-एक करके उन्होंने केसरबाई से मिलने के लिए आना बन्द कर दिया था। वे अपने अकेलेपन में मस्त रहतीं। जो गायिका एक समय दुनिया पर राज करती थी, अपने को एक दयनीय, पर-निर्भर व्यक्ति के रूप में नहीं देख सकती थी।

'तुम्हारे पुराने मित्र लगातार फ़ोन करते रहते हैं, माई,' सुमन ने उनके बिस्तर की चादर को सीधा करते हुए नरमी से कहा। 'वे तुम्हें देखना चाहते हैं।'

'मैं किसी साले को नहीं देखना चाहती। बोल दो उनसे, मर गयी मैं।' उन्होंने करवट बदली और चेहरा दीवार की तरफ़ कर लिया।

उन गिने-चुने मौक़ों में से, जब वे किसी को मिलने के लिए तैयार हुईं, एक मौक़ा वह था जब एक पुरानी सहेली, रंग-मंच की जानी-मानी गायिका ज्योत्स्ना भोले कुछ मित्रों से मुलाक़ात करने आयी। केसरबाई उस दिन कुछ बेहतर महसूस कर रही थीं और उनसे मिलने को राज़ी हो गयीं। वे लोग ऊपर आये और उनके साथ बैठ कर पुराने ज़माने के बारे में बातें करते रहे। फिर केसरबाई ने कहा, 'ज्योत्सना, तुमसे एक पुराना गाना सुनने को मेरा बहुत मन है। उसे मेरे लिए गाओ न।'

उनकी फ़रमाइश एक लोकप्रिय गीत की थी जिसने पहली बार गाये

जाने पर बड़ी हलचल पैदा की थी। वह एक बूढ़ी औरत के बारे में था जो रो-चिल्ला रही थी कि उन लोगों ने, जिन्हें उसने कभी अपने घर में आमन्त्रित किया था, अब उस पर कब्ज़ा कर लिया था और उसे बाहर निकालना चाहते थे। इसके दो मतलब निकलते थे। ऐसा ही अंग्रेज़ों को ले कर हिन्दुस्तान महसूस करता था। ज्योत्स्ना भोले ने सजल नयनों से इसे गाया। चलने से पहले उसने बीमार गायिका को गले से लगा लिया। किसी ने केसरबाई से यह नहीं पूछा कि उन्होंने ख़ास तौर पर इस गाने को क्यों याद किया था।

केसरबाई की मृत्यु से ठीक पहले, ढोंढूताई एक कार्यक्रम के सिलसिले में बम्बई आयी हुई थीं और अपनी गुरु से मिलने आयीं। उस कंकाल को देख कर उनका कलेजा मुँह को आ गया। जिस औरत ने कभी सबसे उम्दा शिफ़ॉन और रेशमी कपड़े ही पहने थे, एक पतली-सी सूती साड़ी में लिपटी पड़ी थी जो उनकी सूख गयी देह पर झूल-सी रही थी। उनमें खाना छूने की भी इच्छा नहीं रह गयी थी। कमरा एकदम ख़ाली था, सिवा एक बन्द अलमारी के, जिसमें अब भी कुछ गहने-पत्ते पड़े थे। ढोंढूताई का ध्यान गया कि परिवार के लोग दरवाज़े पर झुण्ड लगाये खड़े थे।

'मेरा ख़याल है, वे इस बात की टोह ले रहे थे कि माई मुझसे किसी बात की शिकायत तो नहीं कर रही थीं,' ढोंढूताई ने छलकती आँखे लिये उस दिन को याद करके मुझे बताते हुए कहा। 'उन्हें इतनी भी परवाह नहीं थी कि उनके नाख़ून ही काट दें या चादर बदल दें।'

केसरबाई ने अपने भांजे को आवाज़ दे कर कहा, 'सोनू से बोलो आज ख़ास खाना बनाये। ढोंढाबाई और मैं आज साथ-साथ खाने की मेज़ पर खायेंगे।' ढोंढूताई ने पीड़ा के साथ अपनी गुरु की ओर से आँखें फेर लीं। लोगों ने केसरबाई को नहीं बताया था कि उनकी प्यारी बहन कुछ महीने पहले ही सिधार गयी थी। कुछ मिनट बाद केसरबाई भूल गयीं कि उन्होंने क्या फ़रमाइश की थी और अचानक ढोंढूताई की ओर मुड़ीं। 'मुझे बिहागड़ा गा कर सुनाओ।' ढोंढूताई ने तानपुरा उठाया, महीनों की उपेक्षा से जमा धूल-मिट्टी को साड़ी के पल्लू से साफ़ करने की कोशिश की और वही राग गाना शुरू किया जो उन्होंने तब गाया था जब वे लगभग बीस साल पहले केसरबाई से बिरला मातुश्री हॉल में एक नशीली साँझ को पहली बार मिली थीं। दूसरा

आलाप शुरू करने से पहले उन्होंने ग़ौर किया कि केसरबाई का मुँह हलका-सा खुला था, उनकी आँख लग गयी थी। ढोंढूताई से और रुका न गया। उन्होंने अपनी गुरु के पैर आख़िरी बार छुए और तेज़ी से घर के बाहर चली आयीं।

केसरबाई का निधन साल भर बाद उस दिन हुआ जब शहर गणेश के घर आने का उत्सव बना रहा था। सितम्बर १९७७ की बरसात का एक दिन था। ऊपर धरती की सतह से कई मील की ऊँचाई पर उनके स्वरों में गाया गया एक मनमोहक गीत चक्कर काट रहा था जिसके बोल थे - 'जात कहाँ हो...'

८

दिल्ली की हाड़ कँपाने वाली सर्दियों का मौसम था, जिससे थोड़ी सी राहत बस दोपहर की धूप से मिलती थी जो फ़र्श की टाइलों को चूमती हुई मानो गरमी की मरीचिका रचती थी। बाबू और उसकी पत्नी रतन, दोनों काम पर गये हुए थे और बच्चे स्कूल में थे। ढोंढूताई रसोई-घर में व्यस्त थीं, उस मेहमान के लिए चाय बनाने की ख़ातिर जो उनके पिता से मिलने आया था। गनपतराव मेहमान के साथ बाहर बैठे थे। वे धीरे-धीरे बात कर रहे थे, थोड़ा ज़ोर लगा कर। वे लगभग नब्बे साल के हो चले थे।

चाय पीने के बाद गनपतराव ने कहा कि वे थकान महसूस कर रहे थे और उन्होंने छुट्टी ली। फिर वे अपने कमरे में गये, अपनी सोयी हुई बीवी की बग़ल में लेटे और उनका देहान्त हो गया।

जब ढोंढूताई अपने पिता को देखने और उनके पैर दबाने अन्दर आयीं, जैसा कि वे अकसर उनके लेट जाने पर करती थीं तो उन्हें फ़ौरन पता चल गया। खामोशी से प्रार्थना करते हुए वे बाहर गयीं और उन्होंने पहले अपने भाई को फ़ोन किया, फिर पारिवारिक डॉक्टर को। जब डॉक्टर आया तो आई हिल-डुल रही थीं। वे धीरे-धीरे बिस्तर पर उठ बैठीं और उन्होंने अपनी बग़ल में लेटे पति का निस्पन्द शरीर देखा। वे धीरे-धीरे फिर वापस बिस्तर पर लेट गयीं और उन्होंने फड़कते होंटों के साथ अपनी आँखें बन्द कर लीं। उनका शरीर हलके से काँपा। डॉक्टर झपट कर उनके पास पहुँचा और उसने उनकी कलाई उठायी। उसकी नब्ज़ ख़तरनाक हद तक डूब गयी थी। उसने जल्दी से ढोंढूताई को इशारा किया कि वे अपनी माँ के पैर मलें, ताकि ख़ून की रफ़्तार चालू हो सके।

डॉक्टर ने पहले भी एक बार ऐसा देखा था। जब जीवन साथी मरता

है तो पीछे छूट गये व्यक्ति को लगभग मृत्यु की-सी अनुभूति हो सकती है। उसे इससे आश्चर्य नहीं हुआ। वह जानता था कि गनपतराव और सोनाताई के जीवन इतने वर्षों से इस क़दर आपस में गुँथे हुए थे कि जब एक आँख बन्द करता था तो दूसरे को नींद आ जाती थी, जब एक की कुहनी छिल जाती तो दूसरे को दर्द महसूस होता।

आई के होश-हवास दुरुस्त कर लिये गये और परिवार शान्त भाव से गनपतराव की अन्त्येष्टि में जुट गया। ढोंढूताई ने अपनी तकलीफ़ को ज़ाहिर नहीं होने दिया। गनपतराव ऐसा ही चाहते।

कुछ महीने बाद ढोंढूताई को केसरबाई के मित्र शान्तिभाई से यह पत्र मिला।

दिसम्बर १, १९७८

प्रिय ढोंढूताई,

मैंने गनपतराव के गुज़रने की ख़बर सुनी थी और मैं अपनी हार्दिक शोक सम्वेदनाएँ तुम्हें भेज रहा हूँ। वे बड़े दृढ़ प्रतिज्ञ आदमी थे। हर कलाकार को अपने लक्ष्य हासिल करने के लिए एक प्रेरणा-स्रोत चाहिए और वे तुम्हारे लिए ऐसा ही प्रेरणा-स्रोत थे। जिस तरह उन्होंने तुम्हें संगीत की दुनिया में लाने के लिए सारी सामाजिक सीमाओं को तोड़ा, वह आश्चर्यजनक है। साफ़ तौर पर वे तुम्हारी ज़िन्दगी में एक स्थायी उपस्थिति थे और मुझे यक़ीन है तुम्हें हमेशा उनकी कमी महसूस होती रहेगी। ईश्वर तुम्हें और आई को यह कमी सहने की ताक़त दे। अपने भाई और उसके परिवार को भी मेरा यथायोग्य नमस्कार देना।

जैसा कि तुम जानती ही हो, हमें अपनी ज़िन्दगी में केसरबाई की कमी बहुत खलती है और अब उनकी स्मृति को जीवित रखने के लिए हमें कुछ करना चाहिए। मैं तुमसे आग्रह कर रहा हूँ कि बम्बई आने के बारे में सोचो। जो हमसे हो सकेगा, करेंगे ताकि तुम्हें कार्यक्रम और संगीत सिखाने का काम मिल सके। मैंने एक मित्र से बात भी कर ली है और दो-एक और लोग हैं जो तुमसे सीखने को उत्सुक हैं, जिनमें मेरी परिचित मंजुताई भी शामिल है

जिससे तुम पहले भी मिल चुकी हो। हम तुम्हें रहने के लिए मकान खोजने में भी मदद देंगे। अगर तुम आई को साथ लाने की सोचो तो यह और भी अच्छा होगा। मुझे विश्वास है, वे भी तुम्हारे साथ रहना पसन्द करेंगी। बस, इतना याद रखो, हम सब तुम्हारे साथ हैं।

हमने अब माई के नाम पर एक छात्रवृत्ति स्थापित की है। जो भी छात्र योग्यता में पूरा उतरता है उसे हर महीने संगीत सीखने के लिए एक रक़म मिलेगी। हमें उम्मीद है, इससे उनका नाम ज़िन्दा रहेगा और बहुत-से लोगों को यह कला उसी निष्ठा से सीखने में मदद मिलेगी।

तुम्हारे भाई और उसके परिवार को हमारी शुभकामनाएँ।

एक बार फिर हमारी सच्ची सम्वेदनाएँ स्वीकार करो।

तुम्हारा
शान्तिभाई

❑

कुछ महीने बाद ढोंढूताई, और आई पाँच हज़ार रुपये की रक़म के साथ, बम्बई चली आयीं। शान्तिभाई और उनके मित्रों ने ऐसे मकान की तलाश की थी जो दो अकेली औरतों के लिए उपयुक्त हो। उन्हें एक विधवा के बारे में पता चला जो प्रशिक्षित नर्स थी और जिसके पास एक फ़्लैट था, जिसमें वह एक और महिला को रखने की इच्छुक थी। यह एकदम मुनासिब था। जब ढोंढूताई कार्यक्रमों में जाया करेंगी तो वह आई की देखभाल कर लिया करेगी। उन्होंने चार सौ रुपये महीने के किराये पर मकान तय कर दिया।

इस तरह ढोंढूताई मौसी से मिलीं और केनेडी ब्रिज के नीचे एक चकले के सामने, उस छोटे-से फ़्लैट में चली आयीं जिसकी दीवारें हलकी हरी थीं।

पाँचवा भाग

कोल्हापुर

१

ट्रेन जब समय से कुछ मिनट पहले स्टेशन में दाख़िल हुई तो सुबह के छै बजने में अभी दस मिनट बाक़ी थे। डिब्बे का परिचारक चादरों के मुचड़े हुए अवशेष उठाता हुआ धीरे-धीरे हमारे पास से गुज़रा और उसने उदासीनता से ऐलान किया कि हम कोल्हापुर आ पहुँचे थे।

'भला और कहाँ होते हम ? कलकत्ते ? ही-ही।' ढोंदूताई हँसते हुए मुँह-ही-मुँह में बुदबुदायीं, फिर मेरी ओर मुड़ीं। 'चलो, अपना सामान इकट्ठा करो।' उन्होंने साड़ी दुरुस्त की, बालों को थपथपा कर जगह पर जमाया और सलीक़े से चप्पल पहनी, पहले बायीं, फिर दायीं। हम ट्रेन से उतरने वालों में आख़िरी लोग थे। मैंने उन्हें सीढ़ियाँ उतरने में मदद दी और उनके बटुए को तब तक थामे रही जब तक कि वे प्लैटफ़ॉर्म पर खड़ी न हो गयीं। फिर मैं भी कूद कर बाहर आ गयी, इस ख़याल से कि वही गन्दगी और अफ़रा-तफ़री देखने को मिलेगी जो भारतीय रेल के स्टेशनों के साथ जुड़ी रहती है। इसकी बजाय, मैं एक छोटे शहर की तरोताज़ा हवा से अभिभूत रह गयी और मुझे एक ख़ाली प्लेट फ़ार्म दिखायी दिया, जो अलसाया हुआ पसरा पड़ा था। दूर के एक कोने में एक बूढ़ा आदमी बेंच पर बैठा अपने रेडियो पर एक अभंग सुन रहा था। जब हम उसके पास से गुज़रे, ढोंदूताई ने रुक कर उसकी बग़ल में एक रुपये का सिक्का रख दिया।

'जब तुम पचहत्तर पार कर आओ तो लौटाना शुरू करने का वक़्त आ जाता है,' वे बोलीं। 'जाते समय तुम सब कुछ अपने साथ तो ले नहीं जा सकते और अब हम सब यम के दरवाज़े पर लाइन लगाये खड़े हैं, इसलिए हमारा समय किसी भी समय आ सकता है।'

मैंने इस बात का शुक्रिया अदा करने के लिए जल्दी से उन्हें एक

जफ्फी भरी कि पच्चीस बरस तक उनके ज्ञान का लाभ मुझे मिलता रहा था। हमने अपने इर्द-गिर्द देखा। स्टेशन किसी पुराने ज़माने के बारे में बनायी गयी फ़िल्म का सेट लगता था। मुख्य इमारत अजीबो-ग़रीब नव-गॉथिक ढाँचा था जिसकी छोटी-सी मीनार के ऊपर लोहे का बना हवा सूचक चिह्न था जो टटके नीले आकाश की पृष्ठभूमि पर हौले-हौले हिल रहा था। स्टेशन का नाम उस भलेमानस महाराज के नाम पर छत्रपति शाहू महाराज स्टेशन रख दिया गया था जिन्होंने इस रजवाड़े को संगीत की एक आश्रय स्थली में बदल दिया था।

❑

हफ़्ता भर पहले मैं अपनी गुरु के बोरीवली वाले फ़्लैट में उनके सामने बैठी राग जैजैवन्ती सीखने की कोशिश कर रही थी। वह एक भाव-भरा राग है, गा के दो रूपों - एक कोमल एक तीव्र - को चकरा देने वाले ढंग से एक साथ प्रयोग करते हुए। संयोग से यह केसरबाई के ख़ास रागों में से था, एक तरह से उनकी पहचान, जिसे वे नियमित रूप से गाया करतीं। दुर्भाग्य से इस राग की उनकी सबसे अच्छी रिकॉर्डिंग जिसमें ढोंढूताई ने अच्छी संगत की थी, कलकत्ता के एक संगीत विद्यालय के धूल-भरे अभिलेखागार में पड़ी हुई थी।

बन्दिश में एक औरत की उद्विग्नता बयान की गयी थी जिसके पति ने किसी और से दिल लगा लिया था। 'का से कहूँ मैं दिल की बतियाँ ?' ... इसे 'सजीले' ने लिखा था - ऐसा नाम जो ढेरों बन्दिशों में आता था जो मैंने सुनी और गायी थीं।

'सजीले कौन हैं ?' मैंने पूछा।

'यह अल्लादिया ख़ाँ के नाना का तख़ल्लुस है, जिन्होंने उन्हें सिखाया था। वे गौहरबानी गाते थे जो ध्रुपद की एक शैली है। सच बात तो यह है कि अल्लादिया ख़ाँ के घराने की एक विशेषता ही यह है कि वह तीन बड़ी शैलियों का मेल है। ख़ाँ साहब के नाना सजीले गौहरबानी गाते थे, उनके पिता डागरबानी गाते थे और ताऊ जहाँगीर ख़ाँ खण्डरबानी गाते थे।'

साफ़ था कि अल्लादिया के माता-पिता की शादी संगीत की तीन

धाराओं के संगम के उद्देश्य से हुई थी। बच्चे तो गौण थे, इस मेल का असली फल तो संगीत की एक नयी शैली था।

मैंने उस बूढ़े, दाढ़ी वाले आदमी की कल्पना करने की कोशिश की जिसे ख़ुद को सजीले कहना पसन्द था और जो एक पुराने कढ़ाईदार सोफ़े पर बैठा हुक़्क़े के गहरे कश लेते हुए अपने पैरों के पास बैठे अपने युवा नाती को सिखा रहा है।

लेकिन मेरी आवाज़ सुरों को पकड़ नहीं पा रही थी। मेरी आवाज़ सुनने में थकी और बैठी हुई लग रही थी। मैंने फिर कोशिश की, लेकिन बात बस बन नहीं रही थी। लगता था कि मैं सही सुर से बाल बराबर नीचे का सुर लगा रही थी, जिससे मेरी गुरु को उलझन हो रही थी। मैंने हताश हो कर उनकी ओर देखा।

'तुम ठीक से सोयी नहीं हो न ?' उन्होंने नरमी से पूछा 'तुम्हें हुआ क्या है ? पिछले दो-तीन दिनों से तुम परेशान लग रही हो। इस तरह तुम नहीं चल सकोगी। अपना भी समय नष्ट करोगी और मेरा भी...' गाने वाली आवाज़ आदमी के मानसिक और शारीरिक स्वास्थ्य का पैमाना होती है। वह कुछ भी नहीं छिपाती।

'घर पर कुछ मामला है...' मैं बोलते-बोलते लड़खड़ा गयी। फिर मैंने अपने दिल का बोझ हलका कर दिया। जितनी देर मैं बोलती रही, मैं धीरे-धीरे तानपुरा छेड़ती रही। मैं छत्तीस साल की थी, शादी के दसवें साल में क़दम रखती हुई और नन्हें-से लड़के की माँ। ढोंढूताई ने बहुत कुरेदने की कोशिश नहीं की और मुझे ब्योरे छोड़ देने दिये, मगर वे भावना समझ गयीं। मुझे महसूस हो रहा था कि मेरी ज़िन्दगी तार-तार हो रही है।

'इसीलिए मैंने कभी शादी नहीं की। तुम्हारे दो स्वामी नहीं हो सकते। या तो संगीत हो या आदमी। दोनों बहुत फ़रमाइश करते हैं। मैंने अपनी बहन और बहुत-से दूसरे लोगों को भी देखा है। घरेलू मामले कभी ख़त्म नहीं होते। कभी एक चीज़, कभी दूसरी। पति। सास-ससुर। बच्चे। बीमारी... शुक्र है कि मुझे सिर्फ़ अपना जवाबदेह होना पड़ा है – और अपने संगीत का।'

उनकी आवाज़ में नरमी आ गयी। 'मैं जानती हूँ, तुम ऐसी बातों में

विश्वास नहीं करती हो, लेकिन मुझ पर भरोसा रखो; जो मैं तुम्हें बताती हूँ, वह अगर तुम मानोगी तो हालत बेहतर हो जायेगी। आओ, हम कोल्हापुर के महालक्ष्मी मन्दिर चलें। वहाँ तुम्हें सच्चे मन से प्रार्थना करनी होगी और मैं भी तुम्हारे लिए प्रार्थना करूँगी। विश्वास करो, अगर तुम देवी के पास जाओ तो वह तुम्हारी देख-भाल करेगी। लेकिन याद रखो, जब समस्या दूर हो जाये तो तुम्हें वापस जा कर उसका शुक्रिया अदा करना होगा। मुझे भी जा कर उसे धन्यवाद कहना है कि उसने मुझे उस बात का जवाब भेज दिया जो मुझे बहुत दिनों से परेशान कर रही थी। मैंने तुम्हें शायद बताया नहीं था कि क्या हुआ था।'

कुछ महीने पहले ढोंढूताई अचानक आधी रात को चौंक कर जाग गयी थीं। ग़ुसलख़ाने के नल की टोंटी को कस कर बन्द नहीं किया गया था जिससे हर पाँच सेकेण्ड पर पानी की एक बूँद नीचे रखी लोहे की बाल्टी में ऊँची सुरीली 'टप' से गिरती थी। वे उठ कर बैठ गयीं और उन्होंने गोल घड़ी की तरफ़ देखा जिस पर रात को चमकने वाले अंक थे। सुबह के चार बजे थे। असहनीय गर्मी थी और पंखा भी गरम, गाढ़ी हवा फेंक रहा था। उन्होंने जा कर थोड़ा-सा पानी पीने का फ़ैसला किया।

चाँदनी की एक किरन ने रसोई के घड़े को आलोकित कर रखा था, इसलिए उन्हें बत्ती जलाने की ज़रूरत नहीं पड़ी। उन्होंने अपने भाई की उस चिट्ठी के बारे में सोचा जो उसी दोपहर को आयी थी। उसने उन्हें लिखा था कि अब यह उचित नहीं था कि वे आगे अकेली रहें। ढोंढूताई ने इस बारे में सोचा। हाँ, वे ख़ुद को असुरक्षित और दुर्बल महसूस कर रही थीं। अगर वे गिर पड़ें और उनकी कोई हड्डी टूट जाये, तो वहाँ उनकी मदद करने वाला, उन्हें नहलाने वाला कौन था ? उन्हें वह घटना याद आयी जब उन्होंने दो चोरों से जूझ कर उन्हें भगा दिया था। यह उन दिनों की बात थी जब वे बहुत साल पहले ग़ाज़ियाबाद में रह रही थीं। इस घटना को याद करके उन्हें अपनी भीतर अदम्य शक्ति की एक लहर हिलोरें लेती महसूस हुई। और उनके शिष्यों का क्या होगा ? क्या दिल्ली में उन्हें संगीत-चर्चा करने वाला कोई मिलेगा ? कहीं उनके भाई के पोते-पोतियों को उनकी मौजूदगी खटकेगी तो नहीं ? कहीं उन लोगों से घिरे रहने पर ख़ुद उन्हें तो बुरा नहीं लगेगा ?

विचारों का प्रवाह उनके भीतर जयपुर घराने की तान से भी ज़्यादा तेज़ी से गुज़रता चला गया और उन्हें अपना सिर चकराता महसूस हुआ। उन्होंने रसोई-घर के थड़े का सिरा थामा और अपने को सुस्थिर किया।

अगले दो-तीन हफ़्तों तक, बिना किसी को बताये, उन्होंने बेमन से बम्बई का अपना सारा काम-काज बन्द करना शुरू कर दिया। वे हिचकते हुए सड़क पर आगे मकानों के दलाल के दफ़्तर में गयीं और उन्होंने उसे अपने फ़्लैट के ब्योरे उपलब्ध कराये। 'याद रखना, यह घर बहुत शुभ है,' उन्होंने हल्की-सी तुर्शी से दलाल से कहा, जो उनसे सधे-सधाये ढंग से सहमति व्यक्त करते हुए बोला, 'मैं जानता हूँ, मैडम।'

उनकी सबसे बड़ी चिन्ता अपने नन्हें देवी-देवताओं को ले कर थी। क्या वे उन्हें लपेट-लपाट कर अपने साथ ले जायें या फिर उन्हें सागर में विसर्जित कर दें। इस उमर में उनके साथ कुछ भी हो सकता था और तब उनके देवता देख-भाल से वंचित रह जायेंगे, अस्त-व्यस्त और मलिन-धूसर। उन्हें इस ख़याल ही से झुरझुरी आ गयी। वे उनके साथ साठ साल से भी ज़्यादा समय से थे और उनके साथ-साथ हर जगह यात्रा करते रहे थे - कोल्हापुर से दिल्ली से बम्बई। लेकिन उनके बाद उनकी देख-रेख करने वाला कोई नहीं था। वे अपने परिवार के सदस्यों पर भरोसा नहीं कर सकती थीं, जो ढोंढूताई के विश्वास और आस्था को मानें या न मानें। बेहतर यही था कि वे उन्हें अरब सागर में विसर्जित करके मुक्त कर दें। इन सब चीज़ों की इस अन्तिम परिणति के बारे में सोच कर उनका दिल बैठता जाता।

मकानों के दलाल उनके फ़्लैट पर ग्राहकों को ले कर आने लगे जो उदासीनता से घुसपैठ-सी करते हुए आते और हवा की तरह चले जाते। वे इस सब को पेशेवराना अन्दाज़ में देखतीं और जब वे कमरों का मुआयना करते या उनके साज़ों को सवालिया नज़रों से देखते या फिर उनसे पानी वग़ैरा के बारे में पूछ-ताछ करते तो इसका बुरा न मानतीं।

फिर, एक सुबह जैसे ही मुर्ग़े ने बाँग दे कर सुबह का ऐलान किया, वे हमेशा की तरह उठीं। इसके बाद उन्होंने बैठ कर सुबह-सबेरे का रियाज़ शुरू किया और राग भैरवी गाने लगीं। जैसे ही वे ऊँचे सुरों पर पहुँची, उन्होंने एक रोशनी को कमरे में दाख़िल होते देखा। उन्हें देवी के दर्शन हुए और

उन्होंने उसकी प्रसन्न साँस सुनी।

यह एक सन्देश-सा था। उन्हें सब कुछ समझ में आ गया। उन्हें मालूम हो गया कि उन्हें अपने संगीत की ख़ातिर वहीं रहना था। उनकी इष्ट देवी उन्हें सूचित कर रही थी कि वह उनकी रक्षा करेगी और यह कि उन्हें अपना अभियान जारी रखना चाहिए। अभी अवकाश लेने का समय नहीं आया था।

जो लोग अकेले और अपने बल पर रहते हैं, उन्हें अकसर दृश्य 'दिखायी देते' हैं या आवाज़ें सुनाई देती हैं। इस तरह वह दृश्य ढोंढूताई से यह कहते हुए कि उन्हें अपने प्रति सच्चा रहना चाहिए, हो सकता था कि उन के अवचेतन की अभिव्यक्ति रहा हो। या फिर ऐसा नहीं भी हो सकता था।

❑

उन्होंने मेरी तरफ़ देखा। 'मुझे देवी को उसके जवाब के लिए धन्यवाद देना है और तुम्हें उससे अपने सवाल पूछने हैं,' उन्होंने कहा। 'हमें कोल्हापुर जाना होगा।'

भले ही मैं देवी-देवताओं को घूस की तरह प्रायश्चित या तपस्या का वचन देने पर विश्वास नहीं करती थी मुझे अपनी गुरु की इष्टदेवी के दर्शन करने के लिए जाने का विचार पसन्द था। देवी ने बड़े-बड़े महान संगीतकारों को सहायता और संरक्षण दिया था। मैं जा कर उसके समक्ष गाऊँगी। उसे मेरा अधूरा विश्वास मेरे आधे सुरों में सुनायी दे जायेगा।

'बाई जी, मैं सचमुच मन्दिर में गाना चाहती हूँ; मुझे कोई सही चीज़ सिखा दीजिए।'

ढोंढूताई मुस्करायीं। 'मैं नियमों के बारे में नहीं जानती कि हम अब वहाँ गा सकते हैं या नहीं। लेकिन लो, इसे सीख लो।' उन्होंने मुझे एक बन्दिश सिखायी जो मैंने केसरबाई के ७८ आरपीएम के रिकॉर्ड पर सुनी थी। वह राग सुखिया बिलावल में देवी की स्तुति थी : 'देवी जगत्तारिणी, पाप विनाशिनी...'

उसी शाम ढोंढूताई ने अपना पंचांग निकाला। सामने की तरफ़ महत्वपूर्ण तिथियों की सूची थी। पीछे बारीक़ अक्षरों में हिन्दुस्तान के आर-पार जाने

वाली हर रेलगाड़ी का ब्योरा था। यह पंचांग परम्परागत रूप से महाराष्ट्र के हर घर में अनिवार्य रूप से होता था। एक तरफ़ उन यात्राओं का ज़रूरी उल्लेख होता जो की जानी थीं, दूसरी तरफ़ उन तिथियों के बारे में चेतावनी दी गयी थी जो चन्द्रमा या नक्षत्रों की स्थिति के कारण वर्जित थीं। हमें अगले हफ़्ते मंगल या बुध को जाना चाहिए, बृहस्पतिवार यात्राओं के लिए शुभ दिन नहीं है, उन्होंने बुदबुदाते हुए ख़ुद से कहा।

❑

अगले दिन हम लोग बरसते पानी में उनके घर से आगे सड़क पर एक ट्रैवल एजेंसी तक गये ताकि रेलगाड़ी से कोल्हापुर जाने के अपने टिकट ख़रीद लें। रेलगाड़ी और चन्द्रमा का सारा हिसाब बैठाने के बाद ढोंढूताई ने तय किया था कि महालक्ष्मी एक्सप्रेस सबसे मुनासिब गाड़ी साबित होगी। वह शाम को देर से चलती थी और सुबह-सवेरे कोल्हापुर पहुँच जाती थी।

ट्रैवेल एजेंसी पर काफ़ी खुले गले और बिना आस्तीनों की कमीज़ पहने एक चुलबुली-सी लड़की ने ढोंढूताई को यह समझाने की कोशिश की कि अगर उन्हें नीचे की बर्थ नहीं भी मिलती तो भी कोई बात नहीं, कण्डक्टर उन्हें किसी के साथ 'ऐडजस्ट' कर देगा। लड़की ने मुझे आँख मारी।

'सुनो बच्ची, मुझे बेवकूफ़ मत समझो। मैं शास्त्रीय गायिका हूँ। दस साल की उमर से मैं संगीत सम्मेलनों के लिए देश भर में घूमती रही हूँ। मुझे पक्की नीचे की बर्थ चाहिए,' ढोंढूताई झूठी कड़ाई के साथ बोलीं।

'अरे वाह! गायिका! मैं भी गाना सीखना चाहती हूँ। ख़ास तौर पर पुराने फ़िल्मी गाने।'

लड़की ने फिर मेरी तरफ़ देख कर आँख मारी। ख़ुशक़िस्मती से, ढोंढूताई ने उसे नहीं देखा। मैंने नज़र फेर ली और एक आदमी को, जिसके दाँत बाहर को निकले हुए थे, फ़ोन में चिल्ला कर तारीख़ें बताते देखती रही। लड़की ने हमें बताया कि वे अगले दिन टिकटें भेज देंगे और रसीद थमा दी जिस पर लिखा था, 'सूभ यात्रा।'

फुटपाथ पर जब हम अपनी-अपनी दिशाओं को जाने के लिए अलग हुए, तो ढोंढूताई मेरी तरफ़ मुड़ीं और बड़ी सड़क के शोर के ऊपर मुझसे

बोली, 'ध्यान से घर जाओ बेटा।' वे तेज़ी से पीछे हटीं ताकि सड़क पर ग़ुस्से में तेज़ी से गुज़रते रिक्शा के पहिये से उछाले गये काले गन्दे पानी के छींटों से बच सकें। बजाय उनके, उलटे ये शब्द उनसे कहने चाहिए थे, मैंने अपनी उदासीनता या आलस, या झेंप या और जो भी कुछ था उस पर शर्मिन्दा होते हुए सोचा जिसने मुझे उनको बाँहों में ले कर यह कहने से रोक दिया था, 'बाई जी, मैं कितनी आभारी हूँ कि आप मेरी ज़िन्दगी में मौजूद हैं।'

घर लौटते समय मेरे ख़यालों में वह ठिगनी-सी, झुकी-झुकी आकृति बसी रही जो सड़क पार करने का इन्तज़ार कर रही थी जब कि ट्रैफ़िक सर्राटे से गुज़रा जा रहा था। वे इस दुनिया में कितनी अकेली जान पड़ती थीं जिसमें पाँच फ़ुट क़द वाली इस गायिका की एकाकी गूँज के लिए अब ज़रा भी धैर्य नहीं बाक़ी रह गया था। जैसे ही टिकट आये, ढोंढूताई ने बाबा को फ़ोन करके बता दिया कि हम उनसे मिलने आ रहे थे। जब मैं अगले दिन वहाँ पहुँची तो वे बोलीं, 'आज सुबह जब मैं उठी तो मुझे हिचकियाँ आ रही थीं। मुझे पक्का विश्वास है, बाबा मेरे बारे में सोच रहे होंगे और हम से मिलने की बाट जोह रहे होंगे। हमें मिले दस बरस से ज़्यादा हो गये।'

फिर उन्होंने हँसी-हँसी में मुझे डाँटा। 'तुमने टिकट पर मेरी असली उमर क्यों लिखायी ? तुम्हें पता है, मैं कहीं से भी सतहत्तर साल की नहीं दिखती। मेरे तो बालों में सफ़ेद बाल भी मुश्किल से मिलेंगे। कण्डक्टर पूछ सकता है कि टिकट जिसके नाम बना है, वह मैं ही हूँ न!' मैंने मुस्करा कर कहा कि हम उसे बता देंगे कि वे जवान दिखते रहने के लिए बालों को रँगती थीं।

ढोंढूताई प्रकट ही उस जगह वापस जाते समय उत्तेजित थीं जहाँ उनका जन्म हुआ था। आख़िरी बार जब वे वहाँ गयी थीं, किसी संगीत सम्मेलन में, तो वह कम-से-कम पन्द्रह साल पहले की बात थी। यही वह शहर था जिसने बहला-फुसला कर उनसे सुर निकलवाये थे, जहाँ उन्हें उस ज़माने के बड़े-बड़े गुरुओं और उस्तादों की छत्र-छाया में सीखने का मौक़ा मिला था, जहाँ उन्होंने आठ साल की उमर में पहली बार रेडियो पर कार्यक्रम पेश किया था और उन्हें बाल-सितारे का ख़िताब मिला था, जहाँ उन्हें शुरू-शुरू की श्वेत-श्याम 'टॉकीज़' यानी 'बोलती' फ़िल्मों में काम करने के

प्रस्ताव मिले थे।

'हमें अपने तीन दिनों की योजना ठीक से बना लेनी चाहिए, ताकि हम वे सब काम कर सकें जो हम करने जा रहे हैं।'

'अच्छा विचार है, बाई जी। आप तय कीजिए। मैं तो आप ही के साथ हूँ।'

'हम सुबह पहुँचेंगे, ठीक ? पहले हम नहा-धो कर तैयार हो जायेंगे। तुम्हें पोहे और चाय का असली मराठी नाश्ता मिलेगा,' वे दबे स्वर में हँसीं। 'फिर हम मन्दिर चलेंगे। अगर मुझे ठीक से याद है तो सुबह की आरती साढ़े आठ बजे होती है। हमें समय से वहाँ पहुँच जाना चाहिए। फिर हम आराम से मन्दिर के चारों तरफ़ घूम-फिर सकते हैं और मैं तुम्हें पुराना महल और वह छोटा निजी भवानी मन्दिर दिखाऊँगी, जहाँ अल्लादिया ख़ाँ राजा के लिए गाते थे। दोपहर के भोजन के बाद हम कुछ देर आराम कर सकते हैं। फिर हम सब बाबा के घर चलेंगे...'

'और आपके घर भी। मैं वह जगह देखना चाहती हूँ जहाँ आप बड़ी हुईं।'

'हाँ-हाँ, बिलकुल। जितना भी वह बचा है। उन्होंने सारे पेड़ काट दिये हैं...लेकिन हम वहाँ जा सकते हैं। हो सकता है जो पुराने लोग सड़क की दूसरी तरफ़ रहते थे, वे अब भी वहाँ हों। मुझे याद है, एक मूरख गाने वाला था जो आ कर महज़ इसलिए उनके यहाँ रहा करता था, ताकि वह चुपके से ख़ाँ साहब को मुझे सिखाते हुए सुन सके,' उन्होंने खिलखिला कर हँसते हुए कहा।

मैं उनकी उत्तेजना की हिस्सेदार थी। मैं बाबा से क़रीब-क़रीब पन्द्रह बरस बाद मिलने को ले कर उत्कण्ठित थी। क्या वे अब भी वही शार्क स्किन के सफ़ारी सूट पहनते थे ? क्या उनके चश्मे के मोटे, चमकदार शीशों के पीछे से उनकी आँखों में वही शरारत-भरी चमक होगी ? और महालक्ष्मी मन्दिर तो हमेशा ही से मेरे लिए अचरज की चीज़ रहा था।

'मैं उनके लिए क्या ले चलूँ ? शायद एक शॉल और अच्छा-सा सलेटी रंग का सूट का कपड़ा ?'

'पैसा सबसे ठीक रहेगा,' ढोंदूताई ने जवाब दिया।

मंगलवार को ढोंढूताई और मैं दादर से गाड़ी में सवार हुए। लम्बी दूरी की रेलगाड़ियों और लोकल ट्रेनों के लिए अलग-अलग प्लैटफ़ॉर्म नहीं थे, जिस बात के लिए हम तैयार नहीं थे। वह भीड़-भाड़ वाला समय था। जब हम चार नम्बर के प्लेटफ़ार्म की तरफ़ जाने के लिए पुल पार कर रहे थे, मैंने एक लोकल ट्रेन को आते सुना। अचानक जाने कहाँ से आदमियों और औरतों का एक रेला प्रकट हुआ और पगलायी रफ़्तार से पुल पार करने लगा। अगर मैंने ढोंढूताई को धकेलते हुए रेलिंग से सटा कर बचाया न होता, तो उस रेले ने मेरी बग़ल में चल रही उस छोटी-सी आकृति को डुबो ही दिया होता। ढोंढूताई अब इस हालत में नहीं थीं कि बम्बई की आत्म-केन्द्रित अफ़रा-तफ़री का मुक़ाबला कर सकें। वे अपने तानपुरों के पहरे में अपने सुरक्षित कोये में ही ठीक थीं।

ट्रेन सही समय पर आयी - प्लैटफ़ॉर्म पर एक लोकल ट्रेन के ठीक बाद और आधा मिनट पहले अपनी जगह पर हाज़िर होते हुए - उस चमत्कारी ढंग से जिससे बम्बई का यातायात तन्त्र अकल्पनीय अव्यवस्था के बीच अपना जोखिम-भरा सन्तुलन बनाये रखता है। एक बार हम सही-सलामत सवार हो गये, तो फिर हमने ख़ुद को ढीला छोड़ दिया। दो आदमी हमारे सामने वाली बर्थ पर बैठे थे। ढोंढूताई ने फ़ौरन ही उन्हें जताया कि वे हमारी सीट पर बैठे हैं, लेकिन उनमें से एक ने रुखाई से ढोंढूताई को बताया कि वे रेल कर्मचारी थे और अगले स्टेशन पर उतर जायेंगे।

मैं ट्रेन के परिचारक से ढोंढूताई के लिए दो तकिये ले आयी, ताकि वे आराम से पीठ टिका कर बैठ सकें। जल्दी ही हम पटरियों की लय के अभ्यस्त हो गये। ट्रेन की यात्राएँ बड़े अजीब ढंग से क़िस्सागोई की महफ़िलों में बदल जाने की कैफ़ियत रखती हैं जिनमें छिपी हुई स्मृतियाँ और भूले हुए प्रसंग उभर कर सामने आ जाते हैं, ख़ास तौर पर जब सहयात्री बिलकुल अजनबी हों।

'अच्छा तो अब मुझे थोड़ा-सा कोल्हापुर के बारे में बताइए,' मैंने कहा।

'कोल्हापुर को "कलापुर" भी कहा जाता था, क्योंकि वहाँ अनगिनत कलाकार और कारीगर खिंचे चले आते थे। कौन-सी चीज़ है जिसके लिए

वह नहीं जाना जाता ? चित्रकला, ज़ेवरात - क्या तुमने ख़ास कोल्हापुरी गहने नहीं देखे ? - दस्तकारी, फ़िल्म निर्माण, खेल-कूद, विशेष-कर कुश्ती, और हाँ, संगीत और नृत्य तो है ही।'

'बहरहाल, आजकल तो वह चीनी की राजधानी के तौर पर ज़्यादा जाना जाता है और ऐसी जगह के रूप में जहाँ चमड़े की चप्पलें बनती हैं,' मैंने कहा।

'हाँ, समय सचमुच बदल गया है। बाद के राजा शाहू महाराज की तरह कला-प्रेमी नहीं थे। वे घुड़ दौड़ के ज़्यादा शौक़ीन थे। लेकिन कोई-न-कोई संगीत को बढ़ावा देता ही रहा है, बड़े अनपेक्षित ढंग से - जैसे वह आदमी जो कोल्हापुर चीनी मिल की देख-रेख करता था। उनका नाम मदनमोहन लोहिया था। मारवाड़ी व्यापारी होने के बावजूद वह संगीत का पक्का प्रेमी था और संगीत के लिए जो भी कर सकता था, करता था। वह बेरोज़गार संगीतकारों को अपने कारख़ाने में नौकरी दे देता था, उनको भी जिन्हें लिखना-पढ़ना ही मुश्किल से आता था। अगर उन्हें कोई कार्यक्रम देना होता या किसी को सिखाना होता तो वह उनसे कहता कि हाज़िरी लगा दें और फिर जा कर बेखटके रियाज़ करें। और, औरों की बात ही क्या, बाबा को भी जब यह एहसास हो गया कि वे वाक़ई गायक नहीं बन पायेंगे तो वे तीस साल तक कोल्हापुर चीनी मिल में स्टोरकीपर के तौर पर काम करते रहे।'

इसके बाद ढोंढूताई ने सारी रात चलने वाली एक संगीत सभा के बारे में बताया जिसे चीनी मिल ने शहर के बाहरी हिस्से में पन्हाला के किले पर आयोजित किया था। अनोखी संगीत सभा थी वह, जिसमें ढोंढूताई और ग़ज़लों और ठुमरियों की मलका बेगम अख़्तर को आमन्त्रित किया गया था कि वे बारी-बारी से एक-एक घण्टे सारी रात गायें।

मुझे लगा कि हमारे सामने बैठे लोगों में से एक में हलकी-सी दिलचस्पी कौंधी। दूसरा आदमी बदस्तूर अपना अख़बार पढ़ता रहा।

ढोंढूताई ने सिर हिलाया और कान छुआ। 'क्या औरत थी! एक के बाद दूसरा सिगरेट पीने वाली। मंच पर उनके एक हाथ में सिगरेट रहता और दूसरे से वे हारमोनियम बजातीं। देखने लायक़ दृश्य था - उनकी झमझमाती

नथ और मन मोह लेने वाली आवाज़...'

'आप कितनी बड़ी थीं, बाई जी ?'

'अरे, मैं रही हूँगी करीब बीस की। अख़्तरी बाई मुझसे काफ़ी बड़ी थीं... काफ़ी नाम हो चुका था उनका। मैं शास्त्रीय राग गाती थी, वे कुछ हलकी बन्दिशें गाती थीं।'

'लेकिन कितना सुन्दर ख़याल था, आप दोनों को पारी-पारी से सारी रात ऐसे उतार-चढ़ाव वाले कार्यक्रम में गाने के लिए कहना।'

'हाँ, सचमुच मज़ेदार था, हालाँकि मुझे चिन्ता थी कि धुआँ कहीं मेरे गले में न चला जाय। पहली बात तो यही थी कि मेरे पिता ऐसे कार्यक्रम में मेरे गाने के ख़िलाफ़ थे। आख़िरकार, मैं एक अच्छे घराने की लड़की थी। लेकिन बाबा ने उन्हें क़ायल किया कि यह मेरे हित में ही था।'

मैंने देखा, हमारे सामने बैठा आदमी बड़े ग़ौर से हमारी बातचीत सुन रहा था। उसने अपने हाथ में पकड़ी किताबों से निगाहें उठायीं, जिसे प्रकट ही वह पढ़ नहीं रहा था, और कहा, 'मेरे दादा लखनऊ में उसी सड़क पर रहते थे जिस पर अख़्तरी बाई रहती थीं। बचपन में मैंने उन्हें गाते हुए सुना है।' वह उत्तर भारतीय लहजे में बोल रहा था जो लगता था कि पुरानी यादों की वजह से और भी गाढ़ा हो गया था।

'दादा मुझे वह क़िस्सा सुनाते थे कि कैसे इस वक़ील ने उनसे इस शर्त पर शादी करना मंज़ूर किया था कि वे उसको सुनाने के सिवा किसी और को न सुनायें। इज़्ज़त की यह क़ीमत थी जो उन्हें चुकानी पड़ी। दस बरस से ज़्यादा किसी ने उनकी आवाज़ नहीं सुनी। फिर वे बुरी तरह बीमार पड़ गयी और अच्छे-से-अच्छे डॉक्टर भी यह पता नहीं लगा पाये कि उन्हें क्या बीमारी है। आख़िरकार, एक डॉक्टर ने बताया कि उनका जी बुझ गया है और इसका इलाज बस यही है कि वे फिर से गाना शुरू कर दें।'

'और इस तरह दुनिया को बेगम अख़्तर वापस मिलीं,' ढोंढूताई बुदबुदायीं।

'वक़ील गया भाड़ में...' मैंने कहा।

ढोंढूताई मुस्करायीं और उस अजनबी की तरफ़ मुड़ीं। 'तो आप संगीत के शौक़ीन हैं ?'

'ख़ैर, मैं यह तो नहीं कहूँगा कि मैं संगीत-पारखी हूँ, लेकिन लखनऊ

में बड़े होते हुए मैंने बहुत-सा सेमी क्लासिकल संगीत सुना है। अब, रेलवे में इंजीनियर का काम करते हुए, बम्बई में रहने और दिन में तीन घण्टे आने-जाने में बिताते हुए मैं सिर्फ़ पटरियों की आवाज़ सुनता हूँ। लेकिन मेरा ख़याल है कि मैं एक छोटा-सा कैसेट प्लेयर अपने साथ ले कर चलना शुरू करूँगा... आपसे मिलने पर मैं और भी प्रेरित हुआ हूँ।'

उसने आदरपूर्वक हाथ जोड़े और जाने के लिए उठा। उस का स्टेशन नज़दीक आ रहा था। उसके जाने से पहले ढोंढूताई ने अपने झोले में हाथ डाल कर एक कैसेट निकाला। वह उनके कार्यक्रमों के चुने हुए अंशों की रिकॉर्डिंग का संकलन था जो उन्होंने ख़ुद ही बनवाया था।

'लीजिए। शुरू करने के लिए मेरी तरफ़ से इसे एक उपहार की तरह स्वीकार कीजिए।'

वह आदमी स्पष्ट रूप से प्रभावित दिखा। उसने उनके पैर छुए और उस छोटे-से तोहफ़े को हाथों में लिये चला गया, जो उसे फिर से उड़ने का एहसास कराने वाला था, भले ही वह रेक्सीन की गद्दी पर बैठा यात्रा कर रहा हो।

ढोंढूताई अपने में मगन थीं। अजनबियों के जाने के बाद उन्होंने पैर अपने सामने की सीट पर रख लिये और कुछ देर के लिए सो गयीं। मैं पढ़ती रही।

जब ढोंढूताई उठीं तो परिचारक ने रात के लिए चादरें और कम्बल बाँटने शुरू कर दिये थे। वे मुस्करा रही थीं। 'तुम्हें विश्वास नहीं आयेगा मैंने सपने में उस नान्दी बैल को देखा जो उस झील के पास है जहाँ हम बचपन में टहलने जाया करते थे। लोग कहते हैं कि वह साल में गेहूँ के दो दाने बराबर आगे बढ़ता है और सरसों के एक दाने बराबर पीछे खिसक आता है।'

'मेरे संगीत सीखने की तरह,' मैंने हँस कर कहा।

'हाँ और क़िस्सा यह भी कहता है कि अन्त में जब नान्दी बैल झील में गिर जायेगा तो दुनिया ख़त्म हो जायेगी।'

'हाय राम। फिर तो हमें वहाँ जा कर फ़ौरन देखना चाहिए कि वह पानी से कितनी दूर है और बुरे-से-बुरे के लिए तैयार हो जाना चाहिए,' मैं हँसते हुए बोली।

'इस तरह खीसें मत निकालो। चीज़ें जिस हिसाब से चल रही हैं, दुनिया पक्के तौर पर ख़त्म होने जा रही है। भाग्य से मैं वह सब देखने के लिए मौजूद नहीं रहूँगी।'

घी में तरतराते ताज़ा पराँठों की ख़ुशबू बग़ल के कैबिन से आ रही थी। मुसाफ़िर अपने साथ लाये भोजन को खोल रहे थे और सहयात्रियों में बाँट रहे थे। ढोंढूताई ने बड़ी मेहनत से भरवाँ पराँठे और दही-चावल बनाये थे और उन्होंने वह सब बर्थ पर सब्ज़ी और दही के मेरे छोटे-से योगदान के पास रख दिया।

'खा कर देखो जो मैंने बनाया है। तब तुम्हें पता चलेगा कि मैं गाती अच्छा हूँ कि खाना अच्छा बनाती हूँ।

खाने के बाद मैं ढोंढूताई को सहारा दे कर शौचालय तक ले गयी। जिस बीच वे हाथ धो रही थीं, मैंने बिस्तर बिछाये और उस छोटी-सी चुहिया को नज़रन्दाज़ करने की कोशिश की जो मेरी चप्पल के पास से भागती हुई निकली – शायद मेरी संगीत शिक्षिका द्वारा बनाये गये स्वादिष्ट खाने के किसी चूरे को खोजती हुई।

❑

हिन्दुस्तान के सभी छोटे क़स्बों की तरह कोल्हापुर का भी एक सघन व्यापारिक हिस्सा है जो शिवाजी की मूर्ति के इर्द-गिर्द बसा हुआ है। पते-ठिकाने और रास्ते आम तौर पर शहर की तीन प्रमुख निशानियों के सन्दर्भ में बताये जाते हैं – महालक्ष्मी का मन्दिर, शिवाजी की मूर्ति और पुराना महल; जैसे, फ़लाँ साहब मन्दिर गली में रहते हैं या किसानों की हाट पुराने महल के सामने है।

जैसे ही हम शहर के बीचों-बीच दाख़िल हुए, मुझे दुकानों और इमारतों के पीछे से कोल्हापुर के भव्य इतिहास की झलकियाँ नज़र आने लगीं। ये खण्डहर मौजूदा समय से तालमेल बैठाने की कोशिश कर रहे थे। एक इमारत के सामने का सुन्दर नक़्क़ाशीदार हिस्सा, जिसमें परनाले बने हुए थे, औरतों के अन्तःवस्त्र बेचने वाली दुकान का अगवाड़ा बन गया था; मन्दिर पर पहरा दे रहे पत्थर के दो हाथियों के नीचे की जगह को फूलवाला

इस्तेमाल कर रहा था जो अपनी मालाओं को उनके चिटके हुए दाँतों पर लटका देता था। पुराने महल की इमारतें अपने अतीत से सबसे ज़्यादा दूर थीं। उन पर विभिन्न सरकारी दफ़्तरों का कब्ज़ा था जो उनके जल्दी ही खँडहर बनने की सम्भावना सुनिश्चित कर रहा था।

हम उन विशाल किवाड़ों से हो कर अन्दर दाख़िल हुए जो मन्दिर के परिसर में खुलते थे। नगर के भीतर छोटे-से नगर की तरह वह छोटे-छोटे मन्दिरों, दुकानों, घरों और हज़ारों लोगों की आवा-जाही से भरा हुआ था जो सान्त्वना खोजते, क्षमा माँगते, कृतज्ञता ज्ञापित करते हुए हलचल मचाये हुए थे। मुख्य महालक्ष्मी मन्दिर इस सब के बीचोबीच था सारी अफ़रा-तफ़री के ऊपर तना हुआ।

'इन रक्षकों को देखा तुमने ?' ढोंढूताई ने किसी कुशल गाइड के गर्व के साथ फाटक की दोनों तरफ़ खड़ी प्रतिमाओं की ओर इशारा किया। 'इन्होंने रातों-रात यह मन्दिर बनाया और फिर यहीं जम गये।' वे इस तरह क़दम बढ़ाती हुई अन्दर चलीं, जैसे कोई अपने पुश्तैनी घर में बितायी गयी ज़िन्दगी पर दावा जताने के लिए दाख़िल हो रहा हो। दो-एक फूलवाले उनके पास आ खड़े हुए। उन्होंने फूलवाले से तकरार करके कि उसकी कलियाँ मुरझा रही थीं, कुछ कमल के फूल ख़रीदे जो देवी का पसन्दीदा फूल था। और आगे बढ़ने पर, उन्होंने देवी के लिए एक साड़ी ख़रीदी - जो निस्सन्देह हफ़्ते के ख़त्म होते-न-होते भ्रष्ट पुजारियों की एक लम्बी क़तार से होती हुई, फिर इसी दुकान में वापस पहुँच जाने वाली थी।

भक्त जनों के झुण्ड पत्थर की सीढ़ियों को झुक कर छूते हुए मन्दिर की तरफ़ बढ़े जा रहे थे। उनमें से कुछ मीलों दूर अपने गाँव से नंगे पैर पैदल चल कर आये थे। सुबह की आरती शुरू होने वाली थी। हम जल्द ही लोगों की एक बुदबुदाती हुई धारा का हिस्सा बन गये जो अपने ही बल और गति से वेदी तरफ़ जाप करती हुई बढ़ रही थी, रास्ते में बस देवी के सामने चढ़ावा रखने और बदले में प्रसाद पाने के लिए रुकती हुई और पसीजी हथेलियों में प्रसाद को थामे आगे चलती हुई जो घर पर उत्सुकता से इन्तज़ार करते रिश्तेदारों में बाँटा जाने वाला था।

मैंने देवी की ओर देखा जो अपने संगी द्वारा त्याग दी गयी थी और

जिसने पंचगंगा नदी के किनारे यहाँ अपने लिए एक सुन्दर जगह खोज ली थी। मुझे तुम पर विश्वास है, लेकिन मैं ऐसी जगह ख़ुद को एकाग्रचित नहीं कर पा रही। मेरी पूजा को एकान्त चाहिए।

'रुको...' ढोंढूताई फुसफुसायीं।

उन्हें कुछ दिखायी दिया था। मैंने रुक कर उस तरफ़ निगाह दौड़ायी जिधर वे देख रही थीं। परछाइयों में, थोड़ी सी दूर पर एक ताक था जहाँ एक छोटी-सी प्रतिमा थी। इतनी दूर से मुझे पत्थर के एक अस्पष्ट-से देवता पर पोते गये सिन्दूर की रेखाएँ दिखायी दे रही थीं। और उसके सामने बिखरे फूल और सिक्के। वह गणेश की मूर्ति थी। आखिर किस चीज़ ने उनका ध्यान खींच लिया था ?

'मैंने एक चूहा देखा,' ढोंढूताई फुसफुसायीं। 'गणेश का चूहा निकल भागा है। यह बहुत ही शुभ लक्षण है, बेटा। गणेश को प्रसन्नता है कि तुम यहाँ आयी हो। तुम बड़ी भाग्यवान हो। आओ, अब चलें। हम कल सुबह जल्दी आयेंगे और यहाँ गायेंगे।'

जैसे ही हम खम्भों की क़तार के बीच से हो कर निकले, वे एक खम्भे के सामने रुकीं और उन्होंने उसे सहलाया। यही वह जगह थी जहाँ अपने ज़माने में अल्लादिया ख़ाँ बैठ कर गाया करते थे - इस खम्भे से टेक लगा कर। बहुत दिनों तक इस पर उनके बालों में लगे तेल का धब्बा था, उन्होंने इशारा किया। मैंने खम्भे पर निगाह गड़ा दी और मेरा ख़याल है, मुझे धब्बा दिखाई दिया।

हम मन्दिर परिसर से बाहर चले आये और उस इलाक़े के इर्द-गिर्द टहलते रहे, पुराने महल और एक छोटे-से भवानी मन्दिर की ओर जिसे महाराज और उनके चुने हुए दरबारी निजी तौर पर इस्तेमाल करते थे। वह वाला भव्य, चौकोर अहाता था जिसके ऊपर पारदर्शी छत थी जिससे कुदरती रोशनी छन कर अन्दर आती थी। पहली मंज़िल पर एक गलियारा चारों तरफ़ दौड़ता चला गया था। इसी जगह रानियाँ और उनके साथ की अन्य महिलाएँ बैठ कर संगीतकारों को सुनती थीं और नृत्य आदि के प्रदर्शन देखती थीं। एक भारी-भरकम फ़ानूस छत से लटक रहा था, बहुत ही आहिस्ता-आहिस्ता डोलता हुआ, ताकि उन महीन और नाज़ुक जालों को कोई नुक़सान न पहुँचे

जो देर सुबह की रोशनी में दिखते और ग़ायब होते रहते थे।

'मैंने अल्लादिया ख़ाँ को यहाँ नवरात्रि के मौके पर गाते सुना था,' ढोंढूताई बोलीं। 'वह एक शानदार, हफ़्ते भर का कार्यक्रम था जिसमें देश भर के सबसे नामी-गिरामी लोग आये थे और उन्होंने अपनी कला का प्रदर्शन किया था। रानी मुझे बहुत पसन्द करती थी और उसने मुझे और मेरी बहन को यहाँ आ कर सुनने का न्योता दिया था।'

शायद छन कर आने वाली रोशनी थी या उस जगह का सौम्य एकाकी छोड़ दिया गया वातावरण, मगर वह जगह उन लोगों के लिए मानो एक शरणस्थली बन गयी थी जो बाहर की दुनिया से थोड़ी-सी राहत की तलाश में थे। लोग ख़रामा-ख़रामा टहलते हुए वहाँ आते और बैठ कर सुबह के नाश्ते के लिए अपने कटोरदान खोल लेते या फिर चाहते तो छोटी-सी झपकी लेने के लिए लेट भी जाते।

हम बाहर की तीखी रोशनी में निकल आये। 'अब हम क्या करें ?' मैंने पूछा। 'आइए, थोड़ा और चलें ? मैं बताऊँ! चलिए, चल कर वह घर देखें जहाँ आप रहा करती थीं।'

ढोंढूताई थोड़ा थक गयी थीं, इसलिए हमने रिक्शे पर चलने का फ़ैसला किया। हम डोलते-डगमगाते, एक-दूसरी को काटती, छोटी-छोटी गलियों से होते हुए, बाग़ तक पहुँचे। 'अब यहीं से बायें को मोड़ो...' रिक्शा पत्थर से बने एक मामूली-से दुमंज़िले मकान के सामने रुक गया। सामने के दरवाज़े पर रखे मूढ़े पर एक जवान औरत बैठी थी। वह थाली में रखे गेहूँ को चुन रही थी, भूसे को दानों से अलग करती हुई। दो बच्चे उसके सामने खेल रहे थे। मैं आई की जवानी में उसके ठीक इसी जगह बैठे होने के दृश्य की कल्पना करती हुई इमारत को एकटक देखती रही। हमने रिक्शे को एक मिनट रुकने के लिए कहा।

'उन्होंने सारी जगह मकान बना लिये हैं,' ढोंढूताई ने थोड़ी नाराज़गी से कहा। 'वह इमारत यह नहीं है, जहाँ हम रहते थे; वह इसके पीछे है, अब दिखायी भी नहीं देती। इस जगह तो बाग़ था जिसे हम शादी-ब्याह में किराये पर उठा दिया करते थे। मुझे बिलकुल पता नहीं कि हमने यहाँ आने की तकलीफ़ ही क्यों की।'

बच्चे, इस एहसास से कि उनकी जगह पर अजनबी घुसपैठ कर रहे थे, भाग कर अपनी माँ के पास चले आये।

'यह यहाँ रहा करती थीं...साठ साल पहले,' मैंने मुस्करा कर वहाँ बैठी उस औरत से कहा। वह भावहीन नज़रों से हमें घूरती रही।

मेरे सामने साफ़ था कि ढोंढूताई वहाँ रुके रहने की इच्छुक नहीं थीं। हम वापस रिक्शे में बैठे और उन्होंने कहा कि हमें सड़क पर आगे झील तक चलना चाहिए, जहाँ उनके पिता हर रोज़ सुबह के साढ़े पाँच बजे तीनों को सैर कराने ले जाया करते थे।

'हमें पौ फटते ही उठाने और इस लम्बी सैर पर चलने के लिए मजबूर करने पर हम उनसे नफ़रत करते, लेकिन यह उन्हीं का अनुशासन है जिसने मुझे आज तक स्वस्थ रखा हुआ है,' ढोंढूताई हँस कर बोलीं। बगुलों का एक झुण्ड फड़फड़ाता हुआ गुज़र गया। रिक्शा रुक गया। मैंने तेज़ी से साँस छोड़ी। हम एक शानदार झील के सामने खड़े थे। काले पत्थरों का एक रास्ता और ढले लोहे की रेलिंग उसकी साढ़े तीन मील की गोलाई के साथ-साथ चली गयी थी।

ढोंढूताई गर्व से मुस्करायीं। 'है न सुन्दर ?'

'और वह भी ठीक शहर के बीचों-बीच!' मैंने कहा।

'आओ, थोड़ी दूर तक चलें। मैं तुम्हें वह कुआँ दिखाऊँ जहाँ मैं और मेरा भाई रुक कर पत्थर फेंका करते और फिर नीचे गहराई से 'टुप्प' की आवाज़ का इन्तज़ार करते।' लगता था, वे तरोताज़ा हो गयी हैं और पानी की शीतल शान्ति, बत्तखों की कैं-कैं और कपड़े धो रही औरतों की हँसी सुनकर वे फिर से पटरी पर आ गयी थीं।

'मेरे पिता झील का पूरा चक्कर काटते। हमें उनके साथ-साथ रहना पड़ता, लिहाज़ा अन्त में हम दौड़ने लगते जबकि वे तेज़ी से कदम बढ़ाते रहते। हम ठीक उस समय लौटते जब भैंस वाला आदमी दूध दुह गया होता; ताज़ा दुहे गये दूध के तीन बड़े-बड़े गिलास हमारी प्रतीक्षा कर रहे होते। उन दिनों किसी ने दूध को उबालने या पास्चराइज़ करने के बारे में नहीं सुना था। लोग उसे सीधा पी जाते।'

सफ़ेद सिर वाला एक गिद्ध झील का चक्कर काटता हुआ हवा में

मँडरा रहा था। ढोंदूताई एक नारंगी लाल फूल को उठाने के लिए झुकीं। 'देखो इसे। कोल्हापुर की मशहूर कान की बालियाँ इसी फूल की नक़ल पर बनती थीं।'

झील की दूसरी तरफ़ पेड़ों के झुण्ड के बीच से एक महल के कंगूरे उभर कर दिखने लगे। दूर, सड़कों और इमारतों के पार, मील-दर-मील फैले गन्ने के खेत छोटे-छोटे लहराते पहाड़ों तक चले गये थे। कोल्हापुर ग़रीबों की पहाड़ी सैरगाह के तौर पर मशहूर था। बहुत सुन्दर शहर था। मैं सिर्फ़ कल्पना कर सकती थी कि जब ढोंदूताई इस सब को छोड़ कर एक बेहूदा बड़े शहर में अनजाने भविष्य की ख़ातिर गयी होंगी तो उन्होंने कैसा महसूस किया होगा। उस समय वे मेरी ही उमर की रही होंगी। लेकिन कहीं ज़्यादा सीधी-सरल और अबोध।

२

कोल्हापुर में पूजा करने की एक और जगह है, जो महालक्ष्मी मन्दिर से बहुत दूर नहीं है। वह संगीत का मन्दिर है। वही जगह है जहाँ कभी अल्लादिया ख़ाँ रहा करते थे। लगभग सौ साल पहले महाराज ने अपने दरबारी संगीतकार को यह मकान उपहार में दिया था। मैंने ख़ाँ साहब के बारे में बेशुमार किस्से सुने थे जब वे ऊपर की मंज़िल पर रहते और रियाज़ करते थे।

❑

गर्मियों की साँझ देर गये का वक़्त है। ख़ाँ साहब महल में गाने के बाद घर लौट रहे हैं। उस दोपहर, महाराज के निजी कक्ष में उन्होंने लालची राजाओं द्वारा ग़रीब किसानों की ज़मीनें ले लेने और उन्हें भूखा मरने के लिए छोड़ देने के बारे में एक बन्दिश सुनायी थी। शाहू महाराज पहले चकराये, फिर खीझे और आख़िरकार बात उनके पल्ले पड़ गयी। इस युक्ति को उनके प्यारे दरबारी गायक ने पहले भी आज़माया था। अगर वे कुछ-कुछ अप्रिय या अरुचिकर बात महाराज तक पहुँचाना चाहते तो अल्लादिया ख़ाँ उसे गा कर उनके सामने पेश करते। इस तरह वे महाराज का ध्यान उस वक़्त खींचते जब उनका जी ख़ुश होता और फिर अपना मन्तव्य उन तक पहुँचा भी देते। लोग अकसर अपनी शिकायतें ले कर ख़ाँ साहब के पास आते और वे इन मामलों को बन्दिशों में पिरो देते। यह हिकमत हमेशा काम कर जाती।

उस दिन महल से लौटते वक़्त अल्लादिया ख़ाँ गहरे विचारों में खोये हुए थे। जब सड़क चलते लोग लम्बे-ऊँचे, पगड़ीधारी दरबारी गायक को ऐसी हालत में देखते तो उन्हें मालूम हो जाता कि वे शायद कोई अनोखा मिश्रित राग या बन्दिश रचने में लीन हैं और इसीलिए उनका अभिवादन

करके भी वे उनका ध्यान भंग न करते।

उन दिनों अल्लादिया ख़ाँ के घनिष्ठ मित्र भालजी पेण्ढारकर, जो फ़िल्म निर्माता थे, ख़ाँ साहब के घर ठहरे हुए थे। छक कर खाना खाने के बाद भाल जी और युवक भुर्जी ख़ाँ लेट गये, इस उम्मीद में कि ऊपर की मंज़िल से आने वाले किसी देर रात के राग का सुमधुर स्वर उन्हें लोरी देता हुआ सुला देगा।

उन्हें तानपुरे की आवाज़ सुनायी दी, लेकिन अगले दस या पन्द्रह मिनट तक सिर्फ़ तानपुरा छेड़ने का ही स्वर कमरों से हो कर बहता रहा। उस्ताद की आवाज़ का कुछ अता-पता न था। भालजी उठे और यह देखने के लिए ऊपर गये कि उनके मित्र को क्या हो गया था। उन्होंने देखा कि ख़ाँ साहब मानो समाधि में बैठे तानपुरा बजा रहे थे, उनकी आँखें बन्द थीं और चेहरे पर हल्की-सी बुद्ध-सरीखी स्मिति थी।

भालजी ने नज़दीक जा कर अपने मित्र के चेहरे पर निगाहें गड़ा दीं। कुछ पल बाद ख़ाँ साहब ने आँखें खोलीं और बोले, 'अरे भालू! क्या हुआ ? तुम यहाँ क्या कर रहे हो ?'

भालजी पेण्ढारकर ने अजीब नज़रों से ख़ाँ साहब को घूरा। 'अ...ख़ाँ साहब...हम बस इसी सोच में थे...मतलब इतनी देर से हम सिर्फ़ तानपुरे की आवाज़ ही सुन रहे थे...हम बस यही सोच रहे थे कि आपको क्या हुआ था...'

अल्लादिया ख़ाँ ज़ोर से हँसे। 'अरे! सुनो, आज जब मैंने बैठ कर तानपुरे को छेड़ा तो उसका सुर इतना सधा हुआ और शुद्ध और आवाज़ इतनी रूहानी थी कि मैं उसके बीच गा नहीं पाया। मेरा मन बस यही चाहता था कि इन शुद्ध स्वरों को सुनता रहूँ।'

❑

उस दोपहर हमने उसी तानपुरे को एक तरबूज़ी रंग के ख़ोल में, जिसका रंग फीका पड़ गया था, छत से लटका हुआ देखा। उसका पुराना जोड़ीदार उसकी बग़ल में सिर दूसरी तरफ़ किये लटका था। वे मिस्त्री ममियों की तरह लिपटे हुए हवा में जैसे तैर रहे थे - अर्से से मरे हुए, मगर त्यागे नहीं गये।

उन्हें इसलिए लटका दिया गया था ताकि वे उन बेगिनती छोटे-छोटे पैरों की रुकावट न बनें जो घर भर में रेंगते, कूदते और चलते थे।

दोपहर बाद के चार बजे होंगे जब हम अल्लादिया मंज़िल पहुँचे। इमारत एक क़साई की दुकान और एक चश्मे वाले के बीच की थी। दो-तीन बच्चे, जिनकी आँखों में गहरा काजल आँजा हुआ था, बाहर एक ट्राइसिकल से खेल रहे थे। ढोंढूताई ने उनमें से एक को कोंचा और कहा, 'तुम्हारे दादा कहाँ हैं ?'

'अन्दर,' सबसे छोटे वाले ने रूखे-सूखे अन्दाज़ में कहा, यह इशारा-सा देते हुए कि बाबा बिरले ही कहीं जाते थे।

तभी एक आदमी खड़खड़ाती दोपहिया गाड़ी में वहाँ आ कर रुका। वह बाबा का बेटा निज़ाम था। 'अरे, अत्या! कैसी हैं आप ? आइए, आइए, अन्दर आइए!' उसने उनके पैर छुए। मैं भौंचक्की रह गयी। यह वो सींकिया-सा लड़का था, जिसे मैंने लगभग बीस साल पहले तब देखा था जब वह ढोंढूताई से गाना सीखने आया था! बाबा ने उसे बम्बई इस आशा से भेजा था कि उनके ख़ानदान में कोई तो घराने को जारी रखेगा। मगर वह बहुत देर नहीं टिक पाया था, क्योंकि किसी मुक़ाम पर उसे रोज़ी-रोटी कमाने की ज़रूरत थी और संगीत से उसे वह हासिल नहीं होने वाला था।

जब हम घर में दाख़िल हुए तो अचानक एक हलचल शुरू हो गयी। निज़ाम ने कहा, 'घूम जाओ! घूम जाओ!' मैं चकरा गयी। फिर मैं समझी कि माजरा क्या था। उस दोपहर ढोंढूताई का एक शार्गिद निनाद हमारे साथ था जो संयोग से अपनी बहन से मिलने कोल्हापुर आया हुआ था। यह हिदायत उसके लिए थी। उसका अपराध ? वह मर्द था। बाबा के परिवार की औरतों को किसी अजनबी मर्द के सामने चेहरा खुला रखने की इजाज़त नहीं थी। इससे पहले कि वह दाख़िल हो, उन्हें अपने चेहरे पर नक़ाब डाल लेनी थी। जब तक वे सही पहरावे में न आ जायें, उस आदमी को पीठ दरवाज़े की तरफ़ किये खड़ा रहना पड़ता था।

मुझे धक्का लगा। ऐसा चलन इक्कीसवीं सदी में अब भी जारी था ? ढोंढूताई ने महज़ आँखें नचायीं और एक अर्थपूर्ण मुस्कान मेरी ओर फेंकते हुए कहा, 'मैं यह सब तो भूल ही गयी थी।'

जब औरतें कपड़े के उन पर्दों के पीछे ग़ायब हो गयीं जो कमरों को अलग-अलग करने के लिए टँगे हुए थे, तब हम दाख़िल हुए। बाबा अन्दर अपनी चौड़ी-सी मुस्कान के साथ इन्तज़ार कर रहे थे। 'आओ! आओ!' वे बोले। मैंने उनके पैर छुए और हैरान हो गयी कि वे कितना कम बदले थे। सामने का एक दाँत ग़ायब था, मगर उनका चश्मा वैसा ही था, काले फ्रेम में जड़े उन्हीं मोटे चमकते शीशों वाला। उनकी आँखों में अब वैसी चमक नहीं थी, लेकिन इसे मैंने घर के भीतर छाये अँधेरे के खाते में डाल दिया।

यह अन्दाज़ा लगाने के लिए कि कभी यह घर कैसा रहा होगा, मैंने चारों तरफ़ नज़र फिरायी और मेरे दिमाग़ में ढेर सारी तस्वीरें घूम गयीं। उस समय बड़ी-बड़ी मूँछों वाले अल्लादिया ख़ाँ, उनकी बीवी और तीन बेटे रहे होंगे। दरअसल दो, क्योंकि बड़े जी बीमार होने के बाद जयपुर के नज़दीक उनके पुश्तैनी गाँव, उनियारा चले गये थे। ख़ाँ साहब के भाई हैदर भी यहाँ रहे होंगे। शायद वे नीचे खाते थे और ऊपर सोते थे। मुझे मालूम था कि सबसे ऊपर की मंज़िल संगीत कक्ष था। तानपुरे और तबले यहाँ-वहाँ पड़े रहते होंगे, आदमियों के जिस्मों की तरह ज़िन्दा और गर्म।

लेकिन आज वैसा कुछ भी नहीं था। बढ़ते हुए परिवार को समोने के लिए घर बँटता चला गया था और जगह बनाने के लिए छींटदार सूती चादरें कमरों के बीच में पर्दों की तरह लटकी हुई थीं। हम दो बच्चों से बचते हुए, जो सरपट सीढ़ियाँ उतर रहे थे, सीढ़ियाँ चढ़ कर पहली मंज़िल पर पहुँचे।

'यह फ़हीम का है। वह नूर की। और ये भैया के बच्चे हैं,' बाबा बोले।

'अब तुम कितने लोग इस घर में रहते हो ?' ढोंढूताई ने हँस कर पूछा।

'सत्रह!' बाबा ने जवाब दिया और बिना झेंपे, हँस दिये।

'बाप रे!' फिर ढोंढूताई की आवाज़ नरम पड़ गयी। 'तो फिर, क्या हाल-चाल है ? तबियत तो ठीक है ?'

'सब ठीक है, अल्लाह के फ़ज़ल से। अरे! इससे पहले कि मैं भूल जाऊँ, देवल क्लब में आज संगीत सभा है। क्लब का सेक्रेटरी तुमसे मिलना चाहता है।'

'बढ़िया! हम जायेंगे! और सुनो बाबा, मुझे तुमको एक और बात बतानी है। पता है मेरी मुलाक़ात किससे हुई...' ढोंढूताई ने कहा और फिर

उन्होंने अपनी पुरानी प्रतिद्वन्द्वी के साथ हुई अपनी मुलाक़ात का लम्बा, चटपटा क़िस्सा छेड़ दिया और बताया कि कैसे बरसों की कटुता और नफ़रत के बाद उनकी उस दुश्मन ने उन्हें आये दिन फ़ोन करना और यह कहना शुरू किया था कि वह आ कर कुछ समय उनके साथ बिताना चाहती थी। 'मुझे ठीक-ठीक मालूम है, वह मुझसे क्या चाहती है, लेकिन वह उसे मिलेगा नहीं,' ढोंढूताई ने दृढ़ता से कहा। उनका इशारा इस घराने के दुर्लभ रागों की तरफ़ था, जिनमें से बहुत-से तो ख़ुद बाबा ने उन्हें सिखाये थे।

'और बाबा, तुम भी उन रागों को किसी ऐरे-ग़ैरे को मत बताना जो मुँह उठा कर तुम्हारे पास चला आये। तुम ज़रूरत से ज़्यादा खुले दिलवाले हो।'

उन्होंने अपने मन की बातें बाबा को बतायीं, उनसे राय-मशविरा किया और उन्हें इस बात के लिए फटकारा कि वे अपने रहस्य उनकी समकालीनों को दिये दे रहे थे। वे उन्हें पिछले दो-तीन वर्षों के दौरान होने वाली सारी घटनाओं के ब्योरे देती हुईं लगातार बातें करती रहीं - कोई ख़ास संगीत सम्मेलन कैसा रहा था, किसी राग के बारे में उनका क्या ख़याल था। बिलकुल पुराने ज़माने की तरह था। उनकी दोस्ती को साठ साल से ज़्यादा हो गये थे और किन्हीं अर्थों में बाबा शायद उनके सबसे नज़दीकी दोस्त थे।

एक औरत, जिसका चेहरा पूरी तरह नकाब से ढँका हुआ था, दरवाज़े पर एक ट्रे में बिस्कुट और प्याज़ के तले हुए कतले लिये खड़ी थी। वह इस इन्तज़ार में थी कि कोई उसके हाथ से यह सामान ले ले ताकि वह पर्दे के पीछे लौट कर अपने सुरक्षित स्थान से बातचीत को सुनना जारी रख सके।

बाबा मेरी तरफ़ मुड़े और बोले, 'तुम्हें पता है हम लोग कितने दिनों से एक-दूसरे को जानते हैं ?'

'हाँ, मुझे कुछ अन्दाज़ा तो है,' मैंने मुस्कराते हुए कहा।

'लो इन्हें चखो ! ये ख़ास तौर पर बनवाये गये थे, क्योंकि इनको बनाने का तरीक़ा मेरी माँ को मेरी दूसरी माँ यानी आई ने सिखाया था,' बाबा ने कहा। 'उन्होंने इतना वक़्त साथ-साथ गुज़ारा था। जब भी मेरी माँ ऊब जातीं या ख़ानदान में किसी से उनकी तकरार हो जाती तो वे बस घर से बाहर चली जातीं और हम सब को पता होता कि वे कुलकर्णी परिवार के यहाँ गयी हैं। कभी-कभी वे कई दिन वहाँ रहतीं। वे हमेशा किसी स्वादिष्ट शाकाहारी चीज़

को बनाने का तरीक़ा सीख कर आतीं। इतने नज़दीक थे हम।'

मैंने ग़ौर किया कि ढोंढूताई ने खाने की किसी चीज़ को हाथ नहीं लगाया था। बाद में उन्होंने मुझे बताया कि सारी ज़िन्दगी वे ऐसे घर में खाने से परहेज़ करती रही थीं जहाँ बर्तनों में गोश्त बनता था। इस बात से वे कभी समझौता नहीं कर पायी थीं। दोनों परिवारों के बीच एक अनकही रज़ामन्दी थी। उन्हें भले ही एक-दूसरे से बेइन्तहा प्यार रहा हो, लेकिन कुछ सांस्कृतिक हदबन्दियाँ थीं जिनका उल्लंघन कभी नहीं किया जाना था, और कोई इसका निजी तौर पर बुरा नहीं मानता था।

फ़ोन की घण्टी बजी और पोतों में से एक भाग कर बाबा के पास आया। फ़ोन उनके लिए था, देवल क्लब से - वह सम्मानित संस्था जिसने हिन्दुस्तान के बड़े-बड़े संगीतकारों की मेज़बानी की थी। प्रबन्धकों में से एक को पता चला था कि ढोंढूताई शहर में थीं और वे चाहते थे कि बाबा के साथ वे उस शाम के कार्यक्रम में सम्मानित अतिथियों की हैसियत से पधारें।

हिन्दुस्तानी शास्त्रीय संगीत के इतिहास में देवल क्लब एक महत्वपूर्ण केन्द्र हुआ करता था। उसकी स्थापना पुराने ख़यालों के दक़ियानूसी संगीतकारों और विद्वानों की एक समान रुचि वाले मण्डली ने की थी जिसके हाथ में बीसवीं सदी के शुरुआती हिस्से में उसकी बागडोर थी। वे रागों के अपने ज्ञान और संगीत के सिद्धान्त पर लगभग बेहूदी कट्टरता से गर्व करते थे, भले ही उनमें से कोई सचमुच गाना नहीं जानता था।

जब वरिष्ठ गायक देवल क्लब में गाते तो अकसर वे कार्यक्रम को एक पहेली से शुरू करते। वे किसी दुर्लभ राग की एक-आध कड़ी गाते और फिर इन्तज़ार करते कि सामने की क़तार में बैठे इन पारखियों में से कोई उसे पहचान पाता है या नहीं। यह एक चुनौती होती। इस प्रक्रिया में श्रोता और संगीतकार एक-दूसरे को छकाते रहते।

हर कुछ महीनों के बाद देवल क्लब की संगीत मण्डली यह तय करने के लिए कलाकारों की परीक्षा लेती कि वे उनके प्रतिष्ठित पावन आयोजन में गाने योग्य हैं या नहीं। एक बार इन्दौर के एक गायक को क्लब के सदस्यों के सामने परीक्षार्थ गाने के लिए कहा गया। उसने एक सुन्दर राग प्रस्तुत किया। जब वह ख़त्म कर चुका और उसने तानपुरा नीचे रखा तो उसने पाया

कि उसके गायन पर ध्यान देने की बजाय उसके श्रोता इस बात पर बहस करने में तल्लीन थे कि तीसरा सुर उच्च होना चाहिए था या मद्धम। गायक उनकी इस प्रतिक्रिया से इतना त्रस्त हुआ कि उसने अपना तानपुरा उठाया और झल्ला कर यह कहते हुए चल दिया, 'मुझे ऐसे हृदयहीन श्रोताओं के आगे गाने में कोई दिचलस्पी नहीं है।'

प्रकट ही देवल क्लब में श्रोताओं की अभिरुचि और गाने वालों का स्तर तब से काफ़ी गिर गया था, जैसा कि उस शाम हमने पाया।

गायिका, कलकत्ते की एक युवती, कल्पनारहित और दोहराव का शिकार थी। ढोंढूताई और मेरे बीच निगाहों और छिपी हुई मुस्कानों का आदान-प्रदान होता रहा और हम बच्चों की तरह उसके औसतपने का मज़ा लेते रहे।

ढोंढूताई और बाबा मुख्य अतिथियों के लिए सुरक्षित विशेष कुर्सियों पर संगीत की दुनिया के सभी महान कलाकारों की तस्वीरों की क़तार के नीचे बैठे। बाबा ने उस शाम अपनी फ़ैज़ टोपी पहनी हुई थी, क्योंकि संगीत का स्तर चाहे जैसा रहा हो, बाबा और संगीत के रिश्ते में उनकी बहन फिर एक बार देवल क्लब में थे जहाँ कभी बचपन में उन्होंने बैठ कर उस्तादों को सुना था।

उस रात, खाने के बाद, ढोंढूताई और मैं दिन भर की घटनाओं के बारे में गप-शप करते रहे। हमने चर्चा की कि बाबा जिस तरह रह रहे थे, उस तरह रहने में उन्हें कितनी कठिनाई हो रही होगी। हमने देवल क्लब में कलकत्ता से आयी गायिका के बारे में यह कहते हुए मज़ाक भी किया था कि अगर कलकत्ता में केसर बाई को 'सुरश्री' की उपाधि दी गयी थी तो फिर हमें भी इस गायिका के लिए कोई उपयुक्त उपाधि सोच रखनी चाहिए। कुछ ही मिनटों में हम दोनों हलकी नीली जाली से बने विशाल तम्बुओं सरीखी मच्छरदानियों के अन्दर गहरी नींद में डूब गये। हमें अगली सुबह एक महत्वपूर्ण कर्तव्य निभाना था। हम देवी के मन्दिर में गाने जो जा रहे थे।

उपसंहार

बोरीवली

हम एक बार फिर ढोंदूताई के बोरीवली वाले फ़्लैट में देवताओं की छोटी-सी वेदी के सामने बैठे थे। घुटनों में गठिये की वजह से ढोंदूताई को फ़र्श पर बैठने में दिक़्क़त होती थी, इसलिए अब वे लकड़ी की एक चौकी पर बैठ कर वही कर्मकाण्ड दुहराती थीं। बारिश हो रही थी और हवा के हलके-हलके झकोरों पर तली हुई सेवैयों की गन्ध अन्दर आ रही थी। ढोंदूताई अपने देवताओं को एक नरम सफ़ेद कपड़े से पोंछ कर साफ़ कर रही थीं, उन्हें एक-एक करके नीचे रखते हुए। मैं उनकी बग़ल में बैठी चन्दन की लकड़ी को घिस कर वह लेप तैयार कर रही थी जो जल्दी ही उन पर लगाया जाने वाला था।

अगले हफ़्ते तक वे सब वापस घर की ओर समन्दर की गहराई में सरक जाने वाले थे। ढोंदूताई ने बम्बई में ही रहने का फ़ैसला किया था, लेकिन उन्होंने यह फ़ैसला भी किया था कि अपने देवी-देवताओं को मुक्त कर देंगी, महज़ इस ख़याल से कि उन्हें कुछ हो गया तो इनका क्या बनेगा। यानी दो को छोड़ कर बाक़ी सबक़ा। एक गणेश की मूर्ति थी जिसको वे हर सुबह नहला कर सिर नवाना जारी रखने वाली थीं। दूसरी, देवी की एक छोटी-सी चमकती हुई तस्वीर थी। मैंने उनसे अनुरोध किया था कि वे उसे मुझे दे दें और वादा किया था कि मैं हमेशा उसकी देख-रेख करती रहूँगी।

मैंने वह छोटी-सी तस्वीर उठायी और उसे अपनी हथेली पर रखा।

पिछले महीने मैनें और ढोंदूताई, दोनों ने कोल्हापुर के मन्दिर में गाया था। वे उस खम्भे से टेक लगा कर बैठी थीं जिस पर अल्लादिया ख़ाँ साहब के बालों के तेल के धब्बे हुआ करते थे और मैंने उनके पीछे बैठ कर तानपुरा बजाया था। राग में हमारे सारे भय, आकांक्षाएँ, हमारी स्मृतियाँ और हमारे संकल्प पिरोये हुए थे और हमने सुरों को देवी के चरणों में अर्पित कर दिया था। मैंने अपने पति को उस सबके लिए माफ़ कर दिया जो हम दोनों के

दरम्यान आ गया था और उस क्षण में यह फ़ैसला किया था कि संगीत हमेशा हमें एक-दूसरे से जोड़े रखेगा। ढोंदूताई ने अपनी आँखें बन्द कर ली थीं और दुनिया के प्रति अपने आक्रोश को त्याग दिया था।

हमने सुखिया बिलावल गाया था जो मैंने ख़ास तौर पर उस मौके के लिए सीखा था। जैसे-जैसे हमने आलाप लिया और बन्दिश को खोला, कई तीर्थयात्रियों ने आ कर ढोंदूताई के पैर छुए। कुछ लोग वहीं रुके रहे, बिना पक्के तौर पर यह जाने कि वे संगीत से मुग्ध क्यों थे। उन्हें यह कैसे मालूम होता कि पत्थर के ये खम्भे सौ साल पहले भी संगीत के इस चढ़ावे से गूँजते रहे थे। भीड़ को चीरते हुए एक झुर्रीदार बूढ़ा आदमी आया, जिसने सफ़ेद कमीज़, सफ़ेद पजामा और गाँधी टोपी पहन रखी थी, और उकड़ूँ बैठ गया मानो समाधि में हो।

जब हमने समाप्त किया तो उसने उत्फुल्लित हो कर चारों ओर देखा। वह ऐसा एहसास था जिसकी तुलना मंच पर प्रस्तुत किसी कार्यक्रम से नहीं हो सकती थी। बूढ़े आदमी ने भर्रायी हुई आवाज़ में कहा, 'तुम ढोंदूताई हो न ?'

उन्होंने सिर हिला कर हामी भरी। उनकी भवें सिकुड़ कर त्रिशूल बन गयीं और उन्होंने अपना सिर हलके से एक ओर को झुका कर उस आदमी को पहचानने की कोशिश की जो उनका नाम जानता था।

'मैं औंधकर हूँ,' उसने कहा। 'मैं अब छियासी बरस का हूँ। मैंने तुम्हें इसी जगह गाते सुना था जब तुम छोटी-सी लड़की थीं और भुर्जी ख़ाँ तुम्हें सिखा रहे थे और तुम्हारे पिता तबले पर तुम्हारी संगत कर रहे थे। तुम्हारे पिता और मैं कई बार नरसिम्हावाड़ी में भी मिले थे।'

'अरे वाह!' ढोंदूताई बोलीं। 'मेरा ख़याल है मैं आपको याद कर पा रही हूँ। आप महल के बाहर के अहाते में रहते थे और अपने छोटे-से बच्चे के साथ हमें सुनने आया करते थे।'

ढोंदूताई ने नरमी से जोड़ा 'वह अन्धा था'।

'हाँ। मैं अब अकेला हूँ। मैं पिछले अस्सी साल से हर रोज़ यहाँ आता रहा हूँ। आज का दिन बहुत ख़ास है।'

ढोंदूताई मुस्करायीं और उन्होंने सिर हिलाया।

'मैं नहीं जानता कि तुम्हें नाम और शोहरत मिली या नहीं, ताई, लेकिन तुम्हारा संगीत निश्चय ही देवताओं तक पहुँचा है।' वह मेरी ओर मुड़ा। 'और तुम, बेटी। तुम्हारे भीतर केसरबाई की आवाज़ मौजूद है। तुम एक दिन गाओगी। एक छोटी-सी सलाह : लगन सीखो। जब मुसीबतें आ पड़ें, तब भी जुटे रहो। उससे तुम्हारे संगीत, तुम्हारे प्रेम, तुम्हारे जीवन पर फ़र्क़ पड़ेगा।'

मैंने हैरानी से उसकी तरफ़ देखा और मेरी आँखें भर आयीं। वह आहिस्ता से हँसा और पैर घसीटता हुआ जाने को हुआ। अचानक उसने मुड़ कर मेरी तरफ़ देखा।

'और एक और छोटी-सी बात। अपने सा पर और काम करो। सुर लगाते वक़्त मोर का ख़याल करो। मोर की पुकार में सा मौजूद रहता है।'

❑

शायद वह महज़ एक सनकी बूढ़ा आदमी था। लेकिन अब मैं रोज़ गाती हूँ और मेरा सा धीरे-धीरे सुधर रहा है। एक-एक सरसों के दाने के बराबर हर बार।

ढोंढूताई बम्बई में डटी हुई हैं, उतनी ही स्वस्थ जितनी वे पच्चीस बरस पहले तब थीं जब मैं उनसे पहली बार मिली थी। वे मुझे अब भी हफ़्ते में दो बार सिखाती हैं और हम दोनों मज़ाक़ करते हैं कि मुझे अपने तकिये के नीचे मोर का पर रखना चाहिए।

'लेकिन इसका मतलब यह नहीं है कि तुम रियाज़ करना बन्द कर दो, समझीं,' उन्होंने मुझसे कहा। 'इससे पहले कि तुम्हारा संगीत मोर की तरह नाचे और गरुड़ की तरह नीचे को झपट्टा मारे, तुम्हें लम्बा रास्ता पार करना है। बस, ख़ुद को थोड़ा और ज़ोर से धक्का दो।' उन्होंने देवताओं के आगे रखी अगरबत्ती से गिरी हुई थोड़ी-सी राख उठायी और उसे आशीर्वाद की तरह मेरे गले पर लगा दिया।

मैंने उन्हें उस चौकी से उठने में मदद दी जो वेदी के आगे बिछी रंग-बिरंगी दरी पर रखी हुई थी। उन्होंने सुझाव दिया कि सान्ध्यकालीन राग सीखने के लिए बैठने से पहले हम लोग एक झपकी ले लें।

ढोंढूताई करवट के बल अपने हाथ को सिर के नीचे रख कर लेट गयीं

और लगभग तुरन्त ही हलके-हलके ख़र्राटे लेने लगीं। मैंने आँखें मूँद लीं, और फिर उन्हें पल भर के लिए खोला, ताकि मूँछों वाले ख़ाँ साहबों की तस्वीरों को देखूँ जो नीचे मेरी ओर देखते हुए मुस्करा रही थीं। मैंने दोबारा आँखें मूँद लीं और कुछ ही मिनटों के भीतर मैं अपनी डेनिम की निक्कर में कोल्हापुर की झील के गिर्द एक छोटी-सी लड़की के साथ दौड़ रही थी जिसने अपने बालों में फूल सजाये हुए थे और बिलकुल सही सुर में हँस रही थी।

आभार

सबसे पहले मैं अपनी माँ, मीरा का आभार व्यक्त करना चाहूँगी कि उन्होंने अपनी नन्ही-सी बच्ची को संगीत की दुनिया में धकेल कर दाख़िल कर दिया। और अपने पिता भगवत का, जिन्होंने मुझे छोटी-छोटी चीज़ों से विस्मित होना सिखाया।

मैं निम्नलिखित लोगों के प्रति गहरी कृतज्ञता महसूस करती हूँ : पूर्वी पारिख और अरविन्द पारिख के प्रति, उस सारी-की-सारी संगीत चर्चा के लिए। एम गुहा के प्रति, उनके अविश्वसनीय प्रोत्साहन के लिए। विचारपूर्ण सुझावों के लिए गीता मेहता के प्रति। सनी मेहता के प्रति कि उन्होंने इसमें सम्भावनाएँ देखीं। हमेशा मुझ में विश्वास रखने के लिए दीपक राजा के प्रति। काम को इतना आनन्दायक बनाने के लिए, अपनी प्रकाशक चिकी सरकार को। साथ ही अपनी सम्पादिका रजनी जॉर्ज और एजेण्ट ऐना घोष को। ऊब को कला में बदलने के लिए मुझे धकेलने वाले जेम्स ऐण्डरसन को। रचना शाह, विक्रमादित्य मोटवाने और इशिका मोहन को, उनके रचनात्मक योगदान के लिए। मेरे प्यारे मित्र जो लगातार मुझे प्रोत्साहित करते हैं। आप जानते हैं आप कौन हैं। अन्ततः प्रतीश मोटवाने को संगीत से इतना प्यार करने के लिए और चैतन्य, धरती पर मेरे नन्हें फ़रीश्ते को।

पुस्तकें

ऐसी अनेक पुस्तकें हैं जिनसे मैंने सामग्री ली है : ल्यूइस रॉवेल की 'म्यूज़िक ऐण्ड म्यूज़िकल थॉट इन अर्ली इण्डिया,' जानकी बाखले की 'टू मेन ऐण्ड म्यूज़िक : नैशनलिज़्म इन द मेकिंग ऑफ़ ऐन इण्डियन क्लासिकल ट्रेडिशन, सी.एस. लक्ष्मी की 'द सिंगर ऐण्ड द सौंग,' डौन न्यूमैन की 'द लाइफ़ ऑफ़ म्यूज़िक इन नॉर्थ इण्डिया,' मॉरीन मैकार्थी ड्रेपर की 'द नेचर ऑफ़ म्यूज़िक,' अशोक रानाडे की 'हिन्दुस्तानी म्यूज़िक' और पीटर मैन्युएल का निबन्ध 'म्यूज़िक, द मीडिया ऐण्ड कम्यूनल रिलेशन्स इन नॉर्थ इण्डिया, पास्ट ऐण्ड प्रेज़ेण्ट।'

लेखिका के विषय में

नमिता देवीदयाल का जन्म 1968 में हुआ था। उन्होंने प्रिन्सटन यूनिवर्सिटी (अमरीका) में शिक्षा पाई। वे एक पत्रकार हैं और फ़िलहाल 'टाइम्स ऑफ़ इण्डिया' से सम्बद्ध हैं।

अनुवादक के विषय में

नीलाभ

प्रतिष्ठित कवि, आलोचक, मीडियाकर्मी और प्रकाशक

नौ कवितासंग्रह, दो आलेख संग्रह, हिन्दी के साहित्यिक विवादों, साहित्यिक केन्द्रों और मौखिक इतिहास पर शोधपरक परियोजना 'स्मृति संवाद' (चार खण्ड), ललित वैचारिक गद्य के तीन संग्रह शीघ्र प्रकाश्य।

हिन्दी में अनुवाद को विपुल योगदान। शेक्सपीयर, लोर्का तथा ब्रेश्ट के नाटकों के रूपान्तर – 'पगला राजा', 'हिम्मतमाई', 'आतंक के साए', 'नियम का रन्दा, अपवाद का फन्दा', और 'यर्मा' अनेक बार मंचित, मृच्छकटिक का रूपान्तर, टेलीविज़न, रेडियो, फिल्म, ध्वनि-प्रकाश कार्यक्रमों, नृत्य-नाटिकाओं के लिए पटकथाएँ और लेख।

जीवनानन्द दास, सुकान्त भट्टाचार्य, एज़रा पाउण्ड, ब्रेश्ट, ताद्यूश राज़ेविच, नाज़िम हिकमत, अर्नेस्तो कादेनाल, निकानोर पार्रा, और नेरुदा की कविताओं का अनुवाद।

लेर्मोन्तोव के उपन्यास का अनुवाद – 'हमारे युग का एक नायक'। अरुन्धती राय के उपन्यास का अनुवाद – 'मामूली चीज़ों का देवता'।

संयोजन और सम्पादन

अर्चना वर्मा

कवयित्री, कथाकार, समीक्षक और आलोचक। अब तक एक कहानी संग्रह, दो कविता संग्रह, आलोचना की दो किताबें और सभी प्रतिष्ठित पत्र-पत्रिकाओं में रचनाएँ प्रकाशित।

हिन्दी की प्रमुख साहित्यिक पत्रिकाओं 'हंस' (22 वर्ष) और 'कथादेश' (सम्प्रति) के सम्पादन के साथ सम्बद्ध।

सम्प्रति : 'हिन्दी विभाग, मिराण्डा हाउस, दिल्ली विश्वविद्यालय, दिल्ली-7